中文桃李自成蹊

北京语言大学
文学院研究生谈梁晓声

张　阳　钱婉约　主编

本项目受北京语言大学高精尖学科建设项目资助

作家出版社

图书在版编目（CIP）数据

中文桃李自成蹊：北京语言大学文学院研究生谈梁晓声／张阳，钱婉约主编．--北京：作家出版社，2024.9
ISBN 978-7-5212-2623-2

Ⅰ.①中… Ⅱ.①张… ②钱… Ⅲ.①梁晓声-文学研究 Ⅳ.①I206.7

中国国家版本馆CIP数据核字（2023）第248425号

中文桃李自成蹊：北京语言大学文学院研究生谈梁晓声

编　者：张　阳　钱婉约
责任编辑：杨新月
装帧设计：意匠文化·丁奔亮
出版发行：作家出版社有限公司
社　　址：北京农展馆南里10号　邮　编：100125
电话传真：86-10-65067186（发行中心）
　　　　　86-10-65004079（总编室）
E-mail：zuojia@zuojia.net.cn
http://www.zuojiachubanshe.com
印　　刷：唐山嘉德印刷有限公司
成品尺寸：152×230
字　　数：338千
印　　张：23
版　　次：2024年9月第1版
印　　次：2024年9月第1次印刷
ISBN 978-7-5212-2623-2
定　　价：58.00元

作家版图书，版权所有，侵权必究。
作家版图书，印装错误可随时退换。

目录

第一辑

被缚的普罗米修斯　　　　　　　　　　　　　　方晓枫 / 003

论梁晓声《人世间》的情爱叙事　　　　　　　　高心悦 / 020

"永恒的女性，引领我们向上"　　　　　　　　　李贵成 / 032

"安命"与"造命"　　　　　　　　　　　　　　刘雨薇 / 045

以家之名，饱览人间　　　　　　　　　　　　　卢军霞 / 060

唯爱使人不凡　　　　　　　　　　　　　　　　马媛颖 / 072

《人世间》：基于民间立场的伦理探寻　　　　　　牛晓彤 / 085

论《人世间》的"神性"书写　　　　　　　　　　沈雅婷 / 100

"好人文化"的践行者　　　　　　　　　　　　　苏文韬 / 110

在苦难中成就生命甘甜　　　　　　　　　　　　肖　瑛 / 122

论童年经验对梁晓声《人世间》创作的影响　　　杨烨菲 / 140

《人世间》中的女性形象书写　　　　　　　　　　叶云虹 / 153

第二辑

论梁晓声小说《中文桃李》的价值立场　　　　　刘雨薇 / 175

《中文桃李》：梁晓声给青年学子的三堂课　　　　杨惠芬 / 187

论梁晓声长篇小说《中文桃李》中的"浪漫意识"　张　新 / 194

1

"八〇后"青年的主体意识、现实困境及幸福观

周冉冉 席云舒 / 206

《苦恋》语言风格与梁晓声二十世纪九十年代创作观研究

韩文易 / 221

《我和我的命》:"好人"的塑形过程与伦理反思　　韩文易 / 233

第三辑

北大荒的"共名"与"无名"　　耿娴 / 251
梁晓声小说的电影改编　　韩文易 / 264
从"人民的英雄"到"英雄的人民"　　韩文易 / 274
梁晓声小说与当代文学中的两种知青形象　　席云舒　段宁 / 290
理解梁晓声的三个关键词　　沈雅婷　崔苊昊 / 297
梁晓声亲情散文研究　　吴思怡 / 309
"现实主义：梁晓声与中国当代文学"研讨会综述

杨烨菲 席云舒 / 331

第四辑

经验·阅读·文学：
　　对话新时代的文化守望者——梁晓声　　沈雅婷 / 343
梁晓声：用作品传递现实温度　　孙梦梦 / 354

后　记　　张　阳 / 363

第一辑

被缚的普罗米修斯

——《人世间》周秉义形象试析

◎ 方晓枫[1]

展读著名作家梁晓声呕心沥血数年著成的长篇巨制《人世间》,我深为小说中的人物群像所吸引,所感动。工人周志刚夫妇和他们的三个儿女——长子秉义、次女周蓉、小儿秉昆,以及与他们生长于斯的蔡晓光、郝冬梅、郑娟,秉昆的"酱油厂六兄弟",还没"解放"的"老太太",曲艺杂志主编邵敬文、资深编辑白笑川,派出所的片警后来官至公安局副局长的龚维则,一生特立独行曾救助过郑娟后来开书店淡泊为生的水自流,甚至周家的第三代周楠、周玥玥、周聪等人物,均有声有色、活灵活现在我的心灵图景之中,争相诉说着共和国二十世纪六十年代中期直至二十一世纪第二个十年将近六十年的鲜活历史。"文革"的荒谬与惨痛,新时期的步履蹒跚与思想解放,改革开放的生机与阵痛,人们为了生活和理想而挣扎与奋斗……总之,历史转折中社会生态和人物命运的巨大变化,随着故事情节的展开,都得到了真切、具体而鲜活的呈现。

毋庸置疑,《人世间》的主角形象是周秉昆,作为小说情节的推动者及其枢纽,作家在他身上着墨最多,他的生活与命运最为坎坷,从而也最让读者牵肠挂肚。然而,上述人物群像中,最令我感动和深思的不是秉昆,而是大哥周秉义。作为小说人物,就我的阅读经验看,在当代文学人物的画廊中似未出现过。与王蒙《蝴蝶》、

---

[1] 方晓枫(1981—),男,安徽淮南人。北京语言大学文学博士,珠海城市职业技术学院人文学院讲师,研究方向为文学评论、中国现当代文学、新媒体传播。

张贤亮《男人的风格》、蒋子龙《乔厂长上任记》和张洁《沉重的翅膀》中的干部系列主人公比较起来，周秉义的形象显得更为新颖且独特。王蒙等塑造的高级干部形象，极富公共性而极少个体性，故很少看到他们的私人化生活；而周秉义却分明是在私人生活场景中，徐徐展现出来的有血有肉、有情有义的党的正面高级干部形象。他像古希腊神话中盗天火给予人世间以温暖和光明的普罗米修斯一样，他是一位在平凡岁月里忍辱负重、甘愿受难、默默奉献、造福民生的可歌可泣的英雄。当然，我说周秉义是英雄，并不意味着他是拯救生民于水火，扭转乾坤于危局的伟大人物，也不是冲锋陷阵视死如归或率领千军万马立下赫赫战功的无敌战将；他是一位在庸常生活中，不懈地追求知识与真理，踏实苦干也能干，立人行事以公平与正义为圭臬的英雄；这样平凡而独特的英雄，在我们辽阔的共和国大地上，是极度稀缺因而也是极为宝贵的。

纵观周秉义的人生历程，他其实是"一帆风顺"的，且颇令同龄人羡慕。作为普通工人家庭的孩子，他在中小学阶段品学兼优，担任学生干部；"文革"动乱期间，他依然和蔡晓光、妹妹周蓉等组成读书小组，继续着对文学和真知的追求；"上山下乡"运动中，他到黑龙江生产建设兵团当知青，又以自己的勤勉、正直、友善和才华，受到重用，年纪轻轻就当上了教育处长；"文革"结束恢复高考，他以高分考入北京大学；在群贤毕至的北大，周秉义依然是出类拔萃的，成为了学生会主席；毕业后他放弃了留京发展的机遇，主动要求回家乡工作；主要靠着自己的努力，一步步成为副厅级领导干部，并调任大型军工企业任党委书记，在转型期的困境中，政绩斐然。他仕途最高光的时刻是被教育部看中，在前往北京任职的途中，又被中纪委"拦截"去当了司长。多年后，在一片不解的眼光里，周秉义平级调回出生的城市任副市长，主管旧城改造和招商引资。周秉义依靠个人能力、智慧与魅力，将"光字片"——从祖辈起就生活其间的、现已糟到不能再糟的几万户烂房危房，拆迁、改造成美丽舒适的花园社区；已到退休年龄且在疾病缠身的情况下，他又因无数百姓的举荐和组织的挽留，拼命工作，又将两三个类似"光字片"的危房片区，动迁、改造成现代化街区，直至累倒在工作现场。

周秉义这样的人生经历，他对父老乡亲做出如此之大的贡献，将其命名为英雄，我觉得是恰如其分的。但是，在功成名就的背后，我们看到的又是另一个周秉义——经常陷入矛盾冲突，经常被情感与责任层层束缚，数次深陷误解乃至诬陷的周秉义。

首先，周秉义面临着忠于爱情与个人升迁的矛盾。祸国殃民的"文革"把周秉义的大学梦变成了泡影，他没有像大多数同学一样去"革命""造反"，而成了"逍遥派"①。其实周秉义与中学时就相恋的郝冬梅，并没有真正"逍遥"，他们抵抗现实、充实自己的方式，是读书与恋爱。他们与周蓉、蔡晓光还有周秉昆组成了地下读书会，在《战争与和平》《静静的顿河》《德伯家的苔丝》《红与黑》等世界名著营造的文化氛围中，流连并陶醉。其后周秉义与郝冬梅并肩"上山下乡"。在兵团岁月里，周秉义正直善良、吃苦耐劳、好学勤思的品质未曾褪色，人生充满光彩，第二年就当上了师部宣传干事。在热血、激情与荒唐、痛苦相互交织的年代，周秉义用正气、能力与毅力，履行着对共产主义事业的忠诚。此时他和郝冬梅的爱情，已经不单单是文学描绘中的惊喜与浪漫，而是感情上的伴侣与精神上的互助者。他们的同情心与正义感，共同帮助了将要陷入灭顶之灾的知青陶平，使其免遭迫害，转危为安。当教育处长周秉义陷入救助陶平无计可施的窘状时，郝冬梅深思熟虑后给出了调走陶平的妙计。她说："……天没亮就起来走了二十多里，是为了还陶平一个公道。我也就能为世间公道做这么一点点贡献。"② 而

---

① "逍遥派"是书中"造反派"们对自行边缘化的一类人的嘲讽之谓，其实既不能升学也不能工作，他们的心理状态并不"逍遥"。
② 梁晓声：《人世间》（上部），北京：中国青年出版社，2017年，第325页。

陶平最终脱离苦海的那一刻，也成就了周秉义与郝冬梅之间为数不多的激情与浪漫。不久，周秉义的才能与品格，获得了沈阳军区首长的赏识，要调他前往军区做现役军官，这在当时可谓是一步登天的机会啊！但在爱情的承诺与自己前途的纠结中，他在不到一支烟的时间里就已然做了决断："他已经习惯了人生中不可无冬梅，如同基督教徒习惯了人生中不可无《圣经》……"[1] 在山盟海誓面对利益时依然脆弱如薄纸的岁月里，周秉义体悟出爱情等同于宗教信仰的价值观。对爱情的忠贞，既是承诺也是约束。在忠于两人爱情的美德与个人升迁发达这二者之间，在心灵的慰藉与仕途的选择之间，周秉义找到了最适合自己的道路。他们的爱情看似激情缺位，本质上是"一直柔情似水。水平如镜，水位既不曾涨过一分，也不曾降过一分"[2]。但也是这种特质，得以让他们的爱情绵亘悠扬。大哥周秉义的爱情经历，看起来不具有弟弟周秉昆那般富有传奇的色彩，而弟媳郑娟难以言说的屈辱经历，也和出身于副省长家庭的高干子女郝冬梅，有着天与地的差别；与妹妹周蓉为了爱情不顾一切的恣肆任性相比，周秉义与郝冬梅是将轰轰烈烈的爱情燃烧在了他们心底。

其次是周秉义的自律、克制与生命冲动之间的矛盾。自律是人之美德，而冲动则是人之天性，周秉义选择了克制，让冲动服从于自律。在下乡前的家庭读书会中，成员们均会对文学作品与文学形象表达自己的理解与感受。周秉义是颇为理性的，而周蓉是感性的，蔡晓光是潇洒的，甚至"最没出息"的周秉昆也时不时会语出惊人。在兵团岁月中，周秉义的一举一动始终会受到思考与理性的约束，意气用事只能逞一时之快，而不能解长远之忧，于是自律也就奠定了周秉义的远见。所以，周秉义在做决定之前大多经过深思熟虑，这尤其体现在帮助受迫害知青陶平的时候。而他与郝冬梅的

---

[1] 梁晓声：《人世间》(上部)，北京：中国青年出版社，2017年，第298页。
[2] 梁晓声：《人世间》(上部)，北京：中国青年出版社，2017年，第309页。

交往也颇显节制，生命冲动经常表现为点到为止，并未让爱情之火将自己与对方彻底地燃烧。在北京大学求学阶段，这位大龄学生给人的印象是多思与稳重。此时，妹妹周蓉也以优异成绩考入北大，她个性奔放，敢说敢做。与其相比，周秉义则扮演了经常劝诫的"黑脸"。妹妹周蓉才貌俱佳，为了追随恋人冯化成勇敢地奔向大西南，并生了孩子。我们在赞叹周蓉拥有追求爱情的非凡勇气之余，也应能察觉到周蓉的行为在冲破枷锁的同时，也附带着对家庭对亲人和对自己的不负责任；而与返京后迅速堕落的冯化成离婚后，又为了女儿在法国度过了十二年，与家乡、家庭几乎断绝了往来。我们试想，如果周秉义面对这样的情况，他会怎么做？至于周秉昆，看似"没出息"但也在一定程度上表现得相当自我。他义无反顾地爱上了死刑犯的遗孀——郑娟，不惜当掉了祖传的手镯，并在争夺周楠抚养权的时候，甚至因鲁莽冲动致死人命而犯罪入狱。我们同样可以喟叹周秉昆跌宕起伏的一生，鼓舞于他对爱情的"一根筋"，但我们也会发现周秉昆性格上的易冲动与不计后果。而周秉义在做了副厅级领导的时候，"弟弟一家住进了地下室，他心里其实挺不是滋味儿。弟弟对他明显不欢迎，这让他更加有苦难言。然而，他克制着自己，绝不发作"[1]。还有一直潇洒的蔡晓光希望将周秉义作为原型写入电视剧的时候，却遭到了周秉义的坚决反对。因为严于律己的他，无法接受在文艺作品中对自己歌功颂德，即便是按照现实生活加以塑造。

第二则是亲情、事业与个人形象、党的形象之间的冲突。周秉义在"文革"结束时，第二次放弃了成为军队干部的机会，为追寻始终如一的大学梦，他以近三十岁的"高龄"成为北大历史系的学子。在校园里，他保持本色，"依然故我地待人友善，助人为乐，行事低调，在同学间享有很高的声誉"[2]。而毕业后走向工作岗位依

---

[1] 梁晓声：《人世间》（中部），北京：中国青年出版社，2017年，第205页。
[2] 梁晓声：《人世间》（中部），北京：中国青年出版社，2017年，第83页。

然延续其优秀,始终是一位建筑工人的儿子,并没有让人生的剧本落入"一人得道,鸡犬升天"的窠臼。甚至作为省文化厅分房委员会副主任,他也没有为了争取福利房而上下其手,而是情愿又不情愿地主动放弃了自己分房的要求。情愿是因为自己对待党和人民的事业的责任感,不情愿是无法完成在父母身边尽孝的夙愿。在自身利益与共产党员的自我要求之间,在亲情与正义之间,周秉义均选择了后者。"长子是副巡视员,女儿是大学副教授,老两口却住在全市脏乱差的街区,看不到什么改善希望地死守着两间洞穴般的土坯屋。"① 周秉义坚持底线与原则的同时,作家也没有让他成为仅具有宣教功能的通体透亮的单向度形象。在坚持原则的基础上,周秉义展示出的人情味是合理的,既自然而然又有所克制,毕竟"无情未必真豪杰";如与家人分享单位发放的慰问品,拿出自己的薪水补贴家用等,还有给弟弟支招——扩大原有房屋的门面以期在动迁时多获得些补偿,等等。在弟妹遇到人生重要拐点甚至走投无路的时候,周秉义是非常矛盾的,矛盾在于共产党员的职责、内心的公平正义和帮助亲人走出困境之间的冲突。他迫不得已而略用职权,出手挽救了弟弟一家的命运。当时周秉昆因人命案尚在服刑;而成绩优异的侄子周聪大学毕业却工作难寻,就在周聪被迫决定南下打拼的时候,周秉义说:你走了,母亲怎么办?你的家怎么办?最终周聪听从了伯父的建议与安排,进入当地报社工作。好在让周秉义欣慰的是周聪为人正直、工作出色。但为弟弟支招多分些补偿面积,安排周聪进入报社,这两件事被周秉义自己当成事业上的污点,以至在后来被调查的时候,他主动交代了出来,使得纪委办案人员都表示意外。作家的这些描写,是可信的,也是可亲的,犹如寒夜尽头的缕缕曙色,使我们感受到了人情、人性的温暖与明亮。

而最让人们无法理解的是,周秉义从省内第二大城市的市委书

---

① 梁晓声:《人世间》(中部),北京:中国青年出版社,2017年,第204页。

记调任中纪委,然后又从中纪委平级调回省会城市,任排名第八位的副市长,主管招商引资和旧城改造。按照中共对党政干部任用的惯例,这种调动似有"低用"之嫌。那么到底是什么驱使周秉义毅然放弃很快就有可能到手的副部级干部待遇,而冒着种种猜疑,主动要求平级调回家乡城市任副职呢?我理解原因有二:一是出于共产党员为人民服务的宗旨;一是为了完成父亲的夙愿,或者说周秉义将这两大动机融为一体了。周秉义的父亲周志刚,这位"老三线"的建筑工人,他从大西南回归之始,就着手改造位于"光字片"的居所。"光字片"的生活条件极端恶劣,没有像样的房子,"家家户户的门窗都不正了"[①],"为防止自己家被雨水淹了,家家户户不得不在门前'筑坝'"[②]。而公厕更像是地狱,踏板腐朽破烂甚至还淹死过大人和孩子。臭味伴随着这里的人们走过一年四季,春天满街泥泞,无从下脚;夏天苍蝇、蚊虫多不胜数;而到了冬天则是泔水、粪水在地上肆意凝结,雪白的冰雪都变了颜色。老迈的周志刚用绵薄之力去改变自家残破的居所。他四处寻找建筑材料,用瓦刀一遍遍地抹墙……父亲没有高深的学问,却有着最朴素的哲思:没有一个安静、优美的家宅,梦想、尊严与人格将无处安放。虽然一刀一瓦带来的实际效果甚微,但父亲佝偻着腰抹墙的身影,在周秉义心中打下了难以磨灭的烙印。所以他可以无视所有不解、嘲讽与非议,做了这座城市领导中的第八把手,目的直接且明确:上为黎民百姓,让"光字片"的父老乡亲从根本上改变居住环境,下为实现父亲的梦想,让家人能住上可以称为房子的房子。他面对的正是父母留下的终身遗憾,而弟弟周秉昆一家仍在狗窝般的"光字片"苟延残喘着。

然而,周秉义肩上最沉重的担子,其实并不是在财力窘迫的情况下,使他的家乡旧貌换新颜,使他的父老乡亲搬离危房住进新

---

① 梁晓声:《人世间》(上部),北京:中国青年出版社,2017年,第23页。
② 同上。

房。他感觉到最沉重的甚至令他痛苦受难的,是自己不辞辛劳为民服务,鞠躬尽瘁给乡亲带来了福祉,却时常遭受误解,受到冤屈。改革大潮使东北大型国企面临困境。在这种艰难境况下,周秉义在大型军工厂任书记,书记的荣耀在举步维艰的工厂面前显得微不足道,这实打实是一个大摊子、烂摊子。内心的焦虑与对工人阶级的关爱,让他在妻子面前曾有着一番义正词严:"……工人下岗失业,干部有失业的吗?工人报销不了医药费,干部有报销不了的吗?这个冬天有许许多多的工人全家挨冻,有这样的干部人家吗?科长家都不会!……"① 所以他有责任为工厂兄弟找到新饭碗,而不愿再让工人阶级只有"先锋队""领导阶级"等空头称号。他以难忍的胃病作为代价,为军工厂争取到拆解苏联退役巡洋舰的业务,带回来了近百万元的利润,保证了工人的工资收入,但也带来了小报记者所编织的桃色新闻的四处流传。周秉义付出的努力与心血有了回报,军工厂最终免遭破产而转型成合资公司,在职与退休工人的利益有了一定的保障;可谁能想到,在他调任本省第二大城市的市委书记的时候,"职工宿舍区许多人家放起了鞭炮,曾经的几名电工在电线杆上安装了一只大喇叭,反复播放毛泽东的诗词歌曲《送瘟神》。那些口口相传的关于他是一名好干部的种种事迹,也变成了他收买人心、虚伪、狡猾、善于施展蒙蔽手腕的确凿证明"②。从一位改革英雄到近乎身败名裂,周秉义积劳成疾,最终换来的是满腹委屈与内心痛苦。正如他内疚于父母的居所与弟弟的地下室一样,这种痛苦压在心头、无法言说。而在市委书记任上的十二年,周秉义"除了没有直接给群众涨工资,一位书记所做的利民惠民的好事,他基本上都竭尽所能做到了"③。在为市民做了诸多努力且取得成效之后,仍然有匿名信揭发他沽名钓誉。但最令周秉义寝食难

---

① 梁晓声:《人世间》(中部),北京:中国青年出版社,2017年,第362页。
② 梁晓声:《人世间》(下部),北京:中国青年出版社,2017年,第12页。
③ 梁晓声:《人世间》(下部),北京:中国青年出版社,2017年,第133页。

安的是从中央部委回乡主持旧城改造的工作经历。在为民与为父的双重使命召唤下，周秉义着手对"光字片"进行改造。起初，"光字片"的民众对改造有着打了鸡血般的亢奋，但随后发现新居距离"光字片"居然有三站路之遥后，之前亢奋的民众因为目光短浅而纷纷变得义愤填膺，"从满怀憧憬到感觉被耍了"[①]。没有一家愿意离开污秽满地的"光字片"，而去三站路以外的花园住宅。这群人不知道，周秉义为了他们能住上好房子，付出了多大的努力！市政府财政困难，故只给政策而不拨款，周秉义只好利用自己的人格魅力，利用在京工作时打造的一点人脉，千辛万苦拉来投资。满心好意，却换来响亮的耳光，打在脸上，痛在心里。周秉义对这种境况和结果，是有一定预见的。就连没有多少文化的弟媳郑娟都知道：和"光字片"有着血脉联系的众多乡邻中，有东挑西挑、欺软怕硬、又贱又坏的人！但是在位谋事的周秉义，只能想尽各种办法将理想实现。于是他首先做通了弟弟周秉昆的工作，树立第一个搬家的榜样，让亲人做出搬进新居的表率，以此带动大家搬迁。一开始亲弟弟也不理解，不愿搬。几近绝望的时候，周秉义说出了自己最大的担忧："……让光字片人住上楼房的想法就泡汤了！"[②] 周秉昆最终被说服搬家了，多数乡亲们还等着看笑话。不少人还甚至理所当然地认为，周副市长必然拿了开发商不少的好处。小说有一个情节，周秉义为了劝说父老乡亲搬迁到新居，站在小卡车上对"光字片"群众发表演讲，面对数千乡邻，他站在小卡车上，动情地说："……我就产生一种决心，要在退休之前，将光字片彻底消灭，彻底改造……我在为大家日夜操劳、勤勉做事，却并没有获得大家的信任，有的人还等着看我的笑话。要获得大家的信任，其实比获得开发商的信任还难！"[③] 有了为民着想的心，同时也有着不妥协的

---

① 梁晓声：《人世间》（下部），北京：中国青年出版社，2017年，第363页。
② 梁晓声：《人世间》（下部），北京：中国青年出版社，2017年，第367页。
③ 梁晓声：《人世间》（下部），北京：中国青年出版社，2017年，第377页。

原则,他坚定地说道:"……如果有人为了满足一己私利而坚持做钉子户,政府也不会采取强制手段。……你有千条妙计,我有一定之规。哪怕你是光字片的霸主,我也决不让一分。"[1] 肺腑之言是成功的,对"光字片"改造的结果也令人满意,大家纷纷离开"光字片"住进了新居。父亲周志刚至死未了的心愿,由他的长子在退休前实现了。我觉得这一段描写,是作家对周秉义形象塑造的精彩华章。

完成父辈夙愿的周秉义,解决了"光字片"几万户住房的大事,也到了退休年龄想休息了。不过太多的群众来信请求他再多干几年,以改善其他危房区群众的居住条件。终于,周秉义带着群众的信任和组织的重托而继续奋战,直至累病昏倒在拆迁现场,他患了晚期胃癌。然而,几乎只剩下半条命的周秉义,尽管以热血和生命从根本上给父老乡亲改善了居住条件,仍然难逃被误解遭屈辱的厄运,被人检举与投诉,匿名或署名的揭发信,雪片似的飞入省市直至中央纪委。对他恶意中伤的人中,有的是之前他处理过的违法乱纪的干部,更多的是之前蒙他帮助、对他感恩戴德甚至是要集资给他建塑像的人。面对他处理过的人的施放冷箭,周秉义尚可一笑置之,但面对乡邻们的恶意伤害,周秉义的心头势必会有难言之痛。如春燕妈,她要分一套带有大院子的一层楼房,周秉义想尽办法满足了这位干妈的要求;这个干妈得寸进尺,还要秉义再给已经有房而且已经不属于"光字片"动迁户的女儿春燕分一套房,周秉义当然不会违背原则而满足干妈了。结果春燕妈"每次见着秉昆时都颇有微词,嘟嘟囔囔,显然对秉义并不满意"[2]。春燕的丈夫、秉昆的结义兄弟曹德宝,竟然为泄私愤,捕风捉影实名举报了周秉义。"光字片"的父老乡亲住进新居,也有不少人家"侵占公共空间、私搭乱建现象层出不穷……差不多所有住一层的人家都企图将

---

[1] 梁晓声:《人世间》(下部),北京:中国青年出版社,2017年,第377页。
[2] 梁晓声:《人世间》(下部),北京:中国青年出版社,2017年,第475页。

小院建成房间,将小区公共人行道占为院子"①。面对此种乱象,周秉义坚决制止,结果成为不少人的公敌;还有周秉义主持修建了收费极其实惠的停车场,同样遭人谩骂。原因是那些人认为最好的方法是在路边私装地锁,免费占有车位。更有,周秉义出于对居民安全着想,建议成立了社区治安队,每月每户仅需二十元维持运营,结果一半左右的人强烈反对。面对这些伤害恩人心灵的举动,我们无法从小说中读出周秉义当时的所思所想,但周秉昆替他哥哥发声:"对哥哥周秉义当时一心要将新区建成老百姓美好家园的想法既感动又同情。……一些老百姓是根本不愿为家门外的事花一分钱的……如果你想说服他们,让他们为自己并无要求的事情花钱,他们就会打心眼里讨厌你。……他们为了自家感觉良好而损害集体家园环境时,最喜欢的就是那些睁一只眼闭一只眼,根本不负责任的所谓管理者。……而不是周秉义那样凡事较真的人。"② 所以,难以填补的私欲沟壑转化成毒舌利箭,纷纷刺痛周秉义的内心。但事实的结果是:周秉义曾支配过一百多亿的资金,但连一分钱的不清不楚都没有,简直是一碗清水可见底了。虽然冤屈终得昭雪,但周秉义身心俱疲。他的心声在观看荷兰电影《海军上将》时得到了倾诉:十七世纪荷兰海军统帅德·鲁伊特率军抗击英法联军的入侵,一度成为深受朝野拥戴的政治明星,但后来被反对派出卖给暴民,惨死于广场之上。读到这里,我仿佛又看到《药》里华小栓吃下的馒头,沾满了革命者夏瑜的鲜血。还有在1898年9月28日,谭嗣同等"戊戌六君子"的人头落地时,换来的却是围观者的一片叫好声。鲁迅感叹:先觉的人,历来总被阴险的小人、昏庸的群众迫压排挤倾陷放逐杀戮。中国人格外凶。我总觉得,周秉义最终因癌细胞迅速扩散而去世,从根子上看,积劳成疾是一诱因,内心屡屡被"自己人"伤害,也是一大诱因。令人可敬亦可叹的是,弥留之际,

---

① 梁晓声:《人世间》(下部),北京:中国青年出版社,2017年,第472页。
② 梁晓声:《人世间》(下部),北京:中国青年出版社,2017年,第474页。

周秉义选择原谅那些对自己恶意相向的人,他说:"……如果有人议论我、攻击我,也千万不要辩解,不要打抱不平。"[1]

古希腊神话中的英雄普罗米修斯,怀有一种坚定的信念:一个人只要认识到了必然的不可抗拒的威力,他就必定会忍受命中注定的一切。给人类带来福音的"盗火者"普罗米修斯,对同情他的火神赫淮斯托斯表示,他为人类造福根本没有错,自己可以忍受各种痛苦。当普罗米修斯被缚在高加索山上后,宙斯派一只鹫鹰每天去啄食普罗米修斯的肝脏,白天肝脏被吃完,但在夜晚肝脏会重新长出来,痛苦便没有了尽头。尽管如此,普罗米修斯还是没有屈服。现实中没有神话,周秉义也没有如此壮举,但他依然是一位普罗米修斯式的平民英雄。他为民谋福祉,遭受无法诉说的委屈、误解与伤害;普罗米修斯身上是永远挣不断的铁链,而周秉义背负的则是众口铄金;普罗米修斯最终被大力士海格力斯解救出来,而周秉义的得救只能是死而后已。所以,周秉义是一位厚重正义、坚持原则、富有人情味的中国传统知识分子形象,也是一位真正做到全心全意为人民服务的优秀共产党员形象。我相信周秉义这一独特形象,是作家梁晓声对共产党高级干部的热切期许,亦是对国民劣根性的深刻认知。

关于周秉义,我们可以罗列如下关键词:孝顺长辈、人格高尚、有同情心、坚持原则、不懈学习……他收获赞誉与鲜花,也饱受攻讦与谩骂,在五味杂陈中离开人世。文学作品不会将人物做成流水账式的成长履历,但我们依然可以从文本中找寻到"何为周秉义"的成长脉络。

家庭教育尤其是父亲给他上了人生第一课。父亲周志刚作为新中国第一批建筑工人,在西南"大三线"抛洒汗水。虽说工人阶级是领导阶级,但周志刚认识到:"就每一个具体工人而言,只不

---

[1] 梁晓声:《人世间》(下部),北京:中国青年出版社,2017年,第493页。

过就是普通劳动者。普通劳动者就得有普通劳动者的样子!"① 艰苦环境中,他以身作则,关爱年轻人,特别是他与郭诚之间的友谊。而正是这位落魄知识分子郭诚,对周志刚想去见女儿给予了很多帮助。虽然女儿对爱情的盲目以及一意孤行,使周志刚内心产生了无法接受的无奈与屈辱。但在一个偏僻的小山村见到女儿后,周志刚的泪水唰唰流:"谢天谢地,谢天谢地,老天爷啊我周志刚代表全家感激你的大恩大德,多亏你庇护着我的女儿啦!"② 此前压满心头的怨恨与屈辱在这个时候雨过天晴,甚至鸟儿的鸣叫都成了悦耳的歌唱。周志刚识字也不多,但"舐犊情深"这四个字出于本能更出于人格精神。在面对带走女儿的、尚未变质的女婿冯化成之时,周志刚表示自己绝不会扇知识分子的耳光,只是告诫他要善待女儿。在为看望女儿而准备行囊时,周志刚为自己偷买腊肉而深深自责,而这只不过是要带给自己的亲生女儿罢了。当面对"有辱门风"的郑娟时,不苟言笑的周志刚,在培训好周秉昆的抹墙技能后,亲手将小儿子送到郑娟的住处,说:"……从今天起,你住到郑娟家吧。有恩不报,那是不义……"③ 这等于自己接纳了周秉昆与郑娟的结合,也并未对曾遭受侮辱的郑娟有任何的轻慢。在极少回家的岁月里,周志刚的一席话道出了家风:"……或穷或富,这是老百姓谁家都决定不了的,我从不寻思那些。我只一个希望,就是咱们周家的人一脚迈出家门,男人有男人的样子,女人有女人的样子,那我就心满意足了。"④ 周秉义虽在人生道路上比父亲走得更远更高,但依然继承着父亲的刚健朴质风骨。作者让父子俩遥相呼应:父亲在"大三线"的工作业绩与周秉义在各级岗位上的呕心沥血;父亲帮扶郭诚与周秉义拯救陶平;父亲因为私自买食物带给

---

① 梁晓声:《人世间》(上部),北京:中国青年出版社,2017年,第162页。
② 梁晓声:《人世间》(上部),北京:中国青年出版社,2017年,第197页。
③ 梁晓声:《人世间》(中部),北京:中国青年出版社,2017年,第50页。
④ 梁晓声:《人世间》(上部),北京:中国青年出版社,2017年,第395页。

女儿所产生的自责,与周秉义帮助弟弟时产生的内疚;父亲从"大三线"回家后把"光字片"当作"小三线"建设,与周秉义为了改善"光字片"居住环境的雄心……均有某种精神的传承与心灵的感应。

还有,周家相信读书与知识的力量。周秉义的父母亲文化水平不高,但鼓励子女将来要成为有知识有文化的人。"上山下乡"前周家的秘密读书会,甚至奠定了周家子女未来的人生走向。诚然,周家三兄妹的人生道路是他们个人的努力和命运的选择,但自我的文学教育与深入骨髓的文学修养是他们在历史波涛中的救生圈与航标灯。周秉义在中学时就已是校园诗人且擅长二胡。"文革"开始后,家庭成为周秉义与弟妹及好友读书的乐园,他们在荒谬、冲动的社会气氛中找寻到了自己的精神家园。周蓉自小细读冯友兰《中国哲学简史》、蔡元培《论中国人的修养》,日后成为大学副教授;甚至木讷的周秉昆都享受着文学的熏陶,其后还成为一名曲艺杂志的编辑。作者将文学引入历史,干涸的历史河道则温暖而湿润。在文学的感召下,历史不再只是数字与陈述句,文学把历史演绎得鲜活灵动与情感充沛。集体化、标志化的历史是如此,那么创造、延续历史的个人更是如此。文学的伟大之处就在于虽没有直接的功用,但她可以潜移默化塑造一个人的灵魂。文学作品所营造的纯洁、忠贞的情感世界,所歌颂的正义、勇敢的英雄情怀,总之,文学形象的榜样或警示作用,都对个人有着不可估量的影响。我们在周秉义身上,明显可见这一审美文化对他的深刻影响。为了爱情和追求真知(报考北大),他两次放弃可以升迁为现役军官的机遇;进入官场后,他一心向往的,还是到大学去教书和工作。周秉义本质上是知识分子,他始终没有放弃读书与思考。在调任教育部任职的间隙,他买了官员们认为可看可不看的闲书,如胡适的《白话文学史》、蒙田的《蒙田散文随笔》,甚至还有《万物简史》和《多彩的昆虫世界》。工作的纷繁复杂,并没有阻挡周秉义从书籍中找寻精神上的安慰和满足。陶平,这位周秉义帮助与拯救过的知识分子,在恩人去世之后,在网上发表了纪念周秉义的文章:"盖中国官场,从政者无非三类:一类是被文化所化之人,后来从政。这类人若不彻底告别文化影响,做不了大官。侥幸做大了,对自己也未必是好事。周秉义本质上属于这一类,他能安全着陆,已属幸事。……"①我理解这段话,或许就是作家梁晓声对周秉义的盖棺论定。

既然周秉义本质上是一位具有传统精神的知识分子,那么,他的精神人格,势必也因袭了中国知识分子悠久的历史积淀——读好书,做好人,当好官。细读小说,我感到,作家确实是遵循知识分子的历史、责任和情怀之路,来塑造周秉义形象的。这也是周秉义虽然一生风光,但身上结结实实受到外在社会压力与内在心灵隐忍的双重束缚的根本原因。我们知道周秉义酷爱读书,希望自己能在校园里做一位受人尊敬的知识分子,可一旦党和国家需要周秉义的时候,他同样义无反顾,是用全副精神与能力,为国家、社会与人民"俯首甘为孺子牛"的。这让我不得不联想到中国历史上优秀文人的人生路径。孔子周游列国,其目的不在游历而是希望施展平生所学,为社稷、黎民尽一份责任。然而当时的历史与社会情状已经不再需要他了,功利主义治国纲领远比儒家学说更加行之有效。但是,孔子放弃了吗?齐鲁大地不需要他,他去魏国,而魏国只是把他供奉成一面旗帜,于是他再坐上马车奔向他方,用生命展现了"明知不可为而为之"的美丽情怀。诸葛亮上《出师表》,言辞恳切,明知恢复汉室的遗志终难实现,亦明知不可为而为之,鞠躬尽瘁,死而后已。作为文学形象,周秉义是虚构的,但同时也是真实的。说是虚构,不仅在于艺术形象本身就是作者情感与思想的寄托,更是读者的期待视野;说是真实,不仅是因为共和国确实出现过周秉义式的高级干部,更是诸如公平、正义、责任与担当等高贵

---

① 梁晓声:《人世间》(下部),北京:中国青年出版社,2017年,第494页。

的精神品格，在有良知的中国知识分子身上，浸润得最为光彩和丰实。然而，无论历史与现实的真实，还是文学艺术的虚构，都告诉我们：公平、正义、责任与担当，需要巨大的勇气去诠释。这必将是一种无形且沉重的枷锁，它需要像普罗米修斯那样坚定和无畏，才能得以传承和彰显。

实话说，接触和感悟梁晓声笔下的周秉义，我没有产生多少豪迈与激情的阅读心理，但留下了无限的感叹乃至忧伤。当然，解读这个独特的文学形象，我至今还存有困惑。譬如周秉义的"受难"，有来自外在的如官场的险恶与尔虞我诈，以及亲邻的不理解乃至伤害；更有来自内在的如他克己隐忍的性格所导致的无奈且略显无能的一面。在面对误解与"脏水"的时候，面对恶意举报与诬陷的时候，他被动、屈辱、软弱甚至心甘情愿地接受这不公正的一切，被中国传统文化所认同所赞美的"刚直不阿"哪里去了呢？周秉义本身光明磊落，行得正、站得直，他完全可以主动、积极地把身上的污泥洗干净，中国有句古话就是：身正不怕影子斜。如果面对民族大义，忍耐可能是必要的，但是面对污蔑和伤害，一味地退缩与忍让，是否是其生命力不够强健，主体意识和个性精神不够充裕呢？毕竟早在二十世纪八十年代，就有学者指出，在春秋以降两千多年的传统文化中，如果说打着儒家旗号的"礼治秩序从强制的外在规范方面取消、压缩、抑制自我和主体的话，那么，佛老的人生理论、人生方式则可以说是从内在个体人生方面取消、压缩、抑制自我和主体。来自外面的压力使人丧失独立人格，对个体来说，根本就丧失可以有个人组织和实现生命过程的文化环境和社会条件；来自内面的压力使人类丧失主体的意识，对个体来说，根本就丧失个人组织和实现自己生命过程的主体能力"[①]。我总觉得周秉义的性格中，或多或少存在着这两方面的问题，而作家对周蓉与周秉昆的

---

① 刘再复、林岗：《传统与中国人》，合肥：安徽文艺出版社，1999年，第259—260页。

个性描写放得太开，对周秉义的个性描写收得过紧，则是显见的。再如周秉义去世不久，相亲相伴五十多年的郝冬梅迅速远嫁他国异乡，读起来感到别扭。我自忖作家如此描写，意在给周秉义的无私画上圆满的句号。但按常理度之，周秉义与郝冬梅在中学就开始相恋，志趣相投、相濡以沫度过了半个多世纪；加之郝冬梅出生于高干家庭，颇有些大家风范，怎么可能在年逾七旬的时候，决然告别一生经历中的爱与痛，迅速嫁给外国人？这个情节来得突然，少了点铺垫。然而瑕不掩瑜，总体而言，《人世间》周秉义的形象是丰满而光彩的。他是平凡岁月里的英雄。我相信，他的社会责任感、他追求公平正义的决心、他对家人对朋友对群众的关爱、他的坚持原则与人情味，都将会长久存留在读者心中。

（原载《枣庄学院学报》2018年第3期）

论梁晓声《人世间》的情爱叙事

◎ 高心悦

梁晓声的《人世间》以 A 城共乐区"光字片"周家人的生活为线索,用多层次的视角与现实主义手法展现了新中国四十多年来的历史变迁。在这部作品中,作者依然坚持九十年代以来创作中平民视角的责任关怀,"通过对普通小人物的形象塑造及心灵发掘,表达了对社会现实的锐利审视和深刻反思,以及对底层民众的文化体恤与道德关怀"[①]。小说对日常生活的展现是全方位、多维度的,男女之情亦是"人世间"生活的重要组成部分之一,本文探讨的情爱叙事分为情感和欲望两个层面,与此同时,作者笔下情爱叙事的落脚点始终在生命的意义与追求上。

一、《人世间》中的情爱关系与理想爱情建构

相较于梁晓声九十年代以来创作的其他作品,《人世间》中的爱情观更加成熟,作者对商品社会的恐惧与不能自主之感也大为减轻,A 城不再是冰冷的"雪城"或迷乱的"浮城",而爱情正是作者建立的现世立足点之一,以此达到温情关怀人生的旨归。总体而言,《人世间》中传达的理想爱情观是健康与自由的,如柏拉图所

---

① 付秀莹:《论二十世纪九十年代以来梁晓声小说创作中的底层叙事》,北京语言大学硕士学位论文,2007 年。

言:"我说全人类只有一条幸福之路,就是实现自己的爱,找到恰好和自己配合的爱人,总之,还原到自己的本来面目。"① 作者在小说中呈现出这样一种情爱观:首先,是包容的、多维度的,涵括精神满足、肉体欲望与现实需要;其次,强调理性对情感的牵引作用与爱情对人生的积极影响。具体落实到文本中,梁晓声在《人世间》中的爱情建构可通过不同的情爱关系分为三个维度:

(一)世俗匹配

《人世间》中最为普遍的情爱关系以共乐区平凡小儿女们为代表,此模式以"需求"为核心,体现出作家对平民生活的温情关怀视角。世俗婚恋需求的内涵丰富多样,包括合理化的性享受、经济因素、传宗接代等等。作家借于虹之口以"黏豆包"为喻精辟地描述了这种关系:"我俩好比同一锅蒸出来的黏豆包……高级人家的儿女才配比作江米面儿的,他们好得容易,散得简单。咱们的爹妈有那能耐?……对成象了,就好比锅边儿上的两个。皮和皮粘一块儿了,要分开,其中一个准破皮露馅儿。"② "黏豆包"式的婚姻于现实中透露着无奈,使夫妻"一荣俱荣、一损俱损"的是现世经济联结,因为作为"小老百姓家的儿女",他们既无力承担小家庭破裂带来的高昂代价,也难以打开自我认知之路、赋予爱情以实现个人自由的价值。在作家笔下,步入这种婚姻甚至无须以爱情作为合理的道德前提,这使它带有类似于陀思妥耶夫斯基小说中"偶合家庭"随意组合的性质,譬如春燕与德宝就是因一次酒后乱性而匆匆成婚。

但是,作者并未如陀思妥耶夫斯基般深入批判其中的非道德性,对这种婚恋模式也不抱以任何贬斥态度。与他在过去的创作中所表现的道德思辨锋芒不同,对于这种"黏豆包"式的关系,在指

---

① [古希腊]柏拉图:《会饮篇》,王太庆译,北京:商务印书馆,2013年,第1页。
② 梁晓声:《人世间》(上部),北京:中国青年出版社,2018年,第335页。

出其中存在裂隙的同时，作者更多还是以它来体现日常生活的温馨情态，肯定它使普通人在面对命运磨难冲击时可以携手相伴、互相扶持的一面。在此维度上，隐含作者的态度始终是平视与体恤的。

（二）精神共鸣

以精神吸引为源头的爱富有激情，浪漫色彩浓烈，在小说中以"爱情至上主义者"周蓉以及秉义与冬梅的爱情为代表。周蓉欣赏冯化成的诗作，秉义与冬梅共阅"禁书"，二者的爱情都始于文学上的共鸣。在作者笔下，这类爱情绝对摒弃世俗利益尺度，无涉于经济或传宗接代的需求。和主人公所阅读的苏俄文学相呼应，自我牺牲亦是其中的重要环节，如周蓉不惜欺瞒父母，留书出走，投奔贵州；秉义甘愿暂时放弃政治前途也不与身为"黑五类"的冬梅分手。

同时，小说也呈现出这种灵魂之爱所带来的激情并非永恒，无奈的变迁才是常态。周蓉与冯化成的结局走向背叛与破碎，秉义与冬梅的婚姻则归于平淡——在小说下半部，秉义自述对冬梅的感情是"动物本能的恋偶性"，而冬梅也坦承自己并不明白秉义的想法，这其中固然有人物形象理念化而导致的前后不统一的缺漏，但也在某种层面上呈现出爱情被时间耗损、从热烈走向平淡的困局。不过，作者如此安排情节并不意味着对此类爱情的不认同，而是承载着他对爱情的现实思考。这集中体现在周蓉面对与冯化成的往事、两次在心中认定自己"毫不后悔"的态度之上——精神共鸣之爱既包含着激情，也有着理性的一面，是"虽九死其犹未悔"的。

（三）灵肉合一

郑娟与秉昆的感情表现出隐含作者的理想情爱模式，它的理想之处在于：与普通婚姻相比，这段情感中带有更多思考与个人借助爱情达成自我成长的成分；与精神共鸣产生的爱不同，秉昆与郑娟的爱是从身体吸引开始的，是一个渐进式、由肉到灵、灵肉合一的过程。作者多次以内视点呈现二人对彼此的依恋，也不断借旁人之口对这段感情发出赞赏，将其对人生的意义放在一个重要的位置："（秉昆和郑娟）虽然都没宣称过自己是爱情至上主义者，可人家两口子实际是！正因为这一点，他们才能在经历了重大生活变故后，一如既往的那么黏糊！别小瞧这一种黏糊劲儿，我觉得，它可是关乎人生终极幸福的最主要因素！"[1]

在感情萌芽期，郑娟与秉昆是彼此的"欲望对象"，尤其是郑娟完美符合秉昆潜意识中的欲望"原型"——《死神与少女》的插画与契诃夫笔下的《美人》，而她也因受到无私的帮助而开始渴望这个善良的男人。值得注意的是，在这段情爱关系逐渐发展后，每当"责任"的一面突显时，肉欲反而会消失：当郑母去世、秉昆因《红齿轮》获罪，一系列生活的打击袭来，秉昆"头脑里居然也不产生与性有关的意识了。他不是不爱她，他清楚自己对她的爱不是减弱而是增强了"[2]。也正是与此同时，他开始肩负起一个成熟男人对家国的责任。这体现出作家对灵与肉的思辨，当爱情升华为责任与承担，在原本孤立、渺小的个体身上便会产生非凡的力量。

郑娟原本是领受秉昆同情的受惠者，但伴随着二人的情感发展，她为所爱之人不求回报的奉献反使她的角色颠倒过来，成为施予者，成为"周家的恩人"。郑娟不是炫目的商品社会中诸如"婉儿"等被物化的女性形象，她的纯真寄托着作者的爱情理想，与此同时作家也并未刻意压制女性人物的主体性，将其一味塑造成"天使型"的人物。在情欲方面，他也让个性温柔宽容的郑娟发出这样的抗议："我是你老婆，但不是你的玩具。……你想要，我就得给，还得百依百顺，温温柔柔地给。我不是说我不愿意那样，每次我也愿意的。如果反过来行吗？"[3] 在自我意识方面，郑娟的头脑固然

---

[1] 梁晓声：《人世间》（下部），北京：中国青年出版社，2018年，第294页。
[2] 梁晓声：《人世间》（上部），北京：中国青年出版社，2018年，第454页。
[3] 梁晓声：《人世间》（中部），北京：中国青年出版社，2018年，第303页。

单纯,未曾受过任何知识规训,但作者却也赋予她逐渐产生的朦胧的女性自我意识,比如当大家都在感念秉义父亲对他的培养之恩时,只有郑娟"替婆婆鸣不平,几次插话企图将男人们的回忆引到婆婆身上"[1]。

梁晓声建构理想爱情,将其作为丰富人生、个人成长的最佳养料,最终期望达成的状态是灵肉合一。在小说的第三部中,秉昆与郑娟彻底合而为一,成了"感情上的连体人",但同时他们亦是各自独立的存在,如郑娟赴美国料理儿子周楠的后事,在极端的苦难面前,她无可依傍,可却能表现出正直坚毅的气质。在作家笔下,这位起初看似身为欲望对象与被拯救者的女性在爱情中未曾失去自我,而是得到了某种程度上的成长。在灵肉合一的理想之爱中,我们可以看到作者对个体通过给予之爱达到自我超越、救赎以及某种程度上自由的期许。

二、欲望叙事与性别意识局限

欲望是《人世间》中情爱叙事的另一个重要组成部分。"饮食男女,人之大欲存焉。"在《人世间》中,梁晓声将性爱放在与日常活动同样的层面上进行自然的呈现,无涉于文化中惯有的耻感与压抑,而是着重强调健康的性爱对人生重要的作用:"至于性事,千真万确地,在他们之间一向起着从肉体到心理互相犒劳的作用,往往成为他们抵御贫穷、不幸和困难,共同把人生坚持下去的法宝。当然,前提是彼此爱对方。"[2] 不过遗憾的是,落实到文本内部对两性的不同表现中,《人世间》的欲望叙事还是存有部分缺陷。

---

[1] 梁晓声:《人世间》(下部),北京:中国青年出版社,2018年,第360页。
[2] 梁晓声:《人世间》(中部),北京:中国青年出版社,2018年,第28页。

（一）女性人物外形设置

在塑造女性人物形象时，作者往往不惜笔墨，着意强调女性人物的外貌，在作品收尾处，秉昆发出总结性慨叹："往后许多代中，估计再难出一个他姐周蓉那样的大美人儿，也再难出一个他哥哥周秉义那样有情有义的君子了。"[1]——作为一个独立个体，周蓉拥有诸多优秀品质，但在男主人公眼中，她得以与"君子"相媲美的特质却仍然是外形上的优越。对于这种"郎才女貌"式的、将男性对女性作为欲望客体时的评价与女性自我价值混同的观念，隐含作者却未见得做出明显反思。

小说在对理想女性人物形象的描写中，既强调她们优秀的品格特质，也在外形方面为她们设立了两项标准：美丽与纤瘦。在以秉昆视角描绘春燕时，他却以略带着嘲讽的话语表达对春燕肥胖身材的厌恶，甚至连叙述者都忍不住加入到对女性身形进行评价的行列中："因为春燕并非对男生有吸引力的女生。她的身材未免太茁壮了……"[2] 与此同时，作者又花大量笔墨描写周蓉与郑娟两位理想女性如何在产后依然维持着窈窕的风姿，甚至郑娟会在生产发福、步入中年后"又奇迹般地恢复了好身段"[3]。此类文字中对于女性形象看似理想化的书写实际具有"男性凝视"的一面，在某种程度上是拒绝正视女性的真实。

玛丽·皮福在其写于八十年代的《饥饿之痛：美国妇女对苗条身材的悲剧性追求》一书中就已明确指出社会文化对女性身材存在着严苛要求，许多精神性症候的产生都是因为女人"过度社会化了自己的女性角色"[4]。而文化在判断优秀女性时所隐含的身材标准实

---

[1] 梁晓声：《人世间》（下部），北京：中国青年出版社，2018年，第503页。
[2] 梁晓声：《人世间》（上部），北京：中国青年出版社，2018年，第45页。
[3] 梁晓声：《人世间》（中部），北京：中国青年出版社，2018年，第308页。
[4] ［美］玛丽·皮福：《复活的奥菲莉亚》，何吉贤译，北京：作家出版社，1998年，第186页。

际上来源于男性的偏好,因为纤瘦的女人往往不具备威胁,不会挤占男人的生存资源,同时可以激发男性保护欲。如小说上部中透过秉昆的"欲望之眼"所表现的郑娟是"《红楼梦》中的小女子,会让一切男人怜香惜玉起来"[①]。诚然,这种标准可以作为男性个体的欲望偏好,但隐含作者与其保持立场同一的肯定态度却是不适当的。

与之相对,作家对男性外貌描写着墨极少,几乎仅有一次:秉义旁观年轻警卫员与空姐暗生情愫,联想到年轻时的自己而产生了"鸾镜朱颜惊暗换"之感。但这与对女性外形描写的客体化不同,体现的是一种欲望主体所产生的自怜情绪。

(二)不同性别视角下的欲望叙事

诚然,作者肯定两性之间情欲的合理性,赋予其正面意义并呼唤健康的爱欲,但落实到具体的欲望叙事当中,女性的主体性却忽隐忽现。首先,当作家以男性视点切入时,因与其本身性别立场相同,他往往能够对主体的情欲心理做出细腻而饱满的刻画。且与此同时,作者也未因此而完全压抑女性的主体性,如前文所述,郑娟自我意识的不断成长就是一个例证。

但是,在塑造理想女性时,小说也存在忽视女性情欲需求的一面。这点与《上帝总在做实验》中以寓言形式得出"女人重视情感和真心,而男人则偏重欲望"这一简单的结论一脉相承,有性别本质化之嫌。譬如,在承载着精神之爱的女性主人公周蓉与郝冬梅身上几乎看不到一丝欲望流露,尤其是信奉爱情至上的周蓉,在她的感情中,情欲竟完全是一片可疑的空白。深爱周蓉的蔡晓光在妻子赴法期间有过三段露水姻缘与一个长期情人关铃,但周围所有人却一致认为他高尚、伟大。作者安排周蓉对蔡晓光的肉体出轨完全谅解,但当她面对痴情追求她的法国教授时,坚守忠贞却又似成了女

[①] 梁晓声:《人世间》(上部),北京:中国青年出版社,2018年,第91页。

性理所应当的行为。此外,小说中甚至还出现了周蓉与关铃把酒言欢的场景,周蓉感谢关铃:"人家不图你什么,替我温暖过你那孤寂的灵与肉。"[①] 而她谅解的原因则是她认为关铃与蔡晓光的肉体之爱无法超越她与蔡晓光之间的精神之爱。然而,遗憾的是,这种在肉体上纯白无欲、精神上毫无嫉妒的女性形象只可能出现在男性作者略显偏狭的想象当中。其次,当作者在塑造周蓉的其他人格特质时,她是自主、叛逆、热爱思考的独立女性,但是在欲望书写中,她却又自甘于客体化,因而使得周蓉这一形象略显分裂。蔡晓光说:"男人不能只靠偷嘴活着,你是我色香味俱全的主食。"[②] 而周蓉竟也自喜于:"我夫有恋'旧物'的雅好。"[③] 女性在情爱中表现为色香味俱全完美的"物",即便获得男性的珍惜爱慕,也终究未能实现主体间性的超越。

此外,与周蓉相反,作家也塑造了在情欲方面颇为大胆的女性人物——春燕。不过,他为春燕安排的情欲追求是单纯肉欲维度的,当春燕与曹德宝的酒后"和奸"的行为发生后,作者描述她"分明如愿以偿地笑了"[④],而在春燕向秉昆展开爱情攻势时,隐含作者站在与秉昆同一视角上对她在情感与欲望上的热情投以鄙视,并认为女性自发的婚恋追求是一种"心机"。可以说,在春燕身上依然能窥见男性创作者视角下"虎妞"与"孙柔嘉"形象的残影。

(三)情爱与权力

在《人世间》中,阶级与权力始终埋藏在芸芸众生的集体无意识里。曹德宝家与"首长"的关系的变迁甚至流传为家族故事,然而,这个故事带着一种荒谬的悲哀,它揭示出高人一等的掌权者根

[①] 梁晓声:《人世间》(下部),北京:中国青年出版社,2018年,第415页。
[②] 梁晓声:《人世间》(下部),北京:中国青年出版社,2018年,第417页。
[③] 梁晓声:《人世间》(下部),北京:中国青年出版社,2018年,第395页。
[④] 梁晓声:《人世间》(上部),北京:中国青年出版社,2018年,第156页。

本不会将小民放在平等的视域内,但他们兴之所至的垂怜足以改变一个家庭的命运,所以寻常百姓家却不得不依靠向权力靠近的方式来获取部分的生活稳定感,正所谓"人情关系乃人类社会通则"[①]。与此同时,在作家笔下,"上层"流露的阶级优越感往往令他鄙弃,这点也集中体现在金月姬这一人物的塑造上。

具体到情爱叙事中,周秉义与郝冬梅是小说中呈现的一组最为典型的跨越原生阶层的婚恋。作家以细节刻画出二人的阶级差距,对待食与色,冬梅身上都具有"贵族"矜持、淡漠、疏离的质素。起初,她并不将门户视为爱情的阻碍,但是在小说结局处,作者安排她在秉义去世后与门当户对的"红二代"再婚,这似乎配合着作者借周蓉的小说表达的观念:"婚姻的关系,自然是有缘分在起作用的。但所谓缘分,乃是由家庭的社会等级作为前提的。超等级的缘分不具有普遍性。"[②] 梁晓声曾在《表弟》中塑造过一对同样跨越社会等级的情侣:出身寒门的肖冰自尊而敏感,纵然他有着善良的人格底色,可强烈的"阶级仇恨"之感却让他选择一次又一次地对关爱同情着自己的女友索瑶施加精神伤害与"报复",最终二人走向一死一疯的悲剧结局。情爱暂时弥合了阶级之间的差距,可在阶层上处于劣势的男性个体似乎在占有过程中才能确立自己的主体性。与后期秉义逐渐被理想化、扁平化的形象不同,当作者在描述他与冬梅的性爱过程时,他身上也有着部分"肖冰"的影子:"(秉义)双手朝下按住冬梅双手,回味无穷地说:'现在我终于可以俯视你这个副省长的女儿了!'"[③] ——"性是权力得以实施的手段。"[④] 权力与革命语汇被引入这对夫妻的新婚之夜当中,使得情爱蒙上了一层"角力"的色彩。

---

① 梁晓声:《人世间》(中部),北京:中国青年出版社,2018年,第194页。
② 梁晓声:《人世间》(下部),北京:中国青年出版社,2018年,第501页。
③ 梁晓声:《人世间》(上部),北京:中国青年出版社,2018年,第331页。
④ 严锋:《权力的眼睛》,上海:上海人民出版社,1997年,第42页。

三、情爱叙事的意义

"人"始终是梁晓声小说的核心,对人的关怀、"为人生"的态度是小说叙述的终极旨归。重视人情是《人世间》中以秉昆为代表的平民所具有的一大特点。小说中频繁出现托人办事的情节:秉昆因手握小权为赶超的妹妹找到工作而喜悦,亦因兄长不肯徇私滥权帮助自己与朋友感到愤怒;赶超畅想人生该拥有"当官的、做学问的、法院的"各色朋友,实际上是普通人期望借助不同层面权力求得生活安稳庇佑的心理。在这种种思维表层结构之下隐藏着沉淀在他们内心"亲亲相隐"的文化心理。共乐区"光字片"虽隶属于A城,但从本质上来说仍未完成城市化,比如一旦周家产生风吹草动,邻居们便会来"听壁角"并传出一系列揣测与流言。可见,尽管时移世易,作者笔下的中国普通民众仍然生活在传统乡土社会的"差序格局"之中。对此,梁晓声却没有站在精英立场上批判国民性启蒙的未完成。隐含作者的理想固然偏向于始终保持公平理性的周秉义,但他也为这个正面人物留下了几次偏帮弟弟的"污点"。作者忠实呈现了人情社会的亲缘伦理,同时亦通过理想人物的塑造传达出自己的立场。

梁晓声"倾注笔力于被边缘化的弱势群体的生存状态,他们的心理和感受。描写出他们的存在境遇本身就是对外部现实的间接叩问,一种强大的生存压迫机制使这些弱势群体处于惶惶不可终日的困窘之中,写出他们被抛弃和被损害的无助命运"[1]。因此,他对他们在一定尺度之内的人情关系与寻求安稳的心理是包容谅解的。在小说中,德宝对于虹说:"咱们这种人的人生,好比橄榄球,两头尖尖的,就是咱们人生能过上的那么一点好日子……中间那么多日

---

[1] 陈晓明:《永远的舞者——重新解读梁晓声》,载《文艺评论》2004年第8期。

子，总是在煎熬着硬撑着过。"① 面对残酷的外部现实，大部分人无法如周蓉或秉义一般借助时代机运配合自己的力量以超越阶级限制、实现个人自由。他们只能在"煎熬""硬撑"的人生中被挤压、被异化，但是，作家向我们展示了平凡的人生同样值得关怀，同样有向上与超越的契机。

梁晓声已经意识到这种未经完全启蒙与现代化的人情社会的缺陷，但是对于平民阶层始终如一的慈悲与生存关怀使他不忍直接戳破这层"亲亲相隐"的温暖外壳。因此，他只要求小说中的理想人物秉义坚守公平与秩序，对于普通人的生活，他指向的是另一条道路。李泽厚在阐述实用理性时指出："只有走向现实的生活——人生，即更勇敢地面向'人活着'。现实人生并非幻象，也非戏拟，它不是语言所能解构的，相反，它才是真正的'最终所指'。"② 直面真实生活正是《人世间》所具有的撼动人心的力量来源之一，同为平民，秉昆虽曾两次入狱，遭受住房危机，一辈子生活在兄姊优秀的阴影之下，但他却未产生德宝的怨恨报复心理，没有赶超的卑微，没有走向国庆的绝望虚无。究其原因正是他在真正的爱与深刻的情感关系中找到了力量，完成了内在的成长。

"资产阶级在最近几年创造了一种史诗风格……无聊变成智慧，家庭仇恨是爱最深刻的形式。实际上，两个个体互相憎恨，又互相不能缺少，不是属于最真实、最动人的人类关系，而是属于最可怜的关系。相反，理想应该是完全自足的人只通过自由赞同的爱互相结合在一起。"③ 通过《人世间》中对秉昆与郑娟理想情爱关系的书写，梁晓声试图建构的正是这样一种关系，一种属于"好人"的爱情。这种情爱关系的主体不再是才子佳人，而是普通平民百姓；不

---

① 梁晓声：《人世间》（下部），北京：中国青年出版社，2018年，第140页。
② 李泽厚：《历史本体论》，北京：生活·读书·新知三联书店，2002年，第12页。
③ [法]西蒙娜·德·波伏娃：《第二性》，郑克鲁译，上海：上海译文出版社，2014年，第615页。

再由过于抽象的理念完成结合，而是由健康的情欲、日常的一饭一蔬、生活风浪中的风雨同舟构成；亦不含有任何隐秘的仇恨或病态的控制关系，人在其中是自主自由生长的。同时，在这种爱中，人的结合也不仅限于占有的私欲，而是伴随着稳固的关系向外发散着光与热。

（原载《中国当代文学研究》2019年第11期）

"永恒的女性，引领我们向上"
——梁晓声《人世间》中的女性形象与社会变迁

◎ 李贵成

梁晓声因"知青文学"成名，却未止步于"知青文学"。第十届茅盾文学奖获奖作品《人世间》是梁晓声苦心经营八年的长篇小说，一百一十五万字的体量可见作者的雄心与耐力。这部小说被评论界称为"梁晓声目前为止最重要的一部小说""一部和时代相匹配的书""一部平民化的史诗性的长篇小说""具有史诗品格的优秀长篇小说"[1]，既有历史回响，又有现实关怀。梁晓声认为，"小说家应该成为时代的文学性的书记员"[2]。他将视线投射于城市社会各阶层之间的亲疏冷暖，从民间角度呈现1972年到2016年新中国近半个世纪的发展图景，以文学的形式进行了一场深入的"中国社会各阶层分析"。除了重新思考"文革"、知青、改革开放等"老生常谈"的历史话题，《人世间》还融入了私生子、同性恋、婚外情、反腐、整容等一系列"时尚"元素，其中对"社会人"[3] 等新鲜词

---

[1] 《一部和时代相匹配的大书——梁晓声长篇小说〈人世间〉研讨会发言摘要》，载《青年文学》2019年第4期。
[2] 梁晓声：《直观地告诉人们——关于小说〈人世间〉的补白》，载《人民政协报》2018年2月5日第12版。
[3] 作者借白笑川之口道出对"社会人"的看法："'社会人'大体分两类。好比'盗亦有道'，一个'道'字，便将盗划分成了两类；好比'君子爱财，取之有道'那个'道'字，也将爱财的人划分成了两类。有一类'社会人'是目的主义者，为了达到目的不择手段。另有一类'社会人'其实并不坏，甚至可以说还是古道热肠、助人为乐的好人，他们也有自己的社会关系网，网丝连着的也都是好人。"参见《人世间》（中部），北京：中国青年出版社，2017年，第167页。

汇的解读更是精彩回应了当下流行文化风向，显示出强烈的现实性与现时性。梁晓声一如既往地坚持书写"对自己的善良心有要求"①的"好人"，而不是丧失原则的"老好人"。尽管评论界质疑梁晓声"好人文化"的声音从未间断，但他始终相信"文学艺术是为了让我们的生活更丰富，更是让人类的心灵向善与美进化"②。因此，《人世间》固守人心向善向美的价值取向，小说里没有绝对的坏人。《人世间》与梁晓声以往作品既有内容和精神的关联，又有格局和视野的拓展，显现出"晚期风格"的稳健内敛。这部小说值得探讨的话题不胜枚举，本文以小说中女性形象与社会历史的互动为切入点，深入探索作家对世道人心的体察，对不同时代、身份、阶层女性的整体观照。

一、反思"革命"："红一代"的不悔与忏悔

《人世间》是一部现实主义力作，作者强烈的现实关怀流淌于小说全篇。梁晓声从"文革"进入历史，以回望的姿态弱化了"革命"血雨腥风的现场感，通过书写"红一代"革命女性的"不悔"与"忏悔"反思"革命"对人（尤其是女性）的伤害。曲秀贞和金月姬是作者着力塑造的"红一代"革命女性形象，二人都经历了中国的裂变与创伤，具有强烈的民族国家意识和阶级观念。有学者认为梁晓声以往的知青文学创作有"回避"革命之嫌，如果说《年轮》《知青》等作品将革命"娱乐化、温情化和他者化"③，《人世

---

① 梁晓声：《直观地告诉人们——关于小说〈人世间〉的补白》，载《人民政协报》2018年2月5日，第12版。
② 同上。
③ 陶东风：《梁晓声的知青小说的叙事模式与价值误区》，载《南方文坛》2017年第5期。

间》则以宣扬正义和呼唤良知的旋律直面革命"幽灵","红一代"女性的"不悔"与"忏悔"反映了强大的革命话语体系对个体的深刻影响。

《人世间》的革命叙事将女性从集体拉回个体,革命的精神遗产经由女性个体得以延续。曲秀贞是梁晓声笔下"红一代"的典型,她十五六岁就参加革命,是个不折不扣的"红色老太太"。金月姬是曲秀贞的同代人,她十九岁入党,拥有东三省地下工作者的老资历。作为家庭语境中的妻子,当丈夫在特殊时期被"靠边站"前途未卜之际,曲秀贞选择背弃"革命",拒绝"划清界限",以妻子的身份同丈夫站在了一条战线。作为家庭语境中的岳母,金月姬这位老革命"挺拿劲儿",不惜以自己的"革命"资历为女婿的仕途谋求发展。作者在"选择性记忆"的革命叙事中有意淡化了女性的"革命"身份,突出了女性的"家庭"(个人)身份,以日常生活的经典属性消解宏大叙事的空泛意义,通过"不悔"与"忏悔"两个维度观照女性内心世界的复杂,反思革命/权力意志笼罩下"人"的坚守与妥协。

"红一代"女性的"不悔",既有对革命身份的强烈认同,又有对革命权威的坚定拥护,这种认同和拥护并未随着外界环境的变化而变化,而是伴随她们的一生。曲秀贞因"一家三位抗日烈士"[①]而自豪,对党始终忠诚;金月姬将革命视为崇高的象征,认为"革命不是交易,共产党人不应该向组织摆资格,和组织讨价还价"[②]。即使在"文革"时期,"革命精神"空前失落,"革命者"身份转换成"被革命者"身份,女性的革命信仰依然坚不可摧。甚至革命群众大字报的"棒喝"也未能激起"红一代"女性的反抗,金月姬不仅心悦诚服地接受了大字报的批判,还逆来顺受地充当"造反派"的勤务员,把十几年的存款全部捐给"造反派",为革命宣传所用。

---

① 梁晓声:《人世间》(上部),北京:中国青年出版社,2017年,第239页。
② 梁晓声:《人世间》(中部),北京:中国青年出版社,2017年,第315页。

作者将女性"被动革命"的行为视作革命的帮凶，女性甘愿被革命吞噬的表象背后是深层的心理动因："真心诚意"顺服于革命／权力权威。梁晓声通过金月姬的塑造，呈现革命对个体（女性）伤害的冰山一角。女性为了维护"革命"尊严，甘愿受到"被革命"的不公待遇，非理性当道的话语体系泯灭了个体的独立思考与判断能力。即便被"革命"伤害，"红一代"女性依然"无悔"地捍卫革命权威，这种类似"青春无悔"的"革命无悔"的表达方式是否消解了作品的历史反思？显然，作者质疑了这种"革命无悔"的价值倾向，辩证地反思了"革命"与"人"／女性的关系："不悔"的"红一代"在对革命真理的信服中提升了个人品格，又在对革命权威的臣服中丧失了个人意志。因此，《人世间》的革命叙事呼唤个体自由与理性精神，具有现代性启蒙色彩。

"红一代"女性的"忏悔"，首先是对盲目革命／滥用权力的忏悔。倘若权力失去制度的约束，则会形成"权力等同于暴力，政治等同于政府，政府则等同于必要的恶"[①]的局面。"文革"时期，革命的权威遮蔽了自由的诉求，统治者与被统治者的裂缝弥合，公共领域与私人领域的界限被模糊，革命主体迷失于"公共意志"而丧失理性。因此，当革命远去，革命者重返追求"个人幸福"的轨道，"忏悔"成为必然。在女性主体的"忏悔"过程中，革命意识与赎罪心理互相撕扯，此消彼长。曲秀贞的社会角色带有强烈的时代印记，革命浪潮吞噬了女性的自我属性，打"右派"的行为是她忠于革命／权力的体现，而扶助青年则是老之将至幡然悔悟、赎罪心理驱使下的向善行为。打"右派"时期的曲秀贞毁了向桂芳的一生，而当曲秀贞的丈夫老马去世后，白笑川夫妇放下仇恨参加老马葬礼，曲秀贞流下"忏悔"之泪。梁晓声又一次最大限度彰显了人性的善良与宽容，施害者虔诚忏悔，受害者冰释前嫌，"革命"／权

[①]［美］汉娜·阿伦特：《论革命》，陈周旺译，南京：译林出版社，2007年，第121页。

力在人性由恶至善的升华中被解构。从曲秀贞身上，我们可以看出梁晓声在引领读者求真求善做"好人"的同时，也借曲秀贞这个人物反思了"好人"的可变性与复杂性，引发读者重新思考"好人"的评价立场与价值标准。

"红一代"女性的忏悔，其次是对阶级意识的忏悔。卢卡奇将资产阶级的阶级意识定义为"一种受阶级制约的对人们自己的社会的、历史的经济地位的无意识"[①]，将无产阶级的阶级意识突显为"经济斗争和政治斗争的分离"[②]。《人世间》中的阶级意识受特定社会因素影响，偏重于政治倾向而非经济倾向。革命思想浸染下的女性具有浓厚的阶级意识，这就意味着她们主动从自我走向群体，放弃个体话语而融入集体声音。阶级意识导致了女性现代意识的缺失，自由平等理念的匮乏。由于相似的革命经历和阶级观念，曲秀贞和金月姬看待子女婚恋问题高度一致。她们将阶级差异视为阻碍子女婚姻幸福的绊脚石，拥护门当户对的婚恋观。受根深蒂固的阶级观念影响，金月姬虽然接受了女儿郝冬梅的婚姻，却从未登过亲家的门，在她看来："如果不是由于'文革'，她就不会与普通工人之家成了亲家，还是光字片的工人之家。"[③] 狭隘的阶级观念束缚了"红一代"女性的格局，她们希望子女的另一半也是"革命"同路人，却忽视了对"人"的本质的关注与考察。梁晓声通过"红一代"女性对阶级意识的自省，否定了以阶级论英雄的不平等意识，借"红二代"郝冬梅之口批判了传统的门户之见。小说中有个细节，郝冬梅在她和周秉义的新婚之夜扬眉吐气："我这个黑帮女儿也终于能够俯视你这个'红五类'了。"[④] 此情此景，革命话语退

---

① [匈牙利]格奥尔格·卢卡奇：《历史与阶级意识》，章智、任立、燕宏远译，北京：商务印书馆，1996年，第106页。
② [匈牙利]格奥尔格·卢卡奇：《历史与阶级意识》，章智、任立、燕宏远译，北京：商务印书馆，1996年，第130页。
③ 梁晓声：《人世间》（下部），北京：中国青年出版社，2017年，第29页。
④ 梁晓声：《人世间》（上部），北京：中国青年出版社，2017年，第332页。

场,情爱弥合了政治/阶级鸿沟,梁晓声将两个阶层合二为一,生成了超越等级的婚姻现代性话语。

二、恪守"美德":"贤妻良母"的自觉与自足

梁晓声曾在接受记者采访时坦承其作品中有"女性崇拜情结"。在梁晓声看来,女性"温和,冷静,耐心,最肯牺牲"的"美德"能够治愈男性的"迷惘,痛苦,狂躁","好女人"是可贵的。[①]《人世间》中的"好女人"是恪守"美德"的"民间的天使",以郑娟为典型。"民间的天使"首先具有"民间性",她不必有精英特质,不必有高学历高智商。"民间的天使"还具有"神性"色彩,必须有"天使"的温柔博爱、善解人意,在谱系上接近于西方文学的"天使型女性"。[②] 梁晓声笔下的郑娟,既没有郝冬梅的高干子女背景,也没有周蓉的高学历,是美貌、温驯、博爱的"天使型女性",也是恪守"美德"的典范。

《人世间》中,女性对"美德"的恪守首先体现在成为"贤妻良母"的自觉。这种自觉容纳了女性的善良、坚强、感恩、进取、宽容等诸多"美德"。郑娟将自己视为"天生的贤妻良母",拥有"贤妻良母"的高度自觉。当周秉昆的母亲变成植物人,周家陷入困境,郑娟不顾流言住进周家,悉心照料周母,有担当;为了帮助周秉昆收集表演素材,当好"贤内助",郑娟特意购买报纸并摘抄学习,有进取;周秉昆兑换的房子被收回后,郑娟毫无怨言,有宽容;周楠因见义勇为而离世,郑娟毅然拒绝美元补偿,忍痛宣告作

[①] 侯志明、王津津:《好女人是一所学校——访青年作家梁晓声》,《名人谈女人》,北京:中国社会出版社,1991年,第20页。
[②] 关于"天使型女性"的论述,参见李玲:《中国现代文学的性别意识》,北京:人民文学出版社,2002年,第23页。

为母亲的悲伤与欣慰,有坚强。集多种"美德"于一身的郑娟在实践上自觉成为"贤妻良母",发挥了女性在家庭领域的重要作用。

《人世间》中的女性对"美德"的恪守,还体现在成为"贤妻良母"的自足。女性主动选择成为"贤妻良母",将目光投注于家庭生活领域,疏离时代政治,因此心理上形成强大的自足机制,陶醉于"贤妻良母"的乐趣,"宁要私人幸福,不要政治负担"①。梁晓声充分认可了"贤妻良母"的自足感,大力提倡以日常精神消解政治神话。郑娟生活在没有政治的环境中,自得其乐。北京召开十一届三中全会,郑娟是不知道的;"四人帮"被粉碎,郑娟最关心的是丈夫周秉昆终于能够回家,而不是"人民的胜利","那'人民胜利了'与她以及每天都需要关爱的周家炕上的老老小小有什么关系,或能带来什么福祉都是她不明白的,她也没有想搞清楚的愿望"②,眼前人与眼前的生活才是她生命的核心。郑娟以"小人物"自居,认为社会政治一类的"大事情"不该由"小人物"负责。作者接纳了这种"小人物"的生存逻辑,隐含各司其职以维护社会秩序的价值倾向。虽与政治绝缘,郑娟依然具有社会属性,"民间的天使"正由于其"民间性"决定了其世俗性的一面。郑娟的文化程度低,不关心政治,但对人性、人心的见解独到,对日常生活的感知细腻。她以"性格"喻"皮肤",劝说周秉昆改变性格,对人热情以实现事业的上升,在她积年累月的"民间"认知体系里,"性格像皮肤,大太阳下晒久了谁都黑了,关在屋里一年半载的谁都会变得白了点儿。皮肤黑了白了,只要心没变,还是一颗好人心,那就还是先前那个好人"③。郑娟用她的"性格皮肤理论"赢得了丈夫的认可,成为周秉昆的"枕边师"。作者并未批评郑娟世俗的机心,

---

① 丁帆:《谁以革命的名义绑架了法律、制度、自由与人性——评汉娜·阿伦特〈论革命〉》,载《学习博览》2012 年第 8 期。
② 梁晓声:《人世间》(中部),北京:中国青年出版社,2017 年,第 14 页。
③ 梁晓声:《人世间》(中部),北京:中国青年出版社,2017 年,第 54 页。

而是对这种恪守"美德"坚持"好人"伦理的"民间"处世之道表示了理解与认同。就此而言,梁晓声的创作应当属于"从女性自我生命逻辑出发发掘女性人性美的创作"[①]。

《人世间》通过书写女性成为"贤妻良母"的自觉与自足,凸显了女性在家庭领域的价值,赞美了女性"贤惠善良天真喜乐"的"美德"。值得注意的是,作者在赞颂女性"美德"的同时,时刻警惕男权话语对女性的伤害,警惕将女性"物化"。小说中,隐含作者借周蓉之口批判中国男作家:"在中国男人笔下,女人不外乎是尤物、玩物、邪物,讨厌!"[②] 虽然梁晓声以这种正名正义的方式公开声明自己的性别立场,但我们依然可从文本中发现男主人公周秉昆身上不经意间流露的男权思想。综观《人世间》全篇,郑娟和周秉昆相识初期,周秉昆因根深蒂固的传统观念,将郑娟"物化""卑体化"。婚后,郑娟因生育发福而苦恼,周秉昆仍以传宗接代的传统功能定义女性价值:"你是为我们周家胖的,胖是你的光荣。"[③] 此外,周秉昆还将郑娟作为原型,创作了相声《伟大的公民》,想象自己是国王,子民如郑娟,在掌握王权的世界里游刃有余;当二人出现分歧时,"他也不打算哄她高兴,他自己还没高兴起来呢!他相信,她经过反省之后是会主动投怀送抱的"[④]……随着小说情节的发展,周秉昆不再将郑娟视为"傻白甜",也不再以"拯救者"的姿态居高临下,"他希望从她身上获得的不再仅仅是肉体和精神的欢乐,更希望从她的身体里边获得安全感,获得抵挡某种恐慌的生命能量"[⑤]。以上种种显示,二人的婚姻关系中,周秉昆对郑娟有强烈的依恋心理,亦有明显的自我中心思想和男权意识,

---

① 李玲:《中国现代文学的性别意识》,北京:人民文学出版社,2002 年,第 3 页。
② 梁晓声:《人世间》(上部),北京:中国青年出版社,2017 年,第 95 页。
③ 梁晓声:《人世间》(中部),北京:中国青年出版社,2017 年,第 135 页。
④ 梁晓声:《人世间》(中部),北京:中国青年出版社,2017 年,第 230—231 页。
⑤ 梁晓声:《人世间》(中部),北京:中国青年出版社,2017 年,第 309—310 页。

他始终无法摒弃"占有"的念头,无法将郑娟视为独立的个体,这才有了郑娟对周秉昆的诉求:"仅爱不够,你要永远地敬重我。"①《人世间》中,作者对"好女人"寄寓了无限深情,而对"好男人"的想象与塑造,在"英雄"气质的张扬之外,"凡俗"人性的挖掘仍值得期待。

三、追逐"自由":"知识女性"的叛逆与独立

革命伦理与家庭伦理之外,《人世间》还从自由伦理的维度探讨女性作为"人"的话语实践。梁晓声以周蓉和周玥母女为例,呈现了"知识女性"在追逐"自由"道路上的叛逆精神与独立品格。"不自由,毋宁死"②的周蓉是《人世间》中众多女性中"知识女性"的代言人。蔡晓光眼中的周蓉是"特殊的女性"③,"总希望超越普通人生"④。周蓉眼中的自己则融合了众多文学作品典型人物的特质,将"艾丝美拉达的没心没肺""卡门的任性""马蒂尔德的叛逆""娜塔莎的纯真""晴雯的刚烈""黛玉的孤芳自赏式的忧郁""宝钗的圆通"⑤集于一身,个性十足。周玥是小说中新生代"知识女性"代表,她继承了母亲周蓉"不自由,毋宁死"的叛逆基因,从青春"早恋"的任性出走,到留学法国的艰苦历练,再到归国求职的迷惘无助,最终于商品经济飞速发展的时代潮流中确立了自我价值。"知识女性"为了追逐"自由"而竭力抵御外部世界对内心世界的侵扰,这是梁晓声从家庭和时代的双重代际更替中寻

---

① 梁晓声:《人世间》(中部),北京:中国青年出版社,2017年,第301页。
② 梁晓声:《人世间》(中部),北京:中国青年出版社,2017年,第87页。
③ 梁晓声:《人世间》(上部),北京:中国青年出版社,2017年,第58页。
④ 梁晓声:《人世间》(下部),北京:中国青年出版社,2017年,第242页。
⑤ 梁晓声:《人世间》(上部),北京:中国青年出版社,2017年,第307页。

找女性发展之路的尝试。

一方面,"知识女性"在追逐"自由"的过程中,伴随着叛逆与反抗。周蓉的"任性"主要体现在"爱情至上"的人生信念中。她为了追随诗人冯化成,不顾困顿辛劳,不惜与家人不辞而别,远赴贵州偏远山区,一心守护爱情"信仰"。"文革"背景下,周蓉"离家出走"的意义显得非同寻常。受爱情驱使,周蓉对"现行反革命"冯化成不离不弃,这意味着她与主流意识形态的"决裂",也意味着"政治清白"的丧失。事实上,周蓉以"叛逆"之举捍卫了"自由"的神圣,呵护了"正义"的微光,承载了作者对"精英女性"的期待。周玥的"任性"主要体现在两段感情,青春期的"早恋"以及成年后的"第三者插足"。如果说周蓉为了冯化成而离家出走远赴贵州,叛逆在先,那么周玥执意与周楠早恋,并因家人阻拦而负气流亡法国则延续了母亲的叛逆。周玥对周楠倾注了深情,初恋之殇久久不能化解。但作者将周玥与私企老板的结合归因于周玥在就业困难时期的"功利"选择,以"合适"遮蔽真情,弱化了周玥作为"新生代"女性的丰富性与复杂性。此外,同为"第三者插足",作者对关铃和周玥的评价截然不同。护士长关铃是"现代小芳",是蔡晓光眼里"完全无私""难以报答"的情人,也是周蓉眼里"相见恨晚"的恩人。关铃的"第三者插足"虽不合法,却是合情又合理,甚至是值得赞颂的。而周玥的"第三者插足",可谓众叛亲离,不合情也不合理。究其原因,症结所在便是关铃没有"占有"的念头,而周玥试图"占有"。我们不禁疑惑,周玥与世俗道德的反抗不正是以追逐"自由"为初衷吗?作者为何对关铃高度认可甚至赞扬,却对周玥如何走出初恋阴影而开始"第三者插足"的心理转换避而不谈?周玥的反叛虽然获得胜利,但这个本该复杂的女性形象显得过于单薄。作者并未贴近人物内心深挖叛逆选择背后的人性力量,同时,作者对两种"第三者插足"的不同态度,也或多或少显现出性别的局限。

另一方面,"知识女性"在追逐"自由"的过程中,伴随着理性与独立。这种理性和独立在周蓉身上体现为知识分子的社会责任感以及对待爱情"无怨无悔"的态度。埃里希·弗罗姆在《逃避自由》中探讨了现代人的自由焦虑,他认为自由虽然给现代人带来了独立与理性,但也造成了孤立状态,并提出两种应对孤立的选择:"或者逃避自由带来的重负,重新建立依赖和臣服关系;或者继续前进,力争全面实现以人的独一无二及个性为基础的积极自由。"①"推崇孟子不喜庄子"②的周蓉无疑是"积极自由"的践行者:她在贵州艰苦的环境中仍然不忘知识分子的责任,希望写一本纪实性的书籍,以引导大众对于国家的认知;她在北大读书时期,发起"好学生的好"与"好人的好"辩论,实则反思"文革";她对和冯化成之间无疾而终的爱情"无怨无悔"。从革命的"无怨无悔"到青春的"无怨无悔"再到爱情的"无怨无悔",梁晓声力求于苦难中发掘甘甜,"无悔"心态背后含有对个体命运的接纳与认同,即使个体命运处于时代或社会的掌控之中。"知识女性"追逐自由的理性和独立在周玥身上体现为国族意识的淡薄、自由意识的浓厚,以及价值判断的自主与人生选择的务实。"新生代"知识女性的国族意识较为淡漠,缺少激情。流落法国的周蓉和周玥母女对祖国的认识存在代际的差异。周蓉从感情层面理解祖国,祖国意味着故土与乡愁;周玥则从基因层面理解祖国,祖国意味着种族烙印。在周玥的价值体系里,务实与"好人"并不冲突,"好人"的高尚也并不建构于自我道德的神化,接受他人善意的补偿也是认可"自由"的体现。《人世间》中"好人"的评价标准前文已有提及,这里稍作补充。周秉昆虽是梁晓声笔下"好人"文化的践行者,但他的"救世主"人格特质,不免有"大包大揽""自不量力"之嫌,为朋友

---

① 〔美〕埃里希·弗罗姆:《逃避自由》,刘林海译,北京:国际文化出版公司,2007年,第6页。
② 梁晓声:《人世间》(中部),北京:中国青年出版社,2017年,第95页。

两肋插刀的"仁义"中带着"力所不能及"的负担。而周玥"在商言商",隐含作者摒弃道德批判,认同了周玥保持"独立"的合理性。事实上,周玥并非不近人情、六亲不认,理性务实之外,周玥对亲情也有善意回馈的一面,她在法国留学时也曾偷偷把勤工俭学挣的钱转给周秉昆夫妇,帮助他们缴纳"双保"。因此,周玥的理性与独立都是建立在追逐"自由"的人生要旨之上,个性鲜明。

梁晓声将小说中人物的命运归因于"知识、学历、机会、权力、个人对人生的设计",尤其是"时代的发展变迁"。[①]"知识女性"周蓉、周玥母女之间的代际更迭隐喻了时代的转型,她们经由叛逆走向独立,女性个人的成长史伴随着时代的变迁史。反观当下,女性的"自由"之路依然荆棘丛生,而《人世间》确认了女性的价值,为新时代女性带来希望与信心。

四、结语

"不悔"与"忏悔"的"革命女性","自觉"与"自足"的"贤妻良母","叛逆"与"独立"的"知识女性"……这些散落在历史、家庭、时代角落的女性终将成为中国当代文学史上熠熠生辉的经典形象,印证女性"永恒"的魅力。梁晓声用"白描"的方式将现实主义的素朴情怀发挥到极致,却用最理想主义的方式将人性的善与美定格在时代的巨轮之下。"红一代"反思"革命",在"不悔"与"忏悔"中升华了信仰,抚慰了创伤;"民间的天使"恪守"美德",在成为"贤妻良母"的自觉与自足中创造了日常生活的奇观;"知识女性"追逐自由,在叛逆与独立中确立了主体意识与理性精神。歌德说,"永恒的女性,引领我们向上",这也是《人世

[①] 梁晓声:《人世间》(下部),北京:中国青年出版社,2017年,第435页。

间》中这些"永恒的女性"的重要价值。梁晓声深信"好女人"的魅力,因为"人类生活中最温馨最富有诗意的,能使人类情感得到净化、趋向美好的部分,源于女性"[1]。

(原载《中国文化研究》2019年第4期)

---

[1] 侯志明、王津津:《好女人是一所学校——访青年作家梁晓声》,《名人谈女人》,北京:中国社会出版社,1991年,第20页。

"安命"与"造命"
——论梁晓声长篇小说《人世间》中的两个女性形象

◎ 刘雨薇

《人世间》是梁晓声2017年11月出版的长篇新作，小说通过对北方某省会城市平民区老建筑工人家庭周家三代人生活的描绘，展现了自二十世纪七十年代直到改革开放后的今天的"五十年中国百姓生活史"，是进入二十一世纪以来我国现实主义文学的重要收获。目前学界对这部作品的研究尚未充分展开，仅有的几篇论文主要讨论了三个方面问题：一是对小说中人物关系和亲情伦理的探讨，路文彬的《当代民生图景背后的深度描绘——读梁晓声长篇小说〈人世间〉》着眼于对一个怨恨和绝望时代所彰显的爱和自由的揭示，指出周家三代人的沉浮遭际其实是"历史高光背后的阴影部分……尽管左右不了历史主流的方向，却有力支撑着历史实在的真相"[1]；刘军茹的《〈人世间〉：承担自我与他者的责任》则分析了亲情伦理背后的责任担当和正义原则[2]。二是对于小说中主要人物形象的分析，苏文韬的《好人文化的践行者——〈人世间〉周秉昆人物形象分析》[3]和方晓枫的《被缚的普罗米修斯——〈人世间〉

---

[1] 路文彬：《当代民生图景背后的深度描绘——读梁晓声长篇小说〈人世间〉》，载《群言》2019年第3期。

[2] 刘军茹：《〈人世间〉：承担自我与他者的责任》，载《枣庄学院学报》2018年第3期。

[3] 苏文韬：《好人文化的践行者——〈人世间〉周秉昆人物形象分析》，载《枣庄学院学报》2018年第3期。

周秉义形象试析》①通过对周家兄弟二人的形象分析，充分揭示了梁晓声的"好人文化"观和社会责任意识。三是关于《人世间》所描写的社会变迁及其文学价值的讨论，李师东的《梁晓声长篇小说〈人世间〉：百姓生活的时代书写》认为这部小说是梁晓声对于自己的生活积累、社会阅历和人生经验的一次全方位的调动，开启了真正意义上的"年代写作"②。王宏波的《以清醒的社会意识书写中国的当代现实——读梁晓声长篇小说〈人世间〉》通过分析主人公周秉昆与朋友的关系、与女性的关系、与家人的关系，认为小说体现了作家以清醒的社会意识对于社会生活的反思③；吴秉杰的《梁晓声〈人世间〉：一种包容的人生书写》认为这部作品并不是普通的历史书写，而是一种包容性的人生书写，"这部直指当代人生的作品，不仅自然地拥有了现实主义的历史认识价值、社会价值，更有了一种特殊的情感价值"④。

有关梁晓声作品中女性形象的研究，学界已有的成果仍大多集中于对他二十世纪末小说创作中的女性形象的分析，这些研究，或"解读梁晓声小说中具有代表性的两类女性形象：痴情善良的山野少女和淫邪美丽的都市女人，阐释其文化根源及梁晓声的女性观"⑤，或"通过对梁晓声世纪末女性形象的透析，考察梁晓声从人性温馨的理想主义到物化时代的严峻批判的写作转型"⑥。小说《人

---

① 方晓枫：《被缚的普罗米修斯——〈人世间〉周秉义形象试析》，载《枣庄学院学报》2018年第3期。

② 李师东：《梁晓声长篇小说〈人世间〉：百姓生活的时代书写》，载《文艺报》2018年2月23日。

③ 王宏波：《以清醒的社会意识书写中国的当代现实——读梁晓声长篇小说〈人世间〉》，载《中国艺术报》2018年10月29日。

④ 吴秉杰：《梁晓声〈人世间〉：一种包容的人生书写》，载《文艺报》2019年4月15日。

⑤ 邹雪梅：《女性命运的文化解读——梁晓声90年代小说中的女性人物形象分析》，载《文学界》2011年第1期。

⑥ 蒋建强：《从人性温馨的理想主义到物化时代的严峻批判——梁晓声世纪末的女性形象表达》，载《名作欣赏》2008年第20期。

世间》中也塑造了众多的女性形象，如主人公周秉昆的妻子郑娟、姐姐周蓉、嫂子郝冬梅、干妹乔春燕、朋友肖国庆的妻子吴倩、孙赶超的妻子于虹、姐夫蔡晓光的情人关铃等，而对于《人世间》中女性形象的研究，迄今尚付阙如。本文拟通过分析《人世间》中郑娟和周蓉这两个具有代表性的女性人物形象，来探讨这部作品所传达的对于女性命运的关切。

主人公周秉昆的妻子郑娟是小说中着墨很多的一个人物，郑娟的身上集合了许多中国传统女性的优秀品质：她善良、节俭、质朴、孝顺，敢于为爱付出；又坚强、乐观，在困厄中始终保持坚忍；她有着妻子的柔软、母亲的温情，时而又流露出小女孩的天真。她不像秉昆的姐姐周蓉那样受过高等教育，也不似嫂子郝冬梅出身高干家庭。她出身于社会最底层，她和盲人弟弟郑光明都是养母捡来的孩子，虽然念过小学和中学，但正如她自己所说，"除了小学和中学的课本，我就再没读过什么书"[1]，然而她却有着独特的可爱之处："她不像春燕，春燕有心机，她绝没有。她不像吴倩，吴倩太小心眼。她也不像于虹，于虹自我保护意识很强，总怕自己在什么事上被人算计了，吃了亏。而她几乎没什么防人之心，若对一个人好，便处处先考虑他的感受，宁肯为对自己好的人做出种种牺牲。谁和她聊天也长不了见识，她根本就没什么与文盲家庭妇女们不同的见识，也没什么人情世故。"[2]

郑娟是如此的单纯善良，仿佛从未蹚过现实的浑水一般天真可爱，但在与秉昆相遇之前，她的人生其实非常坎坷：被小混混骆士宾奸污而怀孕，男友涂志强替人扛下命案被枪决，上有老迈的养母，下有盲人弟弟和未出世的孩子，一家人蜗居在太平胡同的土坯房里，生活难以为继。作家这样描写郑娟与秉昆初次相见的场景：

---

[1] 梁晓声：《人世间》（中部），北京：中国青年出版社，2017年，第54页。
[2] 梁晓声：《人世间》（上部），北京：中国青年出版社，2017年，第387页。

秉昆进门后，小寡妇停止了正做着的事，极为吃惊地瞪着他。秉昆看出她还没洗脸没梳头，看出了她在一个陌生男子讶然的目光下的狼狈不堪，也看出了她内心的羞臊……眼前的郑娟有张蛾眉凤目的脸，像小人书《红楼梦》中的小女子，目光里满是悕惶，仿佛没怎么平安无事地生活过似的。她的样子，会让一切男人怜香惜玉起来，周秉昆当然也不能例外。[1]

秉昆初到郑家是受水自流和骆士宾之托去给郑娟送钱的，这一使命自然赋予了他雪中送炭的救世主角色。郑娟的美和艰难的处境，先是勾起了秉昆的怜惜，继而撩拨起了这名年轻工人心中的占有欲和狂暴的性欲："就在刚才，在郑娟家里，当他第一眼看到她时，内心里首先产生的首先是一种难以克制的冲动，那就是扑到她家的炕上扑倒她的冲动。"显然，至少有那么一个瞬间，秉昆被救世主的心态冲昏了头脑，认为自己是高高在上的施予者，而郑娟是卑贱的接受施舍的人："他认为她是卑贱的——与一个有不良记录的青年结为夫妻，结果让自己最终成为了一个已被处决的杀人犯的小寡妇，难道不是卑贱的吗？她的不容置疑的卑贱，让他觉得自己高高在上。"[2]

小说中秉昆与郑娟初见后一系列复杂的心理活动被作者描绘得异常细腻和精彩，很好地表现了年轻男性面对异性的诱惑时心中难以抑制的狂野冲动。但若秉昆与郑娟的初见只到这里戛然而止，便也只是流俗于男性视域中"受难天使"的模式，即"让女性受难是男性现代叙事的必然安排"[3]。然而秉昆内心狂乱的激情在郑娟的盲弟弟郑光明一跪之下归于平静："当别人对你下跪相求时，表面

---

[1] 梁晓声：《人世间》（上部），北京：中国青年出版社，2017年，第90页。
[2] 梁晓声：《人世间》（上部），北京：中国青年出版社，2017年，第98页。
[3] 李玲：《中国现代文学中的性别意识》，北京：人民文学出版社，2002年，第38页。

看来完全是别人的可怜,往深处想想,其实也未必不是别人对你的恩德,因为那会使你看清自己究竟是怎样的人。"① 可见郑娟的受难,绝不是为了成全秉昆的英雄气概和拯救者形象,而是犀利地直指主人公内心深处的软弱和不堪,原本作为拯救者站在道德高地上的秉昆以盲弟弟澄澈的心灵为镜,照出了自己内心里的丑恶。在主人公的自省中,欲望得以转化为真正的爱与怜悯,扫清了郑娟在艰难时代里蹒跚前行路上的积雪:在涂志强的朋友们入狱无法再为郑娟一家提供资助之际,秉昆变卖了母亲的玉镯来贴补郑家;面对家人的反对和流言的纷扰,他仍然坚守着内心,冲破阻力与郑娟步入婚姻。

生活的苦难并没有让郑娟成为一个怨妇,而是恰恰相反,在郑娟的一生中,无论面对怎样的逆境,她始终保持着乐观和知足,既不怨天尤人,也不自怨自艾,主人公秉昆曾经这样描述自己的妻子:

> 在太平胡同那个小土窝里她心安意定,搬入一幢小苏联房她欢天喜地,从那儿搬到地下室她仿佛也没什么,总之是忙前忙后特来劲儿。他损失了一千六百元也没埋怨过,只说了一句极想得开的话"就当成花钱做了一场美梦吧,做过那么一场美梦挺好的"。从地下室搬到了光字片,她照样搬得乐呵呵,房顶被积雪压塌了,她却说:"老天爷真瞧得起咱们,整个光字片只压塌了咱家的房顶!"屋里多了五根红色钢管,她还挺喜欢,也不问问花了多少钱……是的,这女人只要还是他老婆,只要还和他生活在一起,她就会高高兴兴地热爱着生活,高高兴兴地以她的标准做他的好老婆、周家的好儿媳、两个儿子的好母亲。②

---

① 梁晓声:《人世间》(上部),北京:中国青年出版社,2017年,第99页。
② 梁晓声:《人世间》(中部),北京:中国青年出版社,2017年,第306页。

在那个社会风云变幻、物质极度匮乏的年代，沉重的生存压力让很大一部分底层市民不得不在蝇头小利上斤斤计较，各人只管维护自己小家的利益，损人利己的事也屡见不鲜。在这样的时代里，郑娟身上异乎常人的知足便显得尤为突出：她不像同一阶层的其他女性那样各有各的精明，她不热心政治，不在社会关系上苦心钻营，更不在钱财上锱铢必较，故而"光字片"的街坊甚至在背后说她"有点二"。可是细品秉昆的话，便不难发现主人公的态度：看似头脑简单的郑娟实际上比谁都"想得开"，做人有一套"自己的标准"。郑娟的知足一方面来自具有慈悲心的养母的言传身教，另一方面则是被生活磨砺出来的一套面对逆境的生存哲学，在"傻"的表面下，蕴藏着的是她柔软质朴的生存智慧：作为妻子，她体谅丈夫在外打拼的艰难；作为母亲，她用朴素的人生观教给孩子们正直与善良。更为可贵的是，她的爱不仅局限于自己的小家，更无私地灌溉着周家这个大家庭：秉昆的哥哥秉义在 A 市副市长任上主持棚户区改造，游说秉昆夫妇率先迁入新区，为"光字片"的居民们做个表率。身为亲弟弟的秉昆尚且心存疑虑，甚至因此与哥哥发生冲突，郑娟却真心实意地全力支持，这样的热忱显然不是因为她具有什么政治上的觉悟，而是完全出于对亲人的爱与信任。

郑娟这样的女性，是毋庸置疑的好妻子、好母亲，她对自己的定位和期许，也始终都是当好一个贤内助："跟你们说实话，我可乐意当家庭妇女了，做做饭，拾掇拾掇屋子，为丈夫儿子洗洗衣服，把他俩侍候好，我心里可高兴了。我觉得自己天生是做贤妻良母的，不是那些喜欢上班的女人。"[①] 可见，对于社会工作，与其说她缺乏能力，不如说她缺乏兴趣；但这绝不是说郑娟就是一个对生活毫无主见的女人，秉昆做了《大众说唱》编辑之后，因为看不惯有些人架子烘烘的，而不愿意去跟他们组稿，她就劝秉昆说："我

[①] 梁晓声：《人世间》（下部），北京：中国青年出版社，2017 年，第 263 页。

也是懂得一点儿做人道理的呀……性格怎样和人心怎样往往是两回事。性格像皮肤，大太阳下晒久了谁都黑了，关在屋里一年半载的谁都会变得白了点儿。皮肤黑了白了，只要心没变，还是一颗好人心，那就还是先前那个好人。"①她认为架子烘烘的人不一定就是人心不好，同样，秉昆"嘴甜一点"也不是什么可耻的事，她对"性格"和"人心"的分析甚至让秉昆"颇有胜读十年书之感"。在两性关系上，郑娟同样有着自己的尺度，在她与秉昆初识后的一年里，两人各怀情愫却又秘而不宣，是郑娟大胆地主动说出自己对性与亲密的渴望。婚后，一次秉昆想与她同享鱼水之欢，却遭到了她的拒绝，她说："我是你老婆，但不是你的玩具。你高兴了，为了更高兴要我；伤心了，为了要得到安慰要我；烦恼了，为了去除烦恼要我；生气了，为了消气要我……如果反过来行吗？多少次我想要的时候，你不是都装作没看出来的样子吗？"②尽管她对秉昆一家的奉献是那么无怨无悔，但对于夫妻之间的关系，她还是具有一定的平等意识。更重要的是，她的乐天知命的人生态度，使她在遭遇生活的各种艰辛、磨难与不测变故时表现得无比坚忍：在秉昆因"四五事件"被捕的半年间，她忍受着"光字片"街坊邻居们的非议，不辞辛劳地照顾着秉昆长期昏迷的母亲；在丈夫因与骆士宾争夺儿子的抚养权失手伤人而入狱的十二年里，她从未想过背弃家庭，而是任劳任怨地出去做清洁工以维持全家的生计；在美国读博士的儿子周楠意外身亡后，她去美国处理儿子的后事，表现得无比坚强而有主见；她把自己在太平胡同的土坯房无偿过户给赶超一家，一个人独自办成了一件非常难办的事……正如作者所说："如果秉昆不在身边，郑娟自己面对任何不幸之事，必定是坚强而有主见的；秉昆一在身边，她往往脆弱得一塌糊涂。这与她长期以来对秉昆的依赖有关，也与她天生的某种基因有关。"③

---

① 梁晓声：《人世间》（中部），北京：中国青年出版社，2017年，第54页。
② 梁晓声：《人世间》（中部），北京：中国青年出版社，2017年，第302页。
③ 梁晓声：《人世间》（下部），北京：中国青年出版社，2017年，第210页。

作为女性个体,郑娟也许缺乏对自己命运的把握,从女性主义的观点看,也可以说她缺乏女性主体意识。"五四"时期的女作家陈衡哲曾说过:"世上的人对于命运有三种态度,其一是安命,其二是怨命,其三是造命。"① 对于顺境和逆境都坦然接受的郑娟无疑只能做到安命而不怨命;她不主动反抗不公境遇、不追求参与社会生活,她缺乏主宰自己人生的意识和勇气,因而她的命运,在极大程度上只能依赖于时代和家庭。但郑娟毕竟不是周蓉、郝冬梅那样接受过高等教育的知识分子,她只是一个社会底层的没有多少文化的小女人,主体意识、独立精神这些即便对某些知识分子来说都显得高贵的词语,对于一个曾经蜷缩在土炕上食不果腹的底层妇女来说,注定是一些连做梦都无法梦见的词语。《礼记·曲礼》中说"礼不下庶人,刑不上大夫",传统的解释是"礼仪的制定不下及庶人,刑罚的执行不上达大夫"②,若推其缘由,则可以说对于接受过"礼"的教育的士大夫而言,仅仅用简单粗暴的刑罚并不能使他们屈服,而对于没有接受过"礼"的教育的老百姓来说,如果以"礼"的标准来要求他们,那对他们实在是太高了,"经礼三百,曲礼三千"③,他们是根本无法做到的,也是没有必要去做的。同样,对于郑娟这样社会底层妇女,如果我们还要以女性的主体意识来衡量她、要求她,那无异于是一种残忍。作家梁晓声只是按照生活本来的样子塑造了郑娟这个人物,并且按照生活中可能的理想状态赋予她善和美德,这就不会使这个人物形象脱离生活实际;如果作家把她塑造成一个有思想、有个性、有主宰自己人生的意识和勇气的女性,那她便绝不可能跟酱油厂的出渣工人周秉昆走到一起,即使

---

① 陈衡哲:《我幼时求学的经过》,《一支扣针的故事》,哈尔滨:北方文艺出版社,2015年,第20页。

② 王文锦:《礼记译解》(上),北京:中华书局,2001年,第28页。杨天宇的解释为:"礼不为下面的庶人而制,刑不为上面的大夫而制。"见杨天宇:《礼记译注》(上),上海:上海古籍出版社,2009年,第27页。

③ 《礼记·礼器》。

他们在特殊时期无可奈何地走到一起，也终究免不了要各奔东西的结局。郑娟这个形象符合生活的逻辑，但她并不是一个女性的理想形象，我们绝不能说郑娟就是作家梁晓声理想中的女性，甚至她都谈不上是梁晓声本人所喜爱的人物形象，"有点二"不仅是街坊邻居们对她的评价，其实也是梁晓声本人对她的评价。

但郑娟的存在，无疑是小说所描绘的那个时代里一抹温情的点缀。如果说周秉义与郝冬梅的爱情是令人艳羡的举案齐眉，周蓉与蔡晓光是曾经沧海难为水的守候，那周秉昆与郑娟便是这人间烟火里相濡以沫的布衣夫妻，他们的感情朴素却炽热，平凡而珍贵。可以说，在周家三个子女和他们的伴侣当中，命运之神对秉昆和郑娟夫妇眷顾得最少，但他们之间的爱却最真实、最有温度。秉昆拯救郑娟于绝望的泥沼，而郑娟身上妻子的柔软和母亲的温情不仅温暖了秉昆，也润物无声地融化了时代之艰。如此一来，传统爱情小说里的那种女性"受难天使"与男性拯救者的固化角色便被打破，这一对草根夫妻之间不再是单向的救赎与被救赎的关系，爱使他们互相救赎。

与持"安命"态度的郑娟相比，秉昆的姐姐周蓉无疑是"造命"者。周蓉的美丽外表之下，潜藏着的是她追求自由的灵魂和不甘平庸的心。小说中，周蓉最令人瞩目的，无疑是她的三次"出走"。自"五四"时期所讨论的易卜生笔下的娜拉出走开始，女性出走逐渐成为妇女解放的象征而出现在越来越多的文学作品中，有学者认为"女人只有在不断的逃离中，才能穿越由男性围墙封闭起来的迷宫，寻找真实的自己，赢得女性在历史中言说的权利，建立起平等的男女文化关系，进而建构起女性自己的诗学。所以，'逃离'既是拒绝与反抗，也是寻觅和建构"[①]。对周蓉来说，她的每一次"出走"都代表了她在不同时期的人生追求，也作为她人生的分

---

① 胡军：《论女性小说的"逃离"意识》，载《湖南工程学院学报》2005年第2期。

水岭,一次又一次地改变她的命运。

周蓉第一次"出走"发生在"文革"初期知识青年上山下乡的大潮中。她自中学时期开始与北京诗人冯化成通信,两人因相似的志趣渐渐生出情愫,"文革"中冯化成被打成"右派"下放到西南边陲,当时还是少女的周蓉为了追求爱情,瞒着父母和兄弟,背负着舆论的压力,只身从东北远赴贵州。小说中对周蓉第一次出走的描述篇幅很短,但却很能体现少女周蓉的品性。在蔡晓光的描述中,周蓉从初中二年级就开始与比自己年长许多的诗人通信,并在一年后"明白自己千真万确地爱上了他"[1],由此可见周蓉实际上是非常早熟的。的确,早年间大量阅读中外文学和哲学著作的经历使周蓉有着比同龄人更深邃的思想和更伶俐的口才,但这绝不能证明她与冯化成之间就是成熟的爱情。且看二人初次相见的场景:周蓉在北京初见冯化成时,后者正被批斗,"在亢奋的口号声浪和令理智者头晕目眩的气氛下,他偶一抬头,居然鬼使神差地发现了她在人群中的存在……他一发现她,他的头便不再低下,被一双双手一次次使劲儿往下按也不肯驯服地低下"[2]。可以想象,诗人冯化成和他的浪漫的诗歌世界对于出生在工人家庭又热爱文学的少女周蓉构成了不小的吸引力,诗人的才气及其悲惨遭际,使周蓉陷入了对他无药可救的迷恋;同时对诗人冯化成来说,在这个崇拜自己的少女的注视下,被批斗的屈辱和愤懑都成了英雄的勋章和勇敢的明证,他接受周蓉的爱,很大程度上只是对自我英雄幻象的自恋。于是,在极端政治环境的催化下,诗人与少女结合了。周蓉的第一次出走,实际上是一场浪漫却不计后果的私奔。

第二次"出走"发生在周蓉的中年,进入八十年代后,她通过自己的努力,成了北大中文系的研究生,丈夫冯化成也得到平反,回到北京并落实了工作、分到了住房。眼看周蓉一家的生活即将揭

---

[1] 梁晓声:《人世间》(上部),北京:中国青年出版社,2017年,第38页。
[2] 梁晓声:《人世间》(上部),北京:中国青年出版社,2017年,第39页。

开新的篇章,丈夫却被诗歌带来的名声冲昏了头脑,他患得患失,担心名利如浮云不能长久,失去的十年又使他渴望得到补偿,就这样,冯化成出轨了。起初的几次,周蓉选择了原谅,但"曾是爱情至上主义者的周蓉的爱情画卷被污损了"[1]却也是不争的事实。如果说周蓉的第一次出走是一场情感多于理智的浪漫逃亡,那么将近二十年以后,在面对人生选择时,周蓉心中的天平终于向理性倾斜,对丈夫的背叛忍无可忍之后,周蓉平静地提出了离婚,主动选择离开了这段千疮百孔的婚姻。周蓉的离婚,可以说是少女浪漫的爱情理想在现实中的坠毁,但小说中更多的是赞扬了成熟独立的现代女性敢于挣脱婚姻枷锁,重新建构幸福人生的胆魄和勇气。

周蓉的第三次"出走"与前两次不同,前两次"出走"完全是忠于自己内心的自由选择,第三次却更多是"可怜天下父母心"的无奈。周蓉与冯化成离婚后,又与青梅竹马的蔡晓光结合,事业上也顺风顺水,很快被评为A市重点大学的副教授,然而青春期的女儿周玥因与舅舅秉昆的养子周楠萌生感情而被舅舅责打,周玥羞愤之下跑到北京投奔生父冯化成,又被父亲带去了法国。为了找到女儿并将她带回祖国,周蓉漂洋过海来到法国,起初因签证问题不得不滞留,后又为了女儿的教育选择留在法国,一边打工一边供女儿读书。在这漂泊困顿的十二年里,周蓉始终没有放弃自己的追求:她努力学习法语,对法语的掌握达到了炉火纯青的地步;面对压力时懂得自我调节,使自己始终保持良好的精神状态;面对富商的追求和当地人的歧视,她不卑不亢,体现出充分的自尊自爱……而最终,周蓉的坚持也有了收获:异国的相依为命使女儿最终明白了母亲的良苦用心,母女最终冰释前嫌,周蓉也默许了周玥和周楠之间的感情。

纵观周蓉人生中的三次"出走",我们可以清晰地看到人物成

---

[1] 梁晓声:《人世间》(中部),北京:中国青年出版社,2017年,第111页。

长的脉络:从少女时代的叛逆和意气用事,到成年后勇敢追求自由与尊严,最后到身为母亲心甘情愿地付出,在这一次次的出走中,周蓉不断淘澄生活中的杂质,最终沉淀出洗练而通透的人生。作为周家三兄妹中唯一的女性,周蓉不同时期的人生追求与选择,体现了她的女性主体意识的觉醒和成熟,也象征着伴随共和国成长起来的知识女性在追求自由独立的过程中所经历的艰难曲折:在去贵州插队之前,她是 A 市重点中学高二学生,她热爱文学,返城后接受过高等教育,后来又出过洋,在她身上几乎浓缩了那一代知识人的人生缩影。

比较周蓉和郑娟这两个女性人物,二人均出身于二十世纪中期东北城市底层平民家庭,却有着截然不同的人生态度和际遇:郑娟纯朴善良,她身上流淌着中国传统女性的美德,乐观知足,安于现状,但也目光短浅,只关心自己的家庭,自我意识仍处于蒙昧之中。周蓉则不同,作者对她的性格曾经有过一段精彩的描写:"周蓉从骨子里天生叛逆,如果一个时代让她感到压抑,她的表现绝不会是逐渐适应。短时间的顺从她能做到,时间一长,她就要开始显示强烈的叛逆性格。如果遭受的压制和打击冷酷无情,那么,她将会坚忍地抗争到底。""她对自由的向往,如同蜜蜂和蝴蝶天生要寻找花蜜和花粉一般。她从书籍中感染了'不自由,毋宁死'思想。"[①] 如果说郑娟在小说里往往是以谁的妻子或谁的母亲的面目出现的,那么周蓉所代表的始终是她自己,她是父母家庭的叛逆者,更是自己命运的创造者和主宰者,对自身命运的主导意识使她在世事变幻多艰的时代里敢于反抗和否定,以独立思考之精神坚持自我。

面对这样两个迥异的女性人物,我们不禁会思考:是什么导致了她们命运的不同?小说中作家给出的答案是:"他们的幸福感,与知识、学历有一定关系——在他们中,四人接受过高等教育,秉

---

① 梁晓声:《人世间》(中部),北京:中国青年出版社,2017 年,第 86—87 页。

义和周蓉还曾是北大学子……在这些亲人里,周蓉、蔡晓光和周玥靠着各自的知识,还有抓住机遇、顺势而为的灵活性,不同程度地成为发展自己、获益于时代的转型者。"① 可见,是知识改变了他们的命运。虽然同是出身于社会底层,但周蓉来自共和国第一代建筑工人家庭,在当时,工人阶级还享有崇高的社会地位,这使得周家兄妹能够结交到郝冬梅、蔡晓光这样的干部子女,有机会读到别人读不到的书,他们一有空闲就聚在周家一起讨论文学,也使郝冬梅、蔡晓光这两个落难的高干子女最终能够与来自工人家庭的周秉义、周蓉走到一起。而住在太平胡同小窝棚里的郑娟虽然也念过小学和中学,但她和盲人弟弟郑光明只能靠养母卖冰棍维持生计,这决定了她不可能像周蓉那样成为有知识、有思想、特立独行的人物。周蓉自少年时代便开始阅读《战争与和平》《红与黑》等外国现代小说,这些书籍在无形中完成了对周蓉的理性启蒙,也在她人生观的建立过程中起到了举足轻重的作用,使她成为终身的学习者。不仅如此,在周蓉人生的不同阶段,作家都赋予了她教育者的角色,无论是作为贵州山村里孩子们的启蒙老师、A 市重点大学的哲学副教授,还是晚年成为私立中学的副校长,周蓉始终坚持着教书育人、授业解惑,以丰富的知识、深邃的思想和美好的品格影响和哺育着国家的下一代,可见在作者的心中,周蓉不仅是坚持自我的独立女性,更是时代中的女性楷模。

但值得我们反思的是,小说中塑造了周蓉和周玥这一对同样具有叛逆精神的母女,周蓉自己年轻时的叛逆,与女儿周玥的叛逆,她的态度却形成了鲜明反差。就在她默许周玥与周楠之间的感情后不久,周楠却在美国遭遇枪击而意外身故。回国后,周玥很快"第三者插足"别人的家庭,与一位老板同居。这使周蓉痛心疾首又羞愤难当,甚至气得让丈夫蔡晓光替她声明"从此我们断绝母

---

① 梁晓声:《人世间》(下部),北京:中国青年出版社,2017 年,第 434、436 页。

女关系"①，她向蔡晓光哭诉："她这么不自重自爱，哪像我的女儿呢？我的人生全让她毁了。"② 直到又过了十年之后，在亲人的劝说下，周蓉才慢慢原谅了女儿，但这十年里，周玥还是给母亲留下了难以愈合的伤痛。面对叛逆的女儿，周蓉也只是一位无能为力的母亲，痛彻心扉却无计可施。小说中没有交代周蓉是否曾反思过自己少女时代的叛逆对母亲和家人造成的伤害：她为了追求爱情而远赴贵州插队，使母亲遭受沉重的打击；1976年3月，在与丈夫冯化成回家探亲的火车上，二人又因朗诵了一首悼念周总理的诗，与铁路警察发生冲突而不知所踪，只有年幼的周玥被周蓉父亲的同事送回了家，周母精神上再遭重创而成了"植物人"，若非郑娟长达一年多时间的按摩、照料，周母能否醒来还是未知数……可见，周蓉的叛逆虽成全了自我，却给母亲带来了精神和肉体的双重打击，正如多年以后，女儿周玥的叛逆给周蓉自己带来的打击一样沉痛。

周蓉和周玥母女二人都是具有主体意识、特立独行的现代女性，她们年轻时的叛逆，以及对自由、对爱情的追求，都给各自的母亲造成了无法弥补的伤害，周蓉直到自己的女儿做出与自己当年相似的选择时，才体会到作为母亲的痛苦。作家通过这母女两代人的对比，也揭示了这样一个问题：女性的主体意识、追求自由独立的意识，与对亲人、对社会的伦理责任之间，是否有一个界限？如果有，那么这个界限在哪里？其实不只是女性，对所有人而言，追求自己的主体性、追求自己的自由与独立，都应该以避免对他人造成伤害为界限。

郑娟与周蓉这两个人物，前者是作家在真实生活经验之上塑造出来的贴近生活的女性形象，在不与现实生活逻辑相悖的前提下，作家最大限度地赋予了郑娟爱和善的美好品质，对底层女性形象的这种处理方式，也正是梁晓声在创作中践行"好人文化"的体现；

---

① 梁晓声：《人世间》（下部），北京：中国青年出版社，2017年，第327页。
② 梁晓声：《人世间》（下部），北京：中国青年出版社，2017年，第328页。

后者则是作家所塑造的一个理想人物，周蓉的独立自主、求真向上，都是作家想要传递给读者的精神力量。但即便如此，作家也没有刻意将周蓉塑造成十全十美的典型人物，而是保留了她性格中的缺陷，不仅揭示了她少女时代的鲁莽、冲动，而且很容易让读者从母女三代人的关系中，将女儿的叛逆对母亲造成的伤害加以对照，从而进一步思考主体意识和伦理责任之间的边界问题。作家梁晓声对底层人物饱含温情，对理想中的人物又不乏审视的态度，使小说人物更加具体可感。郑娟与周蓉是不同的女性，也可看作是女性成长的不同阶段：郑娟是缺乏主体意识和把握自己命运能力的"安命"者，她更贴近传统的"贤妻良母"形象，但与上一代的传统女性相比，她敢于向丈夫表达爱，在夫妻关系中也具有一定的平等意识，这可以看作她的自我意识正在蒙昧中被唤醒而逐渐抬头。周蓉则是一个现代的新女性，她从少女时代的叛逆走向成熟的过程，也是其女性主体意识逐渐走向成熟的过程，这使她成为始终把命运掌握在自己手中的"造命"者。

《人世间》通过塑造郑娟、周蓉等女性形象，传递出浓厚的民间关怀和对女性命运的关切，但作家在小说中不止一次地强调周蓉和郑娟外貌的美丽，这是否对女性的人格美反而形成了一定程度的消解？难道外貌不美的女性就不配拥有把握自身命运的能力吗？外貌美主要来自先天的遗传，而女性的人格美与气质美、主体意识与独立精神则主要来自后天的养成，正如李玲教授在《中国现代文学中的性别意识》一书中所说："把握自我命运的独立人格与外貌上的美丽性感与否并没有必然联系。"[1] 美貌不应作为表现女性人性光辉的必要条件，这是作家在创作中应该警惕的性别误区。

（原载《中国当代文学研究》2019年第11期）

---

[1] 李玲：《中国现代文学中的性别意识》，北京：人民文学出版社，2002年，第80页。

以家之名，饱览人间

——论梁晓声《人世间》中的家庭伦理

◎ 卢军霞

《人世间》自 2017 年出版以来，好评如潮，并于 2019 年 8 月荣获第十届茅盾文学奖。这部百万余字的鸿篇巨制是梁晓声"尽最后的努力对现实主义的一次致敬"[①]。小说以北方某省会城市中的普通工人家庭周家为核心，透过周家三代人的成长成熟，真实展现了二十世纪七十年代到改革开放的今天，普通老百姓的悲欢离合与中国社会的巨大变迁。诸多评论者肯定了小说在人物形象、情爱叙事、民间立场、史诗书写等方面取得的成就，但对于周家在日常生活中所凸显的家庭伦理却较少触及。事实上，褪去激情色彩，回归现实本真的《人世间》，恰恰是透过家庭伦理的书写与建构传递着以"人"为中心的深情关怀。梁晓声以极度真诚的姿态，通过书写家庭伦理带领读者重回那波涛暗涌却值得铭记的时代，在一幕幕笑与泪中探寻人世间最真挚情感的美好与温馨。

一、家庭伦理关系的多重维度

中国传统文化向来注重"家本位"，一直"把家庭看作社会的基本构成单位和核心，认为家庭是一切人伦关系和人伦秩序设计的

---

① 丛子钰：《梁晓声：现实主义亦应寄托对人的理想》，载《文艺报》2019 年 1 月 16 日。

原点"①。而支撑整个家庭得以存在和延续的重要力量,便是家庭伦理的形成与约束。具体而言,它指的是调整家庭成员之间关系的行为规范或准则。因此若想解读出家庭伦理背后所蕴含的深层符码,就必须对丰富多样的家庭伦理关系进行辨析。在《人世间》中,梁晓声将目光主要聚焦于家庭内部的亲子伦理关系、夫妻伦理关系、手足伦理关系,从而展现出家庭伦理关系的多重维度。

(一)亲子:革命伦理压制下的亲情复归

亲子伦理关系多以血缘为天然纽带,主要围绕着父母与子女之间的关系而展开。梁晓声在小说中,首先将周家置于一个革命伦理对亲子伦理产生极端压制的年代,整个社会都变得日益政治化、革命化。一方面,革命伦理拥有强大的话语权,使人们在日常生活中对权力异常害怕与敏感。当周秉昆在家里看到母亲在用报纸糊墙,立马提醒她不要将毛主席的头像糊倒了,以防产生不必要的影响。在行动远远小于思考的年代,每个人在日常琐事中都需要小心翼翼。另一方面,由于革命伦理的压制,传统家庭伦理亲情也被破坏,家庭成员在思想和行动上也愈来愈趋向无理性。"那年头许多人都弄得疑神疑鬼,父母儿女之间往往也难排除疑心。"②不仅如此,能说会道的家庭妇女们更纷纷响应党的号召,如同虔诚的教士传教般动员儿女去"上山下乡",却丝毫不顾儿女的意愿。周秉昆的好兄弟曹德宝甚至因为政治问题将父亲逼哭。由此可见,在那个年代,无数家庭因为对革命伦理的盲目信奉,都遭受到了难以言说的惨痛悲剧与心灵创伤。

当革命伦理的强势局面无法改变,人们在夹缝中的奋起反击才更显得难能可贵。周家之所以能够在一个历史已迷失方向的混乱时

---

① 李桂梅:《冲突与融合:中国传统家庭伦理的现代转向及现代价值》,长沙:中南大学出版社,2002年,第41页。

② 梁晓声:《人世间》(上部),北京:中国青年出版社,2017年,第203页。

代中得以幸存，就是因为它从没有放弃过对血缘亲情的珍视。女儿周蓉为了追求爱情，宁愿选择和一个被打成"右派"的诗人厮守。周母直呼这是大逆不道的行为，甚至表明连想死的心都有。但这种心灵上的痛苦并没有转化成常见的憎恶，割舍不掉的永远是对女儿的心疼。"她毕竟是妈身上掉下的肉，妈说不想她不惦记她，那是自己骗自己呀。"① 在母亲哽咽的话语中，亲情的真挚逐渐消解了革命的权威。而周父则将自己对于女儿的爱直接付诸行动，以最大的宽容原谅了女儿的叛逆。当看到周蓉在边远的贵州山区依旧美丽如初，他不禁老泪纵横。纵使外部环境恶劣无比，大义灭亲蔚然成风，存在于周家内部的亲情联结始终不曾中断。不惧革命伦理的压制，父母与子女之间因坚守亲情而展现出人性温馨的一面，也是梁晓声对那一无理性时代所做出的最坚忍而执着的抵抗。

（二）夫妻：自由伦理启迪下的理想之爱

小说《人世间》围绕着周家几代人的婚姻爱恋，展现了夫妻伦理关系的多种类型。首先，是以周父周母为代表的传统夫妻伦理，虽然不能以此否认他们之间有真情存在，但"夫为妻纲""男尊女卑"的传统相处之道仍让两人的婚姻增添杂色。周母是一个典型的被男权主导的温婉东方女性，从来都不敢违背丈夫的意愿。即使她最后不幸精神失常，但只要周父一呵斥，便立马停止疯言疯语。其次，是以周家第二代三兄妹为核心的理想夫妻伦理，主要有三种表现形式。第一种是跨越阶级的柔情相伴。周秉义是来自"光字片"的穷小子，却以强大的人格魅力虏获了副省长女儿郝冬梅的芳心，二人在精神上的共鸣弥补了身份地位的悬殊。第二种是无怨无悔的自由追随。经历了第一次婚姻的失败，周蓉在第二任丈夫蔡晓光身上终于找到归宿。但回首往昔被蹉跎的岁月——周蓉的错爱、蔡

---

① 梁晓声：《人世间》（上部），北京：中国青年出版社，2017年，第52页。

晓光的等待，二人皆表示无怨无悔。第三种是相濡以沫式的互相治愈。周秉昆以拯救者的姿态进入郑娟一家人的生活，使其悲惨的人生有了依靠的港湾。而郑娟所带有的母性关怀色彩，又使得从小受到家人忽视的周秉昆重拾生活信心。这种互补型的夫妻关系给予两人最大的心灵安慰，从而使得彼此拥有疗愈对方生命伤痛的强韧力量。总之这三种夫妻伦理关系是梁晓声"好男人与好女人之结合"观念的具体展演。它们分别以不同的角度带领读者思考理想婚姻的多种可能性，从而也表达了梁晓声本人对于美满婚姻的憧憬与希冀。

与此同时，梁晓声借周氏三兄妹的婚恋叙事，也强调了自由伦理的重要性。一方面，夫妻之爱是自由的，任何对于爱的压制都会导致难以预料的灾难。周蓉与第一任丈夫冯化成之间的相处模式宛如传统小说"才子落难，佳人相救"的翻版。冯化成在感情发展中仍滞留在婴儿对待母亲的依附阶段，他的目的是让人爱而不是爱他人。当冯化成发现自己的虚荣心无法得到满足，便对爱失去了忠贞。① 此时冯化成给予周蓉的不是爱的自由，而是爱的负累，并导致婚姻走向破碎。而作为《人世间》中知识女性的代表人物，周蓉以高呼"不自由，毋宁死"的姿态展现了对于自由的天然向往。她不顾他者异样眼光，践行"爱情至上"的原则，对当时被称为"现行反革命"的冯化成不离不弃。而当她发现对方真情不再，又能勇敢舍弃爱的负累，继续追寻爱的真谛。值得注意的是，即使周蓉在婚姻中坎坷不断，但她给了对方的永远是充满自由与宽容的爱。她因坚守自由伦理，在第二段婚姻中得到爱神的眷顾，并最终以既叛逆又独立的精神品格实现了自我价值。另一方面，夫妻之性是自由的，灵肉合一是美满婚姻的重要条件。梁晓声将夫妻间的性爱描写置于日常生活中自然呈现，表明他没有把性当成压抑自我、羞于言

---

① ［美］艾里希·弗洛姆：《爱的艺术》，刘福堂译，上海：译文出版社，2019年，第98页。

说的私密体验，而是将其视为促进夫妻情感、释放个人合理欲望的正常方式。小说中的叙事者认为，在物资匮乏的年代，性事"起着从肉体到心理相互犒劳的作用，往往成为人们抵御贫穷、不幸和困难，共同把人生坚持下去的法宝"①。周秉义因为与郝冬梅的肉体结合找到了他们相处之中一直缺乏的激情。在人生落魄之时，周秉昆和郑娟也因性在肉体与精神上得到双重抚慰。夫妻之间能够自由地正视欲望存在，而不是受人摆布或自我压抑，才能真正使夫妻之爱得以巩固、得以升华。这不仅是个体在禁欲时代所做出的大胆反叛，也是个体承认生命本能的温暖关怀。梁晓声从自由伦理的视角发掘出存在于夫妻伦理关系之中的相处之道，从而为理想家庭伦理的建构拓宽了崭新维度。

（三）手足：好人伦理坚守下的向善追求

手足关系是家庭伦理关系的一个重要组成部分，它所关注的是平辈之间的伦理情谊。在梁晓声的笔下，周家三兄妹之间首先呈现出两种完全不同的身份特质与人生轨迹。相较于周秉义和周蓉以知识分子的身份成为社会中的精英阶层，弟弟周秉昆则代表了更加平凡与平庸的老百姓阶层。这独具匠心的人物设置使得兄弟姐妹之间互为镜像，在自觉或不自觉的观望过程中得以自我塑型。周秉昆通过哥哥姐姐的地下阅读得到最初的思想启蒙，而周秉义、周蓉也通过弟弟对于家庭的承担看到了自己的不足。然而纵使周家三兄妹人生道路迥异，但其灵魂中都具有天生的"善根"。亚里士多德认为，灵魂的善是最恰当意义上的、最真实的善。②在这种"善"的引领下，周秉义排除万难坚持推进危房改造工作，从根本上解决了"光字片"人家的住房之忧。周蓉作为穷山区一颗珍珠般的村子的第一

---

① 梁晓声：《人世间》（中部），北京：中国青年出版社，2017年，第28页。
② ［古希腊］亚里士多德：《尼克马可伦理学》，廖申白译，北京：商务印书馆，2017年，第21页。

名知青，为孩子们带来了知识的希望。而周秉昆更是将善良品性发挥到极致。在爱情上，他因善良无法拒绝瘸子和"棉猴"的请求，答应每月送生活费给郑娟，而且两人在日后的生活中也因善良天性共同经受住了时间与磨难的考验。在友情上，周秉昆则以忠厚品德赢得了孙赶超、肖国庆等人的真挚友谊，更与曲老太太、邵敬文、白笑川等前辈成为忘年之交。一旦身边的亲人朋友遇到困难，周秉昆必定尽全力真心相助。兄妹三人在时代与社会的变迁中，纷纷选择以向"善"来实现自我心灵的救赎，并以此承担起对他者的责任。

这种向善追求的背后，是一种以道义与正义为核心的好人伦理在支撑。正如梁晓声曾对媒体所言："中国太多的作品强调他人皆地狱了，中国太需要好人文化了。"于是在小说中，无论是身处高位做大事的周秉义，还是为了追求自由爱情而勇敢出走的周蓉，抑或是为生计而辛苦奔波的周秉昆，都是不折不扣的"好人文化"践行者。更难能可贵的是，在成长成熟的过程中，他们又进一步将"好人文化"上升为一种伦理规范，成为一种约束自我为人处世的契约诉求。究其原因，一方面来自于周父周母的言传身教，使得他们拥有正直善良、美好的人性基因。另一方面则是来自于他们独立清醒的思想与精神，在好人伦理的约束与坚守下，他们明白"善即是美，善即是忧。人与人的竞争，所竟善也。优胜劣汰，也必是善者优胜"[1]。因为"善的道德生活是有利于人的存在与健康发展的生活，是人自我实现的生活"[2]。这不仅是兄妹三人取得自我成就的重要原因，也代表了梁晓声本人在道德生活中所坚守的价值立场。

"从伦理哲学和叙事学角度考察，小说文本是诸种伦理关系以叙事话语形式进行的叙事呈现。"[3] 家庭伦理关系作为小说叙事的角

---

[1] 梁晓声：《人世间》（下部），北京：中国青年出版社，2017年，第264页。
[2] 高兆明：《存在与自由：伦理学引论》，南京：南京师范大学出版社，2004年，第247页。
[3] 张文红：《伦理叙事与叙事伦理：90年代小说的文本实践》，北京：社会科学文献出版社，2006年，第7页。

度之一，不仅是作家表达伦理观点的重要途径，也是研究者探寻作家伦理诉求和道德立场的重要视点。在《人世间》中，梁晓声作为一个十分会讲故事的作家，在亲子伦理中发掘亲情的可贵，在夫妻伦理中高扬自由的精神，在手足伦理中表达向善的追求。透过这多重具象的家庭伦理关系的书写，梁晓声对于家庭伦理的美好期待也得以彰显。

二、家庭伦理书写背后的深度思考

梁晓声用质朴无华的文字书写，在展现复杂多变的家庭伦理关系与观点的同时，也带领读者进行更深层次的思考。其笔下的伦理书写既有对传统家庭伦理的承接与认同，也有对家庭伦理传承的担忧与关切。透过家庭中不稳定因子的叙述，梁晓声表明在理想家庭伦理建构过程中，他是谨慎的，亦是清醒的。除此之外，梁晓声怀着悲悯之心书写在历史与现实交错中的家庭伦理，也是他坚守平民立场的具体体现。

（一）伦理认同：传统家庭伦理的深情观照

纵观全文，梁晓声丝毫不回避自己对于传统家庭伦理深切的认同心理。这种认同首先体现于以老父亲周志刚为代表的传统伦理形象构造上。周志刚作为新中国第一代建筑工人，长年奔波在外。虽然他因此无法像传统家长那样直接控制自己家庭与子女的命运，但实际上他的影响力并没有被削弱。在现实层面，他依旧在家庭中占据核心地位，其权力难以动摇。周蓉离家出走后，周志刚勃然大怒，不但斥责周母没有尽好母亲的责任，也骂秉昆不是个好儿子，还扇了他一耳光。而在精神层面，周志刚则凭借高蹈的优良传统成为子女的精神楷模。"文革"初期，当外调人员来家里谈话，周志刚那一句"我提醒你,你是在跟新中国第一代建筑工人说话"①,更是让周秉昆钦敬有加。可以说,周父那不卑不亢、独立自主的形象深深影响了子女的成长。与众多当代作家在作品中以"弑父""隐父"的写作方式丑化、矮化父亲不同,梁晓声都没有采用这些创作方式来解构与颠覆父权权威,而是更愿意用真情书写普通父亲的生存状态和精神境界。

其次,这种认同心理还体现于后代对于父辈的伦理追随,并常常隐含在家庭冲突的背后。周志刚的权威虽然没有被消解,但与儿女的相处过程中也会时常遭遇权威受挫的窘境,比如他与周秉昆就因结婚与生孩子这两件事而发生过冲突。对于前者,周志刚以宽厚的胸襟成全了儿子的婚姻,并亲自将儿子送到郑娟家,体现了一个老父亲深沉的爱意。更重要的是,周秉昆终于明白了父亲为什么叫他和泥刷墙的苦心,懂得了维持家庭的不易,在父子一体中得以成长。对于后者,周志刚秉持传统中国传统家族延续的观念,希望周秉昆可以承担起传宗接代的责任。周秉昆在当时则予以否决,但事实上周秉昆并不是有意与父亲对抗,而是陷入家庭认同与生存困境的两难,因为他无力再去抚养一个孩子。此时隐含作者没有瓦解老父亲的家庭认同观念,也对周秉昆的人生选择给予充分理解。但最终郑娟生了一个儿子,这不仅是对老父亲殷切期盼的一种回应,也表明以周秉昆为代表的下一代,对于以周志刚为代表的传统家庭伦理,并没有产生背反的心理。然而当老父亲周志刚以传统家长形象对待自己的儿女,希望下一代人沿着自己预设的方向前进时,他自身刚直与坚毅的品格值得肯定,但对于子女内心世界的误解却值得我们反思。周父所代表的传统家长教育方式是否适宜于现代社会的发展,仍是一个需要仔细考量的命题。隐含作者对老父亲形象始终是一种温情的观照姿态,难免会忽视传统伦理自身的限度与不足。因此,虽然每一次家庭冲突,梁晓声都以柔情的方式化解,在字里

---

① 梁晓声:《人世间》(上部),北京:中国青年出版社,2017年,第137页。

行间流露出对家庭的珍视与对家人的呵护，从而展现了对于传统家庭伦理的回归与认同，但梁晓声作为一个理想主义者，当他以一颗真诚和悲悯之心向传统家庭伦理寻求救赎与皈依的时候，其中的理路演变仍旧存在着固有的思维误区。

（二）伦理危机：隐含在家庭伦理中的忧患意识

在《人世间》中，梁晓声并没有过度美化其笔下的家庭伦理，而是也将视野投射于家庭伦理背后所潜伏的重重危机。一方面，当家庭伦理关系泛化时，非血缘因素被纳入其中，亲人之间的爱便会产生裂痕，人性的芜杂也随之出现。小说中周秉昆与养子周楠、蔡晓光与养女周玥两对泛化的亲子伦理关系便是最佳例证。周秉昆对郑娟浓厚的爱意毋庸置疑，然而他对郑娟的私生子周楠的存在却是耿耿于怀。即使在日常生活中，周秉昆对周楠的态度可能比亲生儿子周聪更加亲昵，但在潜意识中他还是无法完全抹去对周楠的排斥。"你别忘了他是谁的种！他将来怎么可以成为我姐姐的女婿？别说我姐反不反对，我周秉昆也决不允许你的白日梦成为事实！"[1] 在周秉昆生气的话语中，他潜意识中对养子的偏见显露无遗。当骆士宾要来争夺周楠的抚养权，周秉昆最害怕的不是失去周楠，而是害怕郑娟会因此离他而去。由此可见，非血缘因素所铸就的父子关系，彼此之间的爱是有缝隙的，这无疑为整个家庭的稳定增添了极大变数。而蔡晓光对于养女周玥的爱，更是包含了颇多杂质。面对周玥的婚姻选择，蔡晓光并不像周蓉那般痛心疾首，而实际上是怀着感激的态度，因为这会令他省不少心，且无须破费。但他内心中也十分清楚："毕竟不是亲生女儿，如果是亲生女儿，估计他的反应会比周蓉更强烈。"[2] 因此这本质上不是积极的爱，积极的爱指向主动的行动和给予，不仅是感受对方的愉悦和幸福，更是她的痛苦

---

[1] 梁晓声：《人世间》（中部），北京：中国青年出版社，2017年，第457页。
[2] 梁晓声：《人世间》（下部），北京：中国青年出版社，2017年，第405页。

和悲伤。[①] 梁晓声以批判审视的态度看待泛化后的家庭伦理关系，并在其中指涉到人性的复杂，从而提高了伦理观照过程中的思想深度。

另一方面，当理想家庭伦理观念传承时，梁晓声并没有对其未来感到乐观。小说中周家最精彩的历史几乎止于第二代。不同于上一辈对于好人伦理的坚守，周家的年轻一代在日益变化的时代纷纷选择了沉沦。周聪靠着大伯的权力成为一名记者，职业道路首先就受制于人。而他与妻子之间更是危机四伏，两人在生活中都缺乏对彼此的理解与包容。周玥更是靠着第三者的身份插入别人的婚姻，才拥有改变自己命运的机会。反倒是周家养子周楠，在生死关头选择了保护他人，从而显现出周家人优良的传统风范。然而随着他的不幸离世，好故事戛然而止。正如同周秉昆所感叹："往后许多代中，估计再难出一个他姐周蓉那样的大美人儿，也再难出一个他哥周秉义那样有情有义的君子了。寻常百姓人家的好故事，往后会百代难得一见吗？"[②] 无论是家庭伦理关系泛化还是理想家庭伦理观念传承，小说都真实地展现出现实的残酷。作为一个有良知、有担当的作家，梁晓声怀着强烈的忧患意识告诉人们：理想家庭伦理建构之路，仍旧任重而道远。

（三）伦理立场：心系平民百姓的悲悯情怀

家庭作为伦理的始点[③]，一直以来都是文学创作中经久不衰的母题之一。现代文学中关于家庭伦理的书写比比皆是：鲁迅的《狂人日记》对吃人的家庭做出了强烈控诉，冰心的《两个家庭》强调知识女性对于家庭的重要性，而巴金的《家》更是无情否定了旧家族制度的腐朽。众多现代作家以精英启蒙意识出发，将家庭伦理作为切入点，以此推翻封建专制文化给人造成的压抑，从而寻求自我

---

① 刘军茹：《〈人世间〉：承担自我与他者的责任》，《枣庄学院学报》2018年第3期。
② 梁晓声：《人世间》（下部），北京：中国青年出版社，2017年，第503页。
③ 赵庆杰：《家庭与伦理》，东南大学博士学位论文，2005年，第137页。

个性解放以及一种更自由与平等的伦理关系。随着时代的发展，家庭伦理的书写方式更加多元，其被赋予的意义也更加丰富。经历过风风雨雨，与共和国同龄的梁晓声则选择以另一种形式展现他对于家庭伦理的深刻凝视。《人世间》之所以独特，是因为贯穿全文的不再是知青文学时期所高扬的理想主义大旗，而是在字里行间抒发对于底层老百姓的同情与热爱，从而彰显梁晓声始终坚守平民立场的悲悯情怀。

从家庭伦理这一维度对《人世间》进行分析，读者不难发现作品中蕴含了梁晓声一以贯之的平民立场。梁晓声对于平民的关怀，首先表现为在小说中抛弃了宏大历史叙事，将目光聚焦于一个家庭的伦理建构。这一独特的伦理视角不仅有效规避了宏大叙事的空洞与浮夸，而且能够十分真实地诉说长达半个世纪的中国社会史。事实上，这个A城普通建筑工人家庭在某一程度上也包含着梁晓声自我原生家庭的影子，因此作者写作的过程本身就是一种对于自我心灵的抚慰与回望。除此之外，平民立场还体现于梁晓声在错综复杂的家庭伦理关系中，流露出对每一个平凡个体的生存关怀。梁晓声的伦理视域是广阔的，《人世间》这部小说几乎囊括了中国社会的众生相。其中周家不仅有新中国第一代建筑工人，也有考上大学的知识分子，更有普通的底层小百姓和传统的家庭妇女。他们依次走过无比黑暗的"文革"年代、思想解放的改革年代、物欲浮华的消费年代，在历史的滚滚洪流中艰难生存。梁晓声怀着一颗赤诚的悲悯之心，以绝对真诚的姿态书写着以"人"为中心的伦理关怀。梁晓声的悲悯绝对没有强者之于弱者的高傲野蛮，而是真正至情至性地为平民立言。

梁晓声通过平凡的故事和随处可见的小人物，用朴实的文字勾勒出一幅深邃悠远的伦理画卷。无论是对于传统家庭伦理的认同，还是对于伦理传承时的忧患，抑或是对伦理立场的坚持，都显现出梁晓声本人那宽容仁厚的悲悯胸怀与难能可贵的"仁者人格"。在

"仁"心的引导下，他为那些在家庭中陷入伦理迷失的现代人类指出了一条救赎重生之路，这无疑对当今社会家庭伦理重建具有重要的启迪意义。

三、结语

梁晓声在《人世间》中以家之名，饱览人世间沧桑巨变。小说将家庭伦理作为切入点，不仅为历史打开一个侧面，而且还从伦理层面展现了对人的关注以及对文化的思考。在行文过程中，梁晓声通过描写亲子伦理、夫妻伦理、手足伦理等多重家庭伦理关系，传达了对于亲情、爱情、友情等人类美好情感的珍视，并在家庭伦理观念中强调自由与善良的重要价值。而伦理书写背后，体现出梁晓声对于传统家庭伦理的认同与回归，而他那深沉的忧患意识与悲悯情怀更为当代中国作家的小说创作提供了新的典范。梁晓声以一个有良知、有社会使命感的作家身份，从小"家"出发，在字里行间显现对个人道德完善、理想家庭建构的伦理诉求。更令人瞩目的是，自古以来中国传统语境中家与国总是难以分割，梁晓声无疑通过家庭伦理的书写对"家国一体"观念进行了重构。在国家不幸迷失方向之时，梁晓声笔下的周家仍会爆发出强大坚忍的生命力。它在风雨飘摇之时不甘于沉沦，而是怀着对祖国另一种深切的热爱进行着艰难的自我拯救。虽然在小说中，梁晓声难免会陷入模式化的思维定式，以及会出现由于对传统家庭伦理过度的热爱，而有意为其负面因素进行辩解的行为。但不可否认的是，梁晓声通过极其深刻的伦理思索与伦理探求，在行文中以家喻国、以家成史，最终使得《人世间》成为一部直抵人心的真诚之作。

（原载《湖南第一师范学院学报》2020年第1期）

唯爱使人不凡

——解读《人世间》里的爱情与婚姻

◎ 马媛颖

在长篇新作《人世间》[①]里，当代著名作家梁晓声以生活在北方某省会城市的周秉昆与他的亲人、朋友们为中心，通过描写他们的生老病死、悲欢离合，勾勒出1972年到2016年中国社会所经历的时代变迁之宏伟版图，带领读者重新走过时代洪流冲击下，中国底层百姓奋斗与努力的过程。随着主人公们的个人生活步伐徐徐展开的，是一卷社会发展的巨绘：知青下乡、高考恢复、国企改革、市场经济、下岗、留学、反腐、城市改造……从民间到官方，从商界到文艺界、政治界，从国内到国外，《人世间》这部一百一十五万字的鸿篇巨制笔触所及之广、之深令人惊叹，作者塑造的人物之多亦教人应接不暇。这些人物来自不同阶层不同领域和不同年龄，各具迥异性格，不断遭遇人生起伏，作者梁晓声将所有种种从容糅合之笔力，更是令人叹服。

更可贵的是正如《人世间》这一书名所示，哪怕是讲述一个个艰难挣扎的人生故事，小说仍充满对百姓人生的同情、理解与醇厚的爱，虽偶有误会与冲突但始终理解支持彼此的亲情、"有福同享，有难同当"的友情、互帮互助的邻里之情、贫贱夫妻却并不百事哀的爱情，种种诸般恳切之情义，实在动人至极。其中，作为线索贯穿小说始终的，是周秉义、周蓉、周秉昆的爱情和婚姻故事。出身

---

① 梁晓声：《人世间》，北京：中国青年出版社，2017年11月。

于同一工人家庭兄妹弟三人，根基于各异性格，遇到和爱上迥异的人，迈上不同的人生道路，他们的故事曲折波澜，闪烁着应"爱"而生的动人光泽。故此，读完《人世间》，第一反应便是抛去诸多，以情论情，品味这平凡"人世间"不平凡的真情与挚爱。

一、"爱人同志"：周秉义的理智与爱情

以世俗的眼光和价值来评判的话，在建筑工人周志刚的三个儿女中，大哥周秉义的人生无疑是最为成功的。从兵团知青干部一路走到市委书记，经历"文革"、上山下乡、高考，即使时代变迁波澜壮阔，他的仕途却走得顺风顺水，没有经历太多的坎坷磨难，一如他的爱情和婚姻；每次人生路上机遇种种，周秉义似乎也并未主动强求过什么，只是顺流而上，这也正如他的爱情与婚姻。

周秉昆和妻子郝冬梅相识于初中，相恋于高中。因为"文革"，周秉义的大学梦破碎，郝冬梅的家庭破裂——她的父亲曾是副省长，在"文革"中被打倒。在一种破碎与另一种破碎相遇、相依、相慰的情况下，周秉昆与郝冬梅把谈恋爱当作抵挡忧愁、消除郁闷的方法，他们谈恋爱的方式也颇具时代特色：他们在周家偷阅禁书，秉昆和姐姐周蓉以及周蓉的男友蔡晓光，是他俩地下读书活动的积极参与者。偷读禁书、讨论外国名著里的人与事，消解精神上的苦闷，这一小撮儿人，算是偷偷结成了一个"精神互助小组"。"上山下乡"运动开始，周秉义去了兵团，郝冬梅由于父亲的问题去了农场，成为兵团知青的第二年，周秉义调到师部宣传股当上了宣传干事，从此开始了他与政治紧密相关联的人生。在兵团当知青的时候，周秉义与郝冬梅之间的相处延续了这一模式，就是将精神上的"交谈"作为两个人相互想念、相互了解、相互依恋的某种寄托，精神上的相通似乎成了他们爱情的全部。然而矛盾不是不存在

的：周秉义期待的是《西厢记》里张生和莺莺式的幽会，但郝冬梅却仿佛林黛玉般经不起激情的拥抱爱抚亲吻，他们的幽会方式总是以交谈为主要形式，"仿佛他们彼此的想念，更是对于能够在一起交谈许多话题的愉快时光的想念"。对此，周秉义不是不苦闷的，但是，"他总是将郁闷掩饰得一丝不露，所以冬梅也就一无所知"。[①]

这一矛盾很快激化，两人间爆发了一生中几乎是唯一一次激烈争吵。表面上是因为讨论周秉义是否调去沈阳军区，由知青干部转为正式军人这一前途大事上，隐含在其后的实际上是周秉义长期以来对这段感情的不满："是的，他确实对和冬梅在一起时的感觉越来越不满意。他早已习惯生活里必须有她，这是真的，越来越不满意也是真的。他断不会因为不满意而生结束他们关系的念头，但也断不肯再将就不满意的现状了。"[②] 这种不满意在于他认为两人的爱情缺少了激情。妹妹周蓉曾评价过他俩的爱情是"柔情似水"，但欠缺的是"激情的点燃"，而周秉义暗自察觉到了自己和郝冬梅的爱情关系就如一面平静的湖水，水位稳稳保持平静，"水位既不曾涨过一分，也不曾降过一分，就那么温温柔柔地处于止水之境……他逐渐感到他们的爱情之中确实缺少某种重要元素，便是妹妹周蓉所言的热烈的激情"[③]。

为了郝冬梅而放弃调去军区的宝贵机会，这可能是周秉义此生做过最为浪漫和富有激情的一件事。但是郝冬梅却似乎并不为之感动，反而因此争吵了一番。周秉义备感挫败，也由此隐隐地为两人间的分歧而感到疑惑，他把这种分歧矛盾归因于二人爱情关系中激情因素的欠缺。周秉义没有认识到的是，一段爱情关系中包含着激情，但激情却并不等于爱情本身。其实，在他与郝冬梅的爱情关系中激情因素的缺乏，责任不止在郝冬梅一人身上。曾经，借着讨论

---

① 梁晓声：《人世间》（上部），北京：中国青年出版社，2017年，第313页。
② 梁晓声：《人世间》（上部），北京：中国青年出版社，2017年，第303页。
③ 梁晓声：《人世间》（上部），北京：中国青年出版社，2017年，第309页。

妹妹周蓉的爱情故事，周秉义与郝冬梅也讨论了他俩的爱情观，那就是郝冬梅所说的"再真诚的爱情，那也得以起码的物质基础作为保障"，周秉义则深情做出回应："爱情是不可能不附丽着想象与希望，但我对我们的爱情的想象和希望控制在极其现实的范围以内，所以你放心，我是不会对我们的爱情失望的。"[①] 二人这里的讨论可以看到，他俩明显受到《伤逝》涓生、子君爱情悲剧的影响，鲁迅曾借着主人公之口，说出这样的话："人必须活着，爱才有所附丽。"周秉义与郝冬梅一样，共同将这一论点当作了人生和爱情的指导方针，应该说，在这场爱情里没有所谓的"激情"的，远不止郝冬梅一个人。

他们的爱情不仅受到了外来的文学作品对爱情描述的影响，性格特征、阶级出身、生活理念的差异也决定着他们间的爱情关系模式必然是有距离的、理智的、节制和"平静如水"的。郝冬梅"出身于高干家庭，遗传着穷人的基因，头脑里的宗教思想多于革命思想，有一副悲天悯人的心肠，同时又有不少贵族小姐般的习惯"，而周秉义则是"精神上的贵族，日常生活中不拘小节的平民。……他的彬彬有礼是对四种外因所做的明智回应——学生时期一直头戴的好学生桂冠对他的要求，文学作品中绅士型好男人对他的影响，成为知青干部后机关环境和规矩对他的要求，和冬梅在一起时为了让她感觉舒服而设法适应"，"他更像《战争与和平》中的安德烈与皮埃尔，而冬梅……天生有点儿《红与黑》中的德·瑞那夫人的遗风"[②]，这两个人是如此不同，又是如此相似，不同的是阶级、性格，相似的是对人生、政治、爱情、婚姻的某种敏锐、客观、冷静的态度，以及为了别人而宁愿克制自己的那种禁欲精神。

故事到了1977年恢复高考，没有任何的悬念和波折，二十九岁、已与冬梅结婚的周秉义终于圆了他曾经破碎了的大学梦：他顺

---

① 梁晓声：《人世间》（上部），北京：中国青年出版社，2017年，第181页。
② 梁晓声：《人世间》（上部），北京：中国青年出版社，2017年，第311页。

利考上北京大学的历史系,紧接着顺理成章地成了学生会主席,再一次从兵团知青里的名人变成了校园里的名人。梦想成真后,周秉义表现出来的是常人难以企及的冷静,他甚至对做校园名人、受众人羡慕追捧、被女同学围绕追求没有任何感觉。这一方面是因为他做惯了名人也做烦了名人,另一方面也很难说不跟他的性格中的那种理智自持有所关联。有了知名度,就有了追求者。但是"他从没动心过。他对妻子郝冬梅的爱可谓白璧无瑕"[①]。

周秉义引以为傲的白璧无瑕和理智自持没有能坚持到底。任军工厂党委书记期间,在去苏联寻找合作机遇的过程中,为了顺利拿下退役巡洋舰钢材改造的合同,他与舰队司令的女儿奥里娅结下了"深厚的友谊"。然而这一风流韵事却"点到为止",经过一番晓之以理动之以情的解释,随即烟消云散,并没有给二人的婚姻关系造成太大困扰与伤害。为什么?是妻子郝冬梅一点儿也不在乎丈夫的浪漫故事吗?还是权衡利弊下,她也觉得为了工作、事业付出一些"美色"是无伤大雅的?也许,这是因为他俩都是理性主义者;也许是因为,他俩从来也不把占有对方的全部当作人生的首要目的。这也解释了当周秉义因癌症去世后,郝冬梅很快改嫁的这样一个结局吧。因为周秉义"从不属于任何一位亲人,甚至也不属于他自己",郝冬梅亦如是。

也许,可以用"爱人同志"这样一个颇具时代色彩的词语来比喻周秉义、郝冬梅的夫妻关系。他们是像爱人一般的同志,他们原本是两条道路上的车,有各自的轨道与方向,但是由于某种命运的安排,出于共同的信仰和信念,他们之间彼此理解、彼此支持、彼此信任着度过了几十年,到了分开的时候也就自然而然地分开并回到原有的轨道,除此之外却也再没有多余的什么动人的东西了。

他们是政治的信徒,从来不是爱的信仰者。

[①] 梁晓声:《人世间》(中部),北京:中国青年出版社,2017年,第98页。

二、追梦一生：周蓉的爱与美之歌

美丽、独立、坚定、勇于反抗的周家二女儿周蓉在小说里被称为"爱神的化身"，从小她超乎寻常地热爱文学、热爱自由，从书籍中感染到"不自由、毋宁死"的思想。在她跌宕起伏的人生故事当中，导演始终是她自己。无论是求学和工作过程中的起起伏伏，还是爱情与婚姻经历里的失而复得，她的命运始终掌握在自己的手中。正是文学教会周蓉如何独立思考，告诉她自由的价值与反抗的意义，也是文学开启了周蓉的爱情故事。

少女周蓉爱上的是远在北京一位叫冯化成的"右派"诗人，从初二时她就与这位年长自己十几岁的诗人通信。后来偷偷跑去见诗人，却恰巧遇到诗人正被批斗的现场，周蓉认为自己与诗人在心灵上已经合二为一。为了与心爱的诗人在一起，她瞒着家人下乡去贵州一所小学教书，与落难的诗人结为夫妻，为其生下一个女儿，过着田园牧歌式的生活："十多年来，他们夫妻间从未发生过什么龃龉，过的是一种与名利完全绝缘的日子。……孩子和诗，在他们的生活中占有核心位置。孩子代表希望，诗是精神的维生素。那时，诗就是诗，写来纯粹是诗，读来也纯粹是诗，不可能有任何附加值。"[①]

到底爱的是人，还是诗？与周蓉的亲人一样，读者不由得也产生这样的疑问。然而在周蓉看来，诗就是爱，爱就是诗，爱上的是人还是诗，这样的疑问对她而言实在是多余。

如诗的爱情很快迎来了世俗的挑战。随着高考恢复，周蓉考上北大中文系，两人回到了北京。变故很快到来。周蓉主持了一场校园诗歌朗诵会，在这场情诗朗诵会上，在与丈夫的辩驳与争论中，

---

① 梁晓声：《人世间》（中部），北京：中国青年出版社，2017年，第105页。

她终于拨开了遮蔽在自己眼前长达十几年的文学梦的迷雾,走入了对他的深入认识。周蓉发现了自己丈夫沽名钓誉、不择手段的真面目。可以说,直到这个时候,周蓉才真正透过虚幻美好的面纱认识到自己相伴十多年的丈夫。不过,哪怕是认识到了丈夫身上的致命缺陷,周蓉从未想过主动放弃这段婚姻,她只是陷入了对自己判断力的短暂的迷茫。加速这段婚姻走向死亡的是丈夫冯化成,"如同一个曾经流落民间的王子终于又回到了熟悉的城邦",他的身边出现了大批女记者、女诗歌爱好者、女文学青年(就像曾经的周蓉),于是,爱情至上主义者周蓉的爱情梦被无情地戳破了,经历丈夫出轨—原谅—再次出轨的不断重复后,周蓉毅然提出了离婚。

然而即使这样,当周蓉回想往事,回想当年与冯化成一起在贵州山区度过的艰难困苦的日子,她仍然可以微笑着面对,并用"无怨无悔"来总结这一段轰轰烈烈的爱情——爱神洁白的衣裙虽然被玷污,但爱神依旧是爱神,爱己爱人是周蓉始终未曾失去的力量。

重返故乡的周蓉与曾经的忠实追求者蔡晓光重新走到一起,组建了家庭。蔡晓光是个有礼貌、有教养、文质彬彬的"文学青年",或者可以说"文学爱好者",曾经在参加周家的地下读书活动时,他的看法观点,连周秉义、郝冬梅也常常表示赞同,有时他的言论还会让大家惊异万分。那个时候,为了掩护周蓉与诗人冯化成的恋爱,蔡晓光装作是周蓉的男朋友,他曾以《双城记》里的露茜和卡顿来比喻周蓉和自己:"如果她是露茜,我也会无怨无悔地要求自己是卡顿。"[①] 这句爱的誓言被蔡晓光践行了一生。如果说周蓉将冯化成当作文学与理想的化身而无悔追求的话,那么同时,蔡晓光将周蓉当作了文学与美的化身,为她献出了整整一生的真挚爱恋。"爱不是命令:爱是理想。这理想引导我们,给我们启示。"[②] 这理

[①] 梁晓声:《人世间》(上部),北京:中国青年出版社,2017年,第40页。
[②] [法]安德烈·孔特-斯蓬维尔:《小爱大德》,赵克非译,北京:作家出版社,2013年,第215页。

想引导我们成为更好的人，启示我们走向更好的人生道路。正如蔡晓光一遍遍地向周蓉表白所说："由于人生中有真爱，我活得越来越知足，也越来越愿意做好人，越来越善良了。"[①] 和周蓉一样，文学也影响了蔡晓光的一生。文学使他摆脱了政治对其精神的束缚，文学启迪他，使他明白只有不彻底变成政治动物的人，才能获得更多的人生意味，活得更像个自由的人。哪怕在他的人生跌入低谷的时候，也是文学支撑着他度过了人生的艰难岁月；深厚积累的文学素养也为他的话剧导演事业提供了特别丰富的素材和与众不同的深刻洞见。

人到中年，周蓉与蔡晓光这两个真正的"文学青年"终于结合了，幸福从来不怕来得太晚，哪怕曾经经历过波折，哪怕不远的未来等待他们的将是整整长达十二年的分离——周蓉为了追回被前夫冯化成以"政治避难"名义带到法国去的女儿，只身追去法国，就此一去不回。哪怕在异国他乡，哪怕曾是大学教授的她要重新开始在商店、旅行社打工，周蓉的自律、自信也没有被突如其来的分离所打乱节奏，始终是那个坚定、自信的文学青年，即使她不再年轻。在那样一种狼狈出国的情况下，周蓉没有给自己太多仓皇茫然的时间，用不了多久，她就仍然像年轻时候那样引起很高回头率了，不是因为她仍有多么美，而是因为她那"略显忧郁又高傲的气质"。她对雨果、福楼拜、伏尔泰、卢梭等法国著名作家和思想家的作品烂熟于心，她娴熟地使用法国本土人都不甚了解的习语，令周围的法国人刮目相看，心生敬意，"她几乎使自己成为法国文学的忠实守望者了"，"她仍然爱美，每天上班，她都要对着镜子仔细将头发盘起，绝不允许有一丝乱发。她那么认真不仅是出于爱美之心，也是职业使然。周蓉很在乎自己作为职业女性能否给人以自信而美好的印象。她很敏感于别人的目光，她常常觉得自己其实也是

---

① 梁晓声：《人世间》（上部），北京：中国青年出版社，2017年，第296页。

中国职业女性的形象使者"。① 在分离的漫长日子里，蔡晓光则事业成功，魅力十足，吸引大批的女人前赴后继来"献身"，虽偶尔耐不住寂寞，终究可算十分克制。再度重逢后，与周秉义和郝冬梅对待"风流韵事"那种点到为止的方式不同，蔡晓光与周蓉就此进行了坦诚和深刻的讨论、剖白，两个人都谅解了对方，重燃爱的火花。

在第一段婚姻里，周蓉将自己的浪漫之爱献祭给了诗；在第二段婚姻里，她才真正懂得了爱的真谛，那就是：真正的爱情只能发生在两个自由、独立、理性和具有责任意识的人之间，否则，爱情只不过是软弱无能的男人和女人间的一场利益交换而已。其实婚姻比爱情更值得我们严肃对待，更需要我们持久的源源不断的爱。如若说爱情是激情之爱，是心动之爱，是烟花绽放时的绚烂之爱，那么婚姻则应是崇高之爱，是坚持之爱，是溪流涓涓流淌时的平静之爱。婚姻的本质在于倾听对方的命运，承担对方的不幸与痛苦，填补彼此人格上的缺失，两个人肩并肩共同面对世界，面对历史，面对稍纵即逝的人生。毫无疑问，周蓉与蔡晓光这两个自由、独立、强大灵魂做到了对爱的坚持不懈，最终获得的，是爱在婚姻里的伟大胜利。

三、爱让我们强大：周秉昆的"拯救之爱"

老三周秉昆被认为在兄妹三人中资质最普通，从木材厂工人，到酱油厂工人、杂志社编辑，再到饭店副经理，他并没有像周秉义、周蓉那样经历下乡、高考，而是始终在家乡、在父母身边过着普通的工人生活。与大哥周秉义对政治的高度敏锐不同，周秉昆自诩为一个"政治白痴"；与姐姐周蓉对文学的执着不同，周秉昆不

---

① 梁晓声：《人世间》（下部），北京：中国青年出版社，2017年，第111页。

过是跟着哥哥、姐姐读了些外国名著,他似乎没有上大学的机会和梦想。通过阅读书籍他获得的最大收获,大概就是认识到知识和思想对一个人的重要性,而雨果、托尔斯泰等人的著作使他内心充满对激情的渴望。周秉昆平淡无奇的人生因与郑娟的相遇、相爱、相守一生而显出某种传奇性色彩,迸发出令人目眩神迷的激情,仿佛周秉昆整个人生的意义,便是为了爱郑娟而存在似的。

与郑娟的相识过程其实在小说一开始便已被命运悄悄写下了脚本:青年工人周秉昆被组织观看同厂工友涂志强被当众处死刑,而这个工友就是郑娟的丈夫。后来,秉昆受人所托去救济涂志强的家人,先见到她的盲眼弟弟光明,再见到她卖冰棍的老母亲,最终见到了他命定的爱人——郑娟,一个美貌的、孤苦无依的、拖家带口的"小寡妇"。"眼前的郑娟有张蛾眉凤目的脸,像小人书《红楼梦》中的小女子,目光里满是悚惶,仿佛没怎么平安无事地生活过似的。她的样子,会让一切男人惜香怜玉起来,周秉昆当然也不能例外。"[1] 于是在那一瞬间,周秉昆仿佛被按下开启情感欲望的按键一般,他的好奇、同情先是被狂野的情欲冲动所掌控,紧接着他的灵魂便被郑娟一家人的悲剧命运所震撼,他内心深处的某种卑劣的想法被涤清,而怜悯、忧郁充盈着他那颗年轻的初识爱情滋味的心。郑娟使他联想到《少女与死神》的插画和契诃夫的短篇小说《美人》,在他想象中,郑娟被披上一层艺术的神秘光辉,可能是与爱和拯救有关,也有可能与死和堕落有关。"四周变黑了……那小寡妇却处在光明中,像自身是发光体"[2] ——此时此刻,在黑暗的、破败不堪的破房子里,深陷生存险境的郑娟却如一个等待着牺牲也等待着拯救的圣母一般发散出圣洁的、母性的光芒。周秉昆明白,郑娟就是他心里最想要的那种女人。

这种神秘的、带有某种宗教色彩的黑暗与光明、绝望与希望混

---

[1] 梁晓声:《人世间》(上部),北京:中国青年出版社,2017年,第90—91页。
[2] 梁晓声:《人世间》(上部),北京:中国青年出版社,2017年,第379页。

杂在一起的气氛令周秉昆神魂颠倒,偷偷畅想着与她生活在一起的快乐。然而回到现实,理智告诉周秉昆,如果自己娶了郑娟这个拖家带口的死刑犯的"小寡妇",他必然会成为周家的罪人。直到第三次相见,郑娟含情脉脉凝视着饱受情欲折磨的周秉昆,向他这位"我的贵人,我的好人,我的恩人",大胆地说出了"我要你"——郑娟主动把自己的身体、自己的爱献给了周秉昆,这勇敢得近乎献祭的行动中丝毫不见卑贱,只有自然而然的纯洁,甚至圣洁。

如果说这个时候周秉昆对郑娟的爱还停留在情欲之爱的话,不久当郑娟的母亲去世,周秉昆反而突然想清楚了,那就是:"男人若爱一个女人那就必须连同她的一切麻烦全都负担下来。"[①] 为了负担郑娟一家人的生活,周秉义偷偷变卖了家里的唯一值钱的一对玉镯。而此时此刻他的头脑里居然不再产生与性有关的意识了,那是因为他清楚自己对她的爱不是减弱而是增强了。真正的爱是对对方命运、苦难的分担,由情欲之爱到渴望保护对方的主动之爱,周秉昆对郑娟的爱日趋成熟,他已有了足够的勇气和能力去爱郑娟——包括她的苦难。这恰恰是因为周秉昆学会了真正的爱首先是要把对方当作一个主体,当成人,去尊重她,保护她,哪怕为此要抑制自己对她的欲望。

教人惊喜万分的是,郑娟并不如她的外表那般柔弱,不会只是静静地、忧郁地在绝望境地中等待来自男人和外部力量的拯救,她拥有的是世界上最难能可贵的美好、勇敢、坚定、纯洁的心灵。与周秉昆在一起后,每逢生活发生重大变故,恰恰是郑娟以柔弱的肩膀扛起责任,撑起家庭。她就像水一样柔情婉转,更像水一样坚忍。周秉昆因受政治事件牵连而被捕入狱时,郑娟便不顾名不正言不顺住进周家,以一己之力撑起了由一个"小寡妇"、一个成了植物人的老妪、一个和姐姐一样寄人篱下的瞎眼弟弟、一个上不了户

[①] 梁晓声:《人世间》(上部),北京:中国青年出版社,2017年,第451页。

口的"黑"孩子,还有一个不知父母身在何处的小女孩——这样一些特殊人群组成的大家庭。而郑娟令人钦佩的坚强在周秉昆第二次入狱、儿子周楠意外身亡时将会再次上演。这份爱情起初来自周秉昆对郑娟的同情与拯救之心,但后来,爱自身所蕴含着的彼此拯救、互相分担的力量使郑娟和周秉昆共同成长成熟,最终成为了一个自由的、有爱的能力的主体,而随着在婚姻中生发出来的一次次爱的行动,他们都使对方热爱生活和人生,他们的爱情也愈发成熟。他们之间少有互相爱的表白,但行动足以证明一切。

当然,与周蓉、郝冬梅相比,没有受过太多教育的郑娟无疑是单纯的,她明白自己只适合做个"贤妻良母",于是她高高兴兴地把这一切尽力做到最好。她对文学、金钱、政治没有太多深刻的认知,她的眼光投向的地方有限,她懂得的也只是无数平凡老百姓所懂得的最朴素的人生道理:感恩、知足、做个善良的好人。然而正如孔特在《小爱大德》中所说的:"单纯是智者的美德,也是圣徒的智慧。"[①] 单纯的力量从来不容小觑,郑娟的强大亦令所有人钦佩。这种使人强大起来的力量,正是深深根植于他们彼此间相伴一生也永远有生命力的爱的力量:"他看着坐在前面的妻子的背影,仍能感觉到自己绵绵的爱意。他听着她咻咻的笑声,觉得仍是世上最能使自己喜乐的声音,比什么音乐都好听。"[②] 最终,看似最平凡的周秉昆、郑娟因为这份不凡的爱情,得到了生命最伟大的救赎。

在《人生间》娓娓讲述的人生故事里,经历特别的爱情,通过婚姻关系,周家这一平凡的工人家庭纳入了如蔡晓光、郝冬梅、郑娟这样不凡的新成员,这些新成员无疑为他们的人生带来后天的重大影响,更是推动小说全部故事情节发展的内在动力之所在。更重要的是,通过讲述这些爱情故事,作者梁晓声所表达出的他对于爱

---

① [法]安德烈·孔特-斯蓬维尔:《小爱大德》,赵克非译,北京:作家出版社,2013年,第149页。
② 梁晓声:《人世间》(下部),北京:中国青年出版社,2017年,第315页。

情、人性、命运、拯救等诸多价值观念的理解与抉择。而这也许正是我们努力解读《人世间》中爱情与婚姻故事，试图借此所要到达的目的之所在。

（原载《枣庄学院学报》2018年第3期）

《人世间》：基于民间立场的伦理探寻

◎ 牛晓彤

　　《人世间》是梁晓声倾力打造的现实主义长篇巨制，描写的是自"文革"以来的中国东北人民的生活图景。梁晓声素以知青文学著名，新时期以来转向对现实主义的描写，显然与其一如既往的现实责任与文人情怀有关，在《人世间》这部小说中，作者以东北地区城市的现代化为背景，以"光字片"第一代建筑工人周志刚的三个儿女的人生境遇为主线，刻画了军人出身的高官周秉义、大学教授周蓉、普通市民周秉昆以及他的工人阶级朋友等形象，涉及了城市底层市民、工人、基层干部、大学教授乃至高级官员等多种社会身份的人物，谱写了一首曲调婉转又词作醒人的百科全书式东北城市"民谣"。《人世间》自 2017 年问世以来，就有多名学界老师进行研究，路文彬用爱的伦理之辨去解析《人世间》中的正义问题，刘军茹从自我与他者的关系中把握担当责任与通向"和谐"的可能性，方晓枫着重周秉义这一形象中奉献与自我的矛盾之析，苏文韬关于"好人"周秉昆的解读，以及王宏波从社会意识上的阐释等，都丰富了这部小说的内涵，提供给了读者不同的解读声音。

一、黑夜里的星星之火——强权下民间伦理中善的野生生长

　　小说故事开始于中国的"文化大革命"，对于中国人民来说这

是一段特殊的历史时期，荒唐的历史经历往往携带着沉痛的民族情感记忆，文学史中的这段历史书写始终都蒙有一层忧郁的面纱，毋庸置疑，这是一段中国人民的感情被损害被压抑，甚至在表面上出现空白的历史时期。与新中国同年诞生的作家梁晓声，在最蓬勃的年岁里亲身经历了那段疯狂的岁月，他曾经这样回忆"文革"："像我这种人，出身好……在'文革'前读过书，按理说我会一下子堕入极左的行列，可是我受的文化教育完全不能接受……我觉得那个时代完全是违反人性的。"① 梁晓声在谈"文革"时回忆到自己的立场，他说他被西方文学中的人道主义洗了脑，他始终没有离开过民间，站在人民的立场上回顾往事，正如一个行走在人民队伍里的书记员。陈思和曾提出过"民间立场"这一说法，他认为区别于国家意识形态与精英文化的民间立场是当今文学界的三大支流之一，陈思和教授将民间文化形态定义为："一、它是在国家权力控制相对薄弱的领域产生，保存了相对自由活泼的形式……有着自己独立的历史和传统。二、自由自在是它最基本的审美风格。三、构成了独特的藏污纳垢之形态。"② 虽然《人世间》的小说背景发生在较为落后的 A 城的"光字片"，但是因为处在中国特殊的历史时期，"光字片"由于它的破落与未改造，是一块特殊的存在于城市里的民间世界。陈思和在分析张爱玲的《倾城之恋》时，也提到过"都市民间"③的说法，他认为在社会转型期的中国城市里，生活着为数不少的带着民间记忆的城里人，他们携带着民间的伦理基因蹒跚在现代环境里，艰难地迎合新时代的到来。笔者在此将"都市民间"概念引入本文。它区别于纯粹的民间世界，这里挣扎着在城市的工厂

---

① 梁晓声、解宏乾：《知青代言人梁晓声 从一个绝望的时代走出来》，载《国家人文历史》2013 年第 13 期。
② 陈思和：《中国当代文学关键词十讲》，上海：复旦大学出版社，2002 年，第 138—139 页。
③ 陈思和：《都市里的民间世界：〈倾城之恋〉》，载《杭州师范学院学报（社会科学版）》2004 年第 4 期。

中做着辛苦工作换取微薄收入的底层劳动者。这形成了它既有强权达不到的相对自由，又无法摆脱时代的桎梏，既带有民间传统伦理的局限，又比乡下人似乎早一点接受现代文明，更容易跳脱底层阶级的束缚。这让他们时而为自己的城市居民身份而欣慰，又时而为自己出身于城市底层而神伤。民间伦理便是民间的价值观念，它的含义广阔，又有两面性，作者站在民间立场写城市小民，启蒙话语与民间世态交叉，用民间立场抚慰民间伦理——肯定世俗价值是知识分子介入民间最有效的途径，自由的有活力的民间伦理弥补了国家意识形态在特殊时期的缺憾。

（一）天伦之道是民间最后的良药

作者的民间立场体现在对特殊时期民间伦理的肯定上。"文革"时期的中国正是民间伦理遭遇考验的时期。"五四"新文化运动以来，民间伦理向来指向中国的传统文化，尤指良莠不齐的传统记忆。新文学时期，以鲁迅为首的新作家创作了一大批批判国民劣根性的作品，例如鲁迅的《药》批评的是群众对革命者的无知与冷漠，老舍《离婚》中对庸俗人生观的讽刺等，这些作品在打开我们观察同胞的窗口的同时，也忽略了人在极端环境下善的存在，没有接受过现代化教育成为中国人民的原罪，从而忽略了人性中向美向善的力量，以及中国文化源远流长中继承下来的传统的有关天伦道义的基因。而作家梁晓声在关怀民间伦理上有了更多积极性，他将目光投向那些善良美好之人，这些人有的是受过教育，尤其是文学的熏陶，而获得了持续爱的能力，有的人是生而美好，在原生环境中获得了存在的可能性，恶劣的环境没有异化他们作为人的本质，"政治中国分明欲将民间中国的每一处空间全部占领，而民间中国以民间原则本能地也是低姿态地抗拒着，看上去很弱势，实则是一种策略"[①]。强权的环境反而成为民间伦理中善的基因发芽的土壤，

---

① 梁晓声：《人世间》（上部），北京：中国青年出版社，2017年，第447页。

如果把"文革"比作中华民族患过的一场大病，那么民间伦理中善的基因便是民间世界自救的最后一根稻草。这些美好的人物构成了《人世间》中百姓群像的大部分，作者构建这些人物选择了不同的维度，最主要的便是在与强权的对比中发现人性美的光辉。

作者在文中着重刻画了几个近乎完美的女性形象，而这些人物性格大多呈闭环型结构，她们天性善良，不受环境干扰，也没有明显的成长路线。例如郑母，自身生活艰难贫苦，却养大了两个非亲生的孩子——郑娟和眼睛看不见的郑光明，郑母这个形象之所以撼动人心，不是止于像以往小说中描写养母那样不辞辛苦地挣钱将孩子养大，而是超越生活表面的苦难，在精神的高度上给予孩子爱与尊重，使得郑娟与郑光明两个人在历经磨难的艰苦岁月里依然可以心怀美好地生存下来。文中有一段对郑母的刻画是通过郑娟之口来转述的，"小瞎子"郑光明被郑母捡回来的时候，郑娟只有十几岁，家中条件不好，郑母年龄又大，现在又多了一个小拖油瓶，郑娟还不清楚自己同样是被捡回来的，于是很是不解地问郑母："这小弟弟是个小瞎子，你为什么还要把他捡回家来呢？"[①] 郑母是这样回答的："别说捡。不管什么值钱的不值钱的东西都可以捡，但人就是不能捡人。凡说谁捡谁的人就是不拿别人当人的人，是有罪过的。记住，这小弟是神赐给咱们的，说不定他自己就是神，装成了瞎了的样子，看咱们以后怎么对待他。如果咱们对他好，那神也会对咱们好。"[②] 这段话的动人之处，便是作家给一直生活在社会最底层的郑母增添了神性光辉，她并没有因为苦难而放弃人性中的善与美，而这种神性是通过投射在人内心的"神"来反映的，正如民间一直存在的"老天爷"，一句"举头三尺有神明"便可道尽百姓自古以来便在内心树立的原始道德观，当国家意识形态用尽手段干预民间，树立权威之时，其实民间始终有所敬畏，这种天然的甚至粗

---

① 梁晓声：《人世间》(上部)，北京：中国青年出版社，2017年，第389页。
② 同上。

糙的天命观是维系民间世界稳步于历史洪流的基础原则。

（二）侠义作为民间世界独立的价值标准在强权的夹缝中生存

中国民间自古就有侠文化的传统，《游侠列传》和《游侠传》是我国现存最早的有关侠文化的两篇作品。不论从侠文化还是侠文学上来说，有《聂隐娘》《水浒传》等文学作品，即使到当代文化语境里，也有诸如金庸、古龙等通俗文学作家向市场传递着侠的能量，这都在一定程度上肯定了中国民间这一独特的审美范畴。刘小枫在《沉重的肉身》中曾表达伦理是个体的生命感觉，"所谓伦理其实是以某种价值观念为经脉的生命感觉"[1]，那么侠的存在便有了伦理上的意义，韩非子在《五蠹》中曾说，"侠以武犯禁"[2]，侠的存在是弱小者对强权的突破，是对个人生命伦理的维护，也是底层人民网络集体的力量抵抗生存压力的努力。"侠客"在中国文化语境中向来不是一个单纯的词语，它背后携带着中国民间传统中历久弥新的伦理基因，就像隐于墙角的杂草野蛮地成长。

开篇的一件事便写到周秉昆拒绝参加观看工厂组织的涂志强的行刑现场，周秉昆与涂志强是工厂做工时的搭档，涂志强曾多次在工作中帮助过周秉昆，看他年龄尚小，在抬木材时涂志强总是往里走一走，承担更重的重量，涂志强的这些关怀周秉昆都看在眼里。作为工友甚至是朋友，周秉昆无论如何都无法在心理上坦然地去面对涂志强的死亡，更何况还是以种如此残忍的暴力的方式处决人的生命。但是周秉昆的领导却命令他一定要去参观，认为周秉昆是最应该通过这次参观达到洗礼的人。当周秉昆说害怕做噩梦时，领导却回他："做噩梦那就对了，证明那种场面对你的教育目的达到

---

[1] 刘小枫：《沉重的肉身》，北京：华夏出版社，2015 年，第 4 页。
[2] 转引自章培恒：《从游侠到武侠——中国侠文化的历史考察》，载《复旦学报（社会科学版）》1994 年第 3 期。

了。"① 周秉昆不得已围观了涂志强枪决现场，却也因此生了病。后来他宁可托关系也要调离木材厂，周秉昆在此逃脱的不是涂志强死亡的阴影，而是出于自己那颗不苟同强权的心。他看到了涂志强"该死"背后的无奈与人生困境，这也使得他在后来接受了瘸子与"棉猴"拜托他给涂志强的未婚妻子郑娟送生活费的请求。这里是文章中第一次出现国家权力与个人选择冲突的矛盾。在人文环境全面崩塌的时代里，统治者将教育寄托给了恐吓与惩罚，这与向往文学与爱的周秉昆对教育的看法是冲突的。在这里，代表民间伦理的周秉昆在行刑的现场第一次受到强权给予的迫害。以周秉昆为代表的"光字片"区人民从传统伦理中寻找生活的出路，涂志强在政治权力面前被判了死刑，但是在他的朋友心里显然并没有剥夺成为爱的对象，涂志强依然以朋友的身份活在瘸子、"棉猴"等人的心里。在这里不仅出现了友情，也出现了正义甚至中国传统伦理中对于侠的期待，人民在被强权逼迫到生存的角落时，就会自觉地转向民间侠义的空间寻找存在的可能性，可见无论多么敏感的政治环境都无法动摇人们心中对爱的定义以及对爱的向往。在接受援助郑娟一家的请求时，作者是这样写周秉昆的心理活动的——"'秉昆啊'三字从瘸子口中说出，而且说得情深意长，周秉昆竟一时有些受宠若惊起来……周秉昆一直目不转睛地注视着他，很认真地听。何况他的话又说得那么诚恳，推心置腹。何况他所求之事，周秉昆不但不反感，还很符合他的善良天性。"② 周秉昆在这里是被瘸子温暖的称呼所打动，再加上他生性善良，这件事也就没法说"不"了。强权力量再大，也有达不到的角落，那便是人心。民间伦理正是因为经历过自古至今的锤炼，带着民间独有的温度，在冷酷的现实人间里拥有着无法替代的魔力，在人世间行使着它的权力。

在文中，侠义之举处处存在。比如从不屑于滥用权力的周秉义

---

① 梁晓声：《人世间》（上部），北京：中国青年出版社，2017年，第18页。
② 梁晓声：《人世间》（上部），北京：中国青年出版社，2017年，第74页。

就曾和女友郝冬梅一起帮助被冤枉恶整的优秀青年教师陶平摆脱政治惩罚,并为他铺设了一条有利于他发展的康庄大道。这在善良的天性之上,还有一层侠的含义,因为这不仅需要付出爱心,还要突破权力与规则的边界,侠便是敢于承担风险的无畏。

(三)向士的文化心理成就民间世界的未来

中国自古就有士文化的传统,作为中国历史上独有的知识分子阶层,似乎与民间社会没有太多关系,然而无论是在等级森严的封建社会还是如今趋向开放文明的社会环境,读书都是民间社会通向统治阶级最有效的路径,这也给了士文化心理倾向辩证的存在关系。它既是缓解民间原始粗糙伦理的过渡带,又是拘泥于政治权力的镣铐。但是在《人世间》中,作家梁晓声更加倾向于将士文化传统引入民间,这也与他的个人经历有关。他在回忆"文革"时曾提到过:"上初中,我就开始读一些名著,包括中国的古典名著……再进入西方文学,雨果、托尔斯泰等,我就发现完全不一样,他们把人道主义摆得位置极高,我一下子被洗脑了。"[1] 在梁晓声心里,文学是具有拨开历史迷雾的功能,尤其对于民间,教育从来不是一件遥远的事情。在文中,最能体现这一点的便是"文革"大环境下周母默许周家的三个孩子在家里举办读书会。文中多次提到文学作品在塑造人格时的作用,比如蔡晓光,不止一次地表达多亏了周家的读书会,他才能成长为现在这样有点想法有所追求的人。周蓉也是文学书籍的受益者,她不仅在"文革"后顺利考上了北京大学,还年纪轻轻就成为大学教授。周秉义也始终保持着读书的习惯,这让他在官场上始终以一个士大夫的心态去参与国事,不忘使命,善始善终。这不得不说是教育的力量,以上在以往研究中多已提到,在此不多做论述。

---

[1] 梁晓声、解宏乾:《知青代言人梁晓声 从一个绝望的时代走出来》,载《国家人文历史》2013年第13期。

周秉昆一直被认为是三兄妹中资质最差的，他没有非得上北大的愿望，没有强烈的政治抱负，他只是喜欢读一些文学作品，如果能借此谋生，同时还有几个肝胆相照的朋友，那就是幸福的人生了。他曾经得到过这么个机会，那就是作为《红齿轮》杂志的编创，这是一本官方授权面向群众的曲艺杂志。在做编创期间的周秉昆就像遇到甘露的小草，对人生充满了希望与美好寄托。他采编内容不分昼夜，斗志昂扬，但是政治环境越来越恶劣，文艺作品不断受到打压，直至遇到"天安门广场事件"。作者也不禁在文中对当时的大环境大发议论："他们的人生按照底层的种种规律和原则一如既往地进行。北京政治舞台上则更加紧锣密鼓先声夺人，似乎又酝酿着什么惊心动魄的剧情……人心正在积蓄某种力量，人们已经看到了太多民间原则横遭践踏的现象，那原则乃是他们世世代代赖以抱团取暖的经验；他们受够了，一边被动地修复，一边在等待时机。他们相信：不是不报，时候未到。"① 在文中，周秉昆自觉意识的觉醒与上过大学的激进青年好友吕川几乎是同步的。吕川在与"六小君子"通信时表达过关于义的观点："我承认你们都很义气，但那义气，从来仅仅局限在我们之间，凡与我们无关系的其他人……我们何曾表现过正义和同情？我们之间那种义气，与我们父辈当年的拜把子没什么区别，只不过是一种本能的生存之道！"② 作者通过吕川之口消解了这种民间狭义上"义"的概念，不是正义，更不是拜把子等含义，它指向了责任。周秉昆的师傅曾对他说："国家到了最危险的时候，总得有人豁出去做点儿什么。"③ 在师傅与吕川的感召下，周秉昆毅然将带有"反动"性质的天安门广场诗歌印在了《红齿轮》上，并将杂志分给了形形色色的路人，当他被公安带走时，他在内心却默默感谢着吕川："谢谢你托人捎给

---

① 梁晓声：《人世间》（上部），北京：中国青年出版社，2017年，第447页。
② 梁晓声：《人世间》（上部），北京：中国青年出版社，2017年，第438页。
③ 梁晓声：《人世间》（上部），北京：中国青年出版社，2017年，第469页。

我的那些诗——这里也曾经是我周秉昆的大学……"[①] 在传统社会中士子情怀往往通向最高权力，成为皇权的附属，但在现代民间社会里，士精神装上了现代文明的羽翼，演变成带有启蒙与觉醒的文化基因，士的责任意识在民间社会中再次创新与成长，并展现出强大的生命力。

二、民间立场下的关怀：消解民间伦理中的"恶"

刘小枫在《沉重的肉身》中阐述人类社会最终都会从人民集体的道德伦理中走出来，进入个体伦理时期，正如"文革"走向"改革开放"。当人们进入自由伦理时期，个体的生命感觉的迷失进入人们的视野。在这个背景下，东北，这个曾被称作"新中国的长子"的地区，在现代化的转型中，痛失了赖以骄傲的支柱产业——重工业，它羽翼下的子民，尤其是小城市工人阶级成为转型阵痛期的主要受难者。作者在对现代化进程展现出了深刻的反思之外，更着重表达了对故乡人民的同情与关怀。小说始终不谈大恶之人，处处是民间社会最基础最真实的存在状态，这不同于新文学以来的知识分子文学传统——站在启蒙的立场上观望这混沌的世界。作者在民间伦理中看到了恶的成分，在批评之余都给予了充分的理解与同情。这种理解和同情与作者一如既往的民间立场不可分割，在书写现实的同时，也试图为民间世界的存在提供更多的空间。

（一）生命不能承受之重——走不出的物欲迷阵

在文中，作者不止一次提到过年准备年货这件事，从"文革"时期物资的限售到逐渐放开，从用粮票换年货到用钱买年货，在表

[①] 梁晓声：《人世间》（上部），北京：中国青年出版社，2017 年，第 471 页。

面上，人民是从"缺物"的状态中走出来了，实则，改革开放以后，面临社会的转型，底层人民还是处在一种对物质的极度渴望中。而对物的过度迷恋，则是对生命的徒劳消耗，生命桎梏在物欲之中，没有了"存在"的意义。

这主要体现在两点：一是对私有财产的占有，弗洛姆在《占有还是存在》中解释过"占有"型人生源于私有制，这种生存方式的排他性，导致主体与客体之间形成二元对立的双方，"我的财产构成了我自己和我的同一性"[1]，"我"在拥有了财产的同时，"我"的生命也被财产占有。二是表现在对公共领域的冷漠上。作家在展现"光字片"人民的这些陋习时，笔者认为作者虽多有批判，却不是精英知识分子式的"恨"，而是一种带有对底层人民生活艰难理解为底色的规劝。比如作者通过郝冬梅之口就曾表达过这种观点："老百姓是通过自身生活水平的提高，来认识国家的进步的……谁也没有权利要求他们像既得利益者们一样客观理性地看待国家的变化。"[2] 在当代最重要的私有财产便是房子，在买房这件事上，当然也有像周秉义这种不占公家便宜，执意要把多出的房子还给单位的人，郑娟也在拆迁时把自己曾住过的房子大方地让给朋友。但是需要了解的是，周秉义作为逃离了民间传统世界的知识分子兼高级官员，他显然不能代表民间的大多数，而郑娟因为有位类似圣母一般的母亲，教育的因素在她的身上也尤为明显。但是大多数人更像魏国庆、乔春燕之流，在已经有房子可住的基础上，占尽一切便宜，为此不惜丧失道德的人，随着改革开放的脚步加深，人民可支配资源的增多，周秉昆和他的朋友们在"文革"时期是小有名气的"六小君子"，而到了没有强权环境的当代关系却越走越远。这也反映了没有了外在的压力，民间伦理一致对外的矛盾退居二线，民

---

[1] ［美］埃里希·弗洛姆：《占有还是存在》，李穆等译，北京：世界图书出版公司，2015年，第65页。
[2] 梁晓声：《人世间》（下部），北京：中国青年出版社，2017年，第357页。

间世界内部的矛盾逐渐显现。国庆春燕夫妇拜托周秉昆利用哥哥周秉义的关系多争取一套新小区的房子,春燕的姐姐为了争财产与父母互不待见,这些现象都指向了物欲压制生命的不合理。这也表现在"光字片"在拆迁时,民众先是感激为他们改造老区的周秉义,而后又因为新区建在离城市远了三站地的新区而不满周秉义。虽然老百姓确实因为所拥有的财产有限,而使得他们对一点利益也会十分计较,但是作者显然是站在批判的角度上去叙述的。他在文中写道:"拯救者一门心思工作,被拯救者集体等着看笑话、说风凉话;拯救者想要成功,还必须斗心眼,进行智力博弈"[1]。这里含有些微的鲁迅式对国人劣根性的"恨意",但是作者很快也消解了这点"恨意",他称:"这也是人类历史上屡见不鲜的事。由于政府官员公信力存疑,这种现象就更不足为奇"[2]。人民受制于物的束缚还体现在对公共领域的漠视上。市政府关怀"光字片"恶劣的生活环境,专门拨了一笔资金买砖头用于小区道路的修补,然而"光字片"的老百姓却在晚上偷偷地把砖拿回自己家里。这里作家让小说人物周秉昆发怒表达批判的意味,但是紧接着作者也说出了,周秉昆之所以看到郑娟和孩子们偷拿公家的砖而生气也是因为在哥哥那儿碰了一鼻子灰的缘故,郑娟也解释为"文革"时期父亲修理房屋时买砖困难,如今见到富余的砖总是想要囤起来。作家对于这些现象在理解之余,有批判也有无奈更有思考,过于缺物的时代,人们对物的渴望被压制着,当物质资源成为自愿消费的前提时,有多少人以占有作为人生目的,而失去了生命存在的本质与意义。

(二)意识形态笼罩下的民间世界——摆脱不了的"媚态"

民间世界由于历史及现实的各种原因,总是处于一种直不起腰杆的"媚态"之中,尤其体现在对权力的渴望与依附上,这一点

---

[1] 梁晓声:《人世间》(下部),北京:中国青年出版社,2017年,第368页。
[2] 同上。

在《人世间》中尤其明显。马克思在《共产党宣言》中明确表达了任何时代统治阶级的思想都是占统治地位的思想，拥有物质资料以及物质力量的阶级同时也支配着精神生产资料。而统治阶级的力量在向民间世界传输时总是遇到各式各样的变态，最初美好的愿望在实践中逐渐发生变异。民间世界的藏污纳垢与形而下为恶势力提供了生存空间。"改革开放"以来，我们在市场与宏观调控之间不断试探，资本的力量无形之间侵入传统的民间世界，这里没有想象中的"世外桃源"，也没有沈从文笔下神秘梦幻的"边城"，实则民间从未真正地拥有过"边城"。关于"官"的记忆向来是民间的主流，人民在传统社会里挣扎，消解着现代化的到来，真正的人民当家做主在当时也难以实现，他们的思想被强权胁迫着，个体失去自主性，成为某个时代某个权力控制下的符号。《占有还是存在》这本书中认为占有与暴力和反抗有关，笔者认为意识形态笼罩下的民间世界就是一个被占有的世界，人民"去接受并非他自己的而是社会的思想、感情模式强加给他的某种意志、某些愿望和情感"[1]。在这样的社会中，不免"幸福就在于他能胜过别人，在于他的强力意志以及他能够侵占、掠夺和杀害他人"[2]。在动乱年代，他们是易被煽动的造反派，在当今他们就是趋炎附势之徒，春燕就曾表达过这种意愿："这年头，谁都难免会被利用一下的！当初让我写什么'批林批孔'的文章时……你不是比谁都替我着急，生怕我没被利用成吗？被利用一下怎么了……谁也别活得太矫情了。"[3] 这还体现在百姓默许领导公款吃喝的陋习，甚至以有这种领导为荣，情感的建立也要维系在强权之上，或许他们的随波逐流是集体无意识

---

[1] ［美］埃里希·弗洛姆：《占有还是存在》，李穆等译，北京：世界图书出版公司，2015年，第66页。
[2] ［美］埃里希·弗洛姆：《占有还是存在》，李穆等译，北京：世界图书出版公司，2015年，第68页。
[3] 梁晓声：《人世间》（上部），北京：中国青年出版社，2017年，第445页。

的,但是作者还是为这群与权力搭上某种关系就能安心生活的人群感到悲哀。在文中多次提到周秉昆为了帮助朋友去拜托曲老太太、邵敬文、师傅白笑川,甚至还有姐夫蔡晓光,还曾经因为当官的哥哥不能为了帮助他的朋友动用权力而心生怨气,但是作者在文中还是出于悲悯的人民立场给予了解释:"几乎所有底层,都希望能与有权力的人家攀成亲戚,即使八竿子搭不上,能哈着往近了走动走动也是种慰藉。即使从不麻烦对方,那也足以增加几许生活的稳定感。"[1] 解释之余,也是包含不能苟同的心理,为此设置了周秉义这样一位公私分明的好官员消解这种权力依附的压力。民间世界固有的传统的人际伦理——人情依旧占据着支配性地位,而现代伦理——普遍主义却鲜有生长空间。

(三)欲望在民间世界横行——爱情本质的变异

爱情这个概念在民间世界是一个较为边缘化的存在,虽然我们的古典文学中也有祝英台和梁山伯、焦仲卿和刘兰芝之类对民间爱情的描写,但是大多是女性对男性权力的依赖,而不是纯粹的现代爱情。民间伦理秩序的稳定是政治话语合法性的前提,也是政治话语进入民间伦理的基础。正如只有作为民间伦理秩序的敌人,黄世仁才能进而成为政治的敌人,爱情在民间世界的边缘化的生存状态,提供了权力野蛮生长的空间,爱情成为一件可以交换甚至买卖的商品。而《人世间》出于作者民间立场的存在,肯定了民间伦理的丰富性本身,消解了传统民间伦理的桎梏。

《占有还是存在》中对爱进行了两种解读,一种是重"存在"的爱,一种是重"占有"的爱。"重占有的爱情是将爱情看作一种私有财产,当得到了代表爱的对方后,就失去了对爱追逐的兴趣。即使身在爱情中的双方,也会以爱之名束缚对方。但是爱是不能被

---

[1] 梁晓声:《人世间》(上部),北京:中国青年出版社,2017年,第137页。

占有的，你只能拥有爱的能力去爱一个人，而不是占有一个人"[1]。相比于周秉昆与郑娟之间的爱，骆士宾对郑娟的强暴，以及发达后回来争夺儿子的行为，没有丝毫爱的痕迹，充满了暴力的占有与掠夺。而周秉昆对郑娟的爱一开始源于对美的迷恋，他多次把自己和郑娟带入到文学作品中去想象他们在一起的美好未来，而在他帮助她的家人后，他又有了一种救世主的心态，但是这种高于对方的心态很快也在爱中消解。周秉昆因"天安门广场事件"被抓，周母昏迷不醒，郑娟独自带着儿子和周蓉的女儿在周家照顾周母，在这里他们之间的爱情进行了升华。当周秉昆出狱后见到郑娟时，才有了周秉昆的那段心理独白——虽然郑娟依旧很美，但是他们之间已经超越了最初原始的爱欲，而是一种浓烈的爱。蔡晓光与周蓉之爱也有一定超越民间伦理的成分，但是作家也曾借蔡晓光之口表达过对周秉昆与郑娟之间的"存在"着的爱情的向往："人家两口子，虽然都没宣称过自己是爱情至上主义者，可人家两口子实际是！正因为这样，他们才能在经历了重大生活变故后，一如既往的那么黏糊。别小瞧这一种黏糊劲儿，我觉得，它可是关乎人生终极幸福的最主要因素！"[2] 作者设置郑娟这个人物与骆士宾和周秉昆的对比关系中，将理想的爱置于现实的占有里，补充了民间伦理中稀有的爱情元素。虽然郑娟是死刑犯的遗孀，肚子里还带着一个强奸犯的孩子，但是周秉昆出于爱甚至卖掉祖传宝物救济郑娟，为了郑娟珍视的孩子，周秉昆杀人也要和她在一起。肯定爱情这一点并不是传统民间伦理的范畴，尤其蔡晓光与周蓉以及护士之间的关系甚至有点有意在消解传统民间伦理的束缚的意味，作者想要赋予民间世界更多的可能性与生命存在的出路。到了周家第三代，爱情的光辉逐渐淡去，周秉昆的儿子周聪的感情生活充满危机，周蓉的女儿与功

---

[1] ［美］埃里希·弗洛姆：《占有还是存在》，李穆等译，北京：世界图书出版公司，2015年，第33页。
[2] 梁晓声：《人世间》(下部)，北京：中国青年出版社，2017年，第296页。

成名就的有妇之夫在一起，即使在周秉昆这一代中，春燕与国庆的结合也是在荒唐的"一夜情"之后，由于种种原因而走在一起。当爱情与名声、金钱、年龄、婚姻等等一切与爱情无关的东西绑在一起时，才是爱情名存实亡的本质。

三、结语

民间世界，由于它内涵的丰富与复杂，形式的生动与自由，向来是文学书写的主要领域，不管是中国现代小说中乡土作家的民间书写，还是海派小说的都市风俗，还有国外的"外乡人"题材，人与社会是个永恒的话题。当代长篇小说《人世间》在梁晓声的笔下，不再仅仅展现的是跨越大半个世纪的东北民间世俗风情画，字里行间还含有浓浓的深情，这份深情来源于作家对民间世界深切的关怀与认同。作家对东北A城的"光字片"贫民区可谓爱得深沉，对于生活在这片土地上的人民也是极尽包容，对于像郑母、郑娟以及周家此类大善之人，作家不惜笔墨高唱赞歌。而对于居民之间小偷小摸、好占便宜、无视公共领域等陋习，作家在指出错误之余，又不忍大加指责，这不得不考虑到作家一颗火热的爱民恤民之心，但是也在一定程度上削减了作品在现实主义批判上的力度与深度。

（原载《文艺评论》2020年第5期）

论《人世间》的"神性"书写

◎ 沈雅婷

小说《人世间》以周家为线索展开，描绘了"文化大革命"、知青下乡、恢复高考、国企改革、市场经济、城市改造……从1972年到2016年近五十年的历史进程，通过周家三个子女不同的生活经历呈现了被裹挟进时代洪流中的人物或传奇或平凡的一生，书写了"身不由己又不甘于身不由己"的城市平民子弟的生活。这部作品自2017年出版以来，已经引起足够的重视，有关小说的研究性文章从民间正义、责任、爱情婚姻叙事、人物形象分析等不同角度对作品进行解读。路文彬在《〈人世间〉：民间正义的担当及其可能》中，将《人世间》比作正义的民间之歌，认为小说中的人物之间都凝结着一种超越于爱情、亲情、友情的正义之爱，并呼吁正义的目的不应通过一种自我亏欠的方式而应出于自由个体的心灵之爱。刘军茹在《〈人世间〉：承担自我与他者的责任》中对小说中的人物以"是"的自由为基础，有责任的正义为原则，把自己和他者同时当作目的的人生之路做了分析。马媛颖《唯爱使人不凡》一文借由对小说中几段不同的爱情与婚姻关系的总结，呈现出梁晓声所表达的对于爱情、人性、命运、拯救等诸多价值观念的理解与抉择。其余两篇是有关小说主人公周秉昆和周秉义的人物形象分析：方晓枫将周秉义比作具有普罗米修斯般的奉献与坚持精神的受难英雄，在梳理其人生经历中对"造就周秉义"的原因进行分析。苏文韬通过对小说主人公周秉昆一生正义和善良选择的分析，提出《人世间》这部作品对重拾"好人文化"的价值。

总体来看，对于小说中人物形象的分析多集中在周氏兄妹。不同于从小就品学兼优的哥哥周秉义和姐姐周蓉，小弟周秉昆一直是普通甚至是"一根筋"的那一个，但郑娟一家的出现却让周秉昆的生活变得波折且有担当。郑娟、郑母以及盲童郑光明，三人身上都或隐或显地表现出神性的光辉和宗教式的拯救观，给三人与周家的关系笼罩上了一层神秘色彩。而除了小说中所表现出来的宗教意识之外，小说中的人物都秉承着一种宗教式的共同信仰——善，在无法与意识形态抗衡的民间生活中，在苦难和命运的不断打击下，本能地相互扶持、相互拯救。由于善的信仰而在苦难面前产生的包容和悲悯情怀，让叙述更具生命的张力，使小说获得了"神性"的在场。也为《人世间》这部现实主义力作，增添了几分理想主义和人道主义的温暖底色。笔者试从"神性"书写的角度阐释梁晓声的小说《人世间》，从而把握作者对作家社会责任的担当和对人性之善的终极关怀。

一、"神性"书写下的宗教品格

梁晓声是"好人文化"的倡导者，面对当下社会中好人稀缺，善良也遭到贬抑的状况提出中国民众亟须补上"好人文化"这一课。他一直以强烈的社会责任感反思中国人敬畏心的缺乏，认为人类最初的敬畏源自于宗教，因害怕受惩罚从而不敢做坏事。中国虽有宗教，却缺乏宗教信仰，佛教、道教圣地虽香火旺盛，但不同于真心的忏悔，人们多是将功利主义的追求寄托在宗教上。在《人世间》这部小说中，作者就赋予郑家三口神性般的宗教品格，让宗教在民间恢复应有的姿态，复燃了神性的光辉。

小说中与死刑犯涂志强未领证却怀有一个孩子的"小寡妇"郑

娟，和一个不足十岁的盲少年弟弟，每日靠着走路已蹒跚的郑母卖冰棍和冰糖葫芦过活。居住在太平胡同的郑娟一家三口虽然生活凄苦，但在作者的笔下却有特别的意义。主人公周秉昆答应了帮瘸子和"棉猴"每月给郑娟一家送钱的要求，但除了对涂志强家人的同情和善良的本性，更多促使他帮忙的原因是对同涂志强秘密结为夫妻的女人的好奇。对于周秉昆来说，居住在太平胡同的郑娟是神秘的，也是卑贱和罪恶的。首先她已是一名死刑犯没有名分的妻子，二十岁出头就成了怀有孩子的寡妇，而高高在上的自己是要去对她家施予帮助。初次见面时，周秉昆就被郑娟的美震慑和诱惑住了，目光里满是恓惶，衣衫不整、未梳未洗的郑娟是美、诱惑和罪恶的组合，让人很容易联想到《圣经·旧约》中偷吃禁果的夏娃，初见郑娟，她给周秉昆的感觉就像基督教中一出生便带有原罪的女子一样，代表着罪恶，也同样承受着苦难。但实际上她却更多有着"圣女"的意味。

在哥哥姐姐们定期读书交流的熏陶下，周秉昆受俄罗斯文学影响很深，对《静静的顿河》《战争与和平》《叶尔绍夫兄弟》等都有所了解。他一见到郑娟就明确了是自己要的女人，甚至将郑娟和高尔基《少女与死神》一书插图中牧羊女的形象完全重合起来，这并不只是偶然，俄罗斯作家创造出了许多富有宗教神圣色彩的光辉女性形象，"在俄罗斯文学中，女性被赋予了崇高的使命，成为对苦难进行救赎的载体和灵魂拯救希望的寄托所在"[1]，作者在描写秉昆第三次见到的产后的郑娟时，用的是"四周变黑了，连孩子也在半黑半明之间，那小寡妇却处在光明中，像自身是发光体"[2]，被黑暗和苦难笼罩的郑娟却似圣女一样闪耀着光芒，在此时周秉昆的眼中，她既是苦难的化身同时又有着圣洁的、驱赶黑暗的力量。作者

---

[1] 柏云飞：《圣爱与拯救——十九世纪俄罗斯经典小说的女性形象分析》，黑龙江大学，2014年。
[2] 梁晓声：《人世间》（上部），北京：中国青年出版社，2017年，第379页。

通过一种"神性"的隐喻构建了对郑娟宗教品格的想象。

郑母虽是一个没有文化的老妪,并没有切实的宗教信仰,但多年如一日靠着卖冰棍和糖葫芦将两个没有血缘关系的孩子抚养长大,这让人动容的经历本身就是以善的信仰作为指引。郑母虽然生活凄苦,但仍心怀感恩,总是教导郑娟一定要实心实意地善待对自己有恩的人。在郑娟心中,妈妈就是观音菩萨的化身,在带弟弟回家时,郑母反驳郑娟"弟弟是捡来的"说法:"别说捡。不管什么值钱不值钱的东西都可以捡,但人就是不能捡人。凡说谁捡谁的人都是不拿别人当人的人,是有罪过的。记住,这小弟是神赐给咱们的,说不定他自己就是神,装成瞎了的样子,看咱们以后怎么对待他。如果咱们对他好,那神也会对咱们好。"[1] 也许这个老人,心里对神明的概念并不清晰,但她一定相信中国最基本的传统理念:善善相因、知恩图报。她即使对路边的小野猫或小野狗,也一视同仁,颠颠地跑回家拿东西给它们吃。观世音菩萨是佛教中慈悲和智慧的象征,"慈"就是用爱护心,给予众生以安乐,"悲"则是用怜悯心解除众生的痛苦,"度一切苦厄",解救众多受苦难的人。佛教强调的责任和奉献,救世度人和众生平等的观念,在郑母身上得以充分体现。郑母一生对生命的尊重、悲悯和感恩的情怀也影响着郑家姐弟俩。

而文中唯一真正与宗教结缘的,无疑是郑光明了。这个举着彩色玻璃片感受阳光的眼盲男孩,虽然从小被剥夺了见到光明的能力,但却有着像是被萤光充盈着的柔软和温暖的内心。懂事的小光明为了一家人的生计向秉昆下跪请求帮助,为了成全姐姐和秉昆不做他们的累赘愿意选择离家出走,这种扎根内心的善良和牺牲精神与佛教的利他性和希望众生离苦得乐的核心思想相一致,也是他之后能够皈依佛门,成为北普陀寺名僧"萤心"的前提。

---

[1] 梁晓声:《人世间》(上部),北京:中国青年出版社,2017年,第389页。

小说中的郑家三口，不只有着人本性中的善，甚至具有了宗教意义上的"至善"，即比人性善更为完满、纯粹的爱与善，宗教品格的赋予在凸显三人形象的同时，给小说增添了神性的在场和悲悯的力量。

二、"神性"的辐射：善念下的"救赎循环"

宗教的本质都是神对人类精神的救赎以及向善的引导，是一种"他救"，而梁晓声的小说中并没有真正意义上的神明，也没有将小说中的人物塑造成能够自我拯救的超越苦难的英雄，有的只有一个个性格鲜明的普通人，而这虽然平凡但相互扶持、彼此拯救的善良人们，"即使卑微，对于爱我们也被我们所爱的人而言，可谓大矣"[①]。

周秉昆第一次进入太平胡同时，是以一种拯救者姿态出现在郑娟一家的生活中的。他抱着对郑娟的好奇和甚至是自私暴力的冲动，以一种高高在上的姿态对郑娟实施了一种近乎怜悯的拯救。对于郑家的情况来说，周秉昆受"棉猴"和瘸子之托带来的四十元钱，无疑是他们的救命钱，但看似柔弱的郑娟却厉声拒绝了这份怜悯。郑娟凛然的目光、郑母的苦苦哀求和光明的突然一跪，让秉昆来时的优越感和对郑娟产生的狂野冲动登时变成了羞耻感，郑家贫苦无助的生活状况和盲少年真切的恳求，让周家这个"一根筋、缺心眼儿、不懂人情世故"的"老疙瘩"周秉昆一下长大了，他"不再因为自己出生于光字片而耿耿于怀了，不再因自己以自尊为代价终于调转成了工作岗位，却仍是一名苦力工而耿耿于怀了，不再因姐姐的所作所为而一直难以原谅姐姐了，不再怕涂志强继续侵入他

[①] 梁晓声：《人生的意义在于承担》，《梁晓声散文精选》，武汉：长江文艺出版社，2016年，第288页。

的梦中了"①。是郑娟一家,让这个一直被哥哥姐姐庇护着的、抱怨生活的年轻人感到"内心里空荡荡的,然而并不是虚无的状态,他觉得有种类似块根的东西在内心深处开始发芽。那种说不清道不明的东西,使他内心充满悲伤"②。此时,也正是周秉昆的第一次成长,责任与担当这一块根在秉昆心中落成,他也开始直视自己的内心,懂得了"看清自己,总是比看清别人要难。……自己内心的丑恶,也许比自己一向以为的别人内心里的丑恶更甚"③。忏悔式的宗教体验让原本作为拯救者降临的秉昆受到内心的洗涤,仿佛进行了一场忏悔和赎罪的自我审视,纠正了对郑娟的态度同时收获了自身的成长。小说中有意识的玄思,无疑表现出了一种"神性"。

在秉昆对郑家持续每月三十五元的帮助下,二人的爱情也逐渐加深。一年多后,瘸子与"棉猴"被判刑入狱,郑母去世,郑娟走投无路要将孩子送人抚养时,秉昆已经有足够的勇气去承担郑娟的一切麻烦,他将家里最为贵重的镯子当了接济郑家,再一次充当了拯救者的角色。但在这之后,二人的角色发生了转变。周母受到刺激成为植物人,郑娟便帮忙照顾周母和周蓉女儿周玥的生活,秉昆又因宣传"反动诗歌"而被捕入狱,半年间,她独自承担起这个由两个孩子、一个盲少年和一个植物人母亲组成的"家",还要承受着别人的目光和非议,即使如此,这个坚强乐观的女子仍是满怀感恩之心。郑娟连日操劳让周家正常运转起来,甚至为周母按摩到手指起茧变形,终于让瘫痪已久的周母结束了植物人的状态。在秉昆为与楠楠生父争夺孩子抚养权而被捕入狱的十二年间,她仍旧独自承受着生活的压力。秉昆一生波澜曲折,但郑娟却从未抱怨,是她的乐观和随和给他们清贫的生活带来满足和欢欣,"有一类女人似乎是上帝差遣到人间的天使,只要她们与哪一户人家发生了亲密关

---

① 梁晓声:《人世间》(上部),北京:中国青年出版社,2017年,第97页。
② 梁晓声:《人世间》(上部),北京:中国青年出版社,2017年,第99—100页。
③ 梁晓声:《人世间》(上部),北京:中国青年出版社,2017年,第99页。

系，那户人家便蓬荜生辉，大人孩子的心情也会好起来。她们不一定是开心果，但起码是一炷不容易灭的提神香"①，乐观甚至已经成为了郑娟的一种信念。这个内心干净的女人靠着对丈夫的爱和对生活的感恩，在周秉昆最艰难的时刻给了他以支撑，成为了他心灵的依托、信念的源泉和生命的力量。

郑娟因楠楠的去世过度悲伤而患上抑郁症，那时光明已经成为北普陀寺的名僧，在他的照看下，郑娟恢复了精神，楠楠也得以安葬在了北普陀寺地界内，由僧人们照管，也让秉昆一直悬着的心放了下来，一家人终于恢复了平静的生活。从前那个期望着光明的等待着被照料的盲少年，再度来到姐姐家中，却成为了他们一家的拯救者，带来了光明和希望。

周秉昆从前"以拯救者的姿态，频频进入他们的生活，称心如意地成了郑娟的丈夫"②，但生活一直在继续，谁拯救谁已经无法说清，郑娟一家给了秉昆以成长，郑娟和光明更是在秉昆无助的时候给予他关键性的帮助，秉昆也多次成为被拯救者。"拯救与被拯救"的叙事模式本身就有着神性的象征，这种善念维系的救与赎的循环，也正符合了佛家因果报应的伦理法则。

三、"神性"的指涉：动荡时代下人性的变化与恒长

作者的"神性"书写在与人性的映照中更突显其意义。在"神性"书写中，神性是相对恒定的，因为被赋予神性的人格保持着对普遍人性的超越形态。小说将静态恒常的"神性"与在时代翻涌中不断变化的"人性"进行对比，将"人世间"最普遍的神性指涉——善，这一信仰凸显出来。

---

① 梁晓声：《人世间》（中部），北京：中国青年出版社，2017年，第29页。
② 梁晓声：《人世间》（下部），北京：中国青年出版社，2017年，第234页。

小说所呈现的五十年来的历史，波谲云诡风云变幻，书中的人物的命运也浮浮沉沉毫无定数。社会在不断变化，知识青年下乡又返城，从国企改革到下海经商，从恢复高考到出国潮，跟随时代不断游走的小人物们工作换了又换，住所修了又修，亲戚朋友们的关系由紧密到破裂，时代在变，每个人也都不断想办法去应对，以期在这变幻莫测的时代中找到自己的位置。在周家的每年一次的聚会中，总有昔日好友的消息，其中有欢乐和温情，也不乏充斥着人性阴暗面的暴露，像唐向阳知法犯法、作伪证，德宝和春燕自己贪得无厌还报复有恩于自己的人，还有像龚维则被物欲蒙蔽了双眼的腐败行径……在时代的浮沉中挣扎的普通人因为欲望而使人性受到侵蚀，而以善为信仰的人们，却能保持温暖的本心。

"古往今来，人间福祉，总是最后才轮到苍生。……天下苍生只有耐心盼望，除此之外，别无他法。所谓巨变，无非是又换了一茬茬权贵而已……"[①] 萤心参悟佛法，明心见性，达观通透，因而面对时代的巨变内心毫无波澜。郑娟却只是一名家庭妇女，不同于春燕善于走上层路线，于虹在家庭经济方面、吴倩在人情世故方面的精明，她更多的是被人们说"有点儿二"，她整天高高兴兴地生活着，社会的巨变没有迁移她善良的本性，苦难的生活没有磨灭她乐观的信仰。住在破败的太平胡同里心安意定，白花一千六百元却只住上几天小苏联房也能毫不计较只当一场美梦，房顶被积雪压塌还能去欣赏支撑危房的钢管。秉昆两次被抓入狱，她独自打起家庭的重担，日复一日、年复一年地照顾着自己的小家，爱着自己的亲人，在平淡的生活中把握自己的快乐，她不将得失看得过重，也不看轻什么，这样一种淡然、随遇而安的性格，使得郑娟对迎面而来的苦难都能一笑置之，这种态度正好契合了佛教关于净心的心性论，郑娟达到了一种"禅"的生活境界，做到"不生思虑，直指本

---

① 梁晓声：《人世间》（下部），北京：中国青年出版社，2017年，第232页。

心",使得外界环境变化对她产生的影响最小化,即使在苦难的冲击多于平淡生活的时代中,也能悠然自得。

除了在动荡的历史进程中郑娟表现出来的随遇而安、乐天知命,在这份恒长里,更多的是这些平凡的底层人物所表现出来的善,正如萤心的祝愿:"一时善,一时佛;一事善,一事佛;一日善,一日佛;日日善,人皆佛。善善相报,佛光普照"[1]。不论是基督教的福音与救赎,还是佛教的因果、善恶和利他的宗教教义,都同时指向"善"这一基本根柢。《人世间》中神性的具体指称也是"善",在小说所描绘的中国近五十年的历史中,正是通过每个底层人物辐射出来善念构成牢不可破的网来抵抗苦难的降临,悦纳时代的变迁。即使亲情这一草根阶级赖以抵挡生活和命运打击的最后盾牌,在艰难时代的风霜雨雪侵蚀下也容易变得锈迹斑斑,"善"却不会,这一让无数中华儿女奉若宗教的信仰,让像秉昆、赶超、国庆这样的人家可以在时代的寒冬中抱团取暖,也能共同扶持着进入美好的新时代。小说中人物众多,阶级立场有别,知识水平不同,但多数都是善良的好人,洁身自好的高级官员周秉义、勇于担当的周秉昆、一心扑在秉昆一家上的好媳妇郑娟、无怨无悔为周家奉献的姐夫蔡晓光,还有多次对秉昆伸出援手的曲老太太、白笑川、邵敬文……正是这些以善为信仰的人们,在动荡的时代中闪耀着善良的神性的光辉。

韦勒克、沃伦在《文学理论》中提出,"文学不是把哲学知识转换一下形式塞进意象和诗行中,而是要表达一种对生活的一般态度"[2]。梁晓声在采访中也多次表示,现实主义应寄托对人的理想,文学作品应带给广大平民温度。《人世间》作为作者对现实主义致敬的一部作品,里面不单单描绘了人在现实中是怎样的,也道尽了

---

[1] 梁晓声:《人世间》(下部),北京:中国青年出版社,2017年,第432页。
[2] [美]勒内·韦勒克、[美]奥斯汀·沃伦:《文学理论》,刘象愚译,杭州:浙江人民出版社,2017年,第106—107页。

人在现实中应该是怎样，通过这份"应该怎样"，寄予了作者对生活、对人的理想，让现实主义体现其应具有的温度。①

作品中对于人性的神性书写，将《人世间》这部小说中主人公的形象和善的信仰，由底层人民的生活层面推向神性之维度，赋予小说一种超越性的审美，"神性"品格的注入也为小说所描绘的五十年来沉重的历史营造了轻盈的存在。更将植根于民间的善良信仰和作者一直提倡的"好人文化"置于读者的面前，"于人间烟火处彰显道义和担当，在悲欢离合中抒写情怀和热望"②。

（原载《文艺评论》2019 年第 4 期）

---

① 丛子钰：《梁晓声：现实主义亦应寄托对人的理想》，载《文艺报》2019 年 1 月 16 日。
② 梁晓声：《人世间》，北京：中国青年出版社，2017 年。

"好人文化"的践行者
——《人世间》周秉昆人物形象分析

◎ 苏文韬

读毕梁晓声的长篇小说《人世间》，深为他笔下众多的底层儿女的艰辛与困苦而动容。与此同时胸中积郁难平，郁的是周秉昆的一根筋，周蓉的反叛与执着，大哥周秉义的责任与担当，父亲周志刚的坚忍与不屈……正是他们共同承担起这部小说中的"好人文化"，这一当下文艺作品中最为匮乏与可贵的世纪命题。在那样一个动荡不安、政治压倒一切的年代里，这些出身于底层的儿女们本可以选择如同一些人那样或逃避责任以求自保，或相互攻讦以获取政治地位而改变命运，或抛弃良心与正义以达到苟安之目的。而他们的选择却恰恰是回归人性的"善良"与"道义"，演绎了一个"好人文化"的壮美故事。

在一次次面临着选择的时刻，周家人的做法每每都是尽量秉持"善良"与"道义"。然而正是这种在功利主义盛行的一些今人看来"愚蠢"的抉择，却又每每使得梁晓声笔下的人物陷入某种绝境之中，这不得不使人读之而郁闷难消。这种人生迥异在周秉昆的身上体现得更是明显，周秉昆是周家精神的代言人，也是众多人物中的灵魂人物。由他所扛起的"好人文化"及民间正义的大旗从二十世纪七十年代一直高扬到现在。

在三卷本《人世间》中，梁晓声描写了众多人物：周志刚、儿子周秉义、女儿周蓉、小儿子周秉昆、郑娟、"酱油厂六君子"中的进步和唐向阳、曲艺杂志的主编邵敬文及资深编辑白笑川、从派出所的片警后来官至公安局副局长的龚维则、水自流，周家的第三代周楠、玥玥、聪聪……还描写了知识分子如冯化成、郝冬梅，导演蔡晓光、商人曾珊等人物。梁晓声将一个个人物塑造得有血有肉、有情有义。从最初的"大三线建设"、"文化大革命"、知青返城、改革开放，一直到后来的"光字片"拆迁，梁晓声做了全方位、全景式的描写。通过对周家人的生活以及周家人命运变化的细致刻画，为读者展示了近五十年的共和国发展史。这其中伴随着家与国的血泪与心酸，亦伴随着小人物们的艰辛与成长，这些人物几乎囊括了整个中国社会的方方面面。

"中国太多的作品强调他人皆地狱了，中国太需要好人文化了。"媒体多次对作家梁晓声的采访中，梁晓声都一再强调他所提倡的"好人文化"。而在《人世间》这部作品中，梁晓声用冷静而客观的现实主义手法重述了那一段历史，为我们呈现了何为"好人文化"以及"好人文化"化人的力量，这种手法无疑又是充满着悲壮色彩的理想主义精神的。《人世间》中的众多人物大多数都是"好人"，他们的"好"往往体现在面临具体困难与艰险遭遇时都秉持着一种"利他主义"的善念。从"文革"时期一直到之后的改革开放时期，这种"善"充斥在整部作品之中。但是随着时代与社会的发展变化，大多人物都有了或多或少的变化，只有周秉昆这一人物是变化最少或者说是一直没有变化的。他也是周家姊妹兄弟中最像父亲周志刚的，他是周家精神的代表，是"好人文化""善"的践行者，更是民间正义的守护者。与此同时，周秉昆这一人物也是复杂的，他既有善良坚忍的一面，同时又有冲动"一根筋"的一面，正是他的冲动与"一根筋"导致他最后进了监狱。而他又是敢爱敢恨、爱憎分明的一个人物，他是整部作品中最可爱又最可恨同时也最可怜的一个人物。正是他性格上的锋芒使得他的善良增添了更多复杂的色彩，也使得作家在作品中所倡导的"好人文化"与"民间正义"带上了更多悲壮与崇高的理想主义底色。

周秉昆的一生是起起伏伏波折很大的，在三兄弟之中，秉昆的人生遭遇可谓波谲云诡。从他认识郑娟开始，他的人生就注定了不可能平凡和顺畅，而他的哥哥周秉义和姐姐周蓉虽也多有坎坷，但是都比秉昆要顺畅得多。秉昆是三兄妹中唯一没有读过大学的人，周蓉跟周秉义后来又都考上了北京大学，成了那个时代非常稀少的大学生。秉昆本也可以考大学，成为他哥哥姐姐那样的大学生，天之骄子，但是因为郑娟的出现，改变了他一生的命运。如果不遇到郑娟，可能周秉昆的命运起伏就不会有那么大，而如果不爱上郑娟，他也不会经历那么大的波折，还可以成为要么像哥哥那样的高级干部，要么像姐姐那样的高级知识分子；又或者他听从母亲的安排，很自然地跟之后成为区妇联副主任的乔春燕结婚，那么他之后的人生就肯定要改写。然而这一切都没有如果，周秉昆就是周秉昆，他就是那么忠于爱情、友情、亲情的一个执着之人。理想主义是他的座右铭，他的心怎么想他就会怎么做，他眼里根本揉不进一粒沙子。然而周秉昆又有着执拗与冲动的一面，而这又恰恰毁了他，让他在监狱里服刑十几年。周秉昆就是这样一个复杂而又让人揪心的人物，在爱情、友情与亲情三方面他都秉持了回归人性"善"的"好人文化"，秉持了共和国工人之子与底层百姓的那一份道义与良心。

一、理想主义的爱情坚守

对于爱情周秉昆是一个充盈着理想主义情怀的浪漫主义者。小说中这样写道："周秉昆与别的青年的不同之处在于，因为曾经常听哥哥姐姐们一起分析和讨论小说中的人物，深受影响，不知不觉便也养成了对自己言行认真分析的习惯。也可以说文学间接给予了他一种后天的禀赋,一种从未为人所知的能力。"[1] 秉昆的理想主义直接来源于他跟姐姐哥哥们一起讨论的那些文学作品,而正是因为当时文艺生活的缺乏,他们三兄妹的一切幻想都来源于文学作品,秉昆也并不能例外,他之于爱情的幻想是充满着理想主义精神的。

在整部《人世间》中充斥着文学对于他们这一整代人的影响,这种影响无疑是深刻而独一无二的。正是在那样一个一切都不正常甚至是扭曲的时代,文学的力量才显得那样独特而充满着魅力。正是文学间接地影响了他,秉昆最终没有像母亲所希望的那样和春燕走在一起。他一定要找一个自己喜欢的女人,而此时郑娟对于秉昆的吸引力实在是太强了。文中这样写道:

> 他完全是不明所以地被那个小寡妇给迷住了,她是他心里最想要的那种女人。他第一次见到那种类型的女人是从一幅画上,确切地说是从一部作品集的彩色插图上,大概是高尔基的书……[2]

> 每次想郑娟时,他还会联想到契诃夫的短篇小说集,他偶尔读到了《美人》……在周秉昆想来,自己所面临的事正是这样,如果郑娟最终嫁给了别人,他的人生就注定忧伤不已,暗淡无光。[3]

秉昆最终如愿以偿地和"小寡妇"郑娟在一起了,之于他是完全没有任何能力来分辨自己的这份感情究竟是不是爱的,这份情感分明是朦胧的,郑娟对于秉昆的吸引更多的是秉昆的一种恋母情结的心理使然。他以一种大男子主义式的高姿态,对于"小寡妇"郑娟实施一种怜悯式的拯救,这爱的确是不成熟的,但是秉昆却是义

---

[1] 梁晓声:《人世间》(上部),北京:中国青年出版社,2017年,第98页。
[2] 梁晓声:《人世间》(上部),北京:中国青年出版社,2017年,第367页。
[3] 梁晓声:《人世间》(上部),北京:中国青年出版社,2017年,第368页。

无反顾的。他的这种义无反顾之于爱之情感的坚守，让他付出了十二年的牢狱生涯。周秉昆并不懂得真正个体的爱是什么，所以他对于郑娟的爱与其说是义无反顾，毋宁说是自我对于正义与爱之道德感的某种坚守。他的这份坚守是值得肯定的，个人的力量在历史的局限面前是非常渺小的，更何况周秉昆。然而他对郑娟的爱与姐姐周蓉之于冯化成那样的欣赏之爱是完全不同的，与哥哥秉义和嫂子冬梅青梅竹马式的爱情也截然不同。他的这份爱、这份情从一开始就充满了悲怆的色彩，潜藏了凄苦的人生。与一个带着孩子的"小寡妇"结婚，在那样一个年代，在"光字片"那样一个穷苦的地方，是要被别人笑话甚至是歧视的。所以周秉昆对于郑娟的爱，一开始就是不平等的，而郑娟也深知此点，所以郑娟对于秉昆的情感更多的是一种依附。她从一开始就觉得自己是欠秉昆的，可以说二者对于爱的理解都是局限的。秉昆因为与骆士宾争夺本不是自己亲儿子的楠楠而入狱，这件事就显现出了秉昆之于这份爱的道义性维护。恰是这种维护使得这份爱显现出了爱的利他性本质，这又有了超越时代与历史的光彩，这可以说是小说浓墨重彩的一笔。虽说是周秉昆的一根筋与冲动才最终使得自己惹上牢狱之灾，但是秉昆亦是无怨无悔的。因为他深知，为了这份情感，他愿意付出一切。

　　与此同时，梁晓声又塑造了春燕这样一个政治属性大于人性的女人，与郑娟形成了强烈而鲜明的对比。春燕是否爱德宝是要打一个问号的，只因为一场酒后风波春燕就跟德宝结了婚。春燕是整部小说中最不自由的一个女人，也是最在乎自己的名誉以及政治地位的一个女人，她的在乎与其说是一种政治正确价值观影响的自然反应，倒不如说是自我性格的投机性使然。春燕从一开始就是标兵，不论在哪儿都要争做领导，因为她自己也深知这是会有好处的。而小说最后德宝对周秉义的告发与检举以及其对于朋友友情的出卖，可以说是其个性注定了的。这种结局与其说是一种嫉妒心使然，倒不如说是春燕性格对德宝以及他整个家庭的影响使然。文中对郑娟这样描写：

> 她似乎是这样一个女人，只要信任了谁，对那个人就没有一点儿藏着掖着了。她不像春燕，春燕有心机，她绝没有。她不像吴倩，吴倩太小心眼。她也不像于虹，于虹自我保护意识很强，而她几乎没有什么防人之心，若对一个人好，便处处先考虑他的感受，宁肯为自己好的人做出种种牺牲，谁和她聊天也长不了见识，她根本就没什么与文盲家庭妇女们不同的见识。①

郑娟便是这样一个圣女式的完美女人，她似乎也应该是柔弱可怜的，这样的女人男人是不可能不爱的。文中描述道：

> 有一类女人似乎是上帝差遣到民间的天使，只要她们与哪户人家发生了亲密关系，那户人家便蓬荜生辉，大人孩子的心情也会好起来。她们不一定是开心果，但起码是一炷不容易灭的提神香。②

这里虽然充斥着男权思想，但在那样一个历史时期里是可以被理解的，秉昆如此爱这样一个人间难得几回闻的女人也是自然而然的。为了这个女人秉昆可以付出一切，为了维护他们这种理想主义式情感的纯粹性，秉昆是无怨无悔的，这正是秉昆发自内心的道义与担当。

---

① 梁晓声：《人世间》（上部），北京：中国青年出版社，2017年，第79页。
② 梁晓声：《人世间》（中部），北京：中国青年出版社，2017年，第29页。

二、民间道义的友情担当

周秉昆对于友情，比爱情更为纯粹，他有着一种近乎江湖侠义式的友情理念。《人世间》中，每每以聚会的形式来反映"光字片"底层儿女们的日常生活、光荣与梦想，可贵的友情也在这期间逐渐蔓延开来。"酱油厂六君子"以及他们的爱人们结成了无话不说的友情共同体，在"文革"后期那样一个年代里，他们的这种友情是可贵的亦是极其难得的。小说中这样写道：

> 在那些日子里，像他这种同样关心国家大事的千千万万普通老百姓家的儿子却蒙在鼓里，当然他们的父母也根本不可能知道——许多人家里照样挂着毛主席和林彪在天安门城楼上并肩检阅红卫兵的"光辉合影"。[1]

由此可见，像他们这样的底层儿女在那样一个年代既不掌握话语权，甚至社会的真实面他们也是有很多不明就里的。在他与他们之间并没有掺杂太多的利益与功利主义色彩的东西，但是他们的集结又是必然的。在主流话语权不掌握在民间而又悲苦的一个年代里，相互的安抚与宽慰是必不可少的，而他们的友情共同体恰恰又是以周秉昆为中心建立的。

秉昆是一个重感情且充满着正义感又带有江湖侠义精神的青年。从秉昆拒绝去看工友涂志强遭枪毙事件，到后来"棉猴"嘱托他去看望涂志强妻子郑娟，他都冒着危险前去等事件，都能看出周秉昆身上的正义感与重情重义。然而他的这种正义感又是很有锋芒的，与骆士宾为了儿子楠楠而争斗最终入狱，虽与水自流有过恩怨

---

[1] 梁晓声：《人世间》（上部），北京：中国青年出版社，2017年，第59页。

但是仍然要帮他完成继续经营书店的心愿，秉昆的心里是自然而然有杆秤的。周秉昆有自己的人生判断标准，而这标准自然也离不开其父周志刚的言传身教，亦有贯穿全书的诸多文学作品对他的影响。周秉昆是周家最像父亲周志刚的人，同时也是初心未改的一个人。身边的亲人朋友一有困难他必出手相助，这种相助纯是道义使然，全然没有功利之心。除了"酱油厂六君子"之间的友情外，周秉昆与曲老太太、邵敬文、龚维则等老前辈成为了忘年之交。一旦"六君子"小兄弟们和自己遇上了什么麻烦事，他都必找他的这些忘年之交们帮忙，而他们也总是乐于去帮助周秉昆。以当时的大环境来看，这实属难得之举，这些老干部、老同志们恰继承了中华"好人文化"的传统。小说中的这种写法可能并不是历史的真实，但是梁晓声塑造了这些人物却恰恰向我们表达了这样一种善念：不论时代与社会怎样变迁，好人还是有的，而且还有很多。人性本无善与恶，一切都在于自我的选择，是自我的选择往往决定了人是崇高还是卑劣。

在抒写秉昆对于友情的珍惜与维护中是有不足的，这种友情的建立首先就是具有历史的局限性的。德宝最后写的检举揭发信恰恰证明了这一点，这往往也是人性的弱点之所在，人往往可以共患难，但是却很难共享福，作家在对于人性的这一灰暗面的揭发上也是极其独到而且深刻的。社会不正常，时代裹足不前的时候，友情是正常的，而当社会有了巨大发展的时刻，友情又在倒退，这不禁引人深思，这建立在民间道义患难与共基础之上的友情是否能经得起时间、社会与历史的推敲？这种尚缺乏个体意识与价值以及自由意志欠缺的友情是否经受得起考验？现实生活中的答案往往比小说还要耐人寻味，但是周秉昆这种基于传统文化的道义与担当精神是值得称赞的，如果缺乏这种精神，那么"好人文化"将无从谈起，这是值得我们每一个读者深思的宏大命题。

三、"好人文化"的亲情传承

　　《人世间》中最使我为之动容的便是作品一以贯之所倡导的这种"好人文化",这在"老三线"工人周志刚的身上体现得最为明显。周秉昆继承了父亲周志刚的此种传统,周志刚虽不像知识分子那样有文化,但是他分明是自信的,在知识分子被打成"臭老九"、工农兵无上光荣的那样一个年代,周志刚是伸手不打知识分子的。不论是在贵州深山中面对着女儿周蓉还是女婿冯化成,抑或是北大毕业生大儿子周秉义,一旦想到他们都成了知识分子,他的手就再也难以抬起来。周志刚对于知识分子与知识的尊重是可贵的,在那样一个时代,他是有一些独立意识的。

　　周志刚的好人品质都在周家三兄妹的身上得以体现,不论是成长为高级干部的周秉义,还是大学教授周蓉以及周秉昆,他们的身上都有着父亲的耿直、洁身自爱、善良坚忍的身影。周秉昆是最像父亲周志刚的,在对待亲人上尤为明显。虽然是家里的"老疙瘩",最不被看好的一个孩子,但是秉昆恰恰是所有子女中最纯粹的一个。他不像大哥周秉义那样有政治抱负,有能力为老百姓做事,也不像姐姐周蓉对待爱情那样果决与洒脱,但是他的纯真与善良是最为令我感动的。他无法做到为了"大家",但是对待自己的亲人、爱人和朋友的小家他是尽心尽力且无怨无悔的。楠楠本不是他的亲儿子,但是他并不计较,从小养到大,只要是发现姐姐与哥哥有所变化他都会大光其火。如果说哥哥周秉义因自己高级干部的身份而充满着矛盾的话,那么秉昆则是彻底的纯粹的。在他变成工人之后,他对待自己的儿子周聪及周聪的恋人还有侄女周玥时,他也是耿直甚至是有些固执的。即使在监狱里度过了十二年的岁月,也根本不能改变他的这种性格。从木材厂到酱油厂再到编辑部再到之后成了酒店副经理,他也从没有变过,他一直是家里的那个"老疙瘩"，一直都是所有亲人的那个"老疙瘩"。

无论是爱情、友情还是亲情，周秉昆都继承了父亲所坚守的那一种"好人文化"传统，并付诸实践。与此同时他也将这种传统传给了周家的第三代人。周秉昆是《人世间》的灵魂人物，是"好人文化"的践行者，是梁晓声从中国文化精神圭臬中发掘出的中国式"善"与"道义"的集中体现。梁晓声在小说中这样写道：

> 可以这么说，在许多人都不知道该怎么做个好人的年代，周蓉遇到了贵人，而且遇到了不止一个。他们不但愿意做好人，也知道该怎么做。[①]
>
> 她们都想赶快终结女青年这一尴尬称谓，都想要迫不及待地赶紧做好妻子、好母亲和好媳妇，这几乎是民间价值体系固守的最后阵地，也是神圣政治强大的思想火力不屑于实施打击的微不足道的目标。她们可以遁入民间价值观的掩体里，去全心全意经营小小的安乐窝，那才是她们的喜乐之事……小小的安乐窝之好是她们好人生的实体标志，价值观的核心。[②]
>
> 咱俩会成为好人主义者，但好人和好党员不能相提并论。[③]

可见，梁晓声所揭示的正是中国底层民众最低层次的对于"好"的需求，那便是安居，而且就连乐业也是并不奢望的，有个自己的小家也就心满意足了。而唯有满足了自己这一微不足道的需求，"好人文化"之"好"才能有其他更多的意义。

[①] 梁晓声：《人世间》（上部），北京：中国青年出版社，2017年，第201页。
[②] 梁晓声：《人世间》（上部），北京：中国青年出版社，2017年，第357页。
[③] 梁晓声：《人世间》（中部），北京：中国青年出版社，2017年，第224页。

> 如果说人类只不过是地球上的一类物种,那么这一物种的进化方向只有一个,便是向善。善即是美,善即是优。人与人的竞争,所竞善也。优胜劣汰,也必是善者优胜。[①]

作家用满满一百多万字的篇幅向人们阐释了一个这样朴素的道理。《人世间》中的大部分人物,在时代与社会的变迁中,都选择了向"善",用自己的"善举"在一个不正常的时代中实现灵魂与心灵的双重救赎。梁晓声以其独到的眼光和敏锐的笔触重新抒写了这六十年来的社会变迁发展史,向读者们证明我们的社会中是有大量好人秉持着"好人文化"理念而存在着的,他们不因为外界的变化而放弃了自我理想主义的存在,这是《人世间》最有价值的地方。

同时,《人世间》中也蕴含着梁晓声对于这六十年来中国社会与中国人人性的深沉的批判与思考。作品从一个极左的年代开始写起,一直写到改革开放的今天。作品中对于中国社会所存在的腐败、无所不在的等级秩序、改革开放后的种种社会问题都有所揭露与反思。这种揭露与反思在周秉昆的身上体现得尤其明显,周秉昆自始至终都没能改变自己的命运,甚至都没能分享到改革开放的红利。他还是依旧如他父亲一样是一个工人,而这个时代的工人恰又变成了名副其实的弱势群体。不难设想,如果不是因为有一个厅级干部周秉义这样的哥哥存在,那么出狱后的周秉昆可能还远远赶不上他的父亲,这是值得人深思的一个问题。是什么造成了秉昆最后的结局?如果没有一个良性的"好人文化"可以生根发芽的社会存在,那么这"善"与"良心"有没有意义?周秉昆无论何时的选择当然都是无怨无悔的,那是因为他的"善"是不附丽任何功利之心的,这又使得作品所倡导的这种"正义"与"好人"的主旨得以升华。因为唯有历经蹉跎的"善"才是真"善",不然这"善"也没

[①] 梁晓声:《人世间》(下部),北京:中国青年出版社,2017年,第264页。

有价值更经不起推敲。

《人世间》从头至尾充盈着文学的力量与声音，"光字片"的周家人深受文学的影响，文学在他们最为困顿的年代里给他们快要枯竭的精神世界以给养，在最美丽的芳华中使他们的青春充满价值。文学作品带给他们的影响是不言而喻的，"好人文化"亦是这些文学作品教会他们的。正因为其他娱乐形式的相对匮乏，文学几乎成为了他们精神生活的全部，文化化人的力量亦在他们身上得以体现。"好人文化"与民间道义的担当精神是众多理想主义的文艺作品给他们带来的，这恰恰是作家梁晓声的用意之所在。《人世间》这部作品的意义还在于其给了我们当下的文艺环境一种新的创作提示，现实主义的文艺作品虽然直指人心，但是文艺作品中依然需要理想主义，或者说文艺本就是理想主义价值要大于现实公用价值的存在，而我们却往往忽视了这一点。太多揭露现实阴暗面与人性丑陋作品的泛滥，恰恰说明我们社会中理想主义精神的缺乏，他人皆地狱式的作品只能使得人心更坏，而并不能使人心向善。唯有重拾理想主义的情怀与信念，才能拯救异化了的人性，重构人世之间的正义与担当。

梁晓声的《人世间》以一种重述历史的史诗式叙述手段，为我们重新寻找到"好人文化"在中华文化基因中的存在价值，《人世间》的价值是远超当代的。

（原载《枣庄学院学报》2018年第3期）

在苦难中成就生命甘甜
——《人世间》郑娟人物形象解读

◎ 肖 瑛

　　谈到自己的小说创作,梁晓声将其概分为两类:一类为知青文学,讲述特殊历史时期知识青年上山下乡的人生经历,诸如《今夜有暴风雪》《这是一片神奇的土地》这样的作品不仅承载了曾为知青的老一辈人的精神信仰,也激励着新时代的知识青年不忘历史,珍惜当下;另一类为伴随时代的发展变化而获得更新的当下题材,或可说现实主义题材,作家更多关注并书写城市平民中的弱势群体和底层民众的生活境况,在满怀真情的笔触中表现现代知识分子的社会担当。[①] 2017 年出版、2019 年获得茅盾文学奖的长篇小说《人世间》便属于后者。

　　就书中的几名主要女性人物,相比才华横溢、饱读诗书的周蓉与出身高干家庭、有着良好教养的郝冬梅,作为家庭妇女的郑娟不仅出身贫苦、文化程度不高,甚至还遭受过不幸的凌辱且成了有孩子的寡妇,加之前后几次历经不幸,除去命运曲折坎坷这一点以外,郑娟似乎可以说是普通得不能再普通,然而正是在这个并无很高学识和社会地位的女性身上,作者赋予了其作为一名普通女性的种种美德。通过对郑娟几次受难的书写及其内在心灵的刻画,作品不仅传递出尊重普通人生命逻辑的道德文明立场和悲天悯人的人道主义情怀,更有对于人在苦难命运面前应持何种生存姿态的终极思

---

① 梁晓声:《书写城市的平民子弟》,载《文艺报》2018 年 2 月 23 日。

考，作者肯定苦难对人的意义并接纳苦难，同时挖掘人性本真的美好与高贵，毫无疑问，这是梁晓声通过塑造这个受难的好女人形象试图探寻人的生命价值的一次有益实践。

一、作为受难者：接纳自我，承担苦难

梁晓声笔下的郑娟，是一个生活在社会底层的苦命女人，从作为弃婴被收养，到成年后正值花季被暴徒侵害，接着怀孕生子成为寡妇，迎来新的生活之后又遭遇丈夫获罪入狱十二年，再到中年丧长子，可以说接连不断的坎坷遭遇，让郑娟的一生都充满了悲剧性意味。面对看起来似乎是破碎不堪的人生，郑娟的反应和态度始终是从容而坦然的，几次受难，尽管经受着心灵上的巨大痛苦，郑娟都选择了面对和默默承受，她以自身的勇气和坚忍为盾，不仅承担起了自己的人生，也尽心承担着家庭的责任。可以说，作为受难者的郑娟，在整个命途多舛的人生面前，表现出的是直面人生的勇气和在苦难中肯定自我、承担苦难的精神向度。显然，对于这样一个仿佛是以"受难"为标签的女人，作者并没有止于纯粹地展示苦难，而是聚焦于人物的心灵特质，挖掘人物身上自我珍视、敢于承担并超越苦难的内在品格，并试图以人物的忍耐、坚忍和宽厚消解苦难带来的对生命的极端压迫。

按照周保欣对受难类型的划分[①]，郑娟的受难属于弱者的受难，也属于无辜者受难。根据文本的叙述我们知道，被遗弃和肉体上被侮辱的经历源于他者的人性恶，成为寡妇是由于前夫涂志强卷入杀人案件当了替罪羊，与周秉昆结婚后再经历丈夫入狱，虽是由于早年的感情纠葛产生的遗留问题，但最终意外的发生更多是与丈夫周

---

① 周保欣：《沉默的风景——后当代中国小说苦难叙述》，合肥：安徽教育出版社，2004年，第139页。

秉昆的性格直接相关，其中也不乏偶然因素的参与；儿子的牺牲则完全是超乎可控范围的绝对意外。可见，郑娟的受难几乎可以说是完全无辜的与被迫的，而梁晓声叙述这个无辜者遭受苦难故事的重点并不在于对其中涉及的人性恶以及不合理不公正社会现象的批驳，当然这并不是说作家完全忽视了这一点，而是力图通过塑造郑娟的直面和承担呼唤美好的人性，并在对苦难的接纳和认同中探索生命的深度与价值。

  首先，作品肯定女性历经苦难而能接纳并肯定自我的存在勇气。人生伊始遭受身体的凌辱，成为孀居的单身母亲，对于一名正值芳华的年轻女性来说，这背后需要承受的心理伤痛和打击几乎可以说是毁灭性的，对此，郑娟自己也不是没有产生过极端的想法——"如果不是因为撇不下我和她弟，她就根本不愿活了！她那样不是冲你，她是在冲自己的命发火呀！"[①] 从郑娟母亲的口中，我们知道了原本存在于郑娟内心深处的忧伤和痛苦，然而即使是基于对家人的爱与责任，作者最终还是让郑娟接纳了这一令人痛心的现实命运，接纳了曾经遭受创伤的自我。"从逻辑上说，自我保存与自我肯定所指的是对某种（至少是潜在的）威胁或否定自我的东西的克服"[②]，被"棉猴"凌辱、成为寡妇的不幸并没有威胁到郑娟的自我认同和自我保存权利，相反，她对痛苦清醒的自我克制与自我肯定帮助她度过了这一次的生存危机。也正是基于此，在后来住到周家照顾周母时，面对周围人对她这个名不正言不顺的"小寡妇"的议论，郑娟才可以做到镇定自若——"她脸上竟焕发着一种无法解释的光彩，她神情自若，对投注在她身上的目光做出不卑不亢的反应。别人对她微笑，或她仅仅以为别人对她微笑了，她也会报以矜持的微微一笑。若别人的目光仍是猜疑的，那么她的表情便

[①] 梁晓声：《人世间》（上部），北京：中国青年出版社，2018年，第94页。
[②] ［美］P. 蒂利希：《存在的勇气》，成穷、王作虹译，贵阳：贵州人民出版社，1988年，第24页。

也包含着请勿犯我、我不可犯的告诫意味。"① 众人目光之下作为被看者的郑娟,没有半分忸怩和自我犹疑,而是在不言不语之间充分表露了自己该有的尊严,作者肯定她心态的磊落和对自我的珍视,甚至用"上帝差遣到民间的天使"这样的辞藻来譬喻郑娟对于秉昆的意义,这也是她后来开启新的爱情和婚姻的关键因素。

在面对自己的情感问题时,郑娟的态度坦诚且坦荡,她不仅尊重自己,同时也充分尊重周秉昆的选择自由。她首先接纳了自己与涂志强、与"棉猴"之间满含创痛的过去,并在与周秉昆确立关系前平静从容地据实以告,未加丝毫的遮掩和粉饰:"我不愿以后你问的时候再交代问题似的一点点儿告诉你。我觉得就在今夜,一股脑儿都告诉你才对。如果你以后还是会想我,那就真是咱俩的缘。如果不了,证明我现在就告诉了你是对的。如果你以后连帮我们都不愿再帮了,那你也还是我和我妈我弟的恩人,我们会一辈子铭记住的。"② 这里,郑娟怀着十分坦然的心态区分了对周秉昆的感情和感激,在对所爱之人讲述自己不堪回首的过去时,她并无半点妄自菲薄的意味,在不确定周秉昆是否能够接纳这样的她之前,郑娟首先接纳了自己的过去,接纳了肉体曾经受辱的自我,她的叙述语调也是极为平静的,似乎只是在客观冷静地陈述过去发生的某件事情。隐含作者的立场则在哥哥周秉义与周秉昆的谈话中流露了出来——"好青年正确对待个人问题的三原则是,要对自己负责,对对方负责,还要对双方的家庭主要是父母负责……对自己负责就是不勉强自己,凡当初勉强,婚后生活必有裂痕。对对方负责就是要真诚坦白,不能为了与对方实现婚姻目的就隐瞒自己的实际情况。要明明白白地讲清自己是怎样一个人,自己家庭是怎样的家庭,让对方一清二楚,要让对方做出感情和理智的决定。"③ 这里,叙述者

---

① 梁晓声:《人世间》(中部),北京:中国青年出版社,2018年,第12页。
② 梁晓声:《人世间》(上部),北京:中国青年出版社,2018年,第392页。
③ 梁晓声:《人世间》(上部),北京:中国青年出版社,2018年,第397页。

的声音与隐含作者的声音合为一体，叙述者的立场显然也代表了隐含作者的立场，因此，对于郑娟在周秉昆面前那一番真诚的自我剖白，隐含作者是给予了充分肯定和高度评价的。应当看到，不管是郑娟的自我接纳还是后来周秉昆直面并承担内心对郑娟真诚的爱、对郑娟的最终接纳，背后都意味着作者对传统贞操观的拒斥，同时也是对"失贞"女性争取爱情和婚姻自主权的捍卫，梁晓声想传达的无非是这样一种现代文明观念，女性的生命价值并不因为贞洁的失去而有所贬损，真正影响女性个体幸福与否的，是其自身的内在品格。这一思想旨趣，在女性遭受性侵害案件频发的今天无疑具有强烈的现实性观照意义。

郑娟对自我的接纳和肯定还表现在成为寡妇后对甘为弱者的拒绝。在周秉昆受"棉猴"和瘸子之托为郑娟送去生活费时，她拒绝顾影自怜，也拒绝被人怜悯和被施舍，而是表现出了强烈的自尊和主体感，苦难不仅没有消解掉她的自我意识，反而使她能够跳出自身处境反观他者，想到比自己更为可怜的其他中国百姓："你转告他们，我才不需要他们的可怜！""全中国现在可怜之人多了，我不认为我是最可怜的"。① 哪怕是处于极度弱势的地位，内心的坚毅和尊严仍然促使她严词拒绝了来自瘸子和"棉猴"的帮助，当然，这其中也有郑娟因涂志强被判死刑一事对前者产生的愤恨。对这一点，隐含作者透过饱含温情的笔触给予了充分的理解，甚至可以说在"凛然的目光""咄咄逼人""加重语气"这样的描写中，作者传达出的是对郑娟这一举动的肯定和认同。需要注意的是，在周秉昆被郑娟赶出门后，对于郑娟的母亲请他把钱留下几乎快要双膝跪地的行为，隐含作者在叙述中也给予了充分的理解和悲悯，这并不意味着作者的立场是自相矛盾的，事实上，一个是受难主体自我意识的高扬，一个是一位母亲出于为全家人生计担忧和操心的无奈举

---

① 梁晓声：《人世间》（上部），北京：中国青年出版社，2018年，第93页。

动,对于二者,作者本人都给予了无限的同情和体谅,这仅仅是作者观察视角的不同而非价值判断的差异,其背后是文本内涵的复杂性和作者胸怀的包容性。

其次,作品高扬女性在苦难中直面和承担责任的内在精神。按照小说情节的发展,婚后的郑娟在面对周秉昆因误伤骆士宾获罪入狱一事时,其表现出的从容和担当十分令人敬佩。在周秉昆入狱的十二年里,郑娟独自面对人生,一人承担起了照顾周母和养育两个孩子的责任(第五年周母去世),周秉昆出狱时,大儿子周楠已考上了哈佛的公派留学生,小儿子周聪也顺利从大学毕业。作者并没有很细致深入地展开去写郑娟十二年里是如何含辛茹苦和多么不容易,甚至都没有去写周秉昆入狱对郑娟造成的心理冲击,而只是在展开小说情节的必要之时以寥寥数语提到郑娟在周秉昆入狱后出去工作以及探视周秉昆探视得勤。这种创作手法上的盲处理恰恰凸显了郑娟超乎常人的强大心理素质,似乎这对郑娟来说并非什么天塌了的大事,她需要做的只不过是想办法去迎头面对,隐含作者对她的所有怜惜则以周秉昆的视角传达了出来——"一九八九年后的十二年间,她每一次去探望他,他都能发现她比上一次更憔悴了。如同一朵大丽花,秋天里隔几天便掉落一片花瓣……十二年,四千三百多天,在没有他的日子里,她的生命之花无可奈何、无可救药地凋零了。"[①] 大丽花凋零的比喻美丽而又残忍,苍凉无奈的语调中饱含着作者对笔下人物深切的同情和关怀,也饱含着对她的无限敬意。面对突如其来的由非己因素造成的意外,作者在叙事中让郑娟选择接受与承担,并在这样看似无声的接受与承担中形成一种静默的反抗,换句话说,不被厄运打倒,也并非走向堕落或者虚无,而是在细水长流的日子里完成生命的正向延续。这本身就是一种精神性的反抗。我们可以将梁晓声赋予郑娟的这一特质看作其对

---

① 梁晓声:《人世间》(下部),北京:中国青年出版社,2018年,第37页。

人生意义的探索与揭示，这与他一贯坚持的"人生的意义在于承担责任"[①]这一价值理念是并行不悖的。

最后，作品不遗余力地展现并讴歌女性在苦难中造就和升华自我的高尚品格。如果说在此前几次经历命运的坎坷时，对自我存在的肯定和直面人生的勇气是郑娟面对苦难最好的良药，那么中年以后大儿子周楠的死则让郑娟的人格形象呈现出了新的高度，她不仅再一次承受住了丧子之痛，在是否要因为儿子的牺牲去争取补偿金一事上，郑娟表现出的坚毅和崇高几乎可以说是令人折服。在美国参加儿子的追思仪式时，作为一位普通的中国母亲，郑娟尽管悲痛不已，但她在众人面前的镇定和从容不迫，以及拒绝用周楠的死向慈善机构申请救济金的高大形象，赢得了所有人的敬意。梁晓声在叙述中认同了郑娟的价值选择，并对郑娟的这一行为给予高度评价。透过这样的书写，作家让我们知道，人的真正高贵无关乎财富或社会地位，而在于心灵的宽厚和广博的爱。

对于郑娟的这一举动，也有的观点着眼于正义与公平二者的关系，认为郑娟其实是将自己放在了一种不自觉的不平等的状态之中，只看到金钱可能有损正义作为一种崇高的荣耀而忽视了美国人的捐款其实也是一种爱的表示，因而郑娟的举动是一种为得到外在的尊重而有意放弃公平的行为。事实上，在美国最高学府的各位文化精英和政府官员面前，郑娟作为一个"粗服乱头、笨拙纯朴"的底层中国母亲出现，所处的社会地位本就是不平等的，担心自己会因身份的缘故被对方看低也不无道理，正是因为认识到了这一点，郑娟才要用精神上的高大来为自己争取人格上的平等，这恰恰是对自己作为底层贫苦百姓身份的反拨。美国人对于周楠舍身保护师生的赔偿也并非来自校方的官方补偿，而是另有民间慈善基金提供的救济，申请手续十分复杂和烦琐，郑娟拒绝的理由一是："咱们不

[①] 梁晓声：《人生的意义在于承担》，《梁晓声散文精选》，武汉：长江文艺出版社，2016年，第287页。

是来祈求同情和怜悯的,是不是?"① 同情和怜悯有时是属于爱的情感,但在作品的情境预设中显然不是基于平等的爱(如果是,那么校方就有义务主动提供赔偿款项),没有来自慈善基金的那笔救济,郑娟一家也照样能够活得下去。二则是郑娟对儿子的爱和疼惜:"楠楠这孩子的死,不能和钱沾一丁点儿关系……我们当父母的,如果花儿子用命换来的钱,那是种什么心情?"② 儿子的死让郑娟感到无比悲伤,同时也感到无比的欣慰和自豪,正是这样的情感让她无法接受因为儿子的死而得来的金钱,在她看来,那会玷污了儿子的崇高,也将陷自己于卑微的境地。应当看到,郑娟在面对大儿子周楠的死一事上完成了道德上的进一步完善和升华,并且这是出于主体的心灵自由做出的抉择,这种对他者的宽厚本质上源于单纯的善与爱。③

不难发现,郑娟的高尚品格消解了失去儿子的悲剧感,苦难于她固然是沉痛的精神打击,同时也是精神领域的锻造和磨砺,由苦难走向崇高,作者让我们看到的是一个超脱了物欲、追求道德与精神上的双重自足的悲苦女性。正如黑格尔所言:"悲剧人物的灾祸如果要引起同情,他就必须本身具有丰富内容意蕴和美好本质。"④ 梁晓声告诉我们,苦难之中的人并非只是被同情和被怜悯的对象,一如郑娟,以人心的柔韧和深厚战胜苦难,在苦难中实现精神的内在超越和道德层面的质的升华,无疑这样的人将对社会的思想文化形态产生正向的精神鼓舞。

"勇气是这样一种状态:它欣然承担起由恐惧所预感到的否定性,以达到更充分的肯定性,生物学上的自我肯定,就是指对匮

---

① 梁晓声:《人世间》(下部),北京:中国青年出版社,2018年,第208页。
② 梁晓声:《人世间》(下部),北京:中国青年出版社,2018年,第209页。
③ 刘军茹:《〈人世间〉:承担自我与他者的责任》,载《枣庄学院学报》2018年第3期。
④ [德]黑格尔:《美学》(第三册),朱光潜译,北京:商务印书馆,1981年,第228页。

乏、辛劳、不安全、痛苦、可能招致的毁灭等等的接受。没有这样的自我肯定,生命就不可能得到保存和发展。"[①] 按照蒂利希的解释,不同于将人的行为作为评价对象的伦理学概念,这里的勇气是作为对人的存在的普遍的、本质性的自我肯定,是一个本体论概念。从接纳、肯定自我,到直面、承担责任,再到道德上的升华自我,可以说,在受难者郑娟的身上,我们看到了作为存在者的勇气。隐含作者在叙述中一面对命途多舛的郑娟心怀怜惜,为她的不幸命运感到难过,一面毫不吝惜赞誉之词,肯定和赞扬她在人生苦难面前表现出的珍惜自我存在、直面人生的勇气和品质。我们不妨将这看作作家对于人与苦难关系的另一种思考——面对由不可抗力因素造成的苦难,人究竟应该怎样?文学又如何关怀身处苦难中的弱者?这是梁晓声试图回答的问题。

舍勒在《受苦的意义》中曾论述了人类对待受苦的许多种方式:"使受苦对象化和听天由命(或主动忍受);享乐主义地逃避痛苦;漠化痛苦直至麻木;英勇式地抗争并战胜受苦;抑制受苦感,并以幻觉论否认受苦;视一切受苦为苦罚,并以此使受苦合法化;最后是神奇无比、微言大义的基督教受苦论:福乐地受苦,并通过上帝的慈爱在受苦中施予的拯救,将人从受苦中赎救出来——'十字架的大道'。"[②] 通过郑娟的塑形,我们发现,梁晓声传达出的精神指向更接近于主动忍受与英勇抗争二者的结合,在极端的境遇中,人需要保存自身,同时在忍受苦难的过程中积蓄力量,最终超越苦难,在苦难中完成自我升华。如此看来,梁晓声其实是借郑娟的人生遭遇传达出了苦难的意义所在,也由此在小说的叙事中形成了一种与苦难对抗并超乎其上的生命感和力量感。

---

① [美] P. 蒂利希:《存在的勇气》,成穷、王作虹译,贵阳:贵州人民出版社,1988年,第70页。
② [德] 舍勒:《舍勒选集·第二编:受苦的意义》,刘小枫选编,上海:上海三联书店,1999年,第650页。

"真正的人道主义，首先就应该是一种苦难哲学，没有对人类苦难的深层理解、体认和同情，没有对人类苦难的疼痛触摸，就没有真正的人类关怀，更不可能提出具有建设性意义的救赎之道。"[①] 通过郑娟的受难书写，我们感到作者对郑娟的无限悲悯和体谅，这是作家对人、对他者深厚宽广的人道主义关怀的体现，同时，也借着郑娟的不幸，作者照亮了那些受难者的人生，完成了对苦难的精神超越。"患难生忍耐，忍耐生老练，老练生盼望"[②]，尽管人生有苦难，有折磨，有悲剧，但这些掩盖不了人性本身的真、善、美，身处苦难之中的人依然有希望探寻一种合乎人性的理想生活，可以说，这是梁晓声的苦难叙事最打动人心的一面。

二、作为贤妻良母：在爱和奉献中存在

前面我们分析的是作为受难者形象的郑娟，在《人世间》这部小说里，郑娟作为一名家庭妇女，其形象设置自然也有着不容忽视的象征性意义。如果说书写受难者郑娟传达出的是作者对人物的悲悯和对生命苦难的深沉思考，那么叙写郑娟作为贤妻良母的种种特质，充分展现人物本身所具有的美好品格，则在某种程度上寄予了作家对于理想女性的期待，同时传达出尊重普通百姓的生命逻辑、挖掘和颂扬平凡人美好心灵的价值立场。在"受难"这一标签之外，作家赋予郑娟种种美好品格，摆脱了居高临下的同情和垂怜的叙事嫌疑，这体现出作者对于受难者本身深厚的心灵关怀，也是作家对美好人性的期待和召唤。

埃里希·弗洛姆在《占有还是存在》一书中论述了人本身具有

[①] 周保欣：《沉默的风景——后当代中国小说苦难叙述》，合肥：安徽教育出版社，2004年，第164页。

[②] 《罗马书》5:4,《圣经》和合本，中国基督教两会，2001年，第264页。

的两种生存倾向：一种是占有倾向，即我同世界的关系乃是一种占有和被占有的关系；一种是存在倾向，主要是爱、分享和奉献，人也通过这种生存方式指向真正意义的幸福。① 那么，在郑娟身上，我们看到的是后一种生存倾向，即重存在的倾向。无论是之于周家、之于周秉昆，还是之于邻里和朋友，爱、分享和奉献始终都是郑娟付诸实践的人生信条。

  对于周家，毫无疑问，郑娟付出的是真诚的爱和奉献，这一点，在小说的叙事中得到了作者的充分认可。从本质上讲，对周家的付出其实是郑娟为爱的无怨无悔和心甘情愿，婚后对一家老幼的照拂则是在尽做妻子的本分，但这又何尝不是一种对美好品质的恪守呢？当周家陷入困境，郑娟应周秉昆的请求，义无反顾地挑起照顾周母和玥玥的担子。周秉昆因卷入"天安门广场事件"被捕的日子里，郑娟以自己的坚忍和辛劳一面无微不至地照料周母和周秉昆的外甥女，一面又尽姐姐和母亲的责任，她用长年如一日的按摩拯救了已经成为植物人的周母，这对于周家可以说是莫大的恩情。尽管郑娟对周家的帮助含有与周秉昆直接相关的情感成分，但这与她性情中原有的善意也是分不开的。郑娟对周秉昆说起自己的身世，谈到母亲时说，"兴许她妈才是什么神明的化身，要不她妈为什么样子那么丑而心地又那么好呢？妈即使在外边看到了只小野猫或小野狗，都会颠颠地跑回家拿些吃的东西给它们"②。郑娟和弟弟光明都是母亲捡来的孩子，对于这位母亲对两个孩子人格的影响，刘军茹有贴切入理的分析："承认并抚摸个体的差异和脆弱，这是一种给予希望的善与爱，并指向信仰的无限、爱的无限。郑母不仅给予被摒弃被侮辱者以生命，还如一道微弱的本能之光，温暖并引领着两个柔弱之躯几经磨难而仍然心怀善意。"③ 正是这样命途不顺而

---

① ［美］埃里希·弗洛姆：《占有还是存在》，李穆等译，北京：世界图书出版公司，2015年。
② 梁晓声：《人世间》（上部），北京：中国青年出版社，2018年，第390页。
③ 刘军茹：《〈人世间〉：承担自我与他者的责任》，载《枣庄学院学报》2018年第3期。

内心温暖的郑娟，带给了周家无数的欢欣和福祉。应该说这一情节的设置对于后来郑娟与周秉昆婚姻的结合具有极为重要的意义，因为这样一来，他们的关系就不再只是郑娟作为单向的弱者和被拯救者，而是走向了互相扶持、共同面对人生的新境界，两者之间精神与人格上的平等也就有了可能，这也可以看作是作家对于理想婚姻关系的一种投射。

观察郑娟与秉昆从初识到走入婚姻的始末，我们发现，梁晓声既看重女性的美貌，也看重女性美德，某种意义上，这其实寄托了作家本身的爱情理想。如果说一开始周秉昆爱上郑娟是因为她外在的美丽气质，那么郑娟接纳自我和关怀他者的两种内在品格则直接促成她与周秉昆的婚姻结合，并且这种对他者的关爱和奉献深深地延续到了丈夫周秉昆的身上。尽管周秉昆在知道郑娟曾被"棉猴"奸污的过往时有过心理上短暂的不适，但这种不适很快被他对郑娟炽热而真诚的爱所冲淡，他最终依然选择的是对自己内心感情的接纳和拥抱，婚后郑娟"小寡妇"的身份也并没有对他们的夫妻感情产生任何不良影响，反而因为与郑娟的结合，让周秉昆觉得自己是共乐区最幸福的丈夫，让偶感人生愁烦和忧闷的他觉得"世界终归是美好的，觉得人生毕竟值得眷恋"[1]。作者如此安排和构置人物的人生，显然摈弃了中国传统的贞节观念和所谓处女情结的桎梏，而是承继了"五四"以来"人的发现"的精神旨归，意在从人真正的内在情感需求出发，探寻并呼吁一种更合乎人情的婚恋价值观。

婚后的郑娟，对于自己在家庭中作为妻子和母亲的角色，她也是甘于奉献和付出爱的。家庭团圆晚宴上，她对亲人们说："姐、姐夫、嫂子，跟你们说实话，我可乐意当家庭妇女了，做做饭，拾掇拾掇屋子，为丈夫儿子洗洗衣服，把他俩侍候好，我心里可高兴了。我觉得自己天生是做贤妻良母的，不是那些喜欢上班的女

---

[1] 梁晓声：《人世间》（上部），北京：中国青年出版社，2018年，第77页。

人。"①疏离时代政治话语,单纯地享受做妻子和做母亲,并尽最大的努力去做好,隐含作者并未轻看郑娟甘心作为一名普通家庭妇女的心理,而是首先对郑娟的价值选择自由给予了充分的理解和尊重,同时在叙述中也有对其努力承担家庭责任的肯定和赞赏。"五四"以来,女性主义思潮的主流话语是女性为争取男女平等渴望走出家庭,参与社会公共生活,然而是否女性作为贤妻良母就意味着男女不平等?刘慧英认为,理想的男女两性关系是建立和发展一种双性文化特征,即"在充分尊重男女独立人格的同时,完善和发展健康的人性与人的自由"②,作者在这里通过郑娟的自白也做了思考与回答——肯定作为家庭妇女与作为职场女性一样是有意义和有价值的,这不妨看作对刘慧英所提理论的回应和对照,也是对"五四"以来"男女平等"观念的再反思,由此,作品也具有了更为丰富的现代性意蕴。

需要注意的是,尽管郑娟甘心乐意做一名家庭妇女,但其在婚姻家庭关系中并非完全是周秉昆的附属物,在周秉昆入狱的十二年里,我们看到了郑娟的独立和对家庭责任的承担,那种一味强调郑娟在婚姻中具有依附性的观点其实是有失偏颇的。梁晓声也没有忽视在叙事中建构郑娟作为女性人物的主体性,比如,在夫妻关系中,作者就让郑娟发出"我是你老婆,但不是你的玩具……"③这样的抗议,我们看到郑娟朦胧的自我意识,也看到梁晓声在刻画女性形象时为警惕将女性物化所做的一番努力。

除去对郑娟坦荡胸怀和奉献精神的赞美,作品还充分肯定了郑娟在婚姻中对物质生活的淡泊和知足喜乐的性情。不同于吴倩和于虹对丈夫的种种期待和要求,也不同于春燕的精明和懂得算计,梁

---

① 梁晓声:《人世间》(下部),北京:中国青年出版社,2018年,第263页。
② 刘慧英:《走出男权传统的藩篱》,北京:生活·读书·新知三联书店,1995年,第215页。
③ 梁晓声:《人世间》(中部),北京:中国青年出版社,2018年,第303页。

晓声笔下的郑娟是简单而容易知足的,她不会过多地苛责丈夫必须要为自己提供更好的生活——"他觉得她是很少见的一类女子,只要承诺是她完全信赖的人做出的,她就可以靠着承诺达到幸福状态。即使那些承诺半真半假,并无兑现的可能,但只要郑重其事,她便备觉幸福。只要有一个个承诺,她的幸福状态便可持续。"[1] 创伤之后重获幸福的经历让郑娟对于人生有了一种全新的懂得知足和珍惜的眼光,她怀着近乎感恩的心在经营着自己与周秉昆共同的家,感恩于周秉昆,甚至是感恩于命运,如书中所言,"她总是自觉地以自己目前的生活去比照她在太平胡同的生活,丝毫也没有不幸福的理由"[2]。她的淡泊物质和知足乐观极大地祝福了她与周秉昆的婚姻,即使居住环境一波三折忽而变好忽而变坏,她也并未随之产生过于强烈的心理波动,而是一如既往、高高兴兴地热爱生活,"在太平胡同那个小土窝里她心安意定,搬入一幢小苏联房里她欢天喜地,从那儿搬到地下室她仿佛也没什么,总之是忙前忙后特来劲儿。她损失了一千六百元也没埋怨过,只说了一句极想得开的话'就当成花钱做了一场美梦吧,做过那么一场美梦挺好的'"[3]。作者在叙述中肯定郑娟这样的女性,她们在人生陷入困境时不卑不亢,当生活发生新的转向时又能不骄不躁,而是持续地生发出生命韧劲,以从容不迫的姿态去迎接人生更长更多的日子。也可以说,这是作者试图通过塑造郑娟这一形象所倡导的人生态度。还应注意的是,在这种理想的婚姻关系中,男性主要承担家庭的经济责任,并且需要女性对男性的谅解和体贴,与此同时,女性为家庭的付出同样也是一种承担,也值得认可和肯定,梁晓声在郑娟和秉昆的婚姻关系中所流露出的这种价值倾向充分尊重了男性与女性的主体间性,是其作品文明尺度的体现。

---

[1] 梁晓声:《人世间》(中部),北京:中国青年出版社,2018年,第230页。
[2] 梁晓声:《人世间》(中部),北京:中国青年出版社,2018年,第231页。
[3] 梁晓声:《人世间》(中部),北京:中国青年出版社,2018年,第308页。

郑娟的美德不仅体现在婚姻家庭当中，还体现在对与己有关的他者的关怀之中。但凡自己的境况稍好一些，她想到的便是尽力让身边的朋友们也脱离贫苦，同她一样过上"好日子"。在听说赶超和国庆挣钱不易以及赶超妹妹投江自尽的事以后，郑娟毫不犹豫地让秉昆把周聪带回家的年货全部带给他们，并表态说"缺钱时让吴倩和于虹找我"这样的话，"仿佛儿子给了她那个信封，已让她腰缠万贯"[1]。当周秉义牵头促成了"光字片"的拆迁改造，一家人搬到希望新区之后，原本借住在郑娟太平胡同房子里的赶超和于虹面临没有房产的危机，郑娟便毫不犹豫地决定把太平胡同的房屋产权无偿赠送给赶超和于虹。因为切身地体验到极端的境遇有多么令人痛苦，郑娟对周围人的生存困境生出巨大的共情能力和宽厚的同理心，这就驱使着她以无私的奉献和广博的爱心去帮助和关怀他者，这是梁晓声再度展现的人性美好与温暖的一面。文学应当书写真善美，教化人心，我们看到七十岁的梁晓声依然在身体力行。

尽管作者在小说中透过周蓉知识分子的形象表达过对于思想修养的尊重和追求，也明确地通过周秉昆之口表达过此种立场："他读了一些书籍之后意识到，如果一个人终生都缺少知识和思想，那么，他连一颗黄豆也不如。成吨的黄豆还能榨出豆油或酿成酱油，成群的没有知识和思想的人，除了体力和技能，就再也榨不出别的东西了。而被榨尽了体力和技能的人，注定是一个可悲的人。"[2] 但对知识的信仰和追求并不意味着作家对缺乏知识之人的鄙夷，恰恰相反，尊重寻常百姓的生活逻辑，肯定平凡的价值才是作家一贯坚持的立场——"人类社会的一个真相是，而且必然永远是牢固地将普遍的平凡的人们的社会地位确立在第一位置，不允许任何意识形态动摇它的第一位置，更不允许它的第一位置被颠覆"[3]。那么在小

---

[1] 梁晓声：《人世间》（下部），北京：中国青年出版社，2018年，第266页。
[2] 梁晓声：《人世间》（上部），北京：中国青年出版社，2018年，第283页。
[3] 梁晓声：《为什么我们对"平凡的人生"深怀恐惧》，载《教师博览》2012年第6期。

说中，作者如此塑造郑娟这位笨拙纯朴、并无多少学问的家庭妇女的不普通之处，既不是从财富和社会地位出发，也不是以学识和思想水平为唯一评价标准，而是挖掘和颂扬普通人的美好心灵，这样一来，作家就跳出了知识分子的固有立场，而是在尊重和关怀芸芸众生的视野下进行创作，使得作品同时具有追求知识与文明和尊重普通民众的生命逻辑，并于其中发觉他们人格珍贵之处的多重价值尺度意味。

"好女人是一切美好品德的总和"[①]，如果说塑造周蓉那样的女性寄托的是作家对于女性富有文化学识和思想深度的期待，那么塑造郑娟这样的女性，我们看到的是梁晓声对女性美好品行的期待。如果再将眼光投放到小说中的男性人物身上，我们会发现，对于男性，作家有着同样的期待。在《人世间》这部小说里，显然女性追求文化学识和思想深度，女性需要美好品德，与此同时我们也看到，周秉义那样的政府官员，一直都对自己有着严格的道德约束，工作之余始终坚持读书思考的习惯；周秉昆也是心胸坦荡、正直善良的好人，尽管没有获得上大学的机会也充分认识到思想对于个人的重要性，而作者在书写中十分认可这样的男性。如此一来我们发现，在作家梁晓声眼中，不管是学识还是美德，男性同样也是需要不断探索和努力追寻的，这其实是作家努力跳出性别局限的体现。

三、结语

"从二十一世纪初，梁晓声作品的主题趋向展现人性光辉，展现在通透知晓了命运的残酷和悲剧的不可回避之后重视人、人性、人在生存困境下的价值，拒斥荒谬，反抗绝望，直面现实，积极乐

[①] 侯志明、王津津：《好女人是一所学校——访青年作家梁晓声》，《名人谈女人》，北京：中国社会出版社，1991年，第20页。

观地面对困境。"① 《人世间》里郑娟的塑形很好地诠释了这一创作思想,作者也让我们看到真正有力量感的、能为他人带来福祉的女性应该是怎样的。苦难命运并没有摧毁郑娟,而是锻造了她珍惜自我存在、懂得爱与奉献的内在修为,即使中年以后因丧子之悲一度陷入抑郁,但她最终在佛法里找到了自我疗愈的精神出口,重拾对生活的盼望和信念。小说结尾和周秉昆牵手轧马路的温馨场景,对她而言更有了渡尽劫难、人生归宁的哲学况味。

"极端的境遇不是经常可以遭遇到的,某些人或许永远也遇不到。分析这种极端境遇的目的,不是要记录普通的人类经验,而是要表明这种最大的可能性,按照这种可能性去理解普通的境遇。"② 从人类社会发展进程来看,不管是在过去的历史长河中还是在当下及可预见的未来,生老病死、爱恨情仇始终都是人类需要去面对的人生问题,由此带来的不幸与苦难一直伴随着人类而存在,苦难记忆与创伤书写也成了文学作品当中被反复书写的命题。"苦难正是催生崇高的力量,经由苦难我们获得的是命运的恩惠。苦难亦是爱的召唤,是对自由意志的考验,它令受难的主体以承担或反抗的方式消化着生命的重量。"③ 在郑娟的苦难叙事中,梁晓声既没有消费苦难,也没有美化苦难,而是让主人公直面并完成对苦难的超越,最终透过苦难叙事探寻人生的价值和意义——"我既写人在现实中是怎样的,也写人在现实中应该怎样。通过'应该怎样',体现现实主义亦应具有的温度,寄托我对人本身的理想。"④ 无端发生的、

---

① 华祺蓉:《生存困境叙事——论 90 年代以来梁晓声的小说创作》,安徽大学硕士论文,2016 年 5 月。
② [美] P. 蒂利希:《存在的勇气》,成穷、王作虹译,贵阳:贵州人民出版社,1988 年,第 52 页。
③ 路文彬:《中西文学伦理之辩》,中国文化战略出版社有限公司,2019 年,第 161 页。
④ 丛子钰:《梁晓声:现实主义亦应寄托对人的理想》,载《文艺报》2019 年 1 月 16 日。

令人无能为力的苦难面前并非只有走向虚无和自我毁灭，而是也能在另一种承担和奉献的姿态中确立并合理安放自我，锻造美好品德和内在修为，并在对他人的爱和奉献中实现人生的意义。通过这一人生命题的探索，梁晓声不仅为郑娟开创了幸福安宁的人生，同时也寄予了自身对美好人性的期待与呼唤——他让人物以自己的道德修为和美好的内在品格为戟，开拓了一种充满希望和力量的人生境界，激励和鼓舞着现实世界中的人们：敢于承受生命与心灵的痛苦，并不断向真、向善、向美。

（原载《名作欣赏》2020年第5期）

论童年经验对梁晓声《人世间》创作的影响

◎ 杨烨菲

童年是人生的重要发展阶段,"对一个人的个性、气质、思维方式等的形成和发展起着决定性作用"[1]。弗洛伊德认为,作家创作动机的形成与其童年经验有着密不可分的关系,他将作家的创造性写作活动追溯到童年时期的玩耍与游戏上,称创作活动为作家的"白日梦",是童年游戏的继续和替代。[2] 童年的生活经验与情感体验将会以整合的方式进入作家的潜意识领域,对其创作心理产生长久的影响。童年经验是作家观察社会、体会生活的起点,它不仅会以素材形式直接呈现在题材选择、情节安排、人物塑造当中,也会深刻地影响作家文化观念与文学观念的形成。

童年经验不完全等同于真实事件的再现。弗洛伊德指出:"所谓童年期的回忆,实际上已经不是真正的回忆痕迹,它是'后来润饰了的产品',这种润饰承受多种日后发展的心智力量的影响。"[3] 而童庆炳、程正民编著的《文艺心理学教程》中则强调:"童年经验是指一个人在童年时期(包括从幼年到少年)的生活经历中所获得的心理体验的总和,包括童年时期的各种带有情绪色彩的感受、

---

[1] 童庆炳、程正民主编:《文艺心理学教程》,北京:高等教育出版社,2001年,第92页。

[2] [奥]弗洛伊德:《作家与白日梦》,《弗洛伊德文集》(第十卷),车文博主编,北京:九州出版社,2014年,第85—94页。

[3] [奥]弗洛伊德:《日常生活的心理分析》,林克明译,杭州:浙江文艺出版社,1986年,第40页。

印象、记忆、知识、意志等多种因素。"[①] 本文所立足的童年经验概念，既包括作家童年经历的直接表述，又包括作家在童年生命体验中生成的综合性创作表现，前者是一种直接经验，后者则是一种间接经验。

作家对于自身生活经历、生命体验的思考与表达，不仅体现了作家本人的性格特质与思想进程，也体现了其记录历史、反映时代的创作追求。作为与新中国同步成长起来的作家，梁晓声经历了新中国成立后的一系列社会变革，童年时期的底层生活经验使他对社会历史怀有一种使命感。在新作《人世间》中，他再次将自己的童年经验带入作品，凝结在空间结构、人物形象、主题风格等方面，也是对社会历史变迁的见证与个人化书写。作家童年生活的具体细节大多可在自传和散文中得到印证，研究童年经验对梁晓声创作的影响，有助于我们进一步了解作家创作个性的形成与作品主题的深层内涵。

一、城市的空间记忆与底层关怀

童年的成长空间是一种直接经验，它会作为一种潜意识融入人的记忆中，为作家的创作提供不竭的源泉。梁晓声自幼生长在哈尔滨市的平民区，童年生活的空间场域对其心灵产生了深刻影响。不同于许多东北作家着力描绘粗犷豪迈的自然风光，哈尔滨的城市风貌与底层平民区一直是梁晓声文学创作版图中的两个重要区域，作家常着眼于东北城市的一隅，力求真实地表现城市底层人民的生活图景，长篇新作《人世间》则依旧延续了这种空间建构。童年生活的空间记忆引领作家将目光倾注于民间，我们能够从作家的描绘中

[①] 童庆炳、程正民主编：《文艺心理学教程》，北京：高等教育出版社，2001年，第92页。

感受到城市底层人民的喜怒哀乐,也能感受到作家对于道义与担当的不懈追求。

梁晓声曾经这样介绍过他的家乡:"道里区是哈尔滨最有特点的市区。一条马蹄石路直铺至松花江畔,叫作'中央大街'。两侧鱼刺般排列十二条横街,叫作'外国'一至十二道街。因是早年俄人所建所居,故得'外国'之名。"① 而《人世间》构建的地理空间位于北方某省会城市 A 市,小说是这样描写的:"A 城当年最有特色也最漂亮的一处市中心……由十几条沿江街组成的那处市中心,至今仍是 A 城的特色名片……独栋的或连体的俄式楼宅,美观得如同老俄国时期的贵族府邸。十几条街的道路皆由马蹄般大小的坚硬的岩石钉铺成。"② 《人世间》广播版的开头一段,是由梁晓声本人演播,他说:"我们故事的发生地是一座北方的省会城市,我们就叫它'哈市'吧。"③ 在整个广播版里,也都把"A 市"称作"哈市"。可见,哈尔滨的城市环境已经成了作家空间建构的原型。作家从童年记忆出发,在《人世间》开篇不遗余力地介绍了 A 市的历史、建筑风格与城市街道,力图构建出一个有真实感、有历史温度的城市生活空间。

但在作家的童年记忆中,这座北方省会城市的平民区并不像市中心的街道那样洁净。"从前的中国,许多北方城市除了主要市区,一般平民居住区哪儿像城市啊!"④ 从底层中走出的梁晓声,选择以偏僻、肮脏、拥挤的贫困居民区——"光字片"作为故事的主要发生地,这与他童年时代的生活实景相吻合。"住宅与人的关系最

---

① 梁晓声:《扫描当代中国女性》,《我和我的共和国七十年》,北京:中国民主法制出版社,2018 年,第 15 页。
② 梁晓声:《人世间》(上部),北京:中国青年出版社,2017 年,第 1 页。
③ 梁晓声:《人世间》广播版,"520 听书网"2019 年 8 月 2 日访问。http://www.520tingshu.com/book/book22398.html
④ 梁晓声:《我和水泥》,《家载一生》,北京:中国民主法制出版社,2018 年,第 203 页。

为密切"[1],这片空间里最重要的是房子。小说中周秉昆的父亲年轻时从山东老家"闯"到 A 市,盖了两间土坯房,就是主人公周秉昆的家,虽然居住环境不尽如人意,但与邻居相比还算不错。较之秉昆家,作家自己的成长环境甚至更差——"我童年的家,是一间半很低很破的小房子。"[2] 低矮潮湿、破旧不堪、拥挤狭小、漏雨透风,是梁晓声对于童年生活空间的记忆。为了粉刷墙面,他到处寻找石灰,经常做梦梦见父亲带领建筑工人将自家的破房子修建翻新,这些情节也被写在了《人世间》里。恶劣的住房条件、穷困的生活状况使得作家从小就渴望拥有一间舒适的房子,他常常伏在市中心的苏式住房外面的栅栏下,透过窗户看房里的身影,幻想自己是这家的孩子。"童年时的梦想是关于'家',具体说是关于房子的……梦想有一天住上好房子是多么符合一个孩子的心思呢!"[3]这种对于房子的梦想,同样存在于秉昆等人心中,秉昆与朋友吕川、德宝一起去找"水英妈",当他们看到"水英妈"家宽敞的小楼时,不禁大感羡慕——"那些美观的俄式房屋是他们对幸福生活的向往之最"[4]。但那种房子并不属于他们,当周秉昆走到曾经住过一段时间的苏式房屋前,作家是这样描写的:"不知不觉间,他走到了一条既陌生又熟悉的街上,驻足望着人家的窗口发呆……那房子曾代表他最大的生活梦想。"[5]

纵观全书,住房问题一直贯穿作品始终,从秉昆一家,到秉昆的朋友们,再到"光字片"所有住户,无一不希望拥有一个明亮舒适的住所。作家在介绍一户人家时,不管是平民百姓,还是干部

---

[1] 龙迪勇:《空间叙事学》,北京:生活·读书·新知三联书店,2015 年,第 266 页。
[2] 梁晓声:《沉默的墙》,《微观天下事,不负案头书》,北京:中国民主法制出版社,2018 年,第 3 页。
[3] 梁晓声:《我的梦想》,《家载一生》,北京:中国民主法制出版社,2018 年,第 205 页。
[4] 梁晓声:《人世间》(上部),北京:中国青年出版社,2017 年,第 243 页。
[5] 梁晓声:《人世间》(下部),北京:中国青年出版社,2017 年,第 247 页。

家庭、文化人士,总是不吝笔墨交代这家人的住房条件。在小说最后,作家安排当副市长的周秉义实现了"光字片"居民改善住房条件的愿望,这种设定不仅是作家对自己童年愿望的一种心理补偿,更是亲历者对于底层人民流露出的温情关切,这种关切进而在作品里转化成了对社会、对人世间的深情而博大的爱。

  人的记忆是经过选择而保留下来的,梁晓声反复回忆童年形成的空间记忆并非偶然为之。童年生活的物质条件不能满足其心理愿望,带给他幼小的心灵以创伤,但他并未沉陷于自己个人的创伤体验,而是推己及人地把它转化为底层人民的普遍愿望。"我的童年和少年,教我较早地懂得了许多别的孩子尚不太懂的东西……对一切被穷困所纠缠的人们的同情,而不是歧视他们"[1]。正因为曾经身处底层,作家才会深切地体会底层生活的不易。在梁晓声看来,底层人民对于基本物质条件的愿望都是正常的,符合他们对美好生活的向往,而每个人的人性中与生俱来的不完美也都是可以原谅的,对于底层人物身上的缺陷,应该持宽容的态度,而不是苛责他们。作家在童年的艰辛生活中建立起了坚实的内心与良善的人格,又以更加宽厚的心去面对底层人间,这种理解和包容,使他允许笔下人物在性格上、人格上有小小的不完美,而正是这种不完美,使他笔下的人物更加真实、更加立体,更有人间烟火的温度。

  可以说,《人世间》建构的民间是一个与作家自己相关的、有温度的、能自然体现人性的人世间。更为可贵的是,知识分子的精神底色使作家对民间意识存有批判,但他的批判不是尖锐的,而是温和、善意的。作家设置了秉昆朋友们的私心、"光字片"人对拆迁的观望态度等情节,体现了作家对民间的悲悯关怀和清醒审视,一方面同情热爱着他们,一方面又揭示其庸众心理,这种朴实的现实主义书写,既不脱离民间大众,又保持了知识分子的思考与良知。

---

[1] 梁晓声:《我的少年时代》,《家载一生》,北京:中国民主法制出版社,2018年,第188页。

二、人物原型与父母形象的塑造

　　作家毛姆说过:"一个小说家只有把自己早年就已经有所接触的人物作为原型时,才能创造出杰出的人物形象。"① 童年时期接触最多的就是家人,以家人为原型塑造人物是一种常见的创作现象,当作家需调动童年经验时,这些熟悉的人物就会自然流诸笔端。童年经验包括"丰富性体验"和"缺失性体验","丰富性体验指的是作家获得爱、友谊、信任、尊重和成就时的内心感受","缺失性体验是指主体对各种缺失(精神的和物质的、生理的和心理的等)的体验"。② "丰富性体验"是一种直接经验,而"缺失性体验"则既是一种直接经验,往往又含有间接经验的成分。《人世间》中对周母形象的成功塑造源自作家童年时从母亲身上得到的"丰富性体验",而周父形象则更多源于"缺失性体验"对作家本人的影响。

　　阿德勒曾这样评价母亲对儿童的影响:"母亲是孩子通向社会生活的第一座桥梁"③。作家受到母亲的影响,也是其童年经验的一部分。在小说创作中,作家常会选择母亲性格中的几个特质进行艺术加工,使得笔下人物形象饱满、性格鲜活。《人世间》中,周秉昆的母亲善良无私、勤劳热心、识大体、顾大局,具备传统妇女的优良品质,在邻里之间获有很高的评价,这其中正倒映着梁晓声母亲的影子。

　　因童年时父亲常年离家在外,梁晓声是在母亲的养育下成长起来的。在梁晓声的童年印象中,母亲有很好的人缘,在不富裕的

---

① [英]毛姆:《巨匠与杰作——毛姆论世界十大小说家》,孔海立、王晓明、金国嘉等译,上海:华东师范大学出版社,1987年,第155页。
② 童庆炳、程正民主编:《文艺心理学教程》,北京:高等教育出版社,2001年,第101、97页。
③ [奥]阿尔弗雷德·阿德勒:《超越自卑》,黄国光译,北京:国际文化出版公司,2005年,第119页。

年代仍能向邻居借到钱;父亲探亲时带回茶叶等稀罕物,母亲会包好,挨家挨户送去,以表心意;家里养的鸡下了蛋,她也会毫不吝啬地分送给别人。善良朴实的母亲形象印刻在作家的脑海里,形成了他对女性的第一认知。在《人世间》中,秉昆母亲精神失常之前,这些美好的品质在她身上都得到了展现:精心扶持家业,任劳任怨;自家的鸡下了蛋,很舍得送给邻里;通情达理,在"光字片"获得了广泛赞誉……因父亲远在"大三线"建设工地,生活重担落在母亲一人身上,所以除了典型的女性特质外,梁母与周母的形象中也都存在着坚强、自律、威严等阳刚的一面。

梁晓声的母亲支持孩子读书,关心孩子教育成长。在生活拮据的岁月里,仍然给儿子买书的钱,当那些书籍变成了要被消灭的"毒草"时,母亲帮助梁晓声把书锁在箱子里,放在床下,认真保管。同时,母亲的言传身教也在深刻地影响着他——"生活没能将母亲变成个懊丧的怨天怨地的女人。母亲分明是用她的心锲而不舍地衔着一个乐观。"[①] 他曾深情地回忆说:"母亲的教育方式堪称真正的教育。她注重人格、品德、礼貌和学习方面……母亲的教育至今仍对我为人处世深有影响。"[②] 同样,在小说中,周母也是一个性格开朗的人,以实际行动感染着周家三个孩子,使他们从小就意识到要做一个品德温良的好人,周母也全力支持子女读书学习,每当孩子们聚在一起讨论"禁书"时,她就去门口"放哨"。不论是梁母还是小说中的周母,她们都在孩子求学之路上默默奉献,并未被时代洪流所裹挟。可以说,《人世间》对于周母形象的塑造,直接来源于作家心目中母亲的形象,来源于母亲对作家本人的影响。

反观《人世间》中的父亲形象,出场次数较少,多处于"不在场"状态,性格特征鲜明却不够鲜活,不如母亲形象立体多面。这

[①] 梁晓声:《母亲》,《家载一生》,北京:中国民主法制出版社,2018年,第86、66页。

[②] 梁晓声:《我的父母》,《家载一生》,北京:中国民主法制出版社,2018年,第169页。

与作家本人在童年时期与父亲接触较少、惧怕父亲有关，也反映了"缺失性体验"对作家塑造人物形象的影响。由于作家缺少对父亲形象的充分认知，所以他并不试图塑造一个完整的父亲形象，只是在相对保留父亲特质的基础上，做了一些理想化的处理，多少填补了作家童年时期渴望父爱的心理愿望。

梁晓声的父亲是新中国第一代建筑工人，在作家七岁时，便"随他在的'东北建筑工程公司'奔赴大西北，加入'大三线'建设的行列"[①]，每隔三年才回家一次，家中因父亲缺席而备受欺辱。在作家的成长过程中，父亲的形象是陌生的，加之父亲对待子女十分严厉，崇尚靠力气吃饭，反对读闲书，给作家的童年留下了挥之不去的惧怕感。"小时候，父亲在我心目中，是严厉的一家之主，绝对权威，靠出卖体力供我吃穿的人，恩人，令我惧怕的人。"[②]

作品中，周秉昆的父亲常以新中国第一代建筑工人、支援"大三线"建设为荣，为人耿直、刚强、认真，重视荣誉、节俭朴素、有责任感，这些特质均来自作家的父亲。但周父与作家父亲之间的不同也很明显，周父有温和的一面，他崇尚知识，支持子女考大学，作家的父亲却并不如此。《人世间》中，秉昆和母亲向父亲隐瞒了姐姐周蓉自作主张远嫁贵州的事，父亲知晓后勃然大怒，斥责母亲没有尽好责任，大骂秉昆没用，扇了秉昆一耳光，但事后又对秉昆怀有歉意，并且无惧路途险阻独自去看望女儿，当他看到女儿并没有像他想象的那样"悲苦不堪的命运肯定已使她美丽不再"时，他在心里一劲儿对自己说："谢天谢地，谢天谢地，老天爷啊，我周志刚代表全家感激你的大恩大德，多亏你庇护着我的女儿啦！"[③] 可见，周父虽然脾气暴躁，但性格中也带有温情。周父

---

① 梁晓声：《我和水泥》，《家载一生》，北京：中国民主法制出版社，2018年，第202页。
② 梁晓声：《父亲》，《家载一生》，北京：中国民主法制出版社，2018年，第4页。
③ 梁晓声：《人世间》(上部)，北京：中国青年出版社，2017年，第53、196—197页。

还常常教导子女要懂得感恩,他之所以同意秉昆与郑娟的婚事,正是为了让秉昆报答郑娟长期照料昏迷中的周母的恩情。然而在作家本人的童年真实经历中,父亲却常常大发脾气。有一次梁晓声的新衣服被别的孩子划破,父亲不由分说打了他一巴掌,使他连续几天说不出话,并落下了口吃的毛病,直到中学时才在哥哥的鼓励下自我矫正过来,但父亲却并不知晓那一巴掌对梁晓声产生了怎样的心理伤害。① 如果说在子女成长过程中"父亲的缺席"和"父亲爱发脾气"来自于作家童年的直接经验,那么小说中所塑造的父亲对子女的关爱则是一种间接经验,作家童年时缺少父爱的"缺失性体验"使他在作品中重塑父亲形象时,试图对童年的创伤心理进行弥补,重塑后的周父形象虽然不如周母形象那么丰富立体,但还是能够让我们感受到亲情的温暖,也体现了作家对父子之间美好感情的珍视。

三、童年经验与责任意识的形成

《人世间》的故事横跨半个世纪,在平凡人生中反映社会历史变迁。"梁晓声给自己的写作定位一直是'做时代忠诚的书记员',秉持文学应当担负'史外之史'的意义",正如他自己所说:"历史中的'底层'永远只是数字、名词、百姓……只有在文学作品中,'底层'才能化为有血有肉的具体的人,而且比现实中更加鲜活、更加有特点。"② 我们要理解梁晓声的这种历史观念和社会责任意识,以及他独特的创作观与作品的审美意义、社会意义,仍需通过作家的童年经验来探寻其中的堂奥,正如批评家洪治纲所说:"童

---

① 梁晓声:《父亲》,《家载一生》,北京:中国民主法制出版社,2018 年,第 5 页。
② 沈雅婷、崔芃昊:《理解梁晓声的三个关键词——"现实主义:梁晓声与中国当代文学"研讨会侧记》,载《中华读书报》2019 年 7 月 3 日。

年记忆对作家创作的潜在影响,并不仅仅是以经验的方式直接呈现出来,而是从个性心理到艺术思维、从文化观念到审美情趣,深深地左右了作家自身的艺术创造。"[1]

梁晓声的这种创作观念的形成,既有童年和少年时期来自亲人的影响,也有他年少时阅读的文学作品的影响。他在《小说是平凡的》一文中说:"我更愿自己这一个小说家,在不那么美妙的人间烟火中从心态更从精神上感情上,最大程度地贴近世俗大众"[2]。他试图从底层生活中挖掘坚忍美好的人性,使这种人性不至于在时代浪潮中被遗忘、被否认。这种底层关怀正是源于作家童年时期得到的来自母亲的温暖。"我作品中的平民化倾向,同父母从小对我的教育和影响密不可分。"[3] "我对人的同情心最初正是以对母亲的同情形成的。"[4] "我于今在创作中追求悲剧情节、悲剧色彩,不能自已地在字里行间流溢浓重的主观感情色彩,可能正是由于小时候听母亲带着她浓重的主观感情色彩讲了许多悲剧故事的结果。"[5] 在《人世间》的结尾,秉昆的哥哥秉义忍着病痛与非议,坚持完成了"光字片"的改造,但完成任务后的周秉义却因操劳过度而离世,这种结局无疑大大增加了人物的悲剧感,在周秉义的身上,寄托着作家对于仁爱与勇气的赞扬,对于正义与友善的希冀。

梁晓声本人也有一位手足情深的哥哥,哥哥从小就聪明优秀,高中毕业后遵从母亲意愿考取了唐山铁道学院,但后来却不幸精神失常,几十年来一直在梁晓声的照顾下生活,如今已七十高龄的梁晓声还会每天帮哥哥洗澡。我们从《人世间》对哥哥秉义的描写中

---

[1] 洪治纲:《文学:记忆的邀约与重构》,载《文艺争鸣》2010年第1期。
[2] 梁晓声:《小说是平凡的》,载《文学评论》1997年第1期。
[3] 梁晓声:《父母是最朴素的人文》,《我的父亲母亲》,北京:中国青年出版社,2018年,第257页。
[4] 梁晓声:《母亲》,《家载一生》,北京:中国民主法制出版社,2018年,第64页。
[5] 梁晓声:《我的父母》,《家载一生》,北京:中国民主法制出版社,2018年,第169页。

也可以看出作家对哥哥的深情,小说中安排秉义担任 A 市副市长,未尝不可以说是作家对哥哥的一种缺失性的想象补偿。梁晓声说:"我受哥哥的影响,非常崇拜苏俄文学……回顾我所走过的道路,连自己也能看出某些拙作受苏俄文学的潜移默化的影响"[1]。在梁晓声少年时期,社会动荡、家庭困顿,是文学滋润了他的心灵,支撑他坚持下去。年少时读书的惬意时光给他留下了美好的记忆,以至于长大后历经人世间的各种考验,他都能从文学中汲取勇气与力量。作家回忆道,少年时期哥哥常用心启发他阅读文学,"哥哥还经常从他的高中同学们手中将一些书借回家里来看。他和他的几名要好的男女同学还组成了一个阅读小组"[2]。这一亲身经历在《人世间》中也有所体现:周秉义、郝冬梅、周蓉、蔡晓光经常聚在周家偷偷阅读"禁书",周秉昆"将那种幸运的时光当成幸福的时光来享受"[3]。文学作品对一个人的影响是潜移默化的,它能使人从中获得明辨是非的能力和乐观向善的力量。多年以后,梁晓声忆及他早年接受的俄罗斯文学的影响,"他心目中的优秀女性,更多是像'十二月党人'的妻子那样的老俄罗斯时期的女性,她们都是贵族,但她们心甘情愿地追随被流放的丈夫们去寒冷的西伯利亚,在她们的身上,闪现着崇高、善良和美德,以及勇敢地对时代责任担当的精神"[4]。

作家之所以频频回顾童年、书写善良,正是因为年少时有很多善良的人给予他友爱,读过的文学作品给予他力量,温情的种子播撒在他的心田,簇拥着他成长。童年经验使他懂得要有"对于生活负面施加给人的磨难的承受力,自己要求于自己的种种的责任感以

---

[1] 梁晓声:《我的中学》,《梁晓声自述》,北京:人民出版社,2015 年,第 96—97 页。
[2] 梁晓声:《我的中学》,《梁晓声自述》,北京:人民出版社,2015 年,第 96 页。
[3] 梁晓声:《人世间》(上部),北京:中国青年出版社,2017 年,第 28 页。
[4] 沈雅婷、崔芃昊:《理解梁晓声的三个关键词——"现实主义:梁晓声与中国当代文学"研讨会侧记》,载《中华读书报》2019 年 7 月 3 日。

及对于生活里一切美好事物的本能的向往和对人世间一切美好情感的珍重"[1]。"从我少年时起,对作家的认识就已定型……我认为作家不仅仅是'讲故事的人',也是对社会发表态度的率先者、省思者。"[2] 从这些表述中我们可以看到,童年时所感受到的爱与善的力量,早已在他内心转化为一种平和向善的潜意识,亦即童庆炳、程正民所说的"心理体验的总和",当这种潜意识体现在作家的创作活动,即弗洛伊德所说的"白日梦"中时,作家便能够善于捕捉与传达生活中的真善美。梁晓声始终坚持文学应当承担引导人向善的责任,追求一种坚忍的现实主义气质,认为人道主义精神不仅对读者的人生具有指引作用,也是推动社会进步的重要力量,他希望能创作出有益于世道人心的作品,这种责任感在当今社会显得弥足珍贵,也是我们理解其作品深刻意义的关键所在。

文学作品的价值终归要指向现实人生,童庆炳先生指出,作家要"真诚地而非虚假地看待生活,真诚地而非作伪地对待自己和别人,具有这种真诚之心的作家,才能建筑起一个又一个的经得起时间的检验和历史的风吹雨打的真实动人的艺术世界,也才有可能在文学史上争得一席地位"[3]。《人世间》是梁晓声一直坚持的以文学传递美好与良知的文学观的再次体现,童年经验为作家铺展情节提供了素材,激发了作家的创造力,促使作家从熟悉的城市平民着眼,细致描绘不同社会阶层的生存状态,忠实于生活,表现平凡人生。作家回顾童年经验,将童年时期形成的悲悯意识、人文情怀融入历史书写,也体现了作家对于历史的个人化书写的延续。《人世间》于人间烟火处彰显温情,呼唤道德良心的复归,是作家从童年

---

[1] 梁晓声:《我的少年时代》,《家载一生》,北京:中国民主法制出版社,2018年,第188页。

[2] 梁晓声:《文字的两种意态》,《家载一生》(自序),北京:中国民主法制出版社,2018年,第1页。

[3] 童庆炳:《作家的童年经验及其对创作的影响》,载《文学评论》1993年第4期。

经验里捧出的一颗赤子之心在艺术世界的投射。

四、结语

通过阅读梁晓声回忆童年的自传与散文,我们能够更加了解作家的成长背景与性格、心态,进一步体会童年经验对作家内心世界的烛照。而将作家的童年生活与《人世间》的创作进行对比,我们可以发现珍藏在作家记忆之中的童年经验不仅会投映在作品的空间建构、人物塑造、情节安排上,也会深刻地影响作家文学观与文化观的形成。《人世间》饱含真情地抒写普通百姓的温暖与辛酸,真实地展现城市底层居民的生活图景,使读者感受到一种人间大爱的悲悯情怀,同时也给人以希望与勇气。

(原载《中国当代文学研究》2019 年第 11 期)

《人世间》中的女性形象书写

◎ 叶云虹

一、绪论

三卷本长篇小说《人世间》是梁晓声的最新力作，2017年11月由中国青年出版社出版，描写了1972年到2016年间以周氏三兄妹为代表的百姓生活，时空跨度大，出场人物多，展现了众多平民子弟的命运遭遇，揭示出社会生活的复杂变化。《人世间》之前，人们对梁晓声的认识，主要集中在知青文学，《今夜有暴风雪》《雪城》《年轮》《一个红卫兵的自白》等作品问世，将知青文学带入辉煌时期，论及知青文学／作家，梁晓声成为绕不过去的里程碑。早在二十世纪八十年代，就有评论者发现了梁晓声知青文学的价值。文本中，北大荒黑土地上充满理想与热忱的知青唤醒了"老三届"一代人的记忆[①]，那里尘封了他们当年狂热的青春。郭小东深层次挖掘了"文革"及"上山下乡"运动轰轰烈烈开展的社会文化心理，他犀利地指出"革命"理论和政治谎言诱发民族心灵中盲从的文化惰性，关于《雪城》等知青小说，乃梁晓声"调动生活尘封的记忆"[②]，通过书写知青悲怆的生活寻找现实人生意义，"从那虚妄

---

① 如张广崑：《梁晓声知青小说散论》，载《文艺评论》1987年第6期；董之林：《再现一代人感情的历程——梁晓声知青小说论》，载《当代文坛》1988年第1期。
② 郭小东：《论知青作家的群体意识》，载《文学评论》1986年第5期。

的然而记忆深刻的年代中去寻找；同时，获取某种精神的庇护与慰藉"[1]。洪子诚在《中国当代文学史》中指出，梁晓声在"维护一代人的'青春年华'和献身精神"[2]的知青小说创作中具有代表性，此言论将梁晓声精准且权威地定位为知青文学的代言人。刘起林、刘可可、车红梅等均将梁晓声纳入知青作家/文学讨论，刘起林讨论以梁晓声为代表的知青作家群的精神文化特征和历史成因[3]，刘可可重提梁晓声知青作品的英雄主义和理想主义精神[4]，车红梅探讨梁晓声笔下下乡知识青年的人性之光[5]。九十年代之后中国社会发生结构性转变，八十年代那段纯文学的美好时光湮没在市场经济的大潮中，梁晓声九十年代发表了多部关于社会问题的随笔，1997年出版的社会思想文化随笔《中国社会各阶层分析》被冠以"一部后毛泽东时代最深刻的社会分析"美誉[6]，其对生活现实的深刻揭露和对底层民众的体恤关怀在后来的《人世间》中得到了延续。2017年年底，现实主义长篇巨著《人世间》"开启了真正意义上的'年代写作'"[7]，梁晓声是共和国的同龄人，与文本主人公周氏三兄妹是同代人，故事以年代顺序展开，时间跨度近半个世纪，涵盖"文化大革命"、上山下乡、改革开放、国企改革、下岗再就业、房屋拆迁等时代大事，以一种个人编年史的方式再现了当代历史的连续性，充满历史的厚重感、生活的戏剧感及人生的宿命感。作者意不在展示宏大历史，笔触主要集中在百姓日常生活，以平民意识和仁爱情怀揭示底层人物的生活境况及平民子弟的奋斗之路，书写周

---

[1] 郭小东：《论知青作家的群体意识》，载《文学评论》1986年第5期。
[2] 洪子诚：《中国当代文学史》，北京：北京大学出版社，1999年，第269页。
[3] 刘起林：《中国知青作家论》，复旦大学博士学位论文，2003年。
[4] 刘可可：《知青小说叙事的演变及其背后》，吉林大学博士学位论文，2009年。
[5] 车红梅：《北大荒知青文学研究》，吉林大学博士学位论文，2010年。
[6] 参见文化艺术出版社2011年出版《中国社会各阶层分析》封面宣传语"梁晓声10年力作，一部后毛泽东时代最深刻的社会分析"。
[7] 李师东：《梁晓声长篇小说〈人世间〉：百姓生活的时代书写》，载《文艺报》2018年2月23日。

氏三兄妹及周围的人在困难中坚持理想与信仰并以此确立自我的主体地位，完成作为历史亲历者的主体化过程。

《人世间》出版后，受到了众多文学评论家的青睐。该书的责编李师东认为《人世间》形象阐释了"好人文化"，鉴于作者梁晓声对社会各阶层及运行机制的熟稔，轻松驾驭了错落有致的城市百姓生活群像图。[①] 路文彬认为《人世间》书写了民间人物的正义之爱，周秉昆爱上郑娟、郑娟拒绝因儿子牺牲获得的资助等均体现了普通人内心的正义与担当。[②] 在另外一篇文章中，路文彬指出周母周父对子女深沉的爱无意识中对抗了扼杀情感的阶级斗争，释放了平等自由的现代伦理价值，"梁晓声从自由伦理的视角发现了隐匿于这个家庭的现代性秘密，这便是家长意志的消失"[③]。刘军茹在肯定周氏三兄妹等主要人物坚持"做个好人"的同时，不忘指出社会中存在攀附权贵、侵占公共空间等底层之"恶"。[④] 同时，有评论者提出，文本主要人物在追求爱情中获得人生向善的力量，也有人将周秉义与普罗米修斯相对照，发现两人在奉献精神与受难英雄方面的相似性。[⑤] 吴秉杰阐述了《人世间》的朴素性，称文本对普通人生活的全景书写具有现实主义的历史价值。[⑥]

文本以性别的眼光审视《人世间》中出现的女性人物，分析主

[①] 李师东：《梁晓声长篇小说〈人世间〉：百姓生活的时代书写》，载《文艺报》2018年2月23日。

[②] 路文彬：《〈人世间〉：民间正义的担当及其可能》，载《枣庄学院学报》2018年第3期。

[③] 路文彬：《当代民生图景背后的深度描绘——读梁晓声长篇小说〈人世间〉》，载《群言》2019年第3期。

[④] 刘军茹：《〈人世间〉：承担自我与他者的责任》，载《枣庄学院学报》2018年第3期。

[⑤] 参见马媛颖：《唯爱使人不凡　解读〈人世间〉里的爱情与婚姻》，方晓枫：《被缚的普罗米修斯——〈人世间〉周秉义形象试析》，均载《枣庄学院学报》2018年第3期。

[⑥] 吴秉杰：《梁晓声〈人世间〉：一种包容性的人生书写》，载《文艺报》2019年4月15日。

要女性人物的母性、妻性及多重角色的困境，文本通过在个人／时代维度上展示女性日常生活经验，传达出隐含作者对独立自由的女性主体思想和男女平等的社会性别秩序的肯定，彰显隐含作者朴素的女性关怀立场。

二、母性：男性对传统女性的询唤

作为塑造女性不可缺少的视角，男性作家对女性的想象性构建与书写折射出"他们"对"她们"的审美理想和欲望诉求。"形象批评是女性主义文学批评的一个重要范畴，尤其是针对男作家笔下的女性形象，因为无论在西方或中国，文学传统是由男性创造的，女性只是对象，是出于他们的审美标准和心理投射的创造物。"[①] 在《人世间》中，受难、奉献、坚忍成为理解"母性"传统的关键词，隐含作者对郑娟及郑母坚忍善良宽厚的大地之母精神的赞美折射出传统中国文化中的崇母情结，而对曲老太太、金老太太、周母这些母亲角色的描写，敬重中带有批判，代表了隐含作者对理想母性／母亲角色的探索。

（一）母性的传统符码

文本通过赞美女性的受难精神和奉献精神彰显男性对女性的期望和控制，召唤传统女性登场。书写受难女性是传统男性文学创作的母题之一，很多男性作家描写过女性受难的情节，曹禺笔下的四凤、愫方，巴金笔下的鸣凤、瑞珏，老舍小说中的小福子等，都是饱经生活磨难的美丽女性，"让女性受难也是男性现代叙事的必要安排"[②]。《人世间》文本里的郑娟延续了受难天使的文学母题，年

---

① 陈顺馨：《中国当代文学的叙事与性别》，北京：北京大学出版社，1995年，第145页。
② 李玲：《中国现代文学的性别意识》，北京：人民文学出版社，2002年，第38页。

轻守寡，被强奸生子，独自带娃，生存环境如此恶劣，读者不难联想到传统文化中头插草标待价而沽的受难女子形象。周秉昆迎娶郑娟，宛如一出多情才子拯救受难佳人的传奇故事，这类故事隐秘地导向一种男性中心的认知：只有与男性建立稳定的家庭关系才是人生拯救的关键。郑娟一家将能给予郑娟婚姻的周秉昆视为救世主，传达出一种十分传统的价值观：女性相对于男性来说是弱者，需要男性和婚姻的庇护。男性承担拯救者的重任，弱化了女性主体地位，表现了男性中心意识。

爱是母亲的核心品质，无私奉献、受难牺牲等行为都是因为爱而进行的权利让渡。作者对郑娟这位受难女性所做的形象刻画，是基于对传统女性命运的深刻理解与同情，反映出作者朴素的女性关怀立场。她生下施暴者的孩子并拒绝施暴者的援助，虽面临苦难仍葆有尊严，郑娟的坚忍、善良与母亲一脉相承。郑母先后捡了郑娟与弟弟，组成一个临时家庭，跟《红灯记》的人物关系类似，一家人没有血缘关系。在"子—母"视角中，母亲与爱、苦难、无私、奉献等符码紧密相连。郑母以卖冰棍维持生计，将郑娟和光明养大，直到去世仍在操劳，含辛茹苦抚育子女，为子女无私奉献、牺牲自我，恰似仁慈宽厚的大地母亲，成为理想之中给人以希望和安全的下层劳苦大众代表，成年后的郑娟继承了郑母博爱、宽厚、能承受命运给予一切的精神。郑娟青年丧夫（涂志强），中年丧子（周楠），屡次遭受打击，她都默默承受，温顺、隐忍，从不控诉自己的苦难，践行了哀而不怨的传统女性审美标准。隐含作者同情并赞美郑娟，肯定郑娟所代表的传统女性隐忍忠诚的美德，试图从沉默喑哑的郑娟身上发现功利浮躁社会中稀缺的精神之根。

郑娟不仅是受难者，同时也是奉献者，牺牲、隐忍、奉献等父之法已内化为郑娟的自我要求，先验地为郑娟及其母亲自觉遵守。周秉昆在家庭中有两次长时间角色缺位，一次是在纪念周恩来逝世的活动中被带走，郑娟顶着"没有名分"的压力住进周家，照顾周秉昆生病的母亲；另外一次是周秉昆失手打死了养子周楠的亲生父亲，蹲了十二年的监狱，郑娟一个人支撑着家庭，独自照顾两个孩子。作者对郑娟充满怜惜之情，称她为降落到民间的天使——"有一类女人似乎是上帝差遣到民间的天使，只要她们与哪一户人家发生了亲密关系，那户人家便蓬荜生辉，大人孩子的心情也会好起来。她们不一定是开心果，但起码是一炷不容易灭的提神香。"[1] "天使"这一词语来源于基督教传统，"以美貌、忠贞、温顺、富于献身精神为特征"[2]，在男性视域的文学想象中，天使"表达的是男性视域对女性的期待性想象"[3]。作者赞美郑娟为"天使"是基于郑娟符合传统社会贤妻良母的标准：富有同情心，长得美丽，没有半点私心，操持家务，抚养孩子，取悦丈夫以及照顾丈夫的父母。郑娟嫁给周秉昆，完成所谓的人生"拯救"后，她的人生走向不是独立的现代女性，而是坚忍奉献、勤劳持家的中国传统女性。与周秉昆结婚之前，郑娟是亟待拯救的落难天使，结婚之后的郑娟是拯救男性的大地之母，拥有宽厚忍耐的性格和温暖肉感的身体，奉行从夫的传统美德，用无限的温柔无条件爱着命运多舛的男性，抚慰男性寂寞的身心，满足男性对美好女性的想象。文本以周秉昆的视角叙事，强调了郑娟对家庭所做的无私奉献，忽略了对郑娟自我意识和主体精神的关注。周秉昆、周聪及周父周母承认并赞美郑娟的伟大奉献，从现实意义上说，是男性享受女性操持家务的便利而进行的补偿，从思想意义上说，是作者试图探讨女性通过服务家庭来实现自我价值的可能性。女性根据生理特征和性别优势将阵地转移到家庭并不是不可取，但这不是简单地让女性回归到传统的家庭妇女角色，更重要的是男性也要参与到家庭服务中来，分担女性的家务

---

[1] 梁晓声：《人世间》（中部），北京：中国青年出版社，2017年，第29页。
[2] 杨莉馨：《父权文化对女性的期待——试论西方文学中的"家庭天使"》，载《南京师范大学学报》1996年第2期。
[3] 李玲：《中国现代文学的性别意识》，北京：人民文学出版社，2002年，第23页。

负担，同时发掘男性在日常生活领域的私人价值。

郑娟及其母亲以坚忍、奉献、受难、善良等母性特征回应了男性对传统女性的询唤，顺应、延续了男权文化观念对女性的期待，一方面她们用大地母亲一般的胸怀包容一切苦难从而构建女性自我，另一方面她们又通过期待男性拯救、依附男性自我贬抑消解了女性主体性。

(二) 母性的世俗镜像

在关于老一辈母亲的叙事中，缺少关于父亲场景的描述，郑母没有丈夫，金月姬的丈夫未出场，曲秀贞的丈夫老马着墨不多，唯一戏份较多的周父，在小说中部就去世了。"子女—父母"视角中，这些父亲角色在文本叙事中功能性作用缺失或者受限，无形中突出了家庭中母亲的角色重要性。文本将以郑母为代表的传统女性与受难、奉献、无私、善良等母性符码相连接，表现出男性对理想母亲的期待和依恋，传达出对以母性、亲情为本位的儒家文化的认同。周母、金老太太、曲老太太等老一辈女性代表了母性角色的世俗镜像，其世俗性体现在对子女婚姻的偏见与干预，秉持门当户对的婚配观念，排斥与低阶层的人结成亲家。故事的结局，破除门第偏见结婚的得到善终，执着于门当户对的婚姻反而走向歧路，黑白分明的情节设计表明隐含作者意欲借助民间道义整饬社会秩序的理想主义精神。周秉昆母亲善于调解邻里矛盾，是受人尊敬的街道干部，她的理想儿媳是市级劳动模范春燕。当周秉昆试探地说出郑娟的境况时，母亲惊得"心里七上八下的"，周秉义只得以"开玩笑"为借口搪塞过去。在传统伦理道德和社会秩序里，守寡的妇人地位低于未婚的小伙子，"小寡妇"这样的民间称呼透露出隐隐的不友好和歧视，周母的顾虑折射出民间门当户对的传统婚配理念甚至贞洁观，认为没有婚姻经历甚至性生活的年轻人，社会等级要远远高于有过婚姻史且与别人孕育过孩子的女人。

如果说周母反对郑娟与周秉昆的结合是认同性道德方面的"门当户对",金月姬、曲秀贞对儿女婚事门当户对的要求则反映了既得利益者对社会阶层降级的警惕。战争年代国家处于紧急状态,正常的社会秩序被打破,金月姬、曲秀贞为红色政权立下汗马功劳,从而在政权取得后获得了辅助统治的权力,成为社会阶层较高的人。面对日常生活中的婚丧嫁娶,曾经为人民流血牺牲的革命前辈纷纷重拾门当户对的传统婚姻观念,展现了母亲角色世俗、市侩的一面。党的高级干部金月姬老太太不满意女儿郝冬梅与工人后代周秉义的结合:"我家冬梅起初一说丈夫是百姓人家的儿子,而且还是光字片的,我的头嗡一下就大了,当时眼泪都快下来了。"① 金老太太想不通,当年豁出命为老百姓干革命,为何如今却惧怕儿女与老百姓结亲,昭显出难得的怀疑精神和自省心态。曲老太太毫不犹豫地选择门当户对的婚姻,理直气壮地承认自己拆散了儿子与百姓人家女孩的婚事。

老一辈母亲及其子女的命运验证了"好人有好报"的民间伦理道德。金老太太接纳了平民女婿周秉义,周秉义对老太太关爱有加,比女儿冬梅还贴心,老太太甚是欣慰。曲老太太拆散了儿子与老百姓家女孩的婚姻,娶到门当户对的儿媳,最后儿媳"贪污了一大笔公款,成了女巨贪,带着她孙子不知逃到了哪个国家。她儿子逃脱不了干系,虽尚未判刑,但一直关押着"②。门当户对的锒铛入狱,跨阶层的结合反而善终,文本人物生命轨迹的抛物线书写着对歧视性婚姻观的质疑,这也意味着隐含作者并未放弃依靠道德自律实现社会公平正义的理想主义价值观。周母得病失去意识后,郑娟以一人之力照顾周母数年,赢得周家的信任,最终与周秉昆结婚,郑娟默默奉献照顾周母数年所呈现出的优秀品质和传统美德完全可以抵消贫穷、守寡等客观不利条件,与传统贞洁观/"性道德"有

---

① 梁晓声:《人世间》(中部),北京:中国青年出版社,2017年,第442页。
② 梁晓声:《人世间》(下部),北京:中国青年出版社,2017年,第250页。

关的门当户对让位于朴素的民间报恩伦理，民间伦理道德彰显出温情脉脉的一面。周秉昆与郑娟、周秉义与郝冬梅的结合破除了门当户对的伦理道德束缚，在个人品质和传统观念之间取得新的平衡，彰显了新的婚姻平等关系。

文本没有描写曲秀贞和金月姬早期参加革命的传奇历史，也没有渲染"文革"时期金月姬丈夫蒙冤去世的悲情经历，关于两位母亲的叙事主要集中在日常生活领域，母亲们的狭隘与虚荣成为被审视的对象，母亲的世俗镜像浮出历史地表。在第三人称客观叙事的视角下，母亲形象不再是温暖敦厚的传统女性符码，而是回归现实生活的本来面貌，呈现真实的世俗镜像。两位前辈位高权重，且不无同情心，在工作中受人尊重，提携并守护了以周秉义、周秉昆为代表的年轻人，但是在儿女婚事上扮演了自私、势利、世俗的母亲形象，底层妇女郑娟及郑妈并没有在苦难中沉沦，而是升华出爱与奉献，成为母亲的理想符码，两种形象构成了一个明确的对母亲形象的完整勾勒。

三、妻性：新的婚姻平等关系

"多少个世纪以来，妻子这一角色被用来充当最为根本的女性控制装置。"[①] 滥觞于古代中国的"三从四德"规范成为束缚女性的不平等条约，她们须顺从忍让以迎合传统道德规范要求，"五四"时期妇女解放运动在男性导师的启蒙下发端，娜拉作为女性解放的先驱走出家门将"大门不出二门不迈"的闺阁规矩关在门后，但是门响之后的状况并不乐观，鲁迅预测娜拉出走后要么回家要么殒命，社会没有为女性走出家门做好准备。目睹男女不平等的历史负

---

① ［美］安妮·金斯顿：《妻子是什么》，吴宏凯译，北京：中国妇女出版社，2005年，第12页。

荷,鲁迅对女性生存状况发出感叹:"女性的天性中有母性,有女儿性;无妻性。妻性是逼成的,只是母性与女儿性的混合。"[1]鲁迅不满意与奴性相当的妻性,说明鲁迅对妻性有美好的期待,从《伤逝》(写于1925年)中子君的命运可以看出,鲁迅不赞成妻子依附、从属于男性,拘囿于狭窄的家庭,妻子应取得经济和精神的独立,避免被男性及社会边缘化。约百年后《人世间》文本已经荡去妻子作为家庭和社会"他者"身份的卑微属性,妻性也不再是束缚/规训女性的"第二十二条军规","妻性"与"夫性"对照,成为社会对女性/男性认知与期望的中性词,男性中心主义的色彩退去,确立了男女平等的价值尺度。隐含作者尽管赞美无知识会持家的美丽女性郑娟,但实际上他并没有真正从男性的婚姻爱情立场上简单地回归于对传统女性的绝对肯定,在《人世间》中,与作者自我比较贴近的知识男性(或爱好文学的男性)周秉义、蔡晓光都选择了有知识有文化的独立女性。周蓉具有平等独立的妻性人格,在感情、事业和为人上自主抉择,摆脱了从父从夫的传统家庭结构,打破了传统温顺柔弱的"贱内"形象,成为勇敢追求平等、幸福、自由的女性典范。

(一)妻性的现代转换

周蓉是具有浪漫主义情怀的知识分子,以一个底层女孩子的自主选择自觉奋斗,在种种人生选择上坚持己见。青春期的周蓉以高昂的生命意志冲击现实拘囿,积极探索属于自己的生活,显示出独立自主的现代意识。周蓉读中学时拒绝老师的建议,执意进入离家近的普通中学;在爱情婚姻中,她不在乎功利得失,遵从内心的感受,以情感为导向做出选择,年轻时在"反革命分子"冯化成与高干子弟蔡晓光之间选择冯化成,中年之后在富有的英国绅士和等待

---

[1] 鲁迅:《小杂感》,《而已集》,北京:人民文学出版社,2006年,第136页。

十二年的蔡晓光之间选择蔡晓光,她的婚姻体现了高度自主性和理想情怀。在事业上,进取奋斗,知识渊博和眼界开阔,敢作敢为,在贵州山区恶劣的生活条件下,克服困难考取北京大学;毕业之后放弃留在北京的机会,毅然回到家乡;丈夫冯化成腐化出轨后,选择离婚切割关系……升学、婚恋、工作,人生经历中的重要转折点,周蓉均有特立独行的想法,不随波逐流,有主见、不盲从,其独立自主的行为挑战了温顺软弱、哀而不怨的传统女性观念,充分展示了女性主体意识。"周蓉从骨子里天生叛逆,如果一个时代让她感到压抑,她的表现绝不会是逐渐适应。短时间的顺从她能做到,时间一长,她就要开始显示强烈的叛逆性格。如果遭受的压制和打击残酷无情,那么,她将会坚忍地抗争到底。"[①] 叙述者声称周蓉一直在追求自由,"不自由,毋宁死",赞美周蓉的抗争意识。

自由离婚的前提是女性自立和男女平等,周蓉主动离开丈夫说明女性已经在生活方式、社会地位、心理意识上都摆脱了传统宗法制度,实现了经济和人格的独立。从生活条件艰苦的贵州回到北京,冯化成变质腐化屡屡出轨,周蓉毅然决然地与他离婚,表现出对充满功利和虚伪的男性世界的不屑,颠覆了男性中心思想,显示出摆脱男性中心思维的自主品格,对自身存在价值充满自信。

但是,周蓉的叛逆仅仅停留在个人"婚姻自主"阶段,缺少对公共事务的参与度,没有体现知识分子的"社会良心"。周蓉下嫁冯化成是出于对爱情的信仰,并不是为了实现自身价值,也没有为其他女性争取权益,她离开冯化成,与其说是女性主体意识的觉醒,不如说是基于对男人的失望。她的叛逆行动最终都得到了亲人的谅解和扶持,几乎没有受到过强有力的阻力,缺少与环境对抗形成的张力。当知道周蓉与冯化成在偏远的贵州山区结婚之后,周爸爸请求调去贵州工作,以便探望看护生活困难的女儿,同为下乡知

---

① 梁晓声:《人世间》(中部),北京:中国青年出版社,2017年,第86页。

青的周秉义和郝冬梅每月从工资里挤出钱来接济周蓉,就连备胎蔡晓光在周蓉嫁给冯化成后仍照顾周蓉的家人,亲人朋友对周蓉来说并不是压力,而是温暖的后盾和依靠,她的叛逆行为均消解在亲人的关爱中。所以,周蓉的反叛没有寻找女性生存价值的明确指向,少女时期的反叛出于爱的信仰,离开冯化成是基于对虚伪功利的男性世界的失望和不满,从这一点来看,周蓉没有达到打破女性传统、张扬女性个性与价值的高度,只能构成对男性中心"有限度的反叛"。

《人世间》文本中老一辈女性革命者金月姬和曲秀贞的妻性现代转换表现在政治对生活的全面浸入和男性夫性的阙如。金月姬与曲秀贞在战争年代参加革命,伴随着民族解放战争的胜利,建国后在社会上担任重要角色,在党内生活中与男性共享同一套政治符码,一贯服从并支持"组织决定",自称为"老共产党员",言他人必称"同志",表现出与政治组织高度一致的中性面孔。金老太太的丈夫官至副省长,在"文革"中蒙冤去世,曲老太太的丈夫老马也是高官,先老太太一步去世后,丈夫在家庭生活中的缺位或夫性阙如造成金月姬和曲秀贞的妻性悬置。金月姬和曲秀贞作为老一辈革命家在政治生活中压抑及消除了女性特质,模仿男性行为追逐事业,在家庭生活中忽视/悬置妻性,呈现中性化/雄性化倾向,丈夫角色的缺失呈现的性别失衡无形中召唤了与夫性对等的妻性。

(二)妻性的欲望凝视

《人世间》多次提到男女情(性)事,承认女性与男性有相同的身体欲望,肯定了女性作为人的自然欲求的合理性,企图以性爱自由来彰显女性主体意识的觉醒。高干子女冬梅和工人后代周秉义是两个独立人格的结合,新婚之夜,周秉义压住冬梅宣称:"现在我终于可以俯视你这个副省长的女儿了!"[①] 冬梅立即反击,翻身

---

① 梁晓声:《人世间》(上部),北京:中国青年出版社,2017年,第332页。

将他压到身下,自豪地说:"现在,我这个黑帮女儿也终于能够俯视你这个'红五类'了。"①压、俯视,预示着双方控制与反控制的较量,男性和女性主体意识鲜明,不存在一方压迫另一方的不平等行为,也不存在一方顺从另一方的奴化行为。隐含作者试图通过郝冬梅与周秉义洞房花烛夜的行为彰显女性在身体欲望方面的主动性和平等意识,以此确立女性的主体地位。赶超国庆谈恋爱,计划与女朋友借宿在周秉昆家里,周秉昆为了女孩子着想不同意,但是女孩子并不领周秉昆的情,她们也与男性一样期待鱼水之欢——"别忘了偷吃禁果的首先可是咱们夏娃,其实男人不也是女人的桃子吗?想明白了这一点搞对象谈恋爱那才是来情绪的事呢!"②性不是洪水猛兽,也不神秘莫测,而是恰到好处的兴之所至,女性对性的态度是开放自然的,各取所需的欲望抒发背离了男强女弱、男尊女卑的传统伦理观念,与"文革"期间性压抑、性禁锢倾向相悖。周秉义与冬梅在洞房之夜互相"压制",赶超国庆与女朋友婚前试爱,郑娟如秦可卿引导宝玉一样完成周秉昆的首次爱的体验,文本毫不避讳甚至放大了两性之间的情感表达,刻意凸显女性的身体欲求,认同、践行了男女平等的价值观,同时暗示即将组成的家庭并非父权制家庭模式,而是男女平等的家庭模式。

  文本多次强调周蓉和郑娟的美貌,对外貌价值的尊崇暗示出隐含作者以色相划分女性社会等级的潜意识或无意识,在某种程度上制约甚至贬低了长相普通的女性的生命价值,彰显了男权文化的审美规范。郑娟的美貌对丁婚姻的成就有举足轻重的作用,周秉昆第一次见面就彻底被这个"小寡妇"的美貌征服,"郑娟是美的,她的美太出乎他的意料,而且恰是他所朝思暮想的,在现实生活中还不曾遇到过的那类女性的美"③,秉昆与郑娟结婚,昭示着传统婚配

---

① 梁晓声:《人世间》(上部),北京:中国青年出版社,2017年,第332页。
② 梁晓声:《人世间》(上部),北京:中国青年出版社,2017年,第369页。
③ 梁晓声:《人世间》(上部),北京:中国青年出版社,2017年,第99页。

理念和社会等级秩序在相貌、品格等个人价值面前失势。在"美绝不逊于自己的姐姐"的"小寡妇"郑娟和主动示好的市级劳模修脚工春燕之间，周秉昆倾向明显，意志坚定，郑娟"让一切男人惜香怜玉"①，春燕不过是"讨厌的修脚婆"②。

物质和文化均匮乏的底层人物郑娟，美貌成为重要资源昭示着女性生存状态的痛点。对于大学副教授周蓉，作者仍花了大量笔墨在她出众的外貌上，屡次强调周蓉是"大美人儿"，充分暴露出男性对女性外形相貌的期待——"这些期待或关涉男性的精神需求，或关涉男性的本能欲望。"③ 女性不仅需要保持精神的独立性，能与男性平等对话，还需要时刻修饰美化身体，从而以富有魅力的形象展示在男性面前，吸引男性的目光。周蓉去法国后，肤色晒成古铜色，无意中迎合了异国男性的审美标准，展示超越国界的吸引力——"马赛夏季的阳光将她的脸晒成了古铜色，那是令大部分法国女性特别欣赏、令大部分法国男人着迷的一种肤色。"④ 即使时光流逝，岁月在周蓉脸上刻下痕迹，作者仍不忘强调周蓉的相貌优于常人，"走在街上，周蓉仍像当年是大美人儿时那样引起很高回头率"⑤，无意中将女性引导向男性社会的欲望对象，强化了女性被观看的处境，男性视角引导的阅读位置指向"他们"看"她们"，这种阅读位置透露出以男性为主体的性别权力关系。

文本中通过塑造与传统女性形象迥异的开放自然、独立自由的新女性形象，表达了对新的婚恋关系中男女平等地位的赞赏和肯定。春燕、于虹以民间底层女性的天真自然、泼辣务实彰显了女性自然合理的欲求表达和蓬勃的生命力。周蓉为了人格尊严和爱情信

---

① 梁晓声：《人世间》（上部），北京：中国青年出版社，2017年，第91页。
② 梁晓声：《人世间》（上部），北京：中国青年出版社，2017年，第85页。
③ 李玲：《中国现代文学的性别意识》，北京：人民文学出版社，2002年，第23页。
④ 梁晓声：《人世间》（下部），北京：中国青年出版社，2017年，第111页。
⑤ 同上。

仰,不惜离婚再婚,以其自由叛逆的姿态树起现代女性独立自强的旗帜。周蓉对爱情的信仰与追求建立在维护人格尊严的基础上,对爱情有对等的诉求,而不是一味地单方面给予和付出,这也反映出隐含作者对女性理想爱情观的美好期待。周蓉、郝冬梅等知识女性在事业上与男性伴侣并驾齐驱,甚至比男性还能干,解构了男性中心主义话语,表现出难得的女性主义立场。但是文本多次强调郑娟、周蓉等女性引人驻足的美貌及引起性欲的身材,以欲望之眼凝视女性色相,折射出男权意识统摄下男性作家的审美理想和审美趣味。

即使没有完全过滤掉男性对女性"欲望凝视"流露出的物化女性思想,仍然能够分辨出,隐含作者对知识女性周蓉、郝冬梅及底层妇女春梅、于虹、吴倩女性主体性的认同和肯定,文本在男女平等的意义上尊重了女性的生命逻辑,赞美了女性不愿屈从的个性和强健的生命活力。

四、多重角色:现代职场女性的困境

文本中,女性人物兼任职业女性、母亲、妻子、女儿等多重角色,女性在为母为妻的家庭角色和实现自我价值的社会角色之间如何取得平衡成为一个悬置话题,职业女性难以兼顾家庭和事业,但文本极少提及职场女性多重角色平衡的困境,这反映出男性作家对女性主体位置进行想象性构建时的盲区。

(一)读书带来命运分野

1949年建国之后实施了一系列保障妇女参与社会事务的政策,使得妇女地位有了前所未有的提高,女性走出家庭走向社会,平等参与社会事务。文本中的女性大多在社会上担任角色,有自己的职业，曲秀贞和金月姬均是厅级官员，周蓉曾任大学副教授，去法国后做导游，"是全公司导游中学历最高的"[1]，冬梅在大学做行政工作，周母热衷调解邻里矛盾，在街道社区任职，郑母卖冰棍到生命最后一刻，春燕于虹吴倩等在工厂谋生，即使家庭主妇郑娟也有短暂的社会工作经历。除了有战功的曲秀贞和金月姬，其他女性的职业选择与读书经历息息相关。

在文本中，读书成为和平年代打破阶层固化实现向上流动的最有效渠道，工人子弟周蓉"文革"后通过高考入读北京大学，后做了大学副教授，完成了从工人家庭向知识分子的"阶层"跃升，成为知识改变命运的样板。"大学学历改变了周志刚的儿女以及孙儿孙女的命运，他们中已出了四个受过高等教育的人了。周秉义、周蓉还曾是北大学子，周蓉母女拥有硕士学位，周玥所获的还是洋硕士学位。"[2] 隐含作者赋予读书多种积极意义，读书让女性增加魅力值——"世上美女很多，爱读书的美女太少，爱读书又有独立见解的美女少之又少，你是美女中的珍品。"[3] 读书帮助男性成就事业——"我有今天，是从喜欢阅读文学作品开始的，当年她的家是我的三味书屋，她和她哥周秉义如同我的私塾先生。"[4] 读书乃向上向善的追求，是政治高压时代对抗荒谬世界的工具，作者赋予读书多种价值，可上升到宗教信仰的高度，呈现出理想主义情怀。作者梁晓声曾说："读书对于95%以上的人类，益处甚大。会使我们成为社会地位虽普通，但在其他方面却较优秀的普通人。会使我们于浮躁之境淡定；于群情盲动之际保持理性；于享乐风气大行其道时俭以修身；于清贫中不至于连精神也一并'贫穷'了。会使我们成为善良、文雅、举止得体、谈吐不俗，因而起码在95%以上的人口

---

[1] 梁晓声：《人世间》（下部），北京：中国青年出版社，2017年，第102页。
[2] 梁晓声：《人世间》（下部），北京：中国青年出版社，2017年，第263页。
[3] 梁晓声：《人世间》（下部），北京：中国青年出版社，2017年，第223—224页。
[4] 梁晓声：《人世间》（上部），北京：中国青年出版社，2017年，第68页。

中成为受尊敬的普通好人。"①

与周秉义周蓉等文学青年不同，德宝赶超及他们的妻子春燕于虹不喜读书，对政治冷漠，忽视抽象的形而上的精神世界，在日常柴米油盐的生活中获得足够的乐趣。他们意识到阶层固化、社会板结的现实，无力也无意做深层次的思考。在他们眼中，无论高层的政治斗争如何波谲云诡，糖厂的一辈子会待在糖厂，酱油厂的一辈子待在酱油厂，修脚工春燕即使当上了市劳模，到退休也还是个修脚工。工厂破产等历史事件让无知无识的底层妇女于虹吴倩等失去生存倚傍，底层女性以其柔韧坚强的特质快速适应了市场经济的丛林法则，颠覆了底层社会基本由男性占主导地位的家庭权力结构，并确立了以对家庭所做经济贡献划分家庭地位的权力法则。赶超的胶鞋厂倒闭，妻子于虹能领工资，于虹代替赶超成为一家之主，传统男强女弱的家庭权力关系发生反转。

读书／不读书、大学教授／下岗工人的对应关系揭示出读书带来的边际收益，读书与不读书过的是不一样的生活，读书具有改变命运的强大动力。隐含作者赋予读书在解决现实困境和提升精神境界方面的崇高意义，体现了一个通过读书获得社会地位的知识分子的良心和良知，也反映了隐含作者挥之不去的理想主义情怀。

（二）被忽略的职场困境

"毛泽东时代是把妇女解放作为阶级解放、民族国家建构的一个基本构成部分看待的，这也使得女性真正作为国家的国民与社会的成员而进入公共生活领域。这事实上也是毛泽东时代的最大成就，这种成就直到今天也不能和不应低估。"②得益于毛时代的妇女解放政策，社会为女性走出家庭平等地参与社会事务提供了便利。

---

① 梁晓声：《中国人的日常》，北京：现代出版社，2017年，前言。
② 贺桂梅：《女性文学与性别政治的变迁》，《女性文学与性别政治的变迁》，北京：北京大学出版社，2014年，第126页。

但是另一方面，社会主义革命的父权制结构对女性形成新的压抑，造成了新的不平等，女性在公共领域向男性看齐，男女都一样，"女性能顶半边天"，在家庭生活中比男性承担了更多的责任，面临家务和工作双重劳动的压力。文本中男性大多没有意识到女性承担多个角色的现实负累，也就无从生出体恤之心。下岗后再就业失败的吴倩和于虹不敢产生退回到家庭的想法，劳模春燕不会产生辞职回家的念头，"她们如果说出郑娟说过的话，丈夫一定不会拿好眼色看她们"①。职场本应是女性的可选项，现在成为女性的必选项，女性解放变成了女性困境，反映出妇女解放运动的不彻底性，"不敢回家"一方面迫于养家糊口的经济压力，另一方面反映出社会对家庭劳动创造价值的漠视。

专注妻职和母职的郑娟较少平衡多重角色的苦恼。周秉昆支持郑娟放弃工作，照顾家庭，当郑娟表达希望参加工作的意愿时，周秉昆表现出为难："谁来照顾妈和聪聪呢？"② 周秉昆和周聪争相把工资交给郑娟，表达出对郑娟家庭地位和劳动价值的认可。郑娟放弃职场打拼，回归男主外女主内的传统家庭模式，她声称："我可乐意当家庭妇女了，做做饭，拾掇拾掇屋子，为丈夫儿子洗洗衣服，把他俩侍候好，我心里可高兴了。我觉得自己天生是做贤妻良母的，不是那些喜欢上班的女人。"③ 郑娟除了在周秉昆坐牢期间短暂工作，其他时间都在家里操持家务，缺少对公共领域的关注，向内的思维方式禁锢了郑娟的自我发展，从郑娟依附周秉昆生存这一点来看，传统女性的自我认同和自我满足离不开男性的首肯及确认，这在一定程度上制约了女性自我主体性的建立。

知识女性同样在为母为妻的传统角色和实现自我价值的职业角色之间难以获得平衡。周蓉为找回女儿辞职去国，在法国生活十二

---

① 梁晓声：《人世间》（下部），北京：中国青年出版社，2017年，第265页。
② 梁晓声：《人世间》（中部），北京：中国青年出版社，2017年，第230页。
③ 梁晓声：《人世间》（下部），北京：中国青年出版社，2017年，第263页。

年，以导游谋生，放弃了国内大学教授的美好生活，在实现自身价值和扮演良母角色之间选择后者。具有母亲身份是人们对传统婚姻关系中女性的普遍期待，郝冬梅放弃母职，一生没有生育和抚养孩子，表现出对主流社会性别政治的挑战。隐含作者拒绝冬梅为生育而焦虑的传统叙事，屏蔽周秉义郝冬梅身边人对丁克家庭可能的臧否，甚至没有透露周秉义是否有隐秘的传宗接代男性中心意识。郝冬梅放弃承担孕育子女的母职，甚至在感情甚笃的周秉义去世后立即改嫁，意味着现代女性不再拘泥于忠贞的妻子或伟大的母亲这类传统角色，彰显出隐含作者对女性特殊个体地位的尊重和对独立自由的现代价值观念的推崇。

五、结语

周氏三兄妹近五十年跌宕起伏的人生经历，交织着北方城市从"文革"到改革开放再到市场经济发达的当下近五十年的演进过程。《人世间》怀着悲悯的情怀专注老百姓的日常生活和人生经历，从宏大、主流的叙事中剥离出来，故事情节集中在人情世故、家长里短，完成"人世沧桑"的现实主义日常叙事。文中，女性与男性一样获得了平等的叙事价值，作品涉及两性关系时并没有采取男性惯用的对女性的启蒙态度，而是平等的对话，文本设置的女性角色性格迥异，呈现个体差异化倾向，不同程度上表现出反抗父权和男权的意识，展示了女性个性特征和生存价值，体现了作者对民间优秀女性的想象，传达出作者的性别意识。作为成长于二十世纪七十年代的青年，作者没有从人性的善恶导向对时代与制度的审视与批判，对历史采取温情脉脉的仰望态度，"文革"的荒诞以及这段历史在人的精神上留下的后遗症没有得到体现。

《人世间》文本关于女性的叙事不仅集中在周蓉、冬梅这样的知识女性，还关照郑娟、春燕、于虹这样的底层妇女。天使型女性郑娟默默忍受苦难，不反抗不控诉，将全部精力奉献给家庭，彰显了传统"母性"角色的自觉，重复了传统性别观念对女性的召唤。隐含作者将以郑母、郑娟为代表的传统女性与受难、奉献、无私、善良等母性符码相连接，传达出男性对理想母亲的期待和依恋，周母、金月姬、曲秀贞等老一辈女性秉持门当户对的婚恋观折射出母性角色的世俗镜像。早年参加革命从而在建国后获得较高社会职务的曲老太太和金老太太，代表了建国后女性参加社会事务所能达到的高度。周蓉、春燕、于虹等体现了新时代开放自然、独立自由的"妻性"，昭示着新的婚恋关系中男女地位的平等。周蓉是兼具传统思想与现代意识的叛逆女性，勇敢正视内心需求，具有摆脱男性中心思维的自主品格，显示出独立自主的现代意识，春燕、于虹以民间底层女性的天真自然、泼辣务实彰显了女性自然合理的欲求表达和蓬勃的生命力。作者多次强调周蓉、郑娟出众的外貌，赋予其相貌姣好、身材性感等性别内涵和女性符码，亦在昭示着这类女性本身可以成为具有明显性别等级关系的消费品，男性视角引导的阅读位置指向"他们"看"她们"，这种阅读位置透露出以男性为主体的性别权力关系。无论是知识女性还是底层妇女，都无可避免地面临职业和家庭多重角色负累，"从女性的处境看，追求公共领域的男女平等，使女性因此面临比男子更繁重的责任，导致'解放'的实践，常常变成女性超负荷的困境"[①]。女性走出家庭进入公共领域担负多重角色的"无名之痛"，为母为妻的传统义务和彰显个人价值的职场生涯之间的艰难平衡等，作者都没有涉及，反映出男性作家对女性主体位置进行想象性构建时的盲区。

（原载《关东学刊》2019 年第 4 期）

---

① 杨联芬：《浪漫的中国》，北京：人民文学出版社，2016 年，第 298 页。

第二辑

论梁晓声小说《中文桃李》的价值立场

◎ 刘雨薇

梁晓声长篇新作《中文桃李》2022年3月由作家出版社出版。小说以小城青年李晓东的第一人称视角展开叙述，以李晓东和同班女同学徐冉的爱情故事为主线，时间跨度从本世纪初一直到二十年后的今天，描绘了以他们为代表的"八〇后"中文学子从大学校园走向社会所经历的种种酸甜苦辣。《中文桃李》是一部讲述青年人成长与选择的小说，人物生命在选择中流动，作家的价值立场也在人物成长中得以凸显。本文将以理想爱情的建构、参差对照的文学观和幸福人生的标准三个维度探讨梁晓声在《中文桃李》中所显示的价值立场。

一、理想爱情的建构

"我在列车上认识了冉。她成为我妻违背我的人生规划。"[1] 这是小说开头的两句话。读完全书再回看这个开头，会发现它虽然简洁，但很不平淡。从叙事时间上来考查，这个开头采用了预叙手法，两句话分别对应着两个时间，前一句中"我"与冉的相识是叙述的当下正在发生的事情，"我"和冉的故事将以此为起点线性向

---

[1] 梁晓声：《中文桃李》，北京：作家出版社，2022年，第1页。

前展开；而冉成为"我"的妻子则属于未来时间，直至小说临近尾声时才会发生。从读者的阅读感受来说，预叙的方式"预支"的是结尾的悬念，作家在开头就交代了冉会成为"我"的妻子，这将使读者把注意力放在诸如"冉如何成为了'我'的妻子""冉与'我'的结合又是如何违背了'我'的人生规划"之类的问题上，更关注这段感情的发展过程而非结果。

作家通过叙事技巧引导读者关注主人公李晓东和徐冉爱情发展的过程，在阅读中我们也可以发现，男女主人公的爱情从青涩懵懂走向成熟坚定的过程是小说爱情书写的重点。总的来说，男女主人公爱情的成长展开为两重维度：一是由功利考量走向庄重的责任意识，二是灵肉合一的爱情的建构，这也构成了作家理想爱情建构的两个层次。

在书写爱情时，梁晓声并没有以乌托邦式的浪漫爱情为起点，而是充分关注到了"八〇后"一代青年在选择伴侣时的现实考量。在与徐冉恋爱之前，李晓东曾属意于女同学郝春风，理由是她皮肤白净、性格可爱，而且家世优渥，二人门当户对：郝春风出生于京剧世家，而李晓东的父亲是当地有名的画家，母亲是资深的中学老师。在晓东的想象中，如果他与春风结合，两家结成了亲家，那么"四位老人的晚年生活相得益彰，该有多丰富啊"[①]。在这段以李晓东的视角观察郝春风的第一人称叙事中，郝春风的个性是非常模糊的，她的性格可爱在何处，与晓东是否契合，这些本该在爱情中十分重要的个性因素在此却是缺失的；而与之相对的是对于郝春风家世的极尽具体的描写，两相对照之下体现出李晓东这个刚踏入大学校门的男青年对感情认知的外在性和对婚恋考虑的功利性特征。这种功利性也在很长一段时间内支配着他与徐冉的关系。在下定决心追求徐冉之前，晓东问及徐冉未来的打算，因为"我想我的人生将

[①] 梁晓声：《中文桃李》，北京：作家出版社，2022年，第28页。

注定是平凡的，人生目标太高大上的爱，我陪着走不了多远就会累
趴的。爱情诚可贵，但我也不能为了爱将自己的人生搞到那么糟糕
的地步啊"[1]。再者，晓东与徐冉家境悬殊，徐冉是菜农之女，这
就让晓东隐隐感到与徐冉在一起会使他的人生面临诸多操心之事。
作家理解以李晓东为代表的青年一代在选择伴侣时基于现实的功利
考量，但同时也建构起爱情中超越功利的责任意识，正如晓东所说
的："自从我和冉的关系成为那样一种关系，我已经没有所谓自己
的人生选择了。进一步说，我已经只剩半个自己了，我的另一半
已经属于冉了，冉的另一半也属于我了。我俩都已不是从前的自己
了，都是你中有我，我中有你的复合型的自己了。"[2] 随着晓东和徐
冉关系的深入，两人在人生的种种选择面前同甘苦、共进退，是两
人爱情中责任意识的体现，这种超功利的责任意识，是作家理想爱
情的第一个维度。

作家理想爱情的第二个维度是灵与肉的合一。同上一个维度类
似，这一重理想爱情的维度也并不是从男女主人公爱情的起点就伴
随着他们的，而是随着感情的深入逐步实现的。李晓东对徐冉爱情
的萌芽可以说完全是基于外貌和性的吸引，初见时晓东就对徐冉姣
好的容貌印象深刻，认为她虽不是让人惊艳的类型，但也"确实算
得上一位'美媚'"[3]，由此认为徐冉很符合自己的择偶标准。后来，
徐冉在楼梯上摔倒，裸露的足部唤起了晓东的欲望，作家以李晓东
的视角叙述道："她的脚极白，脚形很美……我受到了巨大的诱惑，
好想捧起她那只脚亲吻。"[4] 可见，在晓东和徐冉的关系中，肉体
的、欲望的吸引是远远早于"灵"的契合的。甚至直到两人成了男
女朋友，大学毕业后在省城同居，两人之间"肉"的吸引仍领先于

---

[1]　梁晓声：《中文桃李》，北京：作家出版社，2022年，第97页。
[2]　梁晓声：《中文桃李》，北京：作家出版社，2022年，第279页。
[3]　梁晓声：《中文桃李》，北京：作家出版社，2022年，第4页。
[4]　梁晓声：《中文桃李》，北京：作家出版社，2022年，第31—32页。

"灵"的默契,以至于李晓东感到两人的情欲甚至从主体中脱离出来,成了另一对有着独立意志的主体:

> 与其说我和冉从此互为对方的另一半了,还莫如说我和她的身体彼此找到了相亲相爱的另一半。它俩互相吸引的程度,似乎远胜于我和冉。似乎,我俩是我俩,它俩是它俩;我俩之间常闹点儿小别扭,它俩之间却总想往一块儿凑,只要一亲爱起来,我俩就谁都做不了它俩的主。①

要讨论男女主人公的感情是如何从肉体之爱走向了灵肉合一的爱情,无法回避的是关于何为"灵"之爱的讨论,毕竟肉体的层面往往很好理解,而"灵"则是相对抽象的概念。在其他许多文学作品中,个性因素、人生目标、精神世界似乎都可以被纳入爱情中"灵"的层面。而在这部作品中,作家通过男女主人公的大学老师汪尔淼道出了爱情中"灵"的奥义。汪尔淼在课堂上分析张贤亮小说《灵与肉》中许灵均和秀芝的关系时说道:"善良是他俩的共同天性,这天性属于'灵'的范畴,而且应该是'灵'的主体……人与人之间,男人与女人之间,所谓'灵犀相通',在主体上相通就可以了,不必非求'精神的全面认同'。"②晓东也坦言,他这个"小资男"与徐冉这个"挣命女"成长的环境截然不同,很难在精神上"全面认同",他们能够走向心灵之爱的殿堂,是从二人互诉衷肠后,晓东终于发现徐冉作为"苍生之女"的人性美开始的:

> 从那一天起,我更爱徐冉这个"苍生"的女儿了。与同情无关,是由于她的坦诚。在做爱这件事上,我的感受也不同了——我觉得相互渴望拥有的,已不再是我的身体

---

① 梁晓声:《中文桃李》,北京:作家出版社,2022年,第240页。
② 梁晓声:《中文桃李》,北京:作家出版社,2022年,第244页。

和她的身体了，我和她两颗心在相爱的成分多了。[1]

由此，作家所建构起的理想爱情中"灵"的维度是一种在坦诚沟通基础上对彼此灵魂之善、人性之美的相互体认与赞赏。综合作家对理想爱情建构的两重维度，我们可以发现，无论是爱中超功利的责任意识，还是相互欣赏人性中美和善的心灵之爱，其实都并未拘囿于男女之情的范畴，而是走向了人性之爱的广阔天地。

二、参差错落的文学观念

小说围绕"八〇后"中文系学子的学习、情感和工作展开，书中自然不乏围绕文学、围绕大学中文专业展开的思考。总的来说，在有关文学的探讨中，作家一方面宣扬文学的超功利性价值，另一方面也以现实主义笔触刻画了中文系日渐边缘化的艰难处境，并在此基础上探讨文学与人生的关系，在参差错落的价值立场之上建构起文学如何介入人生的思考。

有关文学价值的讨论，有一部分呈现在小说人物汪尔淼教授的文学课堂上。梁晓声曾在采访中谈到，汪先生讲课的内容基本上是自己在北京语言大学人文学院任教时讲过的课和引导学生们探讨过的一些问题。因而汪先生在课上发表的一些对于文学的看法，其实就是作家本人的文学观，汪先生认为，"文化是权力和金钱根本无法垄断的资源，而文学是文化现象生动鲜活的部分之一，是人类社会'余留'给普通人的可再生资源"[2]，文学的深刻"不仅体现在对人性的揭示方面，也体现在对社会学规律的揭示方面"[3]。在唐

---

[1] 梁晓声：《中文桃李》，北京：作家出版社，2022年，第243页。
[2] 梁晓声：《中文桃李》，北京：作家出版社，2022年，第15—16页。
[3] 梁晓声：《中文桃李》，北京：作家出版社，2022年，第68页。

诗宋词欣赏课上，汪先生又别出心裁地带领学生从电影语言的审美角度赏析古代诗词；在教同学们写作时，他将徐冉的习作《雨》作为范文，这篇文章动情地写出了她的菜农父母在自然面前的弱小、无力，汪先生以此文教导学生们写作要有真情实感……汪先生在课堂上的这些讲授——从文学之超阶级性到揭示人性与社会规律的功能，从文学的审美价值到以情感人的特质——共同体现出作家对于文学的超功利性价值的强调，并以此作为大学文学教育的基本尺度。

然而，小说中以还原课堂的方式抒写文学观的写作风格也引起了一些批评的声音，有研究者认为："小说中涉及'中文'的话语并不悦目，过多的语言堆积，让小说被这些庞杂的知识阻塞了气脉。知识言说的代言人是极富人文气质的教授汪先生，零散的插言对读者来说像是在卖弄学识地'秀肌肉'，显得多此一举。"如果说从可读性出发的批评尚可算是提供了一个评论的角度，那么该文作者进一步认为"但凡涉及文学事项的，都使用了这种简单粗暴的方式……这样的书写不费脑力心力，没有体验和观察，对着课程讲稿做摘录，即便有千言百语，也必然是空泛的"[1]，这就实在是以偏概全、为批评而批评了。事实上在本书中，汪先生作为文学的引路人在学子们大学毕业走向社会后就已经悄然退场，但关于文学价值的讨论却远没有停歇，而是融入了中文系学子们生活的各个角落：徐冉在给李晓东的表白信中将因家贫而敏感好斗的自己比作《红与黑》中的于连；晓东用《苔丝》中的三角关系来警示陷入情感困惑的老友刘川；徐冉在第一次参观晓东父亲的画室时被惊得目瞪口呆，晓东形容她"如同简第一次进入罗切斯特的庄园"[2]；还有李晓东和徐冉在"北漂"期间，常以《小王子》中爱的哲学来解释自己的生活观……诸如此类的表述在小说中随处可见，作家笔下的中文系学子们习惯以小说中的人物自况，在遇到困惑时求助于文学作

---

[1] 祁泽宇：《〈中文桃李〉的乏力与缺失》，载《文学自由谈》2022年第4期。
[2] 梁晓声：《中文桃李》，北京：作家出版社，2022年，第259页。

品，这正是文学给予中文学子们的馈赠，也是文学之美进入生活的最好证明。

　　作家虽然肯定文学的超功利价值，但同时也将目光投向中文系学子的现实困境。小说第二章开头就介绍说，当时高等教育的现状是，文科专业远不如理科受欢迎，而"汉语言文学"专业的吸引力也远不如炙手可热的"对外汉语教学"专业，原本风光的中文系被边缘化，成为了"最大的筐，分数低的都往里装"[①]。不少中文专业的学生想要通过考研"逃离"中文，去往热门专业；李晓东和王文琪在校时办得有声有色的刊物《文理》，也在数年之后因为无人愿意接手而停刊了。初入社会的中文学子们也是处境艰难，李晓东和徐冉作为省重点大学的毕业生，在求职时屡屡碰壁。李晓东前后换了不下十次工作，甚至为了省城户口当过一阵子扫街的清洁工；而徐冉在硕士毕业后也陷入尴尬的境地，不但工作机会变少了，求职的学历门槛也提高了。后来二人离开省城去北京寻找机会，也是困难重重，北京巨大的贫富差距更是让李晓东的心理失去平衡。

　　作家一方面对于中文系学子的生存之艰充满体恤，理解他们在现实的重压下所做出的一些功利选择，比如对李晓东们的下一届学生因为怕影响考研，小刊物又没有实际的好处而不愿接手《文理》杂志，以及对于对文学并无热爱、一心考研考博以得到学校教职的中文系女生，隐含作者虽有无奈和戏谑，但并未上升到批判的层面。另一方面出于对文学的超功利性价值的认知和对大学人文精神的坚持，作家赞美汪先生坚守文学教育的理想与热忱。不过，这两重立场在小说中并不是割裂的，作家在两重立场的互见中寻找平衡，文学与人生的关系由此成为作家在写作中所探讨的重要命题，汪先生教导学生不要在日常生活中不行小善却侈谈"人学"，在学生们毕业之际对他们提出成为终身学习者的期望，都传递出作家对

[①] 梁晓声：《中文桃李》，北京：作家出版社，2022年，第14页。

于文学与生活关系的思考。在小说末尾,还虚构了作家梁晓声来到主人公的家乡讲座却无人问津的情节,大大地调侃了自己一番,李晓东甚至不屑地说:"那个梁晓声嘛,他如果也像我的冉一样,经常转移于生死二场,估计就不会再到处卖他那贴狗皮膏药了……"[①]这番调侃传达的是对于脱离生活、浮在空中的作家和作品的批判和反思,以及对于生活中的朴素智慧的深深敬意。

三、幸福人生的标准

主人公李晓东的父亲说:"人是追求幸福的动物,但首先得明白幸福的要义是什么。"[②]这句话很好地概括了小说的思想内核,其实无论是关于理想爱情的建构,还是对于文学价值的探讨,最终都服务于"何为幸福人生"的思考。

首先,梁晓声认为"善"是幸福人生的底色。小说中塑造了许多有血有肉的人物,这些人物性格各异,但都闪耀着"善"的光辉。我们从李晓东细微的心理活动中可以把握他的性格,他和徐冉在列车上的初遇并不算愉快,晓东认为徐冉性格"各色",但到了下车时看见徐冉拖着大箱子上不去台阶,他还是主动伸出了援手,甚至对于自己一开始产生了幸灾乐祸的闪念而感到羞愧;大学期间,徐冉的父亲因病入院,晓东想到徐冉家拮据的生计,便去了徐冉家的村子,在没有告知身份的情况下买走了徐冉母亲全部的菜,最后还因为少给了两块钱而愧疚懊恼,认为是自己占了便宜。这类细节足见晓东是个善良的青年,他不仅常常将自己良好的助人愿望付诸实践,还在内心对自己有一套颇高的道德要求。

善良也是徐冉的重要特质,作为从乡村走出的大学生,她的

---

① 梁晓声:《中文桃李》,北京:作家出版社,2022年,第446页。
② 梁晓声:《中文桃李》,北京:作家出版社,2022年,第412页。

助人情结一直系于乡土之中。在大学期间，她自费将村里被化工废水污染的农作物送到城里做检验，工作后又有意提携农家儿女。李晓东和徐冉这对爱侣从校园走到社会，一起从省城到北京打拼又辗转回到家乡灵泉，在变化迅速、人情复杂的社会中坚守本心、终成眷属，不仅与他们灵魂中相互共鸣的正直和善良息息相关，也有赖于朋友们的善意支持，晓东的发小刘川、大学同学王文琪、最初租住在北京郊区半地下室时的街坊四邻，都曾为二人提供过无私的帮助。梁晓声延续一直以来的写作风格和立场，不通过书写"恶"来凸显"善"，因此本书也和他的许多作品一样，并没有真正意义上的恶人或坏人，而是充满了平凡的小人物在日常生活中的温暖善意，这就使小说获得了宽厚温和的精神气质。

其次，小说提到幸福人生的第二重标准是"报告文学式的人生"。这一说法源于主人公李晓东和徐冉关于人生的讨论，徐冉向晓东发问："生活可以分为歌类的、诗类的、小说类的、散文类的、报告文学类的、史诗类的，你憧憬哪一类生活？"[①] 两人先后排除了浪漫的如歌生活、太过理想主义而脱离现实的诗性生活、难于把控的小说式生活和更适合于老年人的散文式生活，最终选择了现实性与文学性结合的报告文学作为自己的生活理想。这种"报告文学式的人生"，其内涵是很丰富的。它一方面代表着理想与现实、浪漫情怀与脚踏实地的调和，以这种人生观为准绳的人会警醒自己不使人生失控最终跌进深渊。李晓东最终决定放弃清洁工的工作，就是因为在和另一名清洁工发生冲突又恰巧被母亲撞见后想起了徐冉的"报告文学式人生论"："我联想到了冉关于人生的比喻，认为那件事在我的人生中，已超出了报告文学的范畴，属于小说或戏剧之情节了。"[②] 由此结束了这段有些荒诞的人生体验，继续探索自己在职业生涯中的种种可能。另一方面，这种人生观还饱含着作家对于

---

① 梁晓声：《中文桃李》，北京：作家出版社，2022年，第252页。
② 梁晓声：《中文桃李》，北京：作家出版社，2022年，第267页。

底层的深切关怀和对于奋斗精神的赞美。"报告文学式的人生"是由女主人公徐冉率先提出的,徐冉之所以这样选择,是因为她出身寒门,一切都要靠自己奋斗,容不得生活因浪漫而有半点闪失。人物的这一选择其实来自作家自身的经验,梁晓声曾就此表示:"这是过来人的看法。我没经历过诗一样的人生,压根就没敢那么想过。从少年时期我就笃定,这辈子得像报告文学一样写实,来不得半点的浪漫、抽象、虚伪——因为家里困难。"[1] 这样的生活体验,让作家在书写徐冉这位"苍生的女儿"时格外动情,不仅体谅她在校园里、在社会中摸爬滚打的艰难,还极力赞美她的奋斗精神,以及在困境中仍然热爱生活、将不富裕的生活经营得舒适惬意的乐观态度。

最后,幸福的人生当然离不开爱,正如徐冉所说:"有爱,人生就有奔头,这才是生活哲学的重点!"[2] 小说虽以爱情为线索,却将各种各样的爱收入其中,爱在故事中交织涌动,形成温情的协奏。与爱情的线索交错纵横的是亲情的脉络,小说中的亲情书写主要围绕李晓东的父母在儿子与徐冉的婚恋问题上的一系列矛盾冲突展开,虽说是矛盾冲突,作家的处理却十分温情,即使是在晓东因为听见母亲对徐冉的刻薄议论而感到愤怒和失望之时,他不认同母亲的做法,却也能理解这种"母爱的自私"。作家努力在父母子女之间搭建理解的桥梁,让一切矛盾与冲突最终消融在浓浓的亲情之中。除了建立在血缘关系之上的亲人之爱,朋友间温暖无私的友爱也是作家的书写对象。刘川和王文琪是李晓东从青年到中年最重要的好朋友、好哥们。刘川是晓东的发小,高中毕业没有考上大学,于是早早地帮家里照顾生意,李晓东形容他"头脑虽迟钝了点儿,心地却十分善良,是天生的'热心肠'"[3];王文琪是高干子弟,处

---

[1] 张鹏禹:《梁晓声:文学是人生的底色》,载《人民日报海外版》2022年5月11日。
[2] 梁晓声:《中文桃李》,北京:作家出版社,2022年,第339页。
[3] 梁晓声:《中文桃李》,北京:作家出版社,2022年,第117页。

事圆滑、长袖善舞。这两人的家庭背景和性格特征几乎没有相似之处，但两人对待朋友却都十分仗义，刘川在晓东与父母闹矛盾离家出走时收留晓东，在徐冉家遇到困难时二话不说就将自己攒的私房钱借给晓东，还在晓东与徐冉离家去北京工作后常常去看望晓东的父母。而文琪虽然在名利场上风生水起，对晓东却始终真诚相待，因为与晓东的友谊常常让他回忆起大学时单纯热忱、意气风发的自己，这种历经岁月沧桑仍然真挚纯粹的友情最让人动容。在人与人之间的爱以外，作家还写了人对职业的爱，在小说的结尾，李晓东与徐冉在兜兜转转之后终于奋斗在了自己热爱的工作岗位上，徐冉成了"老干部服务中心"的主任，实践着对人生的终极关怀；晓东则在家乡的电视台纪录片团队负责撰写解说词，还获得了全国优秀纪录片解说词奖，对文学的热爱，最终指引着他走向了热爱的事业，过上了有滋有味的生活，正如徐冉对儿子说的："你爸的人生，现在仍靠文学垫底儿。"[1] 李晓东和徐冉这对毕业于中文系的爱侣，在漫长而曲折的探索中，在理想和现实的抉择中，终于将文学的感悟与生活的智慧相交融，成为了真正的"中文桃李"。

四、结语

《中文桃李》是一部献给中文系学子的小说，也是梁晓声写作计划中的倒数第二部小说，他说，再写完最后一部，他的"梁记面食铺"就要关张了。[2] 这部小说承载了梁晓声从事文学创作和文学教育数十年的体悟和思考：他书写同甘共苦、灵肉合一的美好爱情；他播撒文学之美，也思索文学如何介入人生；他勾勒充满善、

---

[1] 梁晓声：《中文桃李》，北京：作家出版社，2022年，第425页。
[2] 韩寒：《梁晓声：为我教过的学生们写一本书》，载《光明日报》2022年5月6日第9版。

爱与奋斗的幸福人生。梁晓声在《中文桃李》中所展现出的价值取向，一如既往地具有涤荡心灵的力量，阅读这部小说，仿佛再一次走近了作家心中那片充满真善美的福地。

（原载《中国当代文学研究》2023 年第 1 期）

《中文桃李》：梁晓声给青年学子的三堂课

◎ 杨惠芬

2019年《人世间》获第十届茅盾文学奖之后，梁晓声又相继出版了《觉醒》和《我和我的命》，今年又出版了长篇小说新作《中文桃李》。梁晓声把写小说比作糕点师做糕点，他说："写《中文桃李》是因为，往缸里一看，刚好还有两团面，得把它们和完。这是我倒数第二部小说，写完最后一部，我的'梁记面食铺'也就关张了。"写"中文桃李"也是梁晓声的一个心念，他试图"理解"青年，也带着青年理解人性、爱情，寻找人生的道路。"面"就是创作的材料，是"虚构的底座"，梁晓声把写作看成是对时代的记录。和《中文桃李》的"面"，来自他在北京语言大学的长期教学实践。小说以第一人称视角展开叙述，是将心比心的写作；语言真挚、幽默、亲和，充溢着"理解"的美德。理解出于爱，爱需要理解。所以，《中文桃李》不妨看作是梁晓声告别中文系讲台后为"中文桃李"所开的三堂课。这三堂课有着他的叮咛嘱托，那叮咛嘱托，是真，是善，是美。

一、文学使人向善求真尽美

《中文桃李》讲述了"我"（李晓东）和徐冉从灵泉市到省城文理大学求学的经历，从偶遇到误解，从和解到相恋；从毕业到就业,从灵泉到北京,又从北京返灵泉的故事。两人既是同乡又是中文系同班同学,在大学遇到了良师汪尔淼教授,良友王文琪、郝春风等人。小说的前八章可以看作是对汪尔淼教授的课堂实录,汪尔淼教授无疑是梁晓声的代言人。借助汪教授的角色,梁晓声为青年学子讲述了生动的第一课:文学使人向善求真尽美。

人们常常会质疑"文学有什么用",小说通过汪尔淼教授的课堂为我们提供了一个答案。汪尔淼教授通过分析罗丹的雕塑"人马",表明人自身共同存在人性和兽性,人身试图从马身挣脱而出,所表达的是人性战胜兽性的进化历程。人群中有多少尚未进化、被兽性占领的人,科学无法测量,只有文化能化之。汪尔淼教授认为文化是人类社会中最广泛的资源,是权、钱根本无法垄断的,而"文学是文化现象生动鲜活的部分之一"。所以,文学的作用在于使人进化。这种进化不是生物学上的,而是让人化解自身的兽性,追求真善美,摒弃假丑恶。

真善美是梁晓声作品的一贯主题。他拒绝事无巨细地展览丑恶,小说中借汪尔淼教授的讲课指出:"深刻不仅体现于批判,也当然体现于建设"。《中文桃李》显然更多是"建构"的。小说所写的"中文桃李",几乎都是正面形象。主人公晓东和好友文琪处处展现着换位思考的宽容和大度。同学们对于冉的误解,学长的嫉妒带来的"麻烦",是生活中的"小疙瘩",最终都得到了化解。跳出《中文桃李》来看,其《人世间》也是对真善美的建构。《人世间》中周家每一个人都透露着纯朴善良的气息,郑娟则可直接视作真善美的化身,梁晓声写道:"如果说人类只不过是地球上的一类物种,那么这一物种的进化方向只有一个,便是向善。善即是美,美即是优。"

我们需要文学带给我们的进化——求真向善尽美。在《中文桃李》中,学文学的"我"却处处面临困境。亲人内心并不认可"我"和表哥选择文学专业,同学们调侃中文系的学生都是因为分数低别无选择才学中文的。小说中也提到了中文系的就业前景并不乐观；在择偶方面，中文系出身不占优势。从"我"对《了不起的盖茨比》一书的阐释可见，"文"和"物"在小说中甚至有一点对抗的意味，"我"对菲茨杰拉德的看法甚至直接得罪了颇具商业抱负的老板。梁晓声在作品中没有回避"中文桃李"所面临的现实困境。

但中文专业和中文系学子的困境并不等于文学的困境。梁晓声认为："文学从来没有过困境，因为文学从来都是少部分人的事业。""文学的困境不是人类所有困境中多么严峻的事情。"文学边缘化，但是文学从未被抛弃。梁晓声对于文学困境的否定，实则是对于文学价值的自信，也是对于文学的热爱和理想主义情怀的展现。文学能够使人脱离兽性，进化成人，这种对于文学的肯定也蕴含着对人的肯定和期待。

二、理想的爱情平凡而真实

虽然梁晓声的小说多属现实主义之作，但他的作品始终充盈着理想主义的色彩。《梁晓声说：我们的时代与文艺》一书中提到一个问题，有人问他："您马上就要告别您的第一批学生了，您对他们有什么担心和希望么？"梁晓声回答："幸亏他们只是我的学生，要都是我的孩子可怎么办呀？我真是操心死了。我甚至会想，他们将来找一个什么样的对象呢？会幸福么？我怕他们迈出校门，得不到用人单位的信任，因而我梦想自己有一个大大的公司，那我的学生们的工作就不成问题了。"《中文桃李》以关切青年生活现实的方式回应了梁晓声自己的担忧。在观察生活时，我们也许需要给生活加上一面滤镜，过滤掉生活中的种种不如意，从而给自己希望；但在直面生活时，我们必须拿掉那个滤镜，认认真真处理好各种难解的小疙瘩；甚至必要时做好直接面对命运的准备。生活不是理想的高蹈，理想的生活是对现实的直面和升华。爱情也如此。梁晓声通过《中文桃李》为青年学子讲述的第二课就是：理想的爱情平凡而真实。

"我在列车上认识了冉。她成为我妻违背我的人生规划。"小说开篇就展现了主人公李晓东和徐冉的充满裂隙、平凡而真实的爱情。"我"（李晓东）在火车上与徐冉初次相遇，"我"不乏爱慕与好感。在班级里认识郝春风后，"我"其实更想追求郝春风，由于觉得自己"三平凡"和王文琪对郝春风的追求，"我"知难而退。可见，徐冉是李晓东退而求其次的选择。与此同时，徐冉也是权衡利弊后才选择了李晓东。徐冉曾直言，要不是李晓东家庭还不错，两人是否在一起就两可了。小说中多次强调冉是"现实"的，并对冉为什么"现实"做出了解释。因为冉的家庭出身造成了她必须"挣命"似的去活，没办法"浪漫"。

李徐爱情不仅内部有裂隙，外部也受到了阻碍。李晓东的母亲坚决反对他俩恋爱，认为菜农的女儿徐冉日后肯定会拖累儿子晓东，并提出徐冉只有顺利考上研究生，才能与李晓东相恋。然而，李晓东和徐冉并没有逃避爱情，没有逃避裂隙和阻碍的客观存在，他们理性地去看待并解决这些裂隙和阻碍。虽然李晓东把徐冉比作股市上的蓝筹股，对于是否"投资"犹豫不决，但这也反映了他认真的恋爱态度。他说："我之恋爱，必与结婚合为一事。即使失败，过程也应是郑重的。"他对冉说："幸亏我已经有了你。"冉回答说："也幸亏你的家境也较好。"面对这个回答，晓东并没有生气，而是说："我被冉的话吓着了。但那仅是几秒钟的事。随即就释怀了"。他说他爱冉的坦率，就如同爱看她的背影。可见，李晓东理解徐冉。徐冉也理解晓东母亲的"偏见"和爱子心切。这不仅仅表现在她努力考研，更表现在她瞒着晓东，积极调和晓东和他母亲的关系。

总之，《中文桃李》中的李徐爱情是没有太多悬念的爱情，是理性的、鲜活的、认认真真的爱情。虽不完美却收获了幸福的果实，这正源于爱情的平凡和彼此内心真善美的标尺。"'执否'之'执'，意谓轻牵"。《中文桃李》直面现实，不是美化，也不是摧毁，它让我们认识生活，然后去认真生活；认清爱情，再去拥抱爱情。

三、生活只需向自己报告

《中文桃李》中，"现实"的徐冉认为生活可以分成歌类的、诗类的、小说类的、散文类的、史诗类的、报告文学类的，她说自己的生活观就是报告文学加点诗、散文等元素。这种生活观是仰望理想的，也是直面现实的，是只需向自己报告的。这也是《中文桃李》中蕴含的第三堂课。徐冉说：

> 小说类的太难把控了，一波三折，又是悬念，又是翻转，主线副线的。不复杂不来劲儿，太复杂活得累人。散文类的呢，更适合老年生活，而我们现在正年轻。我选择报告文学类的吧。每个人的生活，不就是由自己一直往下续、自己对自己的一场报告吗？由不得异想天开，由不得任何虚构自欺欺人……完全像报告太乏味了。所以，得多少有点儿文学性，将小说啦、散文啦、诗啦那些元素不厅不厘地往生活里加点儿……这就是我理解的生活，这就是我给自己设计的生活。

徐冉这种报告文学再加点诗歌、散文的生活观让人感到踏实，虽是一种不错的参考，但也并非标准答案。因为每个人阅历不同，对生活的期待也不同。或许不同的人生阶段，同一个人也会有不同的看法。所以，不管是报告文学类的，还是诗类的、小说类的生活观，只要是自己在向善向真向美的前提下所做出的选择，都是可行的。因为，每个人最终都要向自己报告自己的生活，当我们自我省察时，能够与自己和解，那就是及格分以上的人生。正如小说中刘川所说："泥鳅也是鱼。鲤鱼有鲤鱼的活法，鲫鱼啊、胖头啊、嘎鱼和泥鳅啊，也都有自己的活法。这世界上哪一种有生命的东西都必然有自己的活法。这条巷子就是属于我这条泥鳅的水塘。"

李晓东和徐冉从灵泉到省城，又从省城到北京，再从北京返回灵泉的过程，就是他们寻找适合自己的"水塘"的过程。在这个过程中，他们从学校迈入社会，从一份工作换到下一份工作。其间，李晓东当过电视台撰稿人，扫过街，有过出版社、广告公司、地产公司、家教等经历；徐冉则当过影视公司经纪人、英语辅导老师、公务员。他们的经历不可谓不曲折。他们有过是否北漂、是否考研究生的纠结，面对北京的高额房租，他们只能住半地下室的房子。

其实"人生不必那样"，"我和冉一旦断了对北京的向往，似乎一切事都顺了，一切关系也都向好了"。吕玉和"我"的表妹都认为，非要成为北京人，非北京不可，那是一种"病"。结婚多年以后，晓东和徐冉对于儿子深感担忧，因为儿子从初一年级开始就打算坚决不成为普通人，担忧是因为他们深知所谓不普通的代价，他们深知人生来不是为了成功的。泰戈尔在《触摸自己》中说："你有什么成就、地位、家庭背景，我不感兴趣。我只想知道，当所有的一切都消逝时，是什么在你的内心，支撑着你。"

是的，很多人都告诉我们要成功，鲜有人呼唤平凡。其实，平凡不是什么都不做，是踏踏实实，是一种不浮躁的、悦纳现实的心态。"平凡快乐，谁说这样不伟大呢？"我想这是高速运转状况下，对大多数青年人的理解和致敬，也是奔腾人生夏日里的清凉剂。约翰·列侬曾说："人们问我长大了要做什么，我写下'快乐'。他们说我理解错了题目，我说他们误解了人生。"

梁晓声的语言亲切平实，站在大地的横坐标、时间的纵坐标上讲述着青年的困境，又如春风着物般扫去冬天的凛冽。它像微风吹拂下的大海，一个小波浪接着一个小波浪画出好看的形状。如要将《中文桃李》的写作比作面团，那么这个做出来的面包似乎显得有一点"实"，不像有些小说发酵得那么蓬松。作家戈舟说："小说的最终目的不是物理上的'真'，这种真是为了诱使我们进入'虚'"。但这种踏实就是梁晓声的特色，也是《中文桃李》的特色。

总之，梁晓声在离开大学讲台后，又通过《中文桃李》为青年学子讲述了人生的三堂课。第一堂课为我们建构了文学，建构了真善美，建构了"人"。第二堂课为我们揭示了现实，现实的爱情，现实的困境，现实的种种不如意，以及如何去化解生活中的"小疙瘩"。第三堂课告诉我们一种朴素的生活观，报告文学加点儿诗、加点儿散文。这种生活观启示我们可以憧憬星空，也要面对泥泞；既要踮起脚尖，也要紧贴大地。启示我们人不必多么成功，但要善良；不必轰轰烈烈，但要醇厚；不必取悦他人，但要自省；启示我们学会平凡，学会跟自己和解，生活只需向自己报告即可。

（原载《文艺报》2019年9月2日）

论梁晓声长篇小说《中文桃李》中的"浪漫意识"

◎张 新

梁晓声往往以较为宏大的笔触书写一代人或几代人在特殊时期的生存境况与命运变迁,在勾勒时代发展独特轨迹的同时,展现了作家独有的人文关怀。《中文桃李》作为梁晓声的又一力作,着眼于表现来自小城镇的"八〇后"中文学子的喜怒烦忧,聚焦新世纪时代巨变的背景下,小城镇青年们在面对"浪漫"与"现实"时所陷入的两难境地,以及在这一困境下做出的人生选择。在小说中,中文系满足了李晓东等部分小城镇青年关于"浪漫"的美好想象,却又在"现实"的需求与欲望面前变得隐秘而沉默。可以说,在中文系的感召下,理想与浪漫作为重要的文化遗产,更作为人的天性,具有不灭的价值。然而,当"浪漫"的美好想象在"现实"面前逐渐褪去往日的光环,小城镇青年们的"浪漫"从何而来,何以破碎,又何以不朽,便值得我们深入探讨。只有厘清上述问题,我们才更能够理解"浪漫"在当代社会的诗性价值。

一、难以改变的原生性

新世纪开放包容的社会环境为小城镇青年提供了更多的机遇与挑战,随之而来的便是这一群体内部对于"家乡观念"的割裂感。他们受到家庭与社会环境的影响,对家乡产生了不同态度,对于人生道路的选择也有着自己的想法。然而,当我们进一步挖掘这种分化现象的深层次原因时,则不难发现,无论是"顺命"还是"挣命"[1],都是个体在某种现实境况下合情合理的选择,换言之,他们的人生选择很大程度上由与生俱来的生存条件所决定。因此,"浪漫"与"现实"是小城镇青年的个人选择,却在更大程度上受到命运的影响,具有原生性。

随着社会的发展,小城镇融合了"新农村",区域间的壁垒逐渐被打破,安土重迁的传统家乡观念受到了冲击,但冲击的程度却因人而异。具体到梁晓声笔下的灵泉,则表现为"中产阶级人家的儿女反而不轻易外闯,都比较留恋灵泉;底层人家的儿女才渴望去往大城市,因为那里属于他们的人生发展机会多些"[2]。尽管小城镇青年的家乡观念由于个体家庭身份地位的不同而产生割裂,但都无一不在现代社会的大环境下逐渐淡化,取而代之的是对物质生活的依赖与向往:中产阶级人家的儿女们留恋的是家乡安稳富足的生活,而底层人家的孩子们渴望的也无非是借助大城市的平台,提高物质生活水平,摆脱原来的贫苦生活与地位。他们家乡观念的分化导致的直接结果,便是区域内部人口结构的变化,即在小城镇范围内,选择回归家乡的往往是家庭身份地位较为体面、物质生活水平较高的部分青年。因此,中国社会在长期发展过程中形成的区域内部私人化"差序格局"[3]非但没有被打破,反而变成了一种更为稳固的秩序。恰恰是这种秩序,为部分小城镇青年提供了极大的安全感,让他们醉心于"浪漫"的乌托邦,与此同时,又让另一部分小城镇青年视"浪漫"为奢侈,不得不逼迫自己直面种种残酷的社会现象。

小说中李晓东理想化的人生追求似乎与现实生活格格不入:在

---

[1] 梁晓声:《中文桃李》,北京:作家出版社,2022年,第242页。
[2] 梁晓声:《中文桃李》,北京:作家出版社,2022年,第100页。
[3] 费孝通:《乡土中国》,上海:上海人民出版社,2019年,第50页。

消费主义盛行的社会环境下,"'中文系'已开始被边缘化"[①],他却自愿报考文学专业,并以此作为人生理想,在毕业时怀揣对人生的浪漫幻想走入社会。李晓东对"家"也充满着由内而外的美好想象:他几乎将"家"视作生活的全部,认为自己是"天生为生活本身而活的人,进言之是对家究竟如何很在乎的人"[②]。而他理想中的"家"与父母在灵泉的家并无二致,房子干净整洁、宽敞明亮。如果说李晓东心目中的理想生活体现为"家"的舒适感,那么家庭内部精神的浪漫与纯粹则决定了李晓东对"家"的归属感与认同感。母亲认为儿子与徐冉同居"不吃亏"的想法令李晓东觉得"不洁",相比之下,徐冉的爱让李晓东心目中"家"的天平更倾向于"临时住所"。[③]可以说,李晓东的人生在很长时间内以"浪漫"与"理想"为本位,丝毫不容现实的入侵,而这种"浪漫意识"之所以能够产生并肆意生长,离不开小城镇青年们生活的物质基础。换言之,良好的物质生存环境是孕育"浪漫"的温床。

值得强调的是,促成小城镇青年们"浪漫意识"的物质生存环境往往由先天条件决定。李晓东的家庭决定了他的人生不必经历"'挣命'式的个人努力"[④]便足以在物质与社会地位上达到某种满足,而这种满足感恰恰是他怀揣"浪漫"的基础和前提。他自认为"成长阶段烦恼不多"而"不愿长大"[⑤],事实上也的确如此。父母体面的社会地位、家庭优越的物质条件让李晓东未曾面对过关于生存的难题,其成长也无非是由"食"走向"识"的过程,这些优越的条件都是徐冉作为一个菜农家庭出身的女儿求之不得的。家乡的小巷见证了李晓东的成长全部经历:小学时为了"吃"在小巷里游

---

① 梁晓声:《中文桃李》,北京:作家出版社,2022年,第200页。
② 梁晓声:《中文桃李》,北京:作家出版社,2022年,第237页。
③ 梁晓声:《中文桃李》,北京:作家出版社,2022年,第287页。
④ 梁晓声:《中文桃李》,北京:作家出版社,2022年,第244页。
⑤ 梁晓声:《中文桃李》,北京:作家出版社,2022年,第111页。

荡，中学时为了"书"去往小巷，高中时在小巷享受独处的时光。[①]因此，对他而言，"将来生活在哪里"虽然是前所未有的难题，但无论因为"爸妈人脉广，将来可以沾光借力"[②]而选择回到灵泉，还是由父母卖掉画室为他买房留在省城，似乎都可视为不受现实物质条件制约的自由选择。如果我们从这个角度来反观小城镇青年的"浪漫意识"，便不难发现，他们的"浪漫意识"具有先天性与合理性。

但不容忽视之处在于，并非所有小城镇青年在面对命运时都像李晓东那样拥有自由选择的能力，因此，他们身上的"浪漫意识"各有不同。究其原因，"财富仍被少数人所占有"[③]的境况在小城镇表现得尤为明显，"浪漫意识"对物质生活充盈的小城镇青年而言是一种"天赋"，但对受制于物质生活困境的青年而言则是一种奢侈。不同于李晓东的家庭条件决定着他天生不必为物质所困，徐冉背后的菜农家庭决定了她在面对人生选择时必然要在个体价值与生存成本之间进行谨慎的权衡，而生存压力便是掩盖"浪漫"天性的祸首：徐冉一家只能"居住于萧条并正在走向败落的村子里"[④]，菜农家庭供徐冉上大学已经负担沉重，更难以担负起徐冉父亲治病的费用。面对负债累累的家庭，徐冉希望通过考研转入热门专业，以便将来能有更高的收入，以及后来下决心到北京发展等抉择，则可视为牺牲"浪漫"天性并尝试改变现状的"挣命"之举。可以说，无论是"挣命"还是"顺命"，都作为小城镇青年们不得不承担的命运与责任，决定了他们不同的价值观念与人生追求。

可见，小城镇青年们的"浪漫"与"现实"都无不带有一种无形的命运感，无论是李晓东的浪漫理想，还是徐冉的清醒与冷峻，

[①] 梁晓声：《中文桃李》，北京：作家出版社，2022年，第114页。
[②] 梁晓声：《中文桃李》，北京：作家出版社，2022年，第238页。
[③] 梁晓声：《中文桃李》，北京：作家出版社，2022年，第69页。
[④] 梁晓声：《中文桃李》，北京：作家出版社，2022年，第133页。

看似都在"顺命"与"挣命"之间进行自主选择,却无一不受制于他们与生俱来的生存境况,他们在命运的影响下所形成的人生态度与人生选择看似主动,实则被动。

二、不可避免的破碎性

"八〇后"小城镇青年们的"浪漫意识"看似得天独厚,却又并非具有绝对的稳定性,相反,当原生的物质生活环境难以抵挡社会巨变带来的冲击,他们只能凭借一己之力承受由社会发展带来的阵痛并逐步走向成熟。当"浪漫意识"在现实的冲击下发生更迭,来自社会角色的责任意识和现代消费环境下滋生的金钱观念便占据了上风,小城镇青年们不得不牺牲部分"浪漫"幻想,屈从于现实的种种境况。新世纪的社会秩序为青年们提供了机遇与挑战,然而,在不同的小城镇青年眼中,这种机遇与挑战仍然存在着差异。对于"挣命"的青年而言,无疑是为他们打开了一扇摆脱贫苦生活的大门,但对于"顺命"的青年而言,要适应社会现实新秩序便意味着他们必然要抛弃与生俱来的优越感。此外,当他们被迫从乌托邦走入现实社会,便自然要独立面对前所未有的困境:他们一贯信奉的"浪漫"与"理想"并不足以支撑他们渡过现实生活的重重难关,往日的"浪漫意识"也不得不面临着破碎的危险。

李晓东走向成熟的代价便在于,昔日一贯信奉的"浪漫意识"妥协于"现实原则"[①],来自社会角色的责任意识逐渐占据上风。故事中率先出现的四次"执否"与其说是李晓东的自我追问,不如说是"浪漫意识"在"现实"重压下必然经历的劫难:处于情感暧昧期的李晓东本该心怀无限浪漫,却因为徐冉拮据的家境而产生犹

---

① [奥]西格蒙德·弗洛伊德:《自我与本我》,周珺译,天津:百花文艺出版社,2019年,第163页。

疑，与爱人"共苦"[①]的犹豫化作一场拷问灵魂的梦魇，在这里，"执否"作为"自我"的严肃追问，第一次对李晓东的"浪漫意识"产生了威胁。然而，当李晓东与徐冉成为恋人，父母与朋友的反对声让他再一次直视现实，此时梦境中爱人追问的"执否"指代的既是浪漫爱情，更是现实责任，因此，李晓东第二次面临的"执否"则意味着两难的抉择。在爱人的温柔乡中，李晓东脱口而出的"我执"[②]似乎是对前两次"执否"的遥远应答，也隐含了又一次关于"执否"的自我追问，与前两次不同的是，在这一次追问下，两难抉择似乎得到了暂时的和解，李晓东清醒地认识到在感情上制造羁绊的同时便意味着要承担更多的后果与压力，因此，"我执"可视为李晓东为了爱情甘愿背负现实责任的决心。但这种和解对于初入社会的小城镇青年而言毕竟是残酷而短暂的，于是，关于"执否"的追问并未停止。当"执否"作为一种追问最后一次出现在清醒的幻境中，街上的人熙熙攘攘，"执否"的声音往复不停，"执否"最终变成了"无问"[③]的咒语，成为李晓东在情感与现实纠葛之下未解的谜团。

　　关于"执否"的追问持续至此，我们不难发现，令李晓东产生困惑的根源在于"浪漫意识"与现实之间的巨大差距，并且这种差距随着小城镇青年的成熟而逐渐凸显。李晓东拥有相对优越的生活环境和循规蹈矩的人生，对他而言，和徐冉担负起一个菜农家庭的责任远在他的人生规划之外。然而，当这些小城镇青年遵从现实原则建立起责任意识，无论是在爱情关系还是家庭关系中，李晓东都必然要考虑承担起作为爱人和独子的责任，这份责任包括爱人的追求以及父母对儿子的依赖。不可否认，家庭责任作为爱情责任的终点，决定了"浪漫"必将在心理博弈过程中逐渐动摇并走向"现

---

① 梁晓声：《中文桃李》，北京：作家出版社，2022年，第137页。
② 梁晓声：《中文桃李》，北京：作家出版社，2022年，第207页。
③ 梁晓声：《中文桃李》，北京：作家出版社，2022年，第218页。

实",因此,爱情责任终将化为家庭责任,"浪漫意识"与现实生活中的责任意识也必将殊途同归。当李晓东暗自定下"冉可负我,我决不负冉"①的原则之后,"我执"便不再作为一种自我追问,而是演化为责任意识的符号,时刻提醒着李晓东"执子之手"的诗性价值作为履行责任的方式,必然在现实生活中占据一席之地。

这种趋于现实的抉择不仅影响着小城镇青年的个人生活状态,更直接作用于他们在社会生活中的价值观念。当"浪漫意识"在现代社会消费观念的影响下逐渐沦为生存问题,他们必将在新的社会环境下走向成熟,而在这一过程中随之变化的,则是他们的价值观念。因此,在现代社会金钱观念的影响下,他们的"浪漫"不得不经受挫败:成为"北漂"后的李晓东在金钱观念上发生了翻天覆地的变化,衣食住行虽然是以往生活中的小事,却在经济拮据的日子里被无限放大,最终成了关乎个体生存的大事。在"有钱能使鬼推磨"的"生存哲理"下,赚钱与省钱成为"北漂"生活中最重要的主题。曾经认为文学理想与现实生活泾渭分明的李晓东将撰写读后感视为自己付出的劳动,并将金钱作为回报这份劳动的重要方式。为了找到一份能够维持生活的工作,大学时期的《文理》杂志主编身份也成了李晓东在广告公司面试时的资本,而在投入工作之后,老板承诺的原始股作为升值品,比现金更能激励李晓东保持积极的工作态度与热情。此外,省钱作为生存要义,也让李晓东义无反顾地抛开了以往的"浪漫意识",自觉屈从于现实的残酷。即使住所门前的灯箱影响了他们的居住环境,只要无须付额外的金钱,便能让李晓东和徐冉隐忍妥协。情侣间本该惺惺相惜的送别时刻,不敌一份昂贵的打车费用。金钱作为现实生活的一把匕首,时刻威胁着成为"北漂"的李晓东"浪漫意识"的存在与生长。

如果说"北漂"生活对于李晓东而言是一场牺牲"浪漫"的冒

---

① 梁晓声:《中文桃李》,北京:作家出版社,2022年,第279页。

险,那么对于徐冉而言则无非是现实生活的延续。徐冉似乎未曾对生活怀抱过关于"浪漫"的幻想,在她看来,人生无非是一场报告文学:"由不得异想天开,由不得任何虚构自欺欺人。"[1] 因此,无论是在专业的选择上,还是在爱情的抉择上,她都保持着一份难得的现实主义的清醒:她考研时毫不犹豫地跨考到更加热门的专业,面对爱情时,"家境"[2] 也成为她选择另一半的标杆之一。不同于李晓东的"浪漫意识"在现实生活中所经历的挫伤,徐冉仿佛自始至终都将"浪漫"视为人生的奢侈品,但同时又承认人生"得多少有点儿文学性"[3]。这种清醒的人生态度在冷峻的社会现实面前看似恰到好处,但对于徐冉这样的小城镇青年而言却又显得有些残酷,由于现实的压力,她的"浪漫意识"本身并不完整,所以她不会因"浪漫意识"的破碎而感到痛苦。可以说,"浪漫意识"的破碎,是社会现实环境下不可避免的现实。

三、难以磨灭的永恒性

小城镇青年们的"浪漫意识"在现实社会面前尽管显得脆弱无力,却从未消失殆尽。在时代的巨大变迁之下,他们虽然做出了种种妥协,但妥协的原因却往往不止于责任与生存,更在于内心深处的爱意。"浪漫意识"的光芒在现实的遮蔽下非但没有被人遗忘,反而在浓厚爱意的扶持之下,以一种无声的方式关照着他们在现实生活中的喜怒烦忧。如果说爱作为人类的本能根植于个体[4],那么

---

[1] 梁晓声:《中文桃李》,北京:作家出版社,2022年,第253页。
[2] 梁晓声:《中文桃李》,北京:作家出版社,2022年,第275页。
[3] 梁晓声:《中文桃李》,北京:作家出版社,2022年,第253页。
[4] [美]罗洛·梅:《爱与意志》,宏梅、梁华译,北京:中国人民大学出版社,2010年,第304—307页。

"浪漫"便可视为人们不灭的天性。因此,冷峻的现实之中仍然不乏诗意的温情,小城镇青年们在现实的挫伤下经历离去与归来,同时又以爱人之间、父母与子女间的爱作为支撑,维系着生命中的"浪漫"天性。

社会在通向城市化过程中总是伴随着阵痛,这种阵痛具体到某一区域空间内部,则往往表现为人口的巨大流动。城市之间的差异及城乡之间的断裂都让"八〇后"小城镇青年面临着漂泊的困境,在这一背景下,小城镇青年的离去与归来都成了现代社会发展过程中必然要面对的境况。因此,"浪漫意识"该如何在现实环境中找到自己的位置并发挥应有的价值,在小说中即体现为小城镇青年走向成熟的过程中始终秉持的人生信条:"有爱,人生就有奔头。"[1] 爱人之间的爱是互相扶持的力量,也是甘愿为彼此妥协的最大缘由。为了完成徐冉走出灵泉的人生理想,李晓东改变了原有的生活轨迹陪徐冉留在省城,并且情愿当环卫工人以换取省城户口。在"北漂"的日子里,李晓东抛弃了往日对于生活和"家"的美好想象,将半地下室灯光下两人读书的静谧时光视作生活中最大的浪漫。李晓东选择"'漂'在这种生活之中",乃因为爱冉,"而冉选择了这种生活"[2]。对李晓东而言,只要与相爱的人在一起,一切妥协都是值得的。李晓东选择的是爱,也是足以抵挡现实的"浪漫"。在爱人之间,妥协从来都是双向的,因此,即便是从来不愿在别人的控制之下经营自己人生的徐冉,最终也不再执着于走出小城镇的理想,而是甘愿跟随李晓东回到灵泉。可以说,他们无论是选择离去还是归来,都是"爱"内化于心、外化于形的具体表现。

然而,在李晓东与徐冉的感情里,男女双方做出的妥协与牺牲并不平衡,李晓东作为男性角色似乎牺牲了更多个人选择来成全爱人,但这并不意味着男性作家站在一定的性别立场上为男主人公

---

[1] 梁晓声:《中文桃李》,北京:作家出版社,2022年,第339页。
[2] 梁晓声:《中文桃李》,北京:作家出版社,2022年,第345页。

做出特别的设定。当我们抛开鲜明的性别意识来关注小说中处于感情双方的两个角色,则不难发现,相较于徐冉而言,李晓东能够做出妥协的前提,便在于拥有更多的"浪漫意识"以及对生活的幻想,而这些妥协所反映出来的,无非是爱的能力。换言之,作为个体,无论是李晓东还是徐冉,都倾尽全部能力为对方做出妥协与牺牲,尽管"浪漫意识"的程度存在着悬殊,但能够以爱之名,为彼此的人生做出让步,便意味着"浪漫意识"仍在现实生活中得以延续。因此,与其说小城镇青年在爱情中的妥协与牺牲是外在责任胁迫下不得不做出的选择,不如说爱的能力为他们提供了在现实中拥有"浪漫"的可能。

爱人之间的"浪漫"是不惜为了对方而放弃自己的选择,同时也体现为彼此之间的怜惜,这种怜惜之情在现实生活的冷峻之中显示出一种独特的温情。对于李晓东、徐冉这样的小城镇青年而言,无论是省城还是北京,都是无比陌生的天地,这意味着他们需要面对生活的种种挫伤,而李晓东和徐冉作为两个孤独的个体,能够在爱的支撑下相互依赖与体谅,可视为现代社会中难得的"浪漫"。李晓东想到拥有硕士学位的徐冉在北京"做起了丫环"时,便自觉"心里很不是滋味"[1],暗自为徐冉感到不平。得知辛苦工作的爱人并没有得到合理的收入,想到徐冉的人生被生存压力所控制,李晓东甚至因为心疼徐冉而对北京心生怨恨。但这种怜惜的情感是相互的。徐冉在得知李晓东做环卫工人时无声哭泣,向来以清醒与现实作为人生第一要义的徐冉在李晓东寻找工作时,始终尊重李晓东的个人理想,无论在省城还是在北京,或是回到灵泉,徐冉都鼓励李晓东选择从事他喜欢的与中文专业相关的工作。徐冉在北京努力工作,想要拥有一个长远而安稳的生活,初衷既在于自己的人生理想,更在于"不能眼见爱的人生活得太凑合而不心疼"[2]。徐冉能够

---

[1] 梁晓声:《中文桃李》,北京:作家出版社,2022年,第334页。
[2] 梁晓声:《中文桃李》,北京:作家出版社,2022年,第343页。

领会李晓东所期待的生活，更明白对方为自己的人生选择所做出的让步，于是在面对生存困境时，徐冉对李晓东便自然生发出怜惜之情。如果说李晓东与徐冉在感情中为彼此做出的努力存在着差别，那么二人对彼此的怜惜则不分高下。原因或许在于，妥协与牺牲需要以自身的能力作为支撑，而怜惜之情则出自爱的本能。正因为爱不可磨灭，"浪漫意识"在现实生活便自然拥有一席之地。

此外，亲人之间的爱也是小城镇青年们在进行人生选择时不得不考虑的羁绊，并且，父母与儿女之间的爱是相互的。李晓东父母的爱表现为深谋远虑：母亲希望儿子能尽早做出人生规划，以便帮助他调整，而作为画家的父亲则希望为儿子留下一批画，以确保李晓东的人生富足。他们将房产视为投资，希望能够为儿子提供物质上的保障。相比之下，徐冉父母的爱则较为简单，他们对女儿"北漂"的决定无条件支持，对于女儿的爱情也始终保持着尊重的态度，热情地接纳李晓东。小城镇青年的父母们以各种方式演绎着对子女的爱，他们的"浪漫意识"有一个共同的指向：期待子女能够拥有好的人生。而小城镇青年们也都为着这份期待认真经营着自己的人生，因此，"殚精竭虑"的不仅仅是父母，还有小城镇的儿女们。李晓东决定回到灵泉扎根，为的是要改变自己作为"北漂"的生存困境，更为了陪伴母亲。徐冉想要实现好人生，而所谓的好人生不仅仅是实现自己的人生理想，更要争取让父母过上好生活。尽管父母与子女往往会因为身份立场不同而产生一些认知差异，但只要爱是平等且相互的，便可以填补一切鸿沟，由此而来的"浪漫意识"，也可视为跨越时代的代际传承。

然而，这种"浪漫意识"并非决定于小城镇青年是否拥有宏大的人生蓝图，而是在平凡生活中才能发挥其最大的诗性价值。与时代一同变化的是小城镇青年们的人生目标。以李晓东与徐冉为代表的一代小城镇青年的理想在于走出灵泉，而新一代小城镇青年则

"论人生都想成为北京人,进而在北京成为成功者"[1]。但究竟何种人生才能更加完美,小说中隐藏着答案:"浪漫"的诗性价值隐藏在平凡生活之中。曾经的小城镇青年摆脱了"北漂"生活的窘境,稳定的工作与常伴父母左右的生活让他们感到满足,平凡的日子使他们"懂得珍惜幸福,深知得来不易"[2]。至此,关于"浪漫意识"如何在现实生活中仍占有一席之地的问题也便迎刃而解:平凡的生活能够放大爱与满足感,而爱是"浪漫"不朽的良方。爱人之间、亲人之间的爱非但不会由于外在环境的重压而消失,反而能够在平凡之中释放出更大的力量,让"浪漫意识"的温情在现实生活中得以延续。可以说,"浪漫意识"在任何时代都是生命不可或缺的养料,而爱足以支撑它在现实生活中留下不朽的印痕。

在梁晓声描绘的"八〇后"小城镇青年的人生轨迹中,我们不难发现,"浪漫意识"即便与生俱来,也会逐渐转化为平凡人生中的诗意。作家的匠心在于,并未过分渲染"浪漫"的独特魅力,反而是将小城镇青年的"浪漫意识"放入社会现实环境中,将"浪漫意识"产生与转变的轨迹娓娓道来,引导我们去体会在现代社会环境之下,平凡生活中的爱与诗意,这才是"浪漫"的最大真谛。

(原载《中国当代文学研究》2023 年第 1 期)

---

[1] 梁晓声:《中文桃李》,北京:作家出版社,2022 年,第 441 页。
[2] 梁晓声:《中文桃李》,北京:作家出版社,2022 年,第 443 页。

"八〇后"青年的主体意识、现实困境及幸福观
——评梁晓声长篇新作《中文桃李》

◎ 周冉冉　席云舒

梁晓声始终以一个现实主义者的眼光关注着时代变迁中的中国，关注着青年这一群体。从《这是一片神奇的土地》中的李晓燕、《雪城》中的徐淑芳，到《人世间》中的周秉义、周秉昆，无论人物的经历多么不同，他们身上不变的都是对理想的执着与对生活的信心，理想主义始终是梁晓声作品的主旋律。在新作《中文桃李》中，作家将目光投向了以李晓东、徐冉为代表的"八〇后"青年人，他们是热爱生活的一代人，他们身上的奋斗精神和不同程度的主体意识是时代在"八〇后"青年身上留下的烙印。

一、"八〇后"青年的主体意识

《中文桃李》以"八〇后"中文系学子李晓东的第一人称视角讲述了一个亲情、爱情和友情，理想与现实相互交织的青春故事。在绘制人物图谱时，作家有意识地选取四种不同类型的人物——干部子弟王文琪、出身小康之家的李晓东、农村第一代大学生徐冉，以及与大学无缘的刘川、吕玉、"星爷"、"肥仔"，作为"八〇后"青年的典型形象，使小说涵盖广阔的社会面。这些青年出身各异，在人生选择上也各不相同，但他们在现实与理想的摩擦中呈现出的对生命的热爱却有共通之处。作家一方面展示了家庭出身不同的

青年走入社会后各异的处境,另一方面抓住人物性格发展的内在逻辑,力图使小说中的人物更加立体与写实,这不仅体现了梁晓声作为作家的社会分析眼光,也传达出他对年轻人的理解与关怀。

小说在塑造青年形象时,不仅凸显了家庭背景与人物性格特质之间的关联,更强调了人物在建构自我主体意识方面对环境的超越。关于主体意识,它是人作为实践主体和精神主体的一种自觉意识,是人物主体性的具体表现。刘再复先生在《论文学的主体性》中说:"我们强调主体性,就是强调人的能动性,强调人的意志、能力、创造性,强调人的力量,强调主体结构在历史运动中的地位和价值。"[①] 主体性概念还可以追溯到康德的主体哲学,康德强调人既是认知主体,又是实践主体;人之所以能够成为自身的主体,是因为人有自由意志,即人的思想行为完全出自自身的原因,而非被动地出自他人、家庭或社会的要求。

小说主人公李晓东拥有一个富足的家庭,他父亲是地方美协副主席,母亲是退休校长,出身小康家庭的他,却并未对家庭产生过度依赖,而是在人生的很多选择上都表现出自己独立的思考,展现出较为明晰的主体意识。在面对大学毕业后何去何从的问题上,李晓东不像研里的女生那样以现实生活为准绳、坚持考研,为留在校园工作做准备,而是坚持自己"为文学"的人生目标,不断探索自己的职业方向;择偶方面,他的想法一直都是"最适合自己的才是最好的"[②],在追求徐冉之前,李晓东还特意了解了徐冉的人生目标,在他看来,自己的人生必定是平凡的,倘若徐冉的志向太"高大上",两人的人生目标不太匹配,他就不会选择徐冉做自己的人生伴侣。但当李晓东明确他俩彼此的心意和目标后,他通过一次次地询问自己"执否",从而一步步坚定了自己的选择。即使他母亲因徐冉的农民家庭出身而表示强烈反对时,他也未曾表现出退缩,

---

① 刘再复:《论文学的主体性》,载《文学评论》1985年第6期。
② 梁晓声:《中文桃李》,北京:作家出版社,2022年,第4页。

相反，他一直想尽办法说服父母接纳徐冉。

当然，李晓东强烈的主体意识并非与生俱来，而是在成长中逐步形成的。大学刚毕业时，他也曾想过依靠父母的能力获得省城户口，但一想到这对父母来说也是"一件得舍下颜面硬求生蹉"[①] 的事，他便决定宁愿自己当三年环卫工来取得户口，也不让父母放下身段求人办事。从这件事来看，李晓东虽然在思想上尚未摆脱对父母的依赖，暴露出他尚不成熟的主体意识，但是对父母的爱与体贴使他最终决定自力更生，爱在此充当着人物主体意识建构的重要精神力量，透射出作者对于青年成长的温情希冀。他依赖家庭的心理在他与徐冉离开省城"北漂"后得到了彻底改变。客观上，李晓东在北京工作实现了经济独立，而父母远在灵泉，空间距离使他失去了处处依赖父母的可能；从主观层面看，他在生活和工作中磨练了心智，得到了成长，经济上和心理上都实现了自立，不再把家庭当作托底的"安全网"，而是完全由自我出发，完成了自身主体意识的建构。

徐冉是小说人物中主体意识最为明晰的人物，她出身于农民家庭，对人生有着相当明确的规划，比起李晓东有时对待人生的随缘态度，她对待生活与学习更多了几分自己的想法与思考。虽然农民家庭不能给她的工作与婚姻带来助力，还会在一定程度上限制她的发展，但是她却并不顺从命运，而是充分发挥自己的能动性争取自己想要的幸福生活。在她的观念里，自己就是命运的主宰，找到一份好工作也好，追求爱情也好，凡属于人的一切正当合理的权利都是她可以争取的。她在大学入学之初就认定了考研的目标，她认为读研究生能够帮助自己提升求职竞争力，找到一份好工作，从而获得一种主体的自由。在爱情方面，她勇敢而且真诚，在广播中大胆地解剖自己的过去，直接表明对李晓东的心意。在家庭伦理观念

[①] 梁晓声：《中文桃李》，北京：作家出版社，2022年，第225页。

上，她信奉"极现实主义的人生观，父母必须对孩子尽好责任，如果缺乏能力，那就不应将孩子带到世上来"①。用李晓东的话说，徐冉身上有着对事物敏锐的洞察力与洒脱的气质，她是那种"天生就能参透'人生如意二三事，不如意事常八九'人生玄机"②的人。她比李晓东更知世故，却不世故，她身上更多地体现了罗曼·罗兰所说的"注视世界的真面目——并且爱世界"③的气质。

比较而言，王文琪则可以说是一个主体意识相对薄弱的人物，他出身于高干家庭，父亲是省政府秘书长，家庭的富足和各种人情往来使他一方面养成了依赖父母的心理，一方面也使他为人处世时将家庭背景视为首要考虑的因素。他毕业后找工作都是依赖父亲的人脉，他与李晓东交朋友的初衷是延续家里与文艺界人士交好的传统，他选择与省城名流的女儿郝春风恋爱是为了充实大学期间的情感生活以及规避未来的纠缠。王文琪乐于享受优越的家庭条件带给自己的种种便利，也正是这种观念阻碍了他主体意识的发展。但他也并不是一个毫无主见、只图享乐的纨绔子弟，鲜明的主体意识有时也出现在他的行为活动中。在大学期间创办《文理》杂志时，他热心参与其中，利用自己的社会关系帮杂志联系印刷，联系朋友圈里的好友为杂志做宣传，从连锁宾馆和书店为杂志拉赞助等，这些行为彰显出他为办杂志付出的真诚与努力。他没有因为自己的高干家庭出身而脱离同学，反而利用家庭带给自己的资源为同学们服务。他对同学平等相待，对朋友更是一副古道热肠：在李晓东与徐冉的爱情遇到挫折时，他总是热心地开导他们；在李晓东和徐冉遇到工作困境时，他又毫不犹豫地邀请他们到北京发展，为他们忙前忙后，安排住处，介绍工作。如果说作家在对李晓东的刻画中投注

---

① 梁晓声：《中文桃李》，北京：作家出版社，2022年，第249页。
② 梁晓声：《中文桃李》，北京：作家出版社，2022年，第312页。
③ ［法］罗曼·罗兰：《名人传》，傅雷译，南京：江苏凤凰文艺出版社，2019年，第83页。

了对于青年主体意识成长的期待,那么在对于王文琪这个主体意识薄弱摇摆的人物的书写中,则隐含了作家对于家庭遮蔽乃至戕害青年主体意识的深重忧思。王文琪最终黯然远走异国的结局,与李晓东、徐冉夫妇通过奋斗挣得的幸福生活形成鲜明对比,从正反两个方向强化了主体意识对青年人生的重要性。

比起李晓东、徐冉和王文琪的书生意气,作家在早早进入社会的"星爷"、"肥仔"、刘川、吕玉这些人物身上更多地倾注了平凡生活中的烟火气。虽然小说对他们着墨不多,但寥寥数笔就使他们鲜活的形象跃然纸上。他们不像李晓东和徐冉那样对文学有很深的了解,可仍然充满希望地在各自的人生道路上摸爬滚打,与生活中的挫折和失败做斗争。他们的主体意识体现在他们改变环境、超越环境的强烈欲望和实现自我价值的需求等方面。"星爷"和"肥仔"常年漂泊在外,在一次次的尝试中寻找自己的人生目标,直到他们"在北京到底闯出了些名堂,艺能比较全面了,不但演得了小品,也会说相声、独唱和二重唱"[1],才选择回到灵泉发展他们的演艺事业,他们在不停的奋斗中实现了自己的价值。刘川和吕玉也是如此,他们关心衣食住行,感叹人生的曲折离奇,在人生的赛道上努力收获幸福:多年以后,刘川终于熬成了老板,吕玉则嫁给刘川当了老板娘。可以说,不管是"星爷"和"肥仔",还是刘川和吕玉,他们的生命力是通过不断奋斗而被激发出来的。底层人物的生命力和对待生活的热情,使得他们在困难、挫折、迷惘面前没有败下阵来。小说中,刘川这段话很好地诠释了这种鲜活的生命力以及他们对自我价值的肯定:

> 一阵沉默后,刘川给自己打气地说:"泥鳅也是鱼。鲤鱼有鲤鱼的活法,鲫鱼啊,胖头啊,嘎鱼和泥鳅啊,也

---

[1] 梁晓声:《中文桃李》,北京:作家出版社,2022年,第413页。

都有自己的活法。这世界上哪一种有生命的东西都必然有自己的活法。这条巷子就是属于我这条泥鳅的水塘。这条巷子不会消失,那么我的水塘也不至于没水,我就不愁自己哪天会被干死。……泥鳅也要活出滋味儿来嘛!……"[1]

梁晓声笔下不同人物之间主体意识的差异,形成了小说中这些"八〇后"青年各自独特的人生轨迹,使他们呈现出面向丰富、气象多元的生命状态。在关于青年主体意识的探讨中,作家以敏锐的社会分析眼光关注着家庭出身对于个体人生境遇的影响和对主体意识养成的作用,在此基础上,他赞美青年超越家庭与阶层,于奋斗中彰显主体意识的向上精神,也表达了对家庭遮蔽、吞噬青年主体性的忧思。

二、"八〇后"中文学子的现实困境

"八〇后"青年多为独生子女,在他们进入大学的新世纪初,中文系已辉煌不再。二十世纪八九十年代的文科生,是一流的人才学文学,进不了中文系的才会选择其他专业,但随着经济的发展和社会对人才需求的变化,经济、金融、法律、新闻、计算机,甚至对外汉语等实用性的学科,都成了热门专业,而小说主人公所就读的汉语言文学专业则无可避免地走向了边缘化。"八〇后"的中文学子,既要面对专业边缘化的现实困境,又要面对独生子女与父母之间的代际矛盾,还要面对毕业后职业上的艰难选择,因此,《中文桃李》在塑造人物时,将焦点放在了现代人精神层面的困扰与追求上。上述各种社会现象,至今仍值得去关注、讨论与深思,梁晓

---

[1] 梁晓声:《中文桃李》,北京:作家出版社,2022年,第129页。

声在小说中就针对这些问题做了深入的探讨。

第一个问题是中文系的边缘化以及文学的意义。小说在讲述"八〇后"学子对待中文系的态度时，首先点出了中文系的尴尬处境，"中文系，最大的筐，分数低的全都装"这句顺口溜的流行，透露出刚被中文系录取的青年在本世纪初所面临的时代现状。探究中文系为何走向边缘化，并非作家的真实意图，他真正想强调的是文学的意义，于是他借小说人物汪尔淼教授之口说："文学曾起到过这么一点儿促使社会进步的微不足道的作用，一点儿一点儿地、一百年一百年地影响着世道人心。"[1] 文学正是通过一个个终将走向社会的中文学子发光发热去影响和改造社会的，为此作家特意在小说的开头与结尾安排了"八〇后"青年表明文学态度的情节，从人物的命运轨迹来佐证文学对他们的潜移默化的作用。

拿李晓东和徐冉来说，李晓东从一开始就对文学满怀热爱，毕业后做的工作也都与中文相关，尤其是他后来在纪录片领域获得的瞩目成就，更是与他对文学的执着密不可分，用李晓东自己多年以后的话说，就是"我的工作，至今还靠文学二字垫底儿"[2]。徐冉初入校园时一心想考对外汉语专业研究生，"对文学一向毫无感觉"[3]，却没想到自己的人生还是没能脱离文学的影响。作家用徐冉的人生经历印证了汪尔淼教授在第一节课上所说的"作为普通人家的儿女生逢此时代而又在大学里学'汉语言文学'，未必不是幸运，因为文学或能从多方面给予普通人家的儿女以不同的人生尝试"[4]……文学使徐冉敞开心扉，她将自己过去的经历写进散文里，赢得了老师和同学们的欣赏与鼓励；文学使徐冉更能客观地看待自己的人生，作为底层农民的女儿，生活容不得她过于浪漫，因此她给自己

---

[1] 梁晓声：《中文桃李》，北京：作家出版社，2022年，第19页。
[2] 梁晓声：《中文桃李》，北京：作家出版社，2022年，第446页。
[3] 梁晓声：《中文桃李》，北京：作家出版社，2022年，第23页。
[4] 梁晓声：《中文桃李》，北京：作家出版社，2022年，第16页。

规划的生活，是一种"报告文学式的人生"，这正是一种立足大地而又仰望星空的人生态度；她身上所体现的强烈的进取心和直面生活的勇气，可以说也是得益于文学的滋养。李晓东和徐冉的人生经历，何尝不是千千万万个中文学子的成长轨迹，也许要等到毕业多年以后，他们才能领悟到文学对于自己人生施展的魔力。

  第二个问题是亲子间的代际沟通。中国从二十世纪七十年代初期实行计划生育政策，这导致"八〇后"一代大多是独生子女。他们在享受父母全方位的关心与宠爱的同时，也受到了"爱的禁锢"。这种禁锢大多来自他们的母亲，"不论农村的母亲们还是城里的母亲们，不论穷家的母亲们还是富家的母亲们，总之中国当下的独生子女的母亲们，似乎都或轻或重地患上了一种'母爱强迫症'"[①]，她们过多地将精力放在孩子身上，以至于侵犯孩子的独立空间。在小说中，这种"强迫症"主要体现在李晓东的母亲身上。上了大学以后，李晓东第一次放假回家，此时他的内心充满了成年人的自尊，所以对父母当面议论他、否定他的做法表现得十分愤怒，当即与母亲发生了争吵。在争吵中，李晓东母亲有一段话，几乎可以说是"八〇后"独生子女家庭父母的宣言：

  老妈不依不饶地说："不爱听就可以用拳头砸桌子了？你哪儿来那么大的火气呀你？你还别不爱听，我告诉你晓东，不论当面议论还是背后议论，永远都是我们爸妈的权利！因为你是我们的独生子！独苗！如果你上有哥哥姐姐下有弟弟妹妹，想让爸妈总议论你也不可能，有时候还轮不到我们关心你！关心你才议论你，议论你就是关心你！不但要议论你的现在，更要经常议论你的将来。在我们有生之年，你永远是我们的议论话题。在我们的三口之

[①] 梁晓声：《中文桃李》，北京：作家出版社，2022年，第107页。

家,一切与你有关的事都是头等大事,谁叫你是我们的独生子呢?"①

这种因爱而生的代际矛盾在日常生活的点滴中逐渐积累、加深,最终在"八〇后"青年的职业、爱情、婚姻等人生大事中爆发出更为激烈的冲突。李晓东的母亲多次向儿子表明自己的期望:儿子的工作是越体面越好,住得离家越近越好,最重要的是未来儿媳妇的家庭条件要能跟他们家门当户对。然而对李晓东而言,不管是工作还是爱情婚姻对象的选择上,他始终都遵从自己内心的意愿,无论是选择在省城当环卫工、远走北京,还是执意与徐冉在一起,都是他的主体意识的表现,也可以说是他对父母的"爱的禁锢"的反抗。当代际矛盾无法弥合的时候,必须有一方做出退让,从而换取家庭的和谐,而这一方通常也是父母。在小说结尾,李晓东的母亲终于放弃了自己的偏见,接受了徐冉作为自己的儿媳。

代际矛盾并未止步于李晓东与他的父辈之间,而是随着时代的发展又以新的样貌出现在"八〇后"和他们的下一代身上。李晓东虽然在与父母的观念冲突中保持了自己的独立意识,却在儿子身上遭遇了新一代价值观念的冲击。李晓东的儿子"从初一起就那么坚决地不打算成为普通人了"②,他和他的同龄人受社会流行思潮影响,追求那种"唯名利是图"的"成功",以成为"人上人"作为自己的人生目标。李晓东并不认同儿子的目标,但也无可奈何。无论是李晓东父母对他的期望,还是他对儿子的期望,都是在用自己的人生经验去"爱"下一代。但这种"爱"常常会成为孩子的束缚,孩子只有自己去经历人生的风雨,才能认识到幸福的来之不易。而促使两代人之间相互妥协的,往往还是因为"爱"。正如李晓东父亲当年所说:"做你们'八〇后'的父母很不容易,等你自

---

① 梁晓声:《中文桃李》,北京:作家出版社,2022年,第103页。
② 梁晓声:《中文桃李》,北京:作家出版社,2022年,第442页。

己也做了父亲，就能理解我和你妈了。"①

第三个问题是"八〇后"青年的生存焦虑。激烈的社会竞争促使以徐冉为代表的中文学子犹如过江之鲫一般争先恐后地去考研，为的只是将来能够找到一份好工作。生存焦虑在徐冉身上表现得尤为明显，作为出身于农民家庭的孩子，稳定的工作和富足的收入是她安身立命的根本。然而研究生毕业后，省城的就业机会也变得水涨船高，生存的压力和对未来的向往使她想去北京寻找发展机会。同样想要去一线城市发展的还有李晓东的表哥，表哥在事业大好的情况下，毅然选择南下深圳，一心要在大城市发展他轰轰烈烈的记者事业。

令李晓东和徐冉没有想到的是，来到北京不仅没能缓解他们的生活压力，反而加剧了异乡人在急速变化的陌生环境下产生的焦虑感：大城市并没有给他们提供稳定的工作、体面的收入和安稳的生活，他俩换了一个又一个工作，只能在郊区租一个半地下室的房子居住。人在物质生活得不到保障时，是很难对城市空间产生深厚的情感联结的，物质与精神的匮乏会发酵成寄生菌，日复一日地蚕食他们的生命。在那些艰难的日子里，唯有文学还能给他们带来些许安慰。表哥在深圳待了几年，但是深圳并不缺好记者，他也只能放弃自己的初心，换成了文秘的工作。

作为"逃离故乡"的反叛者，他们在拒绝他人对自己的干涉方面表现得十分相似，而在"回归故乡"的选择上，也表现出了惊人的一致性。李晓东和徐冉在经历了"北漂"的"艰难岁月"后，决定回到故乡灵泉，此时在他们看来，"摆脱贫困，远离病患纠缠，没遭受欺辱与不公"②的生活，才是幸福的生活。而表哥在深圳也已漂泊得疲惫，与李晓东和徐冉的主动回归不同，表哥心底还是向往深圳的生活，只是基于现实考量，最终做出了"回归故乡"的决

---

① 梁晓声：《中文桃李》，北京：作家出版社，2022年，第217页。
② 梁晓声：《中文桃李》，北京：作家出版社，2022年，第443页。

定。表哥的"回归"带有更多的遗憾、不舍的意味;而李晓东和徐冉则是经过两种不同生活的比较之后,重新确立了幸福的标准,这种主动的转变,使"回归故乡"成为契合他们心意的选择。李晓东和徐冉在这"逃离"与"回归"之间,摒弃了不适合自己的人生追求,重新审视了内心的真正需要——对平凡幸福的向往。

上述三个问题,不仅是小说《中文桃李》主人公的个人遭际,也是"八〇后"甚至"九〇后"中文学子的现实困境。梁晓声不仅通过小说为我们揭示了这些问题及其产生的根由,而且给出了他作为一名富有时代关怀的作家对这些问题的解决方案:新世纪以来中文系的边缘化并不会使文学走向匮乏,相反,无论是职业的选择,还是人生观、价值观、幸福观的奠基方面,文学都能给我们带来潜移默化的力量,虽然缓慢但却长久地影响着世道人心;父母与子女的代际矛盾源于"爱的禁锢",也只有"爱"才能使它得到化解;年轻人的生存焦虑往往来自对生活的过于理想化的追求,也许只有经历过挫折、迷惘、困苦,才能理解"出走"与"回归"不过都是普通人追求幸福生活的不同道路,而何谓"幸福",才值得我们进一步深思。当然,化解这些问题的基础,是年轻人要确立自己的主体意识,做自己命运的主人,而不是把自己的命运交给父母、社会或上天去摆弄。

三、平凡的幸福才是真正的幸福

《中文桃李》并不是梁晓声唯一一部探讨"人这一生到底在追求什么"的小说,就拿他近几年的作品来说,从2017年的《人世间》,到2020年的《我和我的命》,梁晓声一直在尝试通过人物命运的纠葛,探讨人应该追求什么样的幸福。《中文桃李》延续了他对人生问题的关注和他的现实主义情怀,小说在书写青年一代的思想变迁时紧紧围绕"幸福"这一话题展开,在"八〇后"青年该如何认识幸福方面进行了多层次、多角度的描写。

作家通过李晓东和徐冉、刘川和吕玉两对情侣在各自人生轨迹和思想上的变化,来揭示他们在面对如何认识幸福这一人生命题时的态度。李晓东和徐冉对于幸福的认识,随着人生阶段的前进而逐渐深化。对于出身农家的徐冉而言,幸福的生活需要"挣命"才可以获得,而对李晓东而言,他本来只需"顺命"就可以获得富足的生活。但徐冉和李晓东的命运,在他们恋爱之后就改变了:选择李晓东,减轻了徐冉的人生负担;选择徐冉,则使李晓东面对生活时不再那么"佛系"[1],二人的结合促使他们携手奋斗。

大学时期,李晓东和徐冉对幸福的定义是模糊的,他们都没有想去"北上广深"发展的愿望,徐冉的目标是在研究生毕业后成为一名省城的大学老师,李晓东则表示"在无亲无故的陌生的一线城市闯人生"[2]是一件让他恐惧的事情。这个阶段,他们都认为能在家乡灵泉或省城工作就很好,希望能在毕业后拿到省城户口,但是徐冉并没有如愿在省城找到理想的工作,于是他们选择了"北漂"。"北漂"以后,"搏命"的生活使他们变得更加彷徨和迷惘,频繁地更换工作、拼命地挣钱,工作和生活中受到的各种委屈,让他们无暇思考幸福的定义。当他们终于能在北京维持一种相对稳定的生活,却发现故乡灵泉的幸福指数更高。用李晓东的话说:"灵泉是个'小世界',生活在自己各方面都熟悉的'小世界'里,人的自信反而会大,挫败的代价也相对会小些。"[3]可以说,正是"北漂"的生活使他们得到了成长,他们对"何谓幸福"有了更加清晰的认识,这也是他们决定回到灵泉发展的根本原因。回到灵泉后,李晓东如愿加入了年轻的纪录片团队,在对工作的热爱与努力中收获了

---

[1] 梁晓声:《中文桃李》,北京:作家出版社,2022年,第244页。
[2] 梁晓声:《中文桃李》,北京:作家出版社,2022年,第96页。
[3] 梁晓声:《中文桃李》,北京:作家出版社,2022年,第420页。

事业的成功；徐冉也考上了公务员，事业发展顺风顺水，家庭变得更加美满。

同样在恋爱和婚姻中携手探索"幸福"的奥秘的还有李晓东的发小刘川和他的妻子吕玉。当吕玉对她和刘川的婚姻感到困惑时，徐冉开导她说："我看你和川儿的认识也是一致的。都属于同样的人，生活在一起也是快乐的时候多，有什么过不到一块儿去的呢？"① 从他俩对待李晓东和徐冉去北京发展一事的态度上，可以看出他俩都喜欢小城市，注重生活的体验感。刘川认为灵泉一切都好，没有必要去北京发展；在吕玉看来，人应该在哪儿活得容易才在哪儿生活，比起北京，灵泉才是一个活得容易的地方。可以说，无论是李晓东和徐冉，还是刘川和吕玉，都在长期的共同生活中磨合出了相似的幸福观，对于幸福的共同标准也成为他们美满爱情与婚姻的基石。

小说还通过李晓东和他儿子幸福观的冲突，暴露了当代价值观的畸变，并探讨了在这种价值观的影响下，年轻人应当如何看待幸福的问题。李晓东对幸福的感悟是通过自身的经历得来的，他欣赏平凡的民间幸福，而他儿子追求的则是"唯名利是图"的幸福，他对幸福的理解并不是通过自己的思考得来的，所以李晓东在面对儿子对所谓"好生活"和"成功"的向往时，不由得产生了担忧：

> 因为他们所向往的好生活标准实在太高了，高到只不过是极少数人才能过得上的生活。我怕他们在一往无前地追求的过程中，尚未来得及反思呢，便成了那"好生活"的辐射波的牺牲物。是的，是物，对于那诱人而又杀伤性厉害无比的辐射，人亦物也。②

---

① 梁晓声：《中文桃李》，北京：作家出版社，2022年，第424页。
② 梁晓声：《中文桃李》，北京：作家出版社，2022年，第442页。

这不仅仅是李晓东个人的想法,也是作家梁晓声对年轻一代的担忧。当社会呈现出"唯名利是图"的单一价值导向时,人就容易被"物化",幸福的内涵就会变得苍白、扭曲。李晓东儿子所信奉的价值观折射了当下社会的某种现状:很多年轻人受"唯名利是图"价值观的影响,成长过程中没能建立起自己的"坐标体系",在选择专业或职业时,忽视自己内心的真正需求,盲目地被欲望吞噬。归根结底,人要能形成自己的主体意识,建立起内心的价值坐标,才不会在流行的社会思潮中迷失自己;而如何建立起内心的坐标,根据作家在小说中的指引,也许文学能帮助我们找到答案。

在梁晓声看来,幸福寓于平凡之中,平凡的幸福才是真正的幸福。小说两次提到李晓东对幸福的看法,一次是他的父亲过世后,他想起父亲说过:"人是追求幸福的动物,但首先得明白幸福的要义是什么。在哪里生活的愉快指数高一点,哪里才是我们普通人的福地。"[①] 正是因为对父亲的话有了深切的体认,他和徐冉才决定回到灵泉去发展。另一次是上初一的儿子对父母当初从北京回到灵泉的决定表示不解和不满,李晓东面对儿子对"成功"的向往以及他小小年纪就立志要出人头地成为"人上人"的执着,他重申了自己所理解的幸福:"在民间,幸福虽与富贵荣华不搭界,却也是千般百种并不重样的。"[②] 李晓东对幸福的理解,所传达的正是作家本人的幸福观,梁晓声通过小说人物的言行,试图纠正"唯名利是图"的流行社会心理,启发年轻人去思考什么才是真正的幸福。小说中人物命运的安排也与此形成呼应:在李晓东、徐冉、表哥各自做出"大城市"还是"小城市"的选择后,只有主动选择"小城市"的李晓东和徐冉获得了幸福,而始终向往"大城市"的表哥,则一面怀揣对深圳的遗憾,一面又不得不面对回到灵泉的现实,继续寻找事业的突破口。如果说表哥的身上体现了某种理想的失落,那么在

---

① 梁晓声:《中文桃李》,北京:作家出版社,2022年,第412页。
② 梁晓声:《中文桃李》,北京:作家出版社,2022年,第443页。

李晓东和徐冉的身上，所体现的恰恰是一种理想的实现。

四、结语

  《中文桃李》是梁晓声在北京语言大学文学院近二十年教学生涯的经验和感悟，也是他对当代中文学子的真诚寄语。小说通过人物的不同选择与经历，给年轻人在如何树立正确幸福观的人生课题上带来了深刻的启示：年轻人的主体意识是他们人生选择的基础，只有形成自己的主体意识，才能主动地去选择自己想要的生活，在面对专业的边缘化、独生子女的代际矛盾、社会竞争带来的生存焦虑以及社会流行思潮的冲击时，才不会迷失自我。幸福的内涵是丰富而宽广的，并非只有极少数人过得上的好生活才是幸福，普通人也可以获得自己的"平凡的幸福"。正是这种"平凡的幸福观"寄托了梁晓声的理想主义——普通人只有树立合适自己的幸福观，才能创造属于自己的幸福人生。

（原载《中国当代文学研究》2023 年第 1 期）

《苦恋》语言风格与梁晓声二十世纪九十年代创作观研究

◎ 韩文易

在梁晓声已发表的作品中,《苦恋》或许是被严重低估并受到忽视的一部小说。首先,从内容上讲,《苦恋》是一部单线叙事的小说,人物关系也简单明了,但其时间跨度达到三十多年,横跨了中国数个社会发展时期。其次,从题材上看,《苦恋》并没有反映宏观的社会现象,更没有着力表达承载意识形态的具体历史语境,而是选择书写小人物的命运和选择。最后,《苦恋》篇幅较短,文本密度却很大,这种风格有别于梁晓声二十世纪八十年代知青主题的中篇小说,也不同于九十年代那些数十万字的长篇巨著。因此,《苦恋》是一部经得起文本细读的作品,我们也可以通过解读这部小说,对梁晓声二十世纪九十年代的创作观有更全面的认识。

一、力求复现生活的描写语言

对于一位在数十年间写作了大量作品且创作横跨多种文体的作家,是很难用一种写作手法概括其风格的,那样容易造成对作家片面化、机械化的解读。可是学界绝大多数研究者依旧坚信不疑地认为,梁晓声称得上是旗帜鲜明的现实主义作家,我们可以将这一评价更多地看作对他始终追求的价值主题的赞美与肯定。无论是《今夜有暴风雪》等"北大荒知青小说"中"青春无悔"的呐喊,歌颂英雄的知青形象,还是《年轮》《浮城》等小说对现代社会人性扭曲现象的鞭挞及有关道德的忧思,直至新世纪作品《人世间》展现的平民视角下的悲悯情怀,梁晓声始终关注着现实,反映着现实。

《苦恋》也是一个来源于现实的故事。纯朴善良的乡下姑娘芊子暗恋上了县剧团的演员"戴小生"(原名戴文祺),并偷了他的一只戏靴带回家。偷窃的行为被发现后,芊子遭到了家人的毒打和监禁,又被强迫嫁给一个陌生男人。成亲当日,芊子在路上偶遇快要被"批斗"致死的戴文祺,并用自己的体温救了暗恋之人的性命。这件事情使得芊子被赶到村外。后来,戴文祺被诬陷强奸民女,判以重刑,芊子为证其清白挺身而出,却遭到官员的凌辱,再被家人卖到外地。"文革"结束后,戴文祺被平反,得知了芊子当年为他的付出,便决心要找到芊子报恩。历经十数年的寻找,戴文祺终于找到了病重的芊子,在为她饰演了最后一次许仙之后,见证芊子离开了人世。

笔者之所以不厌其烦地复述小说梗概,是为了从中更直观地分析作者梁晓声贴近现实的意图。作品篇幅不长,但是梁晓声依旧在细节描写上花去了大量笔墨。如戴文祺被押送人员"批斗"时的自我陈述:

> 我姓戴,叫戴文祺,我是解放前县长秘书的儿子。解放后我入了团,还混进了县剧团。后来又混进了省剧团。所以我是阶级异己分子。我一向演坏戏,演才子佳人戏,用宣扬封建思想的戏毒害贫下中农。我罪该万死。死了活该。死有余辜……①

如果只是表现戴文祺当时的惨状,以强化芊子不畏他人眼光、

---

① 梁晓声:《苦恋》,西安:陕西旅游出版社,1997年,第57页。

舍己救人的情绪,那么这一段精细的独白是略显无力的,但是如果考虑到作者复现社会历史的意图,那么戴文祺的"认罪"就是准确、深刻且有必要的。戴文祺两次自称自己"混"进了剧团,再结合前文对他精湛演技不吝其辞的描述,便能够使得读者切身感受到"文化大革命"时期人性道德的沦丧和批斗会对人尊严的戕害。"我是解放前县长秘书的儿子"和"所以我是阶级异己分子"两句话呈现因果关系,更是直接表现了戴文祺所遭受到的冤屈。除此以外,这段陈述也是当时受迫害的"右派"们自白的"模板",符合史实。我们可以从中看出,梁晓声为了复原当时社会现实的良苦用心。

不仅人物对话中蕴涵着作者建构的现实图景,叙述者视角下的人物描写也力求详尽真实。《苦恋》全文都是围绕芊子这一人物形象展开的,所以文中专门为塑造芊子形象的语言描写比比皆是。

> 借助着马灯的光,芊子俯身寻找了一遍又寻找一遍。除了重叠的鞋底儿印,没发现任何别的东西。她想,那些鞋底儿印中,肯定有些是"许仙"也就是她的"许郎"留在台上的。但被另外一些鞋底儿印踩乱了,使她根本认不出。她终于发现了一个鞋底儿印非常清楚,并且立刻断定它是"戴小生"留在台上的。就那么一个,清清楚楚,像一个印象似的,印在土戏台的最前沿。和她所盗过的,他那只戏靴的底儿的形状是一样的,尺寸看上去也相同。这少女于是双膝跪了下去,并且不禁地伸出了双手,似想将它捧起来,小心翼翼地捧回家去。[①]

这段描写既有少女的动作,也有心理描写夹杂其中,细致地捕捉到了芊子每个行为和情绪的微妙变化。梁晓声务求每一个细节都

---

① 梁晓声:《苦恋》,西安:陕西旅游出版社,1997年,第20页。

与现实严丝合缝，后文甚至还详尽地讲述了戴文祺平反后仕途上的升迁过程，以及芊子的弱智丈夫的具体病症。

梁晓声的描写大多与镜头语言相似，按照时间顺序呈线性叙事形式。《苦恋》里表现这样的艺术效果，很可能与他编剧的身份有关，而在小说中复现生活的不懈追求，也是重要原因之一。然而，面对如此事无巨细地表现社会生活和人物形象的文学语言，我们该如何对其进行价值判断呢？众所周知，迈过语言千篇一律的"十七年文学"和"文革文学"后，二十世纪八十年代的中国作家已经普遍接受了"语言是文学的艺术品"这一说法，"一个作品不是作为任何别的事物的反映，而是作为作品它本身中就包含不可分离的语言构造而诞生和存在"[1]。凯塞尔对文学的定义被越来越多的作家所接受。特别是步入二十世纪九十年代后，在修辞学和风格学上塑造个性化的语言已经是普遍现象了，更有不少作家受到西方语言哲学大潮的引导，已经从哲学的层面上开始认识语言与存在的关系。从《苦恋》中，我们不难看出，梁晓声并未紧跟时代潮流去游戏文字，建立一个属于自己的"语言王国"，而是恪守自己一直以来的创作观念，将语言视为由作家驱遣的工具，用以建构他渴望塑造的社会现实。

虽然梁晓声的创作观使得《苦恋》等作品蕴涵了深刻的思想，但是必须承认的是，纯粹的"工具论"语言意识对文学作品将造成严重的伤害。正如曹文轩所分析过的那样："我们可以凭借语言的活性，获得创造的无限性与无边广大的自由；语言本身就是文学的存在。"[2] 从上述角度来看，梁晓声那些力求复现生活的描写语言，使得文本过于贴近读者的生活经验，难以给读者带来"陌生化"的

---

[1] ［瑞士］沃尔夫冈·凯塞尔：《语言的艺术作品》，陈铨译，上海：上海译文出版社，1984年，第1页。

[2] 曹文轩：《20世纪末中国文学现象研究》，北京：人民文学出版社，2010年，第411页。

审美体验，从而压缩了作品的美学价值。

不过，梁晓声擅用抒情语言以丰富现实主义的故事和人物，抒情语言自身的特质对其"工具论"语言意识造成的不利影响起到了相当大的缓冲作用。

二、用以构造现实的抒情语言

运用抒情语言写作一直是中国作家的重要实践之一。从古至今，偏重主观且情感丰富的作品层出不穷，这使得汉语一旦被投入到文学创作中，就自然生发出一种抒情的艺术效果。正因为汉语文学存在悠久的抒情传统，所以要想分析梁晓声作品中抒情语言的作用，就不能局限于浪漫主义，更不能将其只视为某种"情调"，而要结合当时的社会背景和作家的创作意图来分析。

纵览《苦恋》，处处皆是具有悲剧意味的矛盾冲突。正如鲁迅所言，"悲剧将人生的有价值的东西毁灭给人看"[1]。《苦恋》很好地践行了鲁迅对悲剧的解读，可以说，这部小说的线索就是芊子爱情梦想的破碎过程。

> 芊子偎在一堆柴草上，脸儿正对着柴草棚的后墙。后墙上开了面小窗，用数根木条隔着。从那小窗可望见月亮。那个夜晚的月亮又大又圆，仿佛还湿漉漉的。仿佛由湿漉漉的而变得沉甸甸的。仿佛由沉甸甸的而从夜空上坠落了下来，被小窗外一株老树的手臂擎住了，擎得很吃力似的。月光从那小窗洒进柴草棚了，洒在芊子的身上、脸上。水银也似的月光，将芊子的脸儿映得格外白皙。泪水

---

[1] 鲁迅：《鲁迅全集》(第一卷)，北京：人民文学出版社，2005年，第203页。

在这少女俊俏的脸儿上默默地无休止地流着……①

"借物抒情"是中国文学从古至今都擅用的写作技巧，梁晓声在此处借描写夜空景象来象征芊子心中的苦闷，是再合适不过的。然而笔者对这段语言的关注重点并非在技术层面，而是它所传达出来的情绪。由于芊子偷戏靴的事情败露，家人便勒令她再也不能去看"戴小生"演戏，并将她捆在柴草棚中。面对残忍粗暴的旧式家庭伦理和再也无法与爱人相见的事实，芊子的内心一定充满了痛苦、愤怒、绝望等负面情绪。

如果梁晓声的抒情语言所传递的情感到此为止，那么他只是一个平庸的写作者，因为传递消极情绪并不应该成为作家赋予作品的使命。梁晓声之所以能够成为一个值得时代关注的作家，很大程度上是因为他的文字能够穿透痛苦和愤怒的情绪，对悲剧精神做出准确的把握并将其抒发出来。亚里士多德在《诗学》中论及悲剧效果时曾表述过："悲剧通过引发怜悯和恐惧使这些情感得到疏泄。"②所以，能否引发读者怜悯和恐惧的情绪，是判定作品是否具有悲剧精神的标准。在这段文字中，梁晓声用诗一般的语言描述了月光洒在芊子身上的过程，勾勒出一幅凄美动人的画面，怎能不引起读者对这个纯洁少女的怜悯？再设身处地地加以思考，稍加推测她未来的命运，又怎能不引起读者的恐惧？

悲剧精神的根源主要是梁晓声对现实的密切关注与深度反思。如果说二十世纪八十年代时，梁晓声讲述一代青年困惑与追求的抒情语言还容易被激情所支配，读者所接收到的信号也多是瞬时的情感冲击。那么进入二十世纪九十年代后，梁晓声以更加冷静的头脑和更为深邃的目光透视社会，并力求将读者带入文本，以达成"共

---

① 梁晓声：《苦恋》，西安：陕西旅游出版社，1997年，第17页。
② ［古希腊］亚里士多德：《诗学》，陈中梅译，北京：商务印书馆，1996年，第63页。

情"的艺术效果。同时,梁晓声还坚持着从八十年代延续下来的乐观主义价值观,他对社会性悲剧的书写绝不只为了渲染伤感的情绪,或是表现人性沦丧的社会中个体的无力,而是要歌颂人性在宿命面前的纯真善良,再进一步深入悲剧的根源寻求突围之法。

> 这一看之下,戴文祺顿觉自己全身的血液仿佛汇冲心头,一颗心被冲得骤然间剧荡了一下似的,觉得自己全身血液汇冲的速度是那么急骤,仿佛每一条大小血管儿都在身体里发烫起来了——那不是别人的形象,乃是他自己的形象。他自己当年扮演许仙的形象!多颜多色的彩线绣在一块旧布上的形象!白驹过隙,岁月荏苒,三十余年弹指一挥间,彩线的色泽竟依然保存得那么鲜艳。使当年的"他"看去神态栩栩,光彩照人!那所谓"相框",其实是用剥去了皮的细柳梢儿精心编制的。他的彩绣上罩了一层极薄的塑料膜,宛如镶在玻璃之后。他不禁又上前一步,伸手抚摸其上那一朵牡丹。他看出了那些怒放着的花瓣儿,分明是被染成浅红色的。但他又怎能想到,那乃是被当年一个痴情又纯情的十六岁乡下少女的初潮经血染红的啊![1]

这段文字感情真挚,情绪热烈,"直抒胸臆"地表达了戴文祺的震惊与狂喜。虽然笔者认为这段语言缺乏节制,导致情绪泛滥,不能称为上乘的文学语言,但是它也不能掩盖梁晓声呼之欲出的写作意图,他是用浓烈的抒情语言来呼唤"真心付出理应得到回应"的道理,进而表达他恒久不变的、对人间真情一往而深的眷恋。

这种情感诉求从根本上讲是现实主义的,路文彬曾经这样评价

---

[1] 梁晓声:《苦恋》,西安:陕西旅游出版社,1997年,第95页。

梁晓声的小说语言："实际上，梁晓声就是一个人世间的生活者，随时随地感受和思考着自己的所见所闻；不必刻意，亦无须偏袒。故此，他并不替谁代言，他仅是作为自我发声——一种从生活表象下破土而出的语言。这语言可以是粗俗的，也可以是优雅的；可以是冷酷的，也可以是真挚的。总之，它一定是朴素自然的，修饰对于它只能是一种伪装。"[1] 笔者认为，这段评价也解释了梁晓声的语言风格并不复杂的原因，他的创作理念本就是大道至简，无须玩弄文字技巧，更不需要贴近某种流行的哲学思潮。《苦恋》和其他梁晓声二十世纪九十年代的作品一样，是面向读者的，目的是为了让读者阅读，而不是面向批评家的，理论化的解读并不会改变他的创作信念。

三、身处启蒙立场的议论语言

多年以来，对梁晓声创作的批评声音也从未中断，据笔者归纳，批评内容主要针对两个方面展开，其一是梁晓声将苦难作为人生的资本来自我炫耀，其二便是他泛道德化的语言表述。通俗地说，梁晓声的小说总会给人一种"讲道理"的感觉，这与本篇论文讨论的主题直接相关。

下文略举两例以作说明：

> 她感觉嫂子的身体在微微发抖。这使她内心里产生了一种莫名的紧张，那甚至可以说是一种莫名的恐惧。这乡下少女，对"爱"这一个字，开始有点儿害怕了。她从不曾想到过，爱对于某一个女人，可能是比死一回更刻骨铭

---

[1] 路文彬：《当代民生图景背后的深度描绘——读梁晓声长篇小说〈人世间〉》，载《群言》2019 年第 3 期。

心的体验。①

……

他的目光，其实仅只是一只眼睛的目光，最后望向了芊子。一望向芊子，便停在她身上了。也许是因为她一身红，在这白茫茫的旷野显得分外妖娆的缘故，也许是因为只有她一个人没将脸转向别处，也没立刻低下头去的缘故，也许还因为许多有老天才知晓的缘故，总之他那眼睛顿时一亮。②

有专门从事作家创作论的学者谈过："作家要充分利用能调动读者感官的细节，如果你能让读者调动他们的感官，形成他们自己的理解，那么读者将有一种身临其境的参与感。"③ 就算不考虑读者对作品的二次创作，单纯想要调动读者的感官，让他们更好地体味小说中的情感，就必须要适当地表达一些"言外之意"，引领读者去领悟作者的思想。以上第一段文字中，梁晓声透彻分析了情窦初开的少女的心理活动，并将它用清晰的语言表达了出来。然而，正因如此，读者只能接受作家的解读，失去了揣测故事中人物心理情绪的乐趣，从这个角度看，梁晓声长于说理的语言风格会伤害到作品本身的美学价值。第二段文字更是用一连几个"也许"几乎穷尽了"目光"这一意象所隐喻的所有可能性，大有代替读者的感官进行感受的愿望。

如果说梁晓声在书写推进情节和剖析人物命运的语言时有些解释过度，那么《苦恋》中涉及批判国民性的语言就更加无法掩盖作家发表议论的欲望，甚至显得有些急躁了。

---

① 梁晓声：《苦恋》，西安：陕西旅游出版社，1997年，第27页。
② 梁晓声：《苦恋》，西安：陕西旅游出版社，1997年，第58页。
③ [美]珍妮特·伯罗薇：《小说写作》，赵俊海、李成文译，北京：中国人民大学出版社，2017年，第31页。

如果芊子不是一个俊俏的少女，偷戏靴这件事儿，绝不至于被人们那么长久地议论。比如芊子若是一个丑丫头，人们即使议论，也往往只能说她"痴"，说她"傻"，说她"心迷一窍"什么的。说时，也许还表现出同情。芊子的不幸在于：她偏偏又是一个俊俏的少女。那么人们似乎理所当然地就要说她"骚"，说她"淫"，说她小小年纪就整日思想着与男人做蝶乱蜂狂的苟且之事了……①

梁晓声在《苦恋》的这段文字中准确地捕捉到了"人言可畏"的社会现象，也揭示了人们内心深处住着意图摧残美好事物的恶魔，甚至从侧面烘托了具有"看客"式人格缺陷特征的国人。这些意图都是具有高尚意义的，然而它们被表达的方式却过于简单直接了。笔者认为，作家应尽量避免直截了当地将想要表达的意思告诉读者，尽量避免出现"如果""比如"这类假设性质的关联词。特别是"芊子的不幸在于"这句明显带有主观评判色彩的语言，是有低估读者阅读能力的嫌疑的。

步入二十世纪九十年代后，梁晓声作品的关注点不再局限于知青人群，而是放眼更为广阔的中国现实社会。他作品的创作主题紧扣时代脉搏，深入探究现代社会中人们的命运和选择，歌颂人世间美好的真情，对人性和道德的关怀依旧表现出极为可贵的探索精神。正是在强烈的道德责任感的驱使之下，梁晓声热烈地期望自己的笔锋可以触及社会与人性的深层，导致缺乏对语言艺术的锤炼和反思，造成的直接结果便是在小说中夹杂大量道德教化式的议论语言。

还有一个我们不能忽视的现象。梁晓声作品中大量说教式的议论语言，将他限制在了启蒙者的位置上，甚至连抒情语言也承担了

---

① 梁晓声：《苦恋》，西安：陕西旅游出版社，1997年，第15页。

一定的启蒙功能。虽然坚守启蒙立场的创作观为他收获了大批读者的尊重，但是也不免将他的作品打上了刻板、机械的烙印。这也并非是他个人的写作误区，事实上，中国知识分子对启蒙一词的理解一直存在着误区。康德认为："启蒙就是人类从自我造成的不成熟状态中解脱出来。"[①] 因此，不存在二元对立的启蒙者与被启蒙者，启蒙原本就应该由主体在自由的状态下运用理性完成。可是中国的知识分子往往将"为天地立心，为生民立命，为往圣继绝学，为万世开太平"视为自己不可推卸的使命。这一信念的消极作用在于将知识分子与"被启蒙"的普通群众割裂开来，难以激发大多数人自由运用理性的意识。具体到小说创作上来，《苦恋》中占据大量篇幅的议论性语言表面是梁晓声的个人风格，实际则是他未能处理好文学创作中的启蒙立场所导致的。

四、结语

正因为文学语言具有表达作者主观意志的功效，所以透过《苦恋》的语言风格，我们可以窥探文本背后的作者内在动机。虽然故事涉及了部分时代符号，但是《苦恋》的整体情节基本都发生在一个去政治化、去历史化的社会环境中，梁晓声也并未像《这是一片神奇的土地》《今夜有暴风雪》等一系列有关北大荒知青生活的作品，塑造英雄主义气概的道德楷模。这一切都说明了梁晓声有意识地将视线聚焦于平凡生活中的人们，歌颂他们的人格力量。

然而，综上所述，虽然作品中存在一些蕴涵着美学价值的描写语言和抒情语言，但为数不多的语言艺术往往被深邃的思想所发出的光辉埋没了。这一现象也出现在《年轮》《浮城》《知青》这些社

---

① ［德］康德：《历史理性批判文集》，何兆武译，北京：商务印书馆，1990年，第23页。

会影响更大的同时期作品里，难道当代文学的艺术价值与思想价值只能以对立的姿态存在于一部文学作品之中吗？

  之所以会让读者产生这样的疑问，症结在于梁晓声未能深入地体验汉语的本质，所持语言意识依旧是"工具论"的。二十世纪九十年代是中国作家在文体意识上空前自觉的一个时期，不仅有王蒙、何立伟、张承志、王朔这样具备鲜明个人语言特色的作家，更有余华、格非、苏童等塑造过并开始反思"先锋小说"这一极具现代语言意识潮流的作家。虽说梁晓声无须被"语言至上"的时代浪潮裹挟前进，但不妨汲取一些其他作家自觉挖掘语言审美潜质的意识，深入到汉语的词汇、句法组织形式的层面，体味汉语的讲述语式和口气语调，从而更好地把握汉语在小说文体中的美学价值，对扩充语言表现功能和容量也会有帮助。只有这样，作家通过文字表达自己的创作观时才会更加游刃有余。

（原载《文艺评论》2019年第4期）

《我和我的命》:"好人"的塑形过程与伦理反思

◎ 韩文易

作家梁晓声在长达四十多年的文学创作中始终坚持人道主义的价值立场。在近些年的创作中,梁晓声结合民间文化,观照现实生活,将写作诉求凝练为"好人文化"。他通过叙述现实中的平民故事,塑造平凡的"好人"来实践这一价值追求。正如他在《关于小说〈人世间〉的补白》中所陈述的那样,"好人"是"对自己的善良心有要求的人"[1],正因此,他在小说中才会"表现出多数人本能地希望做好人的心愿"[2]。

梁晓声2021年出版的长篇小说《我和我的命》延续了梁晓声上述创作理念,继承了他一贯的现实主义写作风格,讲述了主人公方婉之从树立"好人理想"到成为"好人"的人生经历。由于方婉之是梁晓声长篇小说中首次出现的作为主人公的"八〇后"都市女性,所以相关研究大多从叙事视角和中国社会现代化转型时期的女性成长展开。截至目前,只有徐刚的《成长叙事中的"平凡"之志与"好人"哲学——〈我和我的命〉的命运书写与价值观问题》涉及了梁晓声在这部作品中的"好人"哲学。此文深刻反思了"平凡人"与"好人"的辩证关系,但是未能将方婉之放在梁晓声小说创作的谱系中进行历时的观照,也没有进入"好人文化"扎根的民间立场伦理语境做出现代性反思,从而为后续研究留下了不小的解读空间。

---

[1] 梁晓声:《关于小说〈人世间〉的补白》,载《小说评论》2019年第5期。
[2] 同上。

一、"好人"方婉之的塑形过程

方婉之的原生家庭本应是贵州山区神仙顶的一户贫困人家,然而正是因为其亲生父母极度贫穷,再加上"重男轻女"的封建思想作祟,在方婉之尚未出生之时,她的父亲便做出了"如果是女孩就直接送人"的残忍决定。然而阴差阳错之下,方婉之被玉县护校校长方静好收养,而她的养父孟子思不久后成为临江市副市长,养父母不仅为她提供了富足的生活条件,还给予了她良好的教育资源,从而彻底改变了她的人生轨迹。养父母对她唯一的要求就是做一个"平凡的好人",而方静好讲过的"三命"观为方婉之的人生理想打上底色,她成长为"好人"的塑形轨迹也是沿此而来:

> 人有三命:一是父母给的,这决定了人出生在什么样的家庭和基因怎样,曰天命;二是由自己在生活中的经历所决定的,曰实命。生命生命,也指人在生活中所恪守的是非观,是生活与命的关系的组合词;三是文化给的,曰自修命。[1]

(一)"天命"

从家庭的角度来说,方婉之的"天命"非常优越,为她的"好人"品质奠定了坚实的基础。孟子思和方静好不仅在当地身居高位,出身名流,而且为人正直,擅长教育,对孩子自幼进行价值观念的正向引导。还有心地善良的保姆于姥姥,从朴素的民间立场出发,对未成年的方婉之言传身教,从而也对夫妇二人的知识分子思

---

[1] 梁晓声:《我和我的命》,北京:人民文学出版社,2021年,第50页。

维方式起到了补充作用。

当方婉之步入校园,意识到自己优越的家庭背景后,很快产生了虚荣心,开始和身边人炫耀父母的社会地位。方静好得知此事后,迅速采取了正确的教育方式。由于方婉之当时太小,并不能理解其中的道理,她先是动用了家长的权威,强迫女儿不得对外人称呼父母为"我的市长爸爸和校长妈妈",进而耐心地在日常事件中培养女儿谦虚的品格,包括鼓励女儿请小朋友来家里玩,利用暑假时间带女儿去乡村义诊等。直至初中阶段,方婉之才理解了养母的告诫,并产生了感激之心。孟子思更善于引导女儿抽象思考的能力,从书本中提炼做人的道理。尽管工作繁忙,他始终坚持与孩子一起读书,甚至会偷偷"备课",将准备给女儿讲的故事提前温习一遍,以便讲述时更为清晰。养父十几年的陪伴不仅为方婉之积累了一大笔精神财富,还培养了她理性反思的能力。同时,读书习惯也是连接方婉之"天命"与"自修命"的节点。

成年之后的方婉之遭遇了许多生活的挫折,但是始终保留着童年和少年时培养的良好品格,不在小处计较,更不会主动损害他人的利益。这些行为习惯很大程度上得益于原生家庭给予的"天命"。

笔者还注意到,方婉之极其渴望从血缘中获悉自己的"天命"密码:"我很想确证,我仅仅作为一个人的某一优点,是先天的普通的血缘给予我的,与后天我所一度拥有的优越外因毫无关系。"[1]每次与血缘上的亲人相见,她都用心观察,希望能够找到一些自己身上的优点,但总是无功而返。这一方面证明方婉之希望获得血缘意义上的亲情慰藉,也说明"基因"并不是"天命"中起决定作用的要素。梁晓声借此向读者强调了家庭教育对个人成长的重要意义。

---

[1] 梁晓声:《我和我的命》,北京:人民文学出版社,2021年,第45页。

(二)"实命"

大学期间,因养母去世,知晓了自己身世的方婉之受到刺激,选择辍学南下深圳打工,让自己的生活重新开始,开启人生的"实命"。这一段人生历程相当复杂,甚至充满了危险,然而在方婉之的独立思考和朋友、爱人的帮助下,她"好人"的形象不仅更为立体,还增添了几分烟火气。

在深圳的日子里,方婉之与工友李娟成为挚友,并通过这个豪爽义气的东北女孩拓展了视野。源于她们在工地食堂帮厨的时候结下的"姐妹情谊",方婉之将自己的积蓄拿出与李娟合作创业开超市,李娟也尽心竭力地承担了经营超市的大部分业务。在二人的交往中,方婉之不仅更加勇敢,更有担当,还深刻感受到中国社会的阶层差异。她不能认可李娟将亡夫周连长的抚恤金寄给他弟弟和小叔的行为,但是姐妹交心过后,也理解了所谓的"民间规则",明白只有这样做才能保护周连长身后的名声,也是对其父母亲人的一种保护。

她的丈夫高翔是个睿智的人,会为她解答人生选择的困惑,帮助她的心智进一步成长。面对姚芸和张倩倩这两个不忠于婚姻的女人,方婉之的态度却截然不同,她并不知道自己为何会以双重标准待人,对此非常苦恼。还是高翔犀利地指出,是妒忌的情绪在作祟。他说:"一般人难以接受原来和自己一样,而且是很熟悉的人,某一天忽然远远超过了自己……于是你试图站在道德至高点上,找回心理的平衡。"[①] 在高翔耐心而有逻辑的讲解下,方婉之渐渐放下了过强的自尊心,从而以更为宽容更加豁达的心境去与人相处。日后与神仙顶亲戚的交往中,方婉之经常遇到超出自己生活经验和能力范围的事情,每当她手足无措时,高翔总能运用自己的智慧帮助

---

① 梁晓声:《我和我的命》,北京:人民文学出版社,2021年,第288—289页。

妻子渡过难关。

由于方婉之从辍学到创业的这段时间还处于个体的成长期，李娟和高翔某种程度上代替了方静好和孟子思的地位，帮助方婉之进一步完善"好人"形象。他们与方婉之有相同的价值诉求，也属于心地善良、坚守正义的"好人"，但是他们的"天命"与方婉之却完全不同。在不同社会元素的碰撞之中，方婉之的"实命"丰富多彩，是非判断也更为坚定。

（三）"自修命"

方婉之在校期间的学习成绩并不突出，以至于一度怀疑自己的智商，陷入了自卑的情绪中。在学生时代，她阅读了大量的文学作品，还养成了终身读书的习惯，这对她的人格塑造是有影响的。然而，我们也不能过分夸大文学和书籍对方婉之的成长作用。中学时期，方婉之曾与同学谈论雨果的《悲惨世界》，但也止于背诵原文经典段落，并没有阐发独到的见解。

至于在深圳打工期间，方婉之曾经在地下室里认真阅读屠格涅夫的系列短篇小说。因为一篇《初恋》，她想起了自己大学期间那段失败的恋爱，韩宾在方婉之养母去世，身世揭晓的关键时刻不告而别，其行为已然构成背叛。但方婉之这样告诉自己：

> 在那个星期日的上午，在我梦见了韩宾后，我决定彻底原谅他。人世间有许多人的初恋使自己严重受伤甚至殒命，如崔莺莺、屠格涅夫笔下的"阿霞"和"我"；如梁山伯和祝英台、罗密欧与朱丽叶；如"茶花女"和维特、爱斯梅拉达和菲比斯……
>
> 归根结底我并没被初恋伤到，只不过有失了面子而已。我为什么不能换位思考，理解韩宾一下并原谅他的世

故呢?[1]

与其说这段心理活动的结果是原谅,不如定义为释怀更贴切。如今的方婉之在经济和精神上都不再需要依赖他人,自然也没有必要对多年前的一段校园恋爱耿耿于怀,所以才会选择化解怨恨,而释怀的途径是通过阅读,从中得以窥见文学经典给予她的精神力量。

虽然"文化"的获得与为获取文凭而做的学习不能等同,但是不能否认被动式读书也可以丰富人的精神世界,使他们更加自由。方婉之先是通过自学,通过了深圳的"新居民考试",获得了深圳户口。此后不再以打工妹的眼光看待这座新兴的城市,逐步拥有了主人翁的心态。不久之后,方婉之又考取了夜大文凭。很短的时间内完成了两次身份的进步,与居住城市的关系得到了极大改善,在深圳有了归属感,身份认同的完成使得她更加自信、乐观。如果没有这些品质,方婉之就不可能有勇气炒股、创业、追求爱情。这说明"自修命"相当程度上改变了她的人生轨迹,让她更有勇气在现实中践行奉献与宽容。

二、方婉之与梁晓声作品谱系中"好人"形象之异同

梁晓声对于"好人"形象的赞美很早之前就出现于散文杂感中,他曾经写过一篇题为《关于〈好人书卷〉》的短文(首发于1993年长江文艺出版社出版的散文集《梁晓声人生独白》),呼吁创办一种以介绍"好人"以及他们做的"好事"为主题的刊物。新世纪伊始,他已将塑造"好人"形象作为一种创作纲领,长文《我与文学》(首发于2000年百花文艺出版社出版的《有裂纹的花瓶》)

---

[1] 梁晓声:《我和我的命》,北京:人民文学出版社,2021年,第120页。

的开篇便提到,民间善恶观对自己的创作产生了极大影响,乃至于存在"按照我的标准美化我笔下人物的创作倾向"[①]。所以,我们在梁晓声小说创作的整个谱系之中,几乎都能寻觅到或隐或现的"好人"形象。

（一）"好人"形象的共性：忍耐、宽容和奉献

方婉之是一位极富性别魅力的女性,而梁晓声早期的创作理念尚未达到圆熟境地,彼时作品里的正面女性人物缺乏性别特征,不论是《这是一片神奇的土地》里敢于担当的李晓燕,还是《今夜有暴风雪》里甘于奉献的裴晓云,抑或《雪城》里勤勉自律的姚玉慧,表面上与方婉之存在形象的共鸣,实则很难将她们纳入相同的坐标系进行比较,所以本文主要从梁晓声新世纪之后的作品中寻找比较对象。《人世间》作为梁晓声个人创作史上带有总结性的巨著,而且创作时间与《我和我的命》比较接近,不止一位评论者曾经比较过这两部长篇小说,甚至有论者撰文称后者是前者的延续[②]。基于此,本文着重分析《人世间》里被树立为典范的"好人"。

郑娟是《人世间》里分量最重的女性人物,她具备受难者和奉献者的双重身份,寄托了梁晓声对于人性,特别是女性美好品格的理想期待,是作者着力塑造的"好女人"。她家境贫寒,文化水平不高,无一技之长傍身,曾遭遇性侵,怀孕生子后又成为寡妇。再嫁周秉昆后,不仅没有脱离底层社会,还先后经历了丈夫入狱十二年和中年丧子的巨大悲痛。然而就是这样一位受尽了人世间苦难的普通女性,却从未表现出明显的恼怒或憎恨,始终以沉默的姿态忍耐痛苦。哪怕是周秉昆冲动伤人后被捕入狱,郑娟被迫外出工作,也没有怨恨过丈夫,而是在承担起家庭全部责任的同时选择了宽容

---

① 梁晓声:《梁晓声文学回忆录》,广州:广东人民出版社,2021年,第192页。
② 马林霄萝:《〈人世间〉2.0版:梁晓声笔下的个人命运与女性成长》,载《中国艺术报》2021年3月3日。

命运的不公。郑娟的一生基本是在家庭中度过的,她从未放弃自己任何一种家庭身份,无论是妻子、母亲还是女儿。与周秉昆的朋友们的相处过程中,郑娟也不会在小处计较,始终怀抱着一颗感恩的心奉献爱与关怀。忍耐、宽容和奉献是郑娟"好人"形象的支点,也难怪作者借晚年周秉昆之口赞美郑娟——"因为有了一个叫郑娟的女人成了妻子,他才觉得自己的人生也算幸运"[①]。

方婉之的正面性格与郑娟有许多相同之处,这些特质也是梁晓声着力刻画的地方。哪怕老家亲戚的骚扰是她辍学的原因之一,离开时曾经默语"永别了神仙顶,我与你以后再无任何关系"[②]。但是面对大外甥杨辉借钱参军的求助,以及听闻二外甥赵凯试图轻生的念头时,还是义无反顾地出手相助。事实上,方婉之的经济状况稍加改善,就与神仙顶的乡亲们恢复了联系,开始对两个姐姐和亲生父亲不计回报地帮助,全然不计较当年自己被遗弃的事实。对待没有血缘的朋友和同事,更可以看到方婉之的美好品德。出于担心好友李娟的人身安全,她舍下尊严为朋友求到一份体面的工作。当老板擅自加大车间女工的工作量,已经脱产的方婉之主动站出来维护工人的合法权益,被工友们视为"保护天使"。虽然与郑娟的人生经历并无相似之处,但是面临道德抉择时,方婉之却表现出与郑娟一致的价值立场,给予读者类似的情感共振。

梁晓声在《关于〈好人书卷〉》里是这样为"好人"给出定义的,还从两个角度提出了辩诘:

> 无论对于男人或女人,无论对于年轻人或长者,第一善良,第二正直,第三富有同情心,第四敬仰人道主义懂得理解和尊重美好事物,大致也算一个好人了。
>
> 为什么我们常说某人善良却似乎偏不说他是好人呢?

[①] 梁晓声:《人世间》(下部),北京:中国青年出版社,2017年,第504页。
[②] 梁晓声:《我和我的命》,北京:人民文学出版社,2021年,第78页。

因为善良者中也有胆小如鼠之辈，那一种善良不过是犬儒主义者的善良……为什么我们常说某人有正义感却偏不说他是好人呢？因正义者中也有冷酷之人……[①]

无论是方婉之还是郑娟都是上述"好人"标准的践行者。尤其值得提及的是，回溯梁晓声2012年出版的长篇小说《知青》，故事里关心并热情帮助青年们的女知青排长也叫方婉之。她在故事的结尾高度肯定了知青一代见证中国社会变革的重要意义，赞扬了他们曾经表现并留下的美好品质，这既可以看作是梁晓声跳出文本的直接发声，也可从巧妙的文本互文关系中发现梁晓声对"方婉之"这一命名符号倾注的理想情怀。

（二）"好人"形象的个性：去政治化与辩证的金钱观

《我和我的命》毕竟是梁晓声获得茅盾文学奖后推出的首部长篇力作，必然存在一定的革新意图，方婉之的身上也蕴藏着作者对"好人"哲学最新的思考。

蒋永国在解读《年轮》的主人公吴振庆时，曾借用亚里士多德《政治学》提出的"政治人"概念形容他，具体指"人的心理和行为完全被政治运动或政治体制所控制，多样性的人被简单化为政治性存在"[②]。吴振庆并不是梁晓声创作谱系中独特的存在，他多部作品的主人公都属于"政治人"。不论是《红色惊悸》中终生无法摆脱极端意识形态影响的赵卫兵，还是《政协委员》里兢兢业业为民请命的基层公职人员李一泓，以及《人世间》里放弃个人理想，将生命献给家乡建设的周秉义。他们的善良、正直与人道主义信仰往

[①] 梁晓声：《关于〈好人书卷〉》，《梁晓声文集·散文10》，青岛：青岛出版社，2018年，第349页。

[②] 蒋永国：《"政治人"及其现代困境——〈年轮〉中的吴振庆形象解读兼及其他》，载《中国文化研究》2019年第4期。

往与政治元素紧密捆绑。

除了身处改革开放的时代洪流之下,方婉之近四十年的生命历程几乎没有和政治产生任何交集。她维护正义、帮助他人的举动不是发生在日常环境下,就是表现在经济活动中。依笔者所见,《我和我的命》与梁晓声其他作品最大的区别可能就在于祛除政治元素,而且处理方式非常自然,不见任何刻意为之的痕迹。哪怕贯穿全文并为主人公提供思想指导的孟子思担任副市长,作品也仅仅展示了他的生活智慧和是非观念,更不曾将"政治人"的写作习惯延伸到方婉之的身上。

方婉之结束学业后的人生经历主要是由打工和创业组成的,说她的内核是"经济人"也不为过。梁晓声在以往的作品里,塑造了一系列堕落于物质追求的女性形象,借此批判了金钱至上的价值观。《欲说》里用物欲治疗内心创伤的郑岚、《泯灭》中舍弃自尊攀附权贵的小嫘、《恐惧》里凶狠残暴心理畸形的曲折都属于被批判的对象。作品多次提到,方婉之也是一个不折不扣的"财迷"。她刚到深圳时还会"对钱产生了一种冲突的意识——膜拜与厌憎"[①]。内心在拜金主义和理想主义之间徘徊。当创业有所小成,挣到了人生的第一桶金后,她内心自语"钱真是好东西呀,即使不花,看着也使人愉快"[②]。单从心理动机分析,方婉之的金钱观与郑岚等女性形象同出一辙。

但是梁晓声却给予方婉之的"拜金主义"极大的宽容与理解。他详细描写了方婉之是如何运用努力、智慧和阅历积累财富的过程,又肯定了她挣到钱后改善自身生活条件的举动。当然,作家着笔墨最多的还是她对亲人朋友的帮助,特别是对家乡亲人的援助,基本都是以金钱为媒介完成的。如果没有金钱,方婉之就不可能改变两个外甥陷入绝境的命运,性格要强又身处困境的李娟也很可能

---

① 梁晓声:《我和我的命》,北京:人民文学出版社,2021年,第97页。
② 梁晓声:《我和我的命》,北京:人民文学出版社,2021年,第228页。

误入歧途，走上与曲折相同的不归路。时隔二十多年，梁晓声再次书写世纪之交的"商业时代"，写作立场却产生了革命性的转变。曾经的梁晓声只看到了滥用金钱对人性的戕害，今天却能够从理性上认可合理合法的致富之路，并且将对有困难的亲朋好友施以经济援助作为定义"好人"的重要条件。方婉之的形象不仅拓展了"好人"文化的边界，背后还蕴含着一位步入古稀之年的老作家深刻而成功的自我反思。

三、"好人"的社会伦理进步价值与"平凡"陷阱

在成功主义大行其道的今天，从四面八方拥入大城市的年轻人不惜以损害身心健康为代价，也要努力占有更多的社会资源，意图实现越来越难的阶层跨越。虽然他们深感痛苦，也时常在社交平台上自嘲，从早些年的"屌丝文化"到时下的"内卷哲学"，背后都是他们矛盾挣扎的生存状态。

（一）走出"庸人"困境：民间伦理价值与公平正义的统一

到了《我和我的命》这里，梁晓声多次借方婉之或其养父母之口驳斥世俗层面的成功标准，可以看作对时代焦虑的一次有力回应。故事的最后，方婉之随丈夫到上海生活，找了一份压力不大收入也不高的工作，转型成为中年白领。也就是说，方婉之在二十岁左右的时候便不再重视世俗意义的成功，转而更关注自己在成为"好人"路上的修炼，这再次体现了梁晓声以儒家文化为底色的民间立场，要知道儒家文化"就其基本指向而言，它是自我反思型的内向思维，即收回到主体自身，通过自我反思获得人生和世界的意义"[①]。

---

① 蒙培元：《中国哲学主体思维》，北京：人民出版社，1993年，第2页。

具体言之，多体现在民间的朴素文化中，除了本文第二部分谈及的忍耐、宽容和奉献这些品质外，仁义和诚信等民间道德也是考量"好人"的重要标准。方婉之与李娟的同性友谊是小说最为着力描写的一段人际关系，"义气"是维系她们感情的主要纽带。梁晓声的上述布局一方面进一步引领正向的道德理念，另一方面也丰富了新时代女性的精神风貌。

自《人世间》问世以来，"好人"形象也遭到了一些伦理角度的批判，认为梁晓声"回到了传统轻利忘我的伦理标准上来，将受难和牺牲继续界定为好人的品质，如此与道德初衷相抵牾的做法自然难以可能实现他替人世间所呼唤的公平与正义"[1]。还以郑娟为例，她身上的"庸人"特质非常明显。当周秉昆的两位朋友面临无容身之所的境遇时，同样身处贫困的郑娟竟然将自己房屋的产权无偿赠与对方。更有甚者，儿子周楠在美国舍身保护他人身亡，郑娟却拒绝了所有的赔款，并表示"楠楠这孩子的死，不能和钱沾一丁点儿关系"[2]。为儿子舍己救人的牺牲感到欣慰是"好人"正常的心理活动，但是将获得的情感满足抵消掉理所应当的物质赔付则是"庸人"的表现了。郑娟不能理解接受赔付的行为本身就是对对方善意的积极回应，拒绝经济赠与就是拒绝正义的降临。之所以会有局限性存在，根源上还是民间道德的局限性导致的，她混淆了人格尊重与事实公平，从而使自己无意间破坏了正义的秩序。郑娟缺乏跳出"庸人"困境的能力，这让人想起了汉娜·阿伦特解读纳粹战犯艾希曼时提出的"平庸之恶"：

> 多半是艾希曼的"不思考"注定让他成为没有个性的死亡执行官，成为所有时代中最恶劣的罪犯。艾希曼在道

---

[1] 路文彬：《中国当代文学自我意识的伦理嬗变》，载《东方论坛》2021年第1期。
[2] 梁晓声：《人世间》（下部），北京：中国青年出版社，2017年，第205页。

德和智识上很空洞，内心是虚无的。①

创作《人世间》的梁晓声将身负"平庸之恶"嫌疑的郑娟塑造为"好人"的典型，也说明其对于"庸人"的伦理困境认识不足。但是在《我和我的命》中，他便做出了极大程度的纠正。方婉之和她的朋友们遭遇奖金拖欠，合法维权的途径又走不通，毅然选择在公司的财会办公室闹事，以暴制暴，威胁仗势欺人的领导，终于索回应得的报酬。面对贪得无厌的二姐何小菊不断向自己索要财物，方婉之最终失去了"好人"必备的宽容和耐心，断绝了和她的来往。后来没有因二姐持续的恶意中伤牵扯精力，是方婉之强者姿态的体现，大姐向二姐脸上扇去的两个耳光更宣布着民间道德抑制恶行的胜利。可以说，通过方婉之的塑造，梁晓声冲破了自身思想的局限，极大地推动了民间伦理价值与公平正义的统一。

（二）关于如何界定"平凡"的疑惑

方婉之通过长时间"反求诸己"的人格修炼，又在实践里"躬行践履"，终于成为一个"好人"，而且还要再加上一个"平凡的"定语。在小说临近结尾处，方婉之再次回到玉县，回到养父母的家里回顾前半生：

> 我有自知之明，以我现在的情况看，我是个注定了将一生平凡的人……我不怕平凡，简直也可以说，既然平凡注定是我的宿命，我愿与我的宿命和平共处，平平凡凡度过我的一生。
>
> ……
>
> 让平凡来得更平凡一些吧！不就是平凡吗？又不是

---

① ［美］汉娜·阿伦特：《艾希曼在耶路撒冷——一份关于平庸的恶的报告》，安尼译，南京：译林出版社，2017年，第9页。

死！有何惧哉？

我要在平凡中活出些自尊来……①

从以上关于平凡的"呐喊"中可以看出，方婉之对平凡充满了抵触心理，不仅没有将它当作自己的一部分特质看待，还大有要与之同归于尽的感觉。后面方婉之与养父长谈，孟子思叮嘱她要做"平凡的好人"时，她还理解为养父"彻底失望的另一种说法"②。说明她根本没有接受平凡的命运，也没有理解如何做一个"平凡的好人"。

那么作者梁晓声是否超越了他虚构的主人公呢？这个角度也许为《我和我的命》提供了一处可以继续思考的空间。"平凡"虽然贯穿全文，但方婉之几乎所有的经历都透露着她的"不凡"。虽然玉县只是贵州的一座小县城，但方婉之自幼享受着当地最顶级的社会资源。南下深圳打工之前，她有母亲为她留下的十二万元遗产傍身，还有身居副市长高位的养父为她提供承受风险的强大后盾。无论如何，她的心境也不能和深圳街头成千上万的"打工人"等同。离开工地食堂后，她"转身拖着拉杆箱走在压道机压出的临时土路上，朝着市中心的方向走着，如同一个旅人。是的，我觉得我像一个修女，那即将消失的食堂是我修行过的修道院"③。这段带有诗性的独白不应该是一个刚刚失去工作，在陌生城市漂泊举目无亲的年轻女孩的自语，更像是一个人"体验生活"之后的感悟。

的确，方婉之智商一般、颜值中等，亲生家庭给她带来了持续的痛苦和拖累，又因中途弃学导致只有夜大学历，甚至从书本中看起来也没有汲取足够的力量，这都是小说里反复强调过的。比起《人世间》里相貌出众、智力超群，在任何一个领域都可以做到出

---

① 梁晓声：《我和我的命》，北京：人民文学出版社，2021年，第322—323页。
② 梁晓声：《我和我的命》，北京：人民文学出版社，2021年，第328页。
③ 梁晓声：《我和我的命》，北京：人民文学出版社，2021年，第111页。

类拔萃的女性周蓉来说，方婉之是黯淡的。可这些足以定义她的平凡吗？如果方婉之是平凡的，那么与她有明显阶层差距，让她感受到"庙堂之理与丛林之理"差异的李娟又该如何被定义呢？

由此一来，有可能让读者怀疑"平凡的好人"的普世性，评论者解读出的"一生做好人的凡人，也可以是受人尊敬的'成功人士'，是这部小说的一个深层命题"[1]，也就显得缺乏文本基石了。

在笔者看来，"平凡的好人"立意是新颖而有价值的，它之所以缺乏足够的说服力，还是因为这部作品的"平凡"完全是针对当下社会浮躁的成功主义价值观展开的，不够独立。与现实热点相结合，在小说中展开议论，是梁晓声的一贯作风，它会给予读者情感上的强烈冲击，使得作品思想得以升华，可是与社会生活过于紧密地捆绑，也容易使得小说被现实所囿，进而破坏情节结构的完整。

（原载《枣庄学院学报》2021年第6期）

---

[1] 孙桂荣：《〈我和我的命〉：梁晓声的女性关怀和命运咏叹》，载《中国妇女报》2021年4月20日。

第三辑

北大荒的"共名"与"无名"
——谈梁晓声现实主义创作方法的转变

◎ 耿　娴

　　梁晓声从1982年到1985年发表了一系列以"青春无悔"为主题的北大荒知青垦荒小说：《这是一片神奇的土地》《今夜有暴风雪》《鹿哨》《白桦林作证》《荒原作证》《为了收获》《黑帆》等。主人公或是战天斗地、不怕牺牲的英雄，或是坚守信念、扎根土地的楷模。梁晓声搭上了"伤痕文学"的末班车，同时正在与"改革文学"擦肩。他笔下的知青体现出"创业者"姿态。但很快这种姿态在《黑帆》之后便戛然而止了。梁晓声塑造的垦荒英雄群像几乎是一炮走红，又快速退出八十年代中后期的文坛。紧接着梁晓声开始关注返城知青，将目光对准了城市平民。从梁晓声八十年代题材发生的变化，由慷慨激昂荡气回肠的时代英雄到善良坚忍百折不挠的城市弱势群体，我们能够发现梁晓声的现实主义创作方法做出了调整。但其实这种变化在"青春无悔"系列中就已经开始了。本文将从时代与文学之间的关系看其"青春无悔"系列小说，谈梁晓声现实主义创作方法的变化过程及导致因素，给新时代现实主义文学发展提供镜鉴作用。

一、北大荒从"共名"走向"无名"决定
梁晓声现实主义文学发生变化

"梁晓声是以描写北大荒的生活走上文坛的。"[①] 这是最初登上文坛的梁晓声被赋予的印象。凭借《这是一片神奇的土地》(以下简称《土地》)斩获 1982 年全国优秀短篇小说奖荣誉的他表示成功源于自己的亲身经历。1983 年梁晓声给发表成名作《土地》的《北方文学》编辑黄益庸回信中说:"我不熟悉当代农民,不熟悉当代工人,不熟悉当代知识分子,不熟悉当代一般市民,甚至也不熟悉当代二十至二十五岁之间的青年。更不熟悉当代干部阶层的生活。我只熟悉和我有过共同经历的当代'老青年'。而且熟悉的是他们——其实也是我自己的过去,对于他们的现在同样所知有限。"[②] 表现时代是当代中国现实主义作家最主要的写作动机和创作源泉。寻找最熟悉的生活,快速表现时代,是想在文坛崭露头角的作家必须要经过的途径。梁晓声通过一组表现知青充满斗志垦荒建设的作品,恰好与时不我待、全面建设社会主义现代化国家的新时期一拍即合。梁晓声在 1982 年的时间点上发表了《土地》,激烈的青春情绪将"伤痕"和"创业"共同书写,并注入为祖国建设"青春无悔"的基调,赢得了文坛的一致好评。当时评论家对《土地》做出如下点评:梁晓声是区别早期"伤痕文学"和"改革文学"的作家,他是"向生活的广度和深度开拓"的尝试者,"作者把极左路线所加给知识青年的屈辱和灾难,同知识青年在逆境中应该如何对待人生、对待祖国的问题严格地区别开来","当年那无比艰辛的生活……作为一种经受了严峻考验后产生的特殊的自豪感,鼓舞着他

---

① 何志云:《北大荒的脊梁——读短篇小说〈荒原作证〉》,载《人民日报》1983 年 10 月 17 日。
② 梁晓声:《生活、知识、责任——复黄益庸同志》,载《人民文学》1983 年第 12 期。

们在新的人生道路上奋进"。①

梁晓声没有从不熟悉的新时期时代人物入手，却从熟悉的知青入手给新时期注入活力。知青显然以"时代先锋"的姿态成为改革时期的楷模，似乎有悖历史前进的逻辑。这就需要我们必须回到时代语境去考察。在经历了拨乱反正和思想清算后的新时期，时代精神与知青历史如何能够一拍即合？换句话说，北大荒缘何成为与时代"共名"的空间？

1978年4月北京召开全国国营农场工作会议指出："党和国家决定重点支持黑龙江垦区。加快建设步伐，尽快建成商品粮食、工业原料、外贸出口、城市副食品供应基地。"② 1958年王震将军带领十几万转业官兵来到北大荒开疆拓土，发挥南泥湾精神，成为新中国第一代北大荒人。"文革"期间，五十多万知识青年作为兵团战士，继续屯垦戍边。"文革"结束后，北大荒建设成为全国规模最大、机械化程度较高的国营农场。这与知识青年发挥北大荒人的吃苦精神，艰辛劳作密不可分。"文革"结束后的最初两年内，知识青年上山下乡的政策依旧延续。国家号召"广大农垦战士，决心继承和发扬当年进军荒原时那种艰苦奋斗的优良传统，革命加拼命，早日把垦区建设成为现代化的大农业样板"③。黑龙江国营农场总局于1979年3月召开知识青年代表座谈会，"与会同志表示，要胸怀全局，安心边疆建设，巩固和发展安定团结的大好局面，做新长征的突击手，为实现四个现代化贡献力量"④。北大荒农业发展纳入四化建设发展正轨。即便到了1982年，号召青年去边疆参与四化建设的政策依然在唱响："好儿女志在四方，要开发祖国的每寸

---

① 蒋守谦：《伟大的变革，丰硕的成果——新时期的短篇小说》，载《社会科学战线》1984年第3期，第248—259页。
② 《春天来到北大荒》，载《人民日报》1978年4月10日。
③ 同上。
④ 杜奎昌：《胸怀全局为建设边疆贡献青春》，载《人民日报》1979年3月15日。

土地，他们把火红的青春献给了祖国和人民感到无上光荣。"① 1982年梁晓声第一篇以个体经验出发撰写的知青垦荒小说《土地》喷薄而出。小说记录知青的"伤痕"经历但不着意控诉其原因，却宕开一笔，凸显"北大荒人"不畏牺牲的奉献精神。这一高昂的理想主义和英雄主义风格得到好评，显然是因为很大程度上迎合了四化建设的宏大语境。

然而毕竟拨乱反正工作清除了极左错误思想，知青遭受迫害的诸多事实得到批判。知青群体内部以及社会开始重新看待上山下乡的历史问题。知青返城从1978年的个人行为逐渐演变成1979年的风潮。历史是极为丰富的客观存在。从当时的新闻报道中我们可以知道留守还是返城是极为敏感和引人关注的事件。1981年的统计数据表明，尽管有四十多万知青陆续返城，北大荒土地上的留守知青数量还是高达八万多人②，也就是说将近六分之一的知青选择永远扎根北大荒。在四化建设的语境下，北大荒的未来一片光明，但是其垦荒的艰巨性仍不言而喻。因此挽留这八万人是国家加大力度稳定农场人力资源后的成果。1978—1979年间，国家曾针对"盲目"返城的青年进行了"劝返"和"安置"，并以提高知青个人待遇的方式，号召知青重新回到北大荒。"据有关部门的不完全统计，各城市先后有二百五十多名已办理了返城手续的知识青年要求重返（黑龙江）农场；同时，还有四千多名长期滞留在城市的知青也先后返回（黑龙江）农场。"③ 为配合扎根政策的落地实施，当时媒体上出现了大量扎根边疆的青年事迹。梁晓声早已经离开北大荒土地多年，凭着他对北大荒事业的热爱，以及对知青群体的关注，和

---

① 张砚、于国厚：《青年争做翻两番的突击队——共青团十一大侧记》，载《人民日报》1982年12月31日。

② 《八万多知青奋战在北大荒》，载《人民日报》1981年1月8日第4版。"参加黑龙江国营农场开发建设的京、津、沪、哈等大中城市的知识青年，目前仍有八万多人坚定地奋战在北大荒。"

③ 《黑龙江妥善安置重返农场的知识青年》，载《人民日报》1979年8月22日。

与时代紧密贴合的创作需求，他在发表《土地》之时，同时发表了《鹿哨》。《鹿哨》发表于1982年10月的《光明日报》。不难理解，这篇充满温情的，表达对北大荒土地和人民充满热爱的"扎根"知青的故事有配合政策宣传的可能。小说主人公"我"是抛妻弃子回城，又幡然醒悟回到北大荒扎根的知青。作家显然肯定他的回归之举，并且以家国同构的圆满结局，让"我"得到了内心的安宁。"我"心理上的道德负罪感最终被担当起崇高事业的英雄主义所补救，并打通了一以贯之从上山下乡时期就种下的扎根理想，使之与新时期四化建设结合，达到不忘初心的效果。小说被浓烈的北大荒地域风俗笼罩，具有浪漫主义情调和理想主义精神。《白桦林作证》刊登在1983年1月的《北大荒》杂志上。这篇小说记述了女主人公邹心萍在马场解散的情况下不得不回到城里。在离开钟情的北大荒之际，邹心萍发誓儿子长大成人后要让他回到北大荒参加建设。小说选择在《北大荒》杂志上发表可见是作者从心理上高度认同新时期留守知青"扎根"北大荒，投身四化建设的做法，并希望"北大荒精神"可以代代相传。更为轰轰烈烈并且彰显理想主义和英雄主义的作品《今夜有暴风雪》（发表在《青春》1983年创刊号）则把知青一代人饱经风霜，又不忘初心的精神状态，在返城前夜这个特殊时刻凸显放大。返城作为引爆知青与过去告别的敏感事件，让曹铁强、匡富春更加清楚地看到自己的理想信念与北大荒建设血肉相连。梁晓声在这里歌颂的依然是扎根的知青。《土地》《鹿哨》《白桦林作证》《今夜有暴风雪》几乎是同时写作，相互之间构成互文关系，与北大荒四化建设现实语境高度重合并追求用典型人物的典型性格精湛呈现。

由此我们看出，即便梁晓声解释自己的创作全部缘于知青经历和对知青的理解。但显然没有当时北大荒四化建设的现实语境，对他的"向生活的广度和深度开拓"的评论就无从谈起。因而，北大荒土地的"共名"让梁晓声笔下的人物与时代"共名"。其实意识到北大荒"共名"状态,并鼓励建构团结一致向前看的文化氛围早在梁晓声知青小说诞生之前就有了。1981年,郭小川就意识到北大荒垦荒者的功绩有可能连同极左错误路线一起被"清算",他发出"忠告":"是的,一切有志气的后代,历来尊重开拓者的苦心。而不是只从他们的身上——挑剔微不足道的灰尘。"[①] 因而在这样的历史语境下,知青身份被转变为创业者,与改革时代接轨就有了充足的理由。事实上也确实如此。表现北大荒创业史的文学作品在此时一度繁荣。梁晓声注意到与《这是一片神奇的土地》一同获奖的,全国作协四项文学奖(优秀新诗奖、优秀报告文学奖、优秀短篇小说奖、优秀中篇小说奖)评选结果,"八十四个获奖作者中,有四个是我们北大荒的"[②]。而梁晓声的特别之处,就在于把知青塑造成"极其热忱的一代,真诚的一代,富有牺牲精神、开创精神和责任感的一代,可歌可泣的一代"[③],他们成为时代精神的"典型人物"。作品也被认为是朝着更广更深的方向挖掘生活。

但毕竟北大荒的"共名"状态是有前提的。拨乱反正之后最初几年,国家从瘫痪状态恢复建设,需要改革者披荆斩棘继续创业。因而"革命加拼命"作为精神指引,发挥着巨大的力量。这是在社会空间封闭、物质条件艰苦的环境中,要想实现物质财富积累,不得不极大调动人的主观能动性而采取的应急措施。进入十一届三中全会为起点的新时期以来,解放思想,实事求是,走改革开放之路,实现全面建设社会主义现代化国家的号召,成为影响深远的方针政策。特别是党对知识分子的政策发生了重大调整。知识分子作为劳动者在现代化建设发挥作用的语境同时建立起来。北大荒农场作为农业现代化基地,一方面需要稳定知青为主体的具有一定知识

---

① 蒋元明收集:《无题有感》,载《人民日报》1981年9月9日。
② 郑荣来:《优秀文学作品授奖大会拾絮》,载《人民日报》1983年4月3日。
③ 梁晓声:《〈今夜有暴风雪〉补白》,《润心集》,长春:吉林人民出版社,1996年,第254—257页。

水平的劳动力资源,一方面需要加强落实科教兴农措施。科学工作者的业绩宣传在舆论中开始占据主流。随着改革开放的发展,北大荒的地缘优势也在逐步退化。北大荒和知青的双重隐退让钟情于他们的梁晓声陷入两难。1985年梁晓声在《小说导报》第6期发表的短篇小说《黑帆》已经与之前的知青小说所能引起的社会影响不可同日而语。这篇小说几乎没有得到任何正面或者负面的评价。作者怀着高度的社会责任感,关注北大荒的建设和扎根知青的命运,因而才有了这部作品。但显然理想主义与英雄主义已经难以为继。此时的北大荒变成土地承包制,鼓励农户多劳多得,以按劳取酬的方式来刺激当地经济的发展。小说就发生在这个时代背景之下,农业经济在新的生产方式和新的分配制度下有了活力,知青顺应这一历史潮流,满怀希望迎接新的生活。充满理想主义的主人公杨帆,希望自己彻底告别因为曾经的英雄之举遭到毁容却不允许整容的阴暗时代,想要努力攒钱去整容,面貌一新地去北京看一看天安门。毫无疑问,故事保留了一个充满乐观和理想主义的结尾。但时代语境的巨大改变让故事里的英雄失去崇高的光彩。无论是主体还是"辞旧迎新"的叙事模式都无法承载日新月异的八十年代中后期的时代精神。北大荒在拨乱反正后不到十年中,就开始走入"无名"状态。《黑帆》成为梁晓声直面现实垦荒者的最后一部小说。想要继续创作时代力作,北大荒土地已经不是很好的选择。

拨乱反正后的北大荒与新时期初期社会"共名",因而梁晓声无论是从经验出发还是直面北大荒现实,通过知青垦荒史可以传达出自力更生艰苦奋斗的时代精神。这是梁晓声的机遇。正像深入生活的柳青和周立波,他们从事农业生产,亲身经历农业合作化运动,用生活指导创作,因而具有了现实主义力作的原型基础。问题在于,文学和政治"一体化"的状态正在解体。梁晓声以"青春无悔"为内在气质的小说,在1982—1983年之间的热度达到高潮,在1985年就只能悄然终止。背后的原因是北大荒从"共名"迅速滑落到"无名"。换句话说,"文革"结束后短短十年内,中国社会就进入快速和多元化发展趋势。梁晓声弘扬理想主义和英雄主义的现实主义作品就出现了由轰动到式微的迅速更替。好在作家在《黑帆》后很快拿出了《雪城》(1986、1988年《十月》集中连载上下部)。返城知青一度成为梁晓声继续关注的群体。梁晓声在作品中用城市空间应接不暇的新状况凸显返城知青的价值观与时代碰撞后的诸多尴尬和努力适应。从北大荒到城市,看似是地域空间的转移,实际上反映的恰恰是作者在努力寻找新的素材,呈现新的时代下新的问题。

二、北大荒从"共名"走向"无名"影响梁晓声对现实主义的理解

我们从北大荒"共名"时代下的四化建设意识形态可以理解,梁晓声知青"青春无悔"的主题与十七年甚至更早的当代现实主义文学传统在精神上高度一致。文学和政治在新时期初期依然具有一体化倾向。无论是"伤痕文学"还是"改革文学"都一如既往为体现政治诉求而营造出文化氛围。从上述梁晓声对北大荒四化建设的关注可以知道,作家不断向生活学习,锤炼思想,无非是为了理解时代,在创作中以主题先行的姿态表现时代。在八十年代初期,梁晓声提出"只要有条件,有机会,深入生活是好事"。深入生活的目的则是"作家要对时代作出真正文学性的反映"[①]。

这种文学解读时代的表达可以看作社会主义现实主义在新时期持续发挥作用的表现。北大荒四化建设同样具有宏大叙事的社会背景。文学和政治保持"一体化"的局面合情合理。因而不但是作家

---

① 梁晓声:《生活、知识、责任——复黄益庸同志》,载《人民文学》1983年第12期。

本人需要理解时代，找准典型人物，塑造典型精神。当时文坛也亟待培育和挖掘表现社会主义新人的新作家出现，从而能够引导社会文化建设。1982年《土地》等获奖作品，从当时的时评来看，依旧不是代表时代的典型佳作，因为"特别是社会主义新人的典型形象塑造还显得很薄弱"。树立"社会主义新人"是当时的文学需要努力奋斗的方向。这就与社会主义现实主义要求写理想现实精神一致。以这条标准来看，梁晓声的《土地》在评论者眼中也仅仅是及格分。他的优秀仅在于哀而不伤，从这一点来说符合"社会主义新人"的乐观表达需要。"这篇小说的'神奇'，恐怕在于写了伤痕，却又不是那种令人伤感失望的'伤痕文学'；写了爱情，却又不是那种格调不高的'多角恋爱'小说；写了矛盾，却又不是那种让矛盾淹没了人物的平庸之作"[①]。在兵团时期接受过良好现实主义文学训练的梁晓声是在用《土地》试探"伤痕"和"社会主义新人"的平衡点在哪里，能体现出1982年的时代语境，来达到当时的文学要求——"作家就必须深入生活，发掘和发现最具有时代特点、最能够打动人心的东西，以独创性的构思提炼自己的题材和主题。"[②]

而紧随其后发表的《今夜有暴风雪》在追求英雄主义和理想主义的路上比《土地》更为坚决。重要原因在于他塑造了多个具有不同个性的知青，用多线故事托举英雄主义。这部小说较《土地》更为成熟的是，他"盛赞了（曹铁强等）新一代人的成长和成熟"，曹铁强伟岸的形象超越作家之前任何一部小说。经历了特殊年代特殊锻炼的新一代人达到了父辈的境界高度。"既揭示出开拓北大荒的事业是几代人的事业，又以生动的事例显示出这一伟绩后继有

[①] 仲呈祥:《塑造丰富多彩的典型人物——1982年全国优秀短篇小说获奖作品漫谈》，载《人民日报》1983年3月22日。

[②] 张光年:《社会主义文学的新进展——在全国四项文学评奖授奖大会上的讲话》，中国作家协会编《一九八二年全国优秀短篇小说评选获奖作品集》，上海：上海文艺出版社，1983年，第4—9页。

人"①。从《土地》到《今夜有暴风雨》我们明显能够看到作家在塑造新人方向上付出的努力。或许这也可以理解为什么1984年梁晓声又发表了《为了收获》，作为《土地》的续篇，"我"和战友们继承王晓燕们的遗志，将"满盖荒原"改造成遍地良田。"我"这一"社会主义新人"的形象可以看作历史内在逻辑的呼唤。同一年，梁晓声发表了《荒原作证》。作品中塑造了光彩照人的女工程师形象。方婉之是早于知青上山下乡时期就来到北大荒的女学生，可谓是最早的知青。她不辱王震将军使命，在新时期建造第一台国产联合收割机。这个角色的重大意义用当时评论者的话说就是，梁晓声密切关注了"那些支撑社会的脊梁的英雄人物"②。

  从上述作品的分析中，我们可以摸索出梁晓声努力寻求时代脉搏，塑造典型人物，表现时代精神的过程。但是商品经济迅速发展，八十年代中后期起新的社会阶层不断涌现，且之间差别迥异，价值观随之多元呈现。同时北大荒的地域优势开始出现明显下滑趋势。轰轰烈烈的返城运动后，留在北大荒的英雄们开始成为社会的弱势群体。他们不再频繁出现在社会舆论中，作为极普通的劳动者，开始被社会有意识地遗忘。此时的作家尚没有调整写作方式，仍然坚持一贯的做法，想继续表现留守知青在新的形势下坚持理想信念勤于耕耘，于是创作了《黑帆》。结果作家的理想主义叙事方法事实上呈现给观众的是一个悲壮的陌路英雄的悲剧故事。他因为毁容又被极左错误思潮左右不被允许整容，因而失去了恋人。他放弃回城的指标，坚守在黑土地上，将黑土地视作朝着美好生活前进的帆船。他要在承包制的体制下努力工作，挣钱整容，希望有朝一日能与自己心爱的北大荒女孩结婚。然而北大荒已经沦落为闭塞的

---

① 吴宗蕙：《壮美人生的深情礼赞——梁晓声小说创作漫谈》，载《人民日报》1984年4月9日。

② 何志云：《北大荒的脊梁——读短篇小说〈荒原作证〉》，载《人民日报》1983年10月17日。

北方一隅。由于过于偏远以至于电视信号弱到无法接收。杨帆凭借录音感受 1984 年雄壮的国庆阅兵,来给自己增添努力生活的勇气。这一处理是作家刻意坠上了一个理想主义的光环。反倒让作品结尾看上去显得极为生硬和突兀。理想主义光环和现实弱者地位都集中在杨帆身上时,暴露出的恰恰是作者现实主义创作方法在新形势下的滞后表达。

文学政治一体化的解体正在 1985 年左右奔涌而来。文学"向内转"的大讨论即将拉开序幕。文学向内转的终极指向是文学挣脱政治工具的地位,回归艺术本体。文学向内转反映的恰恰是在改革深化、价值观多元的局面下,作家们要求艺术回归自我,表达对多元价值观的个体理解。文学向内转从严格意义上来说并没有干扰到梁晓声,但却引起了他的关注。他认为"向内转"是作家"可能因为'左'的文学思潮还没有肃清,仍限制着某些作者的创作,因而使他们对文学的时代任务丧失信心",也"由于一些作者盲目接受了西方资产阶级文学思想的影响"。[①] 虽然作家的想法打上了时代的烙印,但是突出反映出作家对现实主义文学的坚守,并且对文学表现时代、干预时代的使命充满信心。但是他的困惑在于时代发生了变化,写现实的方法该何去何从。他说:"我给自己确定的是现实主义的创作道路。我至今尚未把握和领略到现实主义创作方法的真谛。而且我几乎凭一种本能认为,今天的现实主义,当与文学史上任何时期的现实主义有所不同,有所发展。发展中的事物往往更使人感到茫然。"[②] 这一点是作家在社会主义现实主义生存的土壤发生变化之后的一种深沉思考。

所以写什么样的现实,如何表现现实,在 1985 年的《黑帆》这里放大了作家的迷惑。作为坚持现实主义写作的作家,他的现实主

---

① 梁晓声:《生活、知识、责任——复黄益庸同志》,载《人民文学》1983 年第 12 期。
② 梁晓声:《〈今夜有暴风雪〉补白》,《润心集》,长春:吉林人民出版社,1996 年,第 254—257 页。

义也有了"向内转"的趋势。所谓的由"外"向"内"是指梁晓声从依照外部时代要求塑造人物性格,转向与人物内心诉求的喜怒共鸣。以《黑帆》为例,杨帆渴望有人来爱的孤独意识明显增强。而且他驾驶黑土地这个"帆船"驶向的不是虚无缥缈的四化远景,而是自己要拥有完美外表和美满家庭这个具体目标。这与其后一年发表的《雪城》有了内在的逻辑关联。垦荒知青走下英雄圣坛,成为个体命运的掌控者。平民个体的心路历程和生命诉求成为梁晓声关注的新目标。这与早期缺乏个体内心世界投射的垦荒英雄们构成鲜明对照。只有在郑亚茹(《今夜有暴风雪》)那里才把"孤独"视作最大的敌人。用她的自私和懦弱来衬托曹铁强高大全形象。同理,有了《雪城》才让我们隐约能猜测出《鹿哨》中的"我"可能迫于城市没有生存空间才回到北大荒继续垦荒。"我"的乐观也许是一种苦涩的进退维谷的"中年"无奈。但作为时代楷模,他们唯有乐观才是正确的。并且对这种乐观的解读是个体与时代共在。1985年之后,梁晓声意识到了现实主义文学转变的必要,"现实主义不但应被视为一种创作方法,而且应被视为一种创作思想"[①]。从对创作方法的追求转向创作思想的追求,我们可以理解为,在作家这里实现了如下的转变:由向风云时代的英雄致敬转向与平凡普通的平民共情。以此继续坚持"要求自己的作品贴近现实生活,干预现实生活"。这种"干预"就变成了挖掘人的伦理道德,给浮躁的社会增添人道主义温暖,让"最广大的平民需要享受到文学对他们的关注和带给他们的温度","即写人在现实中是怎样的,也写人在现实中应该怎样","通过应该怎样,体现现实主义亦应具有的温度,寄托我对人本身的理想"[②]。

---

① 梁晓声:《〈今夜有暴风雪〉补白》,《润心集》,长春:吉林人民出版社,1996年,第254—257页。
② 丛子钰:《梁晓声:现实主义亦应寄托对人的理想》,载《文艺报》2019年1月16日。

今天，新时代中国各项事业处在深化改革的攻坚阶段，需要更多富有时代精神的作品出现。从跨越一体化时代文学到八十年代中后期文学两个阶段的梁晓声身上，我们应该吸取现实主义发展的经验。当前的作家需要有更深入的体验、更深邃的思想、更大的格局，在宏观把握时代精神、微观聆听生命诉求两方面凸显当前社会发展所体现的艰巨性、复杂性、多变性等特点。这是八十年代现实主义文学发展给我们带来的巨大价值。

（原载《文艺评论》2019年第4期）

梁晓声小说的电影改编

◎ 韩文易

梁晓声是中国当代著名作家，从事文学创作四十余年。他创作的小说始终坚守现实主义的风格，折射了历史的变迁，对社会各个阶层的现实状况与人们的心理活动都有细致的描写和深刻的反思。2019年，梁晓声的长篇小说《人世间》获第十届茅盾文学奖，引起了更为广泛的社会关注。但是现有的研究成果大多围绕着梁晓声的小说本身展开，严重忽视了梁晓声小说的电影改编。事实上，梁晓声之所以在民众中有如此高的知名度，相当程度上源于其小说改编的影视作品的传播。而且，现实主义题材一直是电影改编的重要文本来源。

目前为止，根据梁晓声的小说改编并上映的电影共有九部：《神奇的土地》（1984年，改编自短篇小说《这是一片神奇的土地》），《今夜有暴风雪》（1984年，改编自同名中篇小说），《爱与恨》（1985年，改编自中篇小说《人间烟火》），《那年的冬天》（1990年，改编自短篇小说《鹿心血》），《司马敦》（1998年，改编自同名中篇小说），《我最中意的雪天》（2001年，改编自中篇小说《疲惫的人》），《人间天上情》（2004年，改编自中篇小说《苦恋》），《证书》（2006年，改编自同名短篇小说），《冰坝》（2007年，改编自同名中篇小说）。

一、改编的动力：镜头感、写实性与历史反思

在影视文化高度繁荣的当代社会，越来越多的人会选择兼具艺术特征和娱乐属性的电影作品进行文化消费。然而文学作品中所蕴含的艺术营养却是不能被电影艺术家忽视的，特别是小说这种具备强大叙事功能的文体，与电影存在着诸多共性。

不过并非所有的小说都适合被搬上荧幕，从静态的文本改编为动态的影像，前提条件是具有"镜头感"，即通过细腻的语言描绘出生动的视觉画面，让读者有"身临其境"之感。它是小说与电影共有的中间介质，是连接两种文本的桥梁。梁晓声的小说语言是具备以上特征的，无论是自然风光还是人物行为，与镜头语言都存在高度契合之处。比如小说《鹿心血》是这样描述众知青捕获苏联猎狗"娜嘉"的场景：

> 那狗比我们想象的要小，也不如我们想象的那么凶猛。长腰身，长腿，垂耳。深栗色的毛，闪耀着旱獭般的光泽。狗脸很灵秀，很可爱。一条漂亮的纯种猎狗。钢丝套子勒在它后胯上。由于它经过了一番激烈的挣扎，已使套口收得很紧很紧，勒入皮肉，仿佛就要将它的腰勒断了。这狗充满痛苦的眼睛里，流露出人类的悲哀而绝望的目光，恐惧地瞧着我们。它不断龇牙，发出阵阵低鸣。但那低鸣绝不意味着进攻的企图，是防范的本能。它太痛苦了，不久便连防范的本能也丧失了，一动不动地蜷伏在雪窝中，不再龇牙，也不再发出低鸣。[①]

---

① 梁晓声：《鹿心血》，《梁晓声文集·短篇小说3》，青岛：青岛出版社，2017年，第92页。

上述描写不仅细致入微地描绘了狗的外形和神态，而且通过描述一幅幅动态的画面，让读者间接地感受到人物心理的变化。结合故事背景可知，众知青将这条来自苏联的猎狗视为"敌人"，对其充满了憎恨。但是当他们看到"敌人"竟是如此的脆弱，内心被压抑的善良与怜悯便自然迸发了。小说始终运用极具视觉表现力的叙述方式，非常适合电影改编。

写实性也是梁晓声小说适合改编为电影的重要原因。在中国电影改编的历史中，现实主义题材的文学作品始终占据着最重要的位置。因为贴近现实生活的艺术题材更容易引起观众的情感共鸣。梁晓声的小说注重反映底层民众的日常生活。《疲惫的人》主人公王君生为了给儿子创造更好的学习环境，决定和妻子搬到小房间去。可是过程却大费周折——先是因碰倒了家具和妻子发生争执，再到不愿接受邻居帮忙而生气，最后只得无奈地将床的四条腿锯掉才将其安置妥当。这段生活琐事占到了全片的四分之一，之后的事情也延续了开篇的特征。再比如《证书》讲述了一位普通渔民受到不公正的对待后坚持上访，其间却遭到了各级政府官员阻挠和村民误解的故事。这些故事与观众的日常生活几乎没有距离，改编为电影后，丝毫不会带来欣赏的陌生感。至于自然灾害主题的《冰坝》和三部北大荒知青题材小说，从内容上来看虽然具备一定的传奇性，但是故事着力表达的还是拼搏、关爱、怜悯等人性的共通之处。

另外值得提及的是，梁晓声在创作中一贯坚守人道主义的价值立场。他不是以启蒙者的身份自居，而是立足于时代背景，先着重表现他们在艰苦社会环境中的正直与善良，再从民众身上寻找群体特征进行历史反思。这点在他的知青小说里表现得最为明显。正如有论者所言："一方面，梁晓声对知青生活充满了炽热的眷恋与肯定；另一方面，其作品又越来越多地流露出对历史的清醒审视与深刻反思。"[①] 比如《今夜有暴风雪》，这个故事发生在知青返城前夜，

---

① 施新佳、魏国岩：《梁晓声知青小说的精神情怀与历史反思》，载《牡丹江师范学院学报》2018 年第 3 期。

团长马崇汉想要私自扣留全团知识青年的返城手续,他的做法直接引爆了知青们压抑许久的情绪。不过梁晓声并未将主要笔墨花在控诉极左思潮对人性的戕害,或大肆渲染人性在暴乱中的丑恶,而将重点放在曹铁强等正面人物身上,彰显他们的正义、勇敢和奉献精神。梁晓声的小说在保持历史理性的前提下彰显了人性的善良,在功利主义大行其道的今天宣传"好人文化",将这种小说进行电影改编,对社会风气具有积极的引导作用。

坚守人道主义的历史反思精神与前文所提到的镜头感、写实性一同成为梁晓声小说电影改编的持续动力,也从侧面反映出现实主义风格小说改编为电影的几项重要标准。

二、改编的策略:简化人物形象与调整叙事结构

梁晓声小说中的人物大多血肉丰满、形象立体。《这是一片神奇的土地》中的副指导员李晓燕是一位勇敢正直的兵团战士,从未畏惧垦荒中的艰辛危险,但是她的内心已经被极端意识形态扭曲,将个人情感与审美需求压抑在心底。《证书》里的渔民王昭原本乐于助人,多次见义勇为,可是在表彰大会上受辱之后性情大变,最后甚至放任溺水的人死去。以上种种都是改编为电影的梁晓声小说的主要人物,从中可见这些人物形象的复杂性。

经过改编之后的人物往往只保留了原著中最主要的特征。《苦恋》原本有相当长的篇幅介绍芊子幼年时向受到政治迫害的读书人学习文化知识,正是因为有了这段"被启蒙"的经历,她在面临艰难的抉择时,才会如此坚毅地遵从自主的意志。当后文写到芊子被"造反派"队长侮辱,继而被家人和村民抛弃时,读者能感觉到芊子的宿命仿佛冥冥之中与政治运动捆绑在一起。然而她始终以高扬的主体意识与命运相抗。这样的叙述不仅使得整个故事更加厚重,

而且还增加了传奇色彩。而电影《人间天上情》不仅完全删去了芊子的"文化背景",还穿插了不少戴文祺演出的细节。可以说,电影中的芊子是一位没有任何特别之处的纯朴少女,做出的所有重大选择不是源于对戴文祺的仰慕,就是善良的本性使然。之所以会有这样的改编,一方面是因为受制于时长限制,电影无法完全还原小说人物的复杂特征所致,另一方面是因为电影需要保证自身的视觉观赏性。

  对于那些时间跨度较小、人物心理变化较为丰富的作品,经电影改编之后,人物内心的活动也变得单一且被强化了。小说《鹿心血》的主人公"我"与鹿场知青有过节,原因是鹿场知青偷拿了"我"的手表且拒不承认。但是"我"为了帮助苏联老人拿到鹿心血而选择不计较此事,表现了"我"的善良和大度。电影《那年的冬天》基本复原了这段情节,并将二人之间的矛盾设计得更为激化。沈明被鹿场知青诬陷偷表,因此产生过节。而沈明不仅默认了不存在的偷表事件,还用战友的订婚礼物"赔偿"给了养鹿知青。可是对方不仅未将鹿心血交给沈明,反而在拿到手表后派人将沈明打了一顿。沈明情急之下,半夜杀了一只鹿,将鹿心血偷回了哨所。

  这段改编的目的显然是强化沈明的善良,他为了救助苏联老人不惜牺牲自己的尊严和战友的利益,显然比原作的主人公"我"牺牲更大。在当时的情境下,以自己的名誉受损为代价来换取挽救苏联老人性命的可能,完全符合沈明的价值立场。但是杀鹿偷血的情节却引发了更大的伦理问题。鹿属于公共财产,沈明的行为损害了他人的利益。下述观点在今天已经成为共识:

  对于其任何有损他人利益的行为,个人都应对社会负责,并且如果社会觉得为了自身安全必须施予某种惩处,则行事者还应受到社会舆论或法律的处罚。[1]

不论是电影还是原作,作者的目的都是要倡导人道主义的价值观。所以沈明的行为虽然可以从行为逻辑上理解,但是不符合影片的主题精神。以上的负面结果是将人物性格过度简化所导致的,也正是此种电影改编策略难以避免的消极作用。

调整叙事结构也是梁晓声小说电影改编的重要策略,出现在多部改编的电影作品中。梁晓声非常善于运用"插叙"叙事技巧,他小说的开始时间一般不是故事开始的天然时间,而是故事中间的某一环节,然后通过"解释性的回忆"[2]将故事完整地叙述完。例如,小说《证书》的开篇便是王昭在表彰大会上受辱的场景。至于他为什么来到表彰大会,又为什么被取消了资格,背后又有什么隐情,读者一概不知。梁晓声在后续的叙述中将陆续回答这些问题,整个故事的情节也随之展开。但是电影《证书》完全按照自然时间发展,先通过几件小事树立王昭乐于助人的正面形象,又讲述了因为工厂污染河流,王昭与工厂老板的冲突。当王昭将工厂老板从河里用渔网救起来,对其原本就存有偏见的老板却认为王昭有意羞辱他,从而恩将仇报,利用自己在政府的关系把王昭的表彰资格抹除。经过一系列铺垫之后,电影才进行到小说开始的场景。

之所以存在上述区别,是由于小说缺乏视听媒介,为了吸引读者的注意力,作者有必要在开篇营造悬念。对于讲述日常生活的现实主义题材电影,故事原本就呈现琐碎的面貌,大量运用插叙等叙事技巧容易破坏故事逻辑。电影的改编会有意识地保护故事逻辑,有助于还原小说中的生活细节。

---

① [英]约翰·穆勒:《论自由》,孟凡礼译,上海:上海三联书店,2019年,第109页。
② [法]热拉尔·热奈特:《叙事话语·新叙事话语》,王文融译,北京:中国社会科学出版社,1990年,第14页。

但是，当现实主义题材的改编电影面对原作过于零散的细节时，也需要改变叙事结构，从而达到营造悬念、制造戏剧冲突的作用。最典型的作品应是《疲惫的人》。原作由第三人称视角讲述，而且开篇详细地介绍了故事的时间、地点、人物性格、主要矛盾之后，情节才徐徐展开。电影的叙述视角则变成了第一人称，将所有的故事都置于"我"和一位偶遇的年轻人的对话中进行。"我"的旁白不时以画外音的方式出现在情节转折之处。电影开头的场景迅速切换，是一系列交代人物形象和人物周边环境的短镜头。由于原作篇幅较长，类似的事件会出现多次以渲染其中的戏剧冲突。电影的改编将人物相同、矛盾类似的一些事件进行了合并。比如王君生畏惧日渐长大的儿子，电影中只通过"阻止父母因锯床腿吵架"一件事情表达，而小说里还插叙了不同时期的父子冲突，以表现王君生对儿子的畏惧存在循序渐进的过程。以上都是为了加快叙事节奏，激发观众对故事的兴趣。相比原作中通过文字道来的背景信息，电影通过视觉影像，让观众自行感受这些信息，从而使得作品更加凝练。

三、改编的评价：节制美、弱批判性与形式局限

梁晓声的小说具有鲜明的批判色彩与深邃的反思精神，但是走向极致的思辨也带来了弊病，那就是存在过多的议论性语言。正如笔者曾经谈到的："也许正是在强烈的道德责任感的驱使之下，梁晓声热烈地期望自己的笔锋可以触及社会与人性的深层，结果缺乏对语言艺术的锤炼和反思，造成的直接结果便是在小说中夹杂大量道德教化式的议论语言。"[①] 这些说教意味浓重的议论语言不仅伤害

[①] 韩文易：《〈苦恋〉语言风格与梁晓声20世纪90年代创作观研究》，载《文艺评论》2019年第4期。

了故事本身的情节发展，还使得作品显得冗长臃肿，相伴而来的往往还有泛滥的个人情绪。梁晓声的小说往往弥漫着悲剧色彩，这种美学特质让他的作品拥有崇高的悲壮精神，但是也容易导致读者的审美疲劳。

改编后的电影具有节制美，极大程度上改善了原作的不足，特别是对结尾的处理上，不仅延续了原作的悲剧美学，还将希望一并传递给了观众。《鹿心血》的最后，"娜嘉"无力渡过解封的乌苏里江，最终带着鹿心血被江水冲走；《那年的冬天》的"娜嘉"在横渡江面时也遇到了困难，停留在一块浮冰上不敢前进，此时知青们纷纷呐喊着鼓励它，同时响起的还有从河对岸的校园传来的钟声。相比于彻底陷入绝望的原作故事，电影带给观众的是具有积极意义的开放结局。《苦恋》里的戴文祺最终与芊子相见，并为临终前的她唱了最后一曲，不久后也郁郁而终；《人间天上情》直至最后，芊子还是拒绝与戴文祺相见，整个故事在悠然的音乐和戴文祺怅然的神情中结束。历史的谬误、人性的善恶和青春的情怀均被消解。这样的改编既节制了作品情绪，又保存了留白，给观众一定的想象空间。小说《证书》的结尾是王昭因受到村民非议而心灰意冷，竟然眼看着自己曾经救过的商人溺死；电影《证书》则是开放结局，村口的喇叭播放着为他开表彰大会的通知，王昭撑着小船，伴着广播声顺流而下。这样的改编消除了原作人物的负面行为，并且避免了情节过于离奇，脱离现实的合理性。总之，改编后的电影有效节制了梁晓声小说中汪洋恣肆的个人情绪，增强了观众对作品文艺精神的接受程度。

相较于小说，针对电影的审查制度更为严格。在改编一些特殊的题材时，电影有必要对部分人物形象和作品主旨做出一定的调整，其间难免导致批判精神减弱。梁晓声知名度最高的中篇小说《今夜有暴风雪》的改编就反映了上述现象。梁晓声希望通过人物的命运与选择来进行历史反思的意图并未体现了电影中，后者显然更聚焦于表现几个主要人物的精神品格。原作中,郑亚茹几乎是以反面人物的形象出现的:为了帮助爱人上大学,她通过暗箱操作,在曹铁强不知情的前提下,让他顶替了另一位知青上大学的名额;她也毫不掩饰对裴晓云的嫉妒,并始终利用自己排长的身份优势向其施加冷暴力;还有最不可饶恕的两个错误——泄露会议机密,未安排别人和裴晓云换岗。郑亚茹不仅引发了整夜的知青暴乱,更对刘迈克、裴晓云的死亡有不可推卸的责任。

但是电影显然有意掩盖了郑亚茹的性格缺陷,并为她删减了所有的过失。影片弱化了郑亚茹和裴晓云的冲突,泄露会议机密的情节甚至被全部删去。这样一来,她在电影中保留下来的只剩下指导员的尽职尽责(小说原作中的郑亚茹是排长,电影中改为连指导员)。

有关郑亚茹形象的改编,大大减弱了主题应有的深度。就像有的论者曾经评价的那样:"影片的改编削弱了人物形象的立体与真实,一味突出和放大'青春无悔'的主题,失去历史纵深感和鲜明色彩性……某种程度上背离了梁晓声的原意且不具有穿越时代的永恒性。"[1] 除了《今夜有暴风雪》之外,电影《冰坝》对原作的主要矛盾和人物背景也做出了重大修改,将梁晓声对底层民众贪婪、善妒等弱点的批判,连同翟茂生这一"堕落的知识分子"形象完全删去。两部电影的拍摄时间相距二十多年,却存在相似的改编问题,从中可见症结的顽固程度。

最后,还是要回到电影与小说本身的艺术形式上来分析,它们的创作条件和表现手段是有巨大差异的。小说的写作没有严格的篇幅限制,可供作家调整叙事时间的艺术手法也很丰富。而电影必须在有限的时长内将故事呈现给观众,所以因控制时长而被迫剪掉的精彩情节也不在少数。可能正是源自于此,梁晓声中篇小说的电影

---

[1] 梁齐双、曲竟玮:《一曲失真的青春颂歌:梁晓声知青小说〈今夜有暴风雪〉的电影改编》,载《文教资料》2018年第8期。

改编基本都会加快叙事节奏，并缩减原有的情节，甚至会裁剪部分次要人物的故事线；短篇小说的改编往往还原度更高，为了增强部分情节的表现张力，有时还会增加一些原创情节。

通过这一规律可以得知，在改编现实主义题材时，短篇小说的故事体量与电影比较接近，改编起来也比较容易，而改编中篇小说就需要导演和编剧进行较多的二次创作，还原难度较大。截至目前，梁晓声已经创作了二十多部长篇小说，尚没有一部被改编为电影。数据说明我国长篇小说的电影改编工作难度较大，但仍有较大的进步空间。

四、结语

梁晓声小说的电影改编基本同原作的内容和思想保持了一致。由于媒介方式的不同，这些电影延伸了小说主题精神的表达方式，与原作形成了互文的关系。所以，梁晓声小说不仅非常适合改编为电影，而且它们还具有观看与研究的双重价值。

通过分析这些艺术作品，也可以为现实主义文学作品的电影改编提供思路。具备镜头感、写实性和历史反思的小说具有被搬上大银幕的条件。为了使故事更加适应电影这种艺术形式，简化人物形象与调整叙事结构都是很有效的手段。至于批判性减弱的现象，和电影本身的形式局限一起都是电影从业者未来要努力解决的问题。

（原载《名家名作》2022年第1期）

从"人民的英雄"到"英雄的人民"
——论梁晓声小说的历史主体

◎ 韩文易

梁晓声小说的英雄叙事一直是学界和读者热议的话题。《这是一片神奇的土地》里勇敢豪爽的"摩尔人"王志刚,以及《今夜有暴风雪》里正气凛然的工程连连长曹铁强,还有同时期创作的《北大荒纪实》《荒原作证》《为了收获》《鹿心血》等北大荒知青题材短篇小说,它们共同塑造了坚毅、强悍又不乏温情的英雄群像。

这些英雄形象进入当代文学画廊的同时,也带来了持久的争议。孟繁华直接否定了曹铁强等形象的存在意义,指出"极左思潮指导下的荒谬运动却成了理想主义和英雄主义生长的土壤,显然是缺乏说服力的"[①],杨健的《中国知青文学史》做出了相似的评价,认为梁晓声"把一种虚假的理想主义光辉投射在失败的历史上,使它变成了一部辉煌历史"[②]。陶东风从知青群体的集体心理分析出发,批评梁晓声知青小说英雄叙事的本质是"知青在新环境下产生的一种心理防御机制;不愿承认自己的失败,回避历史反思"[③]。从时间上看,这些横跨了几十年的研究具有相同的共识——梁晓声小说的知青英雄是一种脱离历史语境,无视历史事实,完全出自个人情怀的虚构。本文以学界的这些争议为切入口,深入梁晓声不同时

---

① 孟繁华:《1978:激情岁月》,济南:山东教育出版社,1998年,第118—119页。
② 杨健:《中国知青文学史》,北京:中国工人出版社,2002年,第333页。
③ 陶东风:《"悲壮的青春"与梁晓声的英雄叙事——知青文学回头看(之一)》,载《文学与文化》2013年第1期。

期的小说,解读那些带有英雄气质的人物形象,以文本细读的方法对上述争议做出客观的回应。

一、"英雄史观"倾向与"革命通俗小说"的影响

首先,笔者认为,以上批评的意见并非全无根据的误读,但实在是一种出于"前置偏见"的过度解读。深入小说的历史叙事便会发现,那些故事里的人物是丰富多样的,仅以《今夜有暴风雪》为例,粗鲁狭隘却忠诚无畏的刘迈克,敏感多虑而心地善良的小瓦匠,好学上进并恪守底线的匡富春……他们与曹铁强、裴晓云和郑亚茹一样,也是整个叙事文本的重要构成部分。仅强调曹铁强的英雄气质和裴晓云的牺牲情结,的确有以偏概全之嫌。

按照陶东风等批评家的表述,梁晓声的历史观与尼采提出的"英雄史观"存在一致性。尼采在多部作品里表达过"历史是由英雄推动"的观点,也就是说,他将个别杰出人物视作历史的主体。那么,梁晓声是否认同"英雄史观"呢?带着尼采的理论重新审视梁晓声的知青小说,我们必须承认,梁晓声确实肯定了王志刚和曹铁强们做出了超越一般人性的高尚行为,不过并没有将知青英雄视为"语言总是如神谕一般"[1]引领历史进程的主体,甚至不曾表达过他们的精神品质应当在群众中得到推广。由此可见,梁晓声没有因过度关注英雄的壮举而忽略大多数平凡人的选择。

除去一定程度的"英雄史观"倾向之外,《今夜有暴风雪》等梁晓声的知青小说之所以长时间遭到部分批评家的过度解读,至少有三方面原因:其一,梁晓声在创作中过于关注自己的内心感受,急迫地通过小说阐发议论,加上他自己没有彻底将想要表达的思想

---

[1] [德]尼采:《历史的用途和滥用》,陈涛、周辉荣译,上海:上海人民出版社,2020年,第72页。

梳理清晰，导致行文略显粗糙，没能和读者之间建立起有效的沟通桥梁，这其实也是青年作家的通病（梁晓声创作《这是一片神奇的土地》时，距离其处女作的发表时间仅有两年多，《今夜有暴风雪》则是他第一部中篇小说）。其二，部分评论家没有完全坚持客观的批评立场，比如孟繁华和陶东风的相关研究都列举了知青的悲惨遭遇，我们当然不能否认他们在特殊时期遭遇的身心摧残，但相关数据资料基本是有关"插队知青"的调查，而遭到批判的梁晓声笔下的英雄形象均来自"兵团知青"[①]。既然两者从性质上全然不同，那么这些批判的观点也不能成立。其三，单纯从创作手法的层面来看，梁晓声早期知青小说塑造人物的方式受到了其阅读经验的影响。由上文可知，现有的研究对前两个因素已经展开了相对充分的论述，故本文仅详细地讨论第三个原因，也是从艺术形象的角度提炼梁晓声小说历史观的一次尝试。

通过梳理梁晓声青少年时期的阅读经历可以看到，二十世纪五十至七十年代风靡中国的"革命历史小说"[②]对他同样产生了深远的影响。在回忆性随笔集《文艺的距离》里，梁晓声详细地整理了自己青少年时期（1957—1966）的"文艺活动"，读小说自然是其中最为重要的一部分。梁晓声从小学六年级起开始自主阅读，看的第一批书包括《三家巷》《红旗谱》《苦菜花》在内的三十余部"革命历史小说"，而且尤为喜欢以战争为背景的长篇小说，包括《林海雪原》《新儿女英雄传》《吕梁英雄传》《敌后武工队》《铁道

[①] 关于"兵团知青"与"插队知青"的本质差别和在梁晓声小说中的体现，参见席云舒、段宁：《梁晓声小说与当代文学中的两种知青形象》，载《文艺报》2022年3月18日。

[②] 黄子平提出，"革命历史小说"是他对中国大陆20世纪50—70年代一批作品的"文学史命名"。这些作品在既定意识形态的规限内讲述既定的历史题材，以达成既定的意识形态目的，还承担了将"革命历史"经典化的功能。它们包括《保卫延安》《红日》《红旗谱》等，详见黄子平：《灰阑中的叙述》，北京：北京大学出版社，2020年，第1页。

游击队》《平原枪声》等。它们都是梁晓声在青少年时代反复阅读过的。[①]

我们从这份书单中会发现，梁晓声比较偏爱那些以富有传奇色彩的战斗英雄为主人公的小说，它们恰与李杨提出的"革命通俗小说"高度重合。按照李杨的说法，"革命通俗小说"集中出现于二十世纪五十年代中前期，在创作手法上与中国古典小说相近，所表达的却是革命主题，它们的结构方式、人物塑造乃至叙事节奏"都再现了传统小说的风采"[②]。而且，《林海雪原》等小说均取材于革命历史时期，应属于"革命历史小说"的一部分，又与《红旗谱》等风格更接近西方十九世纪长篇小说的作品有明显区别。以上区别在梁晓声的阅读兴趣中起到了重要作用，他明确表达过不喜欢《保卫延安》和《红日》"用了较多笔墨交代战略决策、战役部署"[③]的故事情节。这更能证明那些英雄形象给他留下了相当深刻的印象，完全有可能对他日后的写作产生重要影响。

"革命通俗小说"的革命英雄是具有诸多共性的，在当时已经形成了一类"模板化"的人物塑造方式。他们除了身负血海深仇、讲究重义轻利、忠于儿女情长这些中国民间文化对"侠士"的要求之外，最重要的使命则是代表无产阶级以革命的方式进行阶级斗争。以《林海雪原》的少剑波为例，剿匪既是组织交给他的任务，也符合他最真挚的内心冲动，因为他的姐姐就死于这群土匪之手。这样一来，英雄的行为动机包括了"国恨"与"家仇"，革命的历史使命与朴素的伦理道德要求被成功地结合起来。小说接下来的叙述充分地展示了少剑波的英勇无畏和足智多谋，这里面有些情节过

[①] 以上信息参见梁晓声：《文艺的距离》，北京：中国民主法制出版社，2020年，第27—58页。
[②] 李杨：《50—70年代中国文学经典再解读》，北京：北京大学出版社，2018年，第3页。
[③] 梁晓声：《文艺的距离》，北京：中国民主法制出版社，2020年，第46页。

分夸张了主人公的个人能力，渲染了其"神性"的一面。再加上他与极度纯洁美丽，犹如仙女下凡一般的女兵白茹产生了感情纠葛，更为其增添了几分快意恩仇的侠士之风。不论是作者有意为之，还是古典传奇小说潜移默化的影响所致，仅从结果上看，都为少剑波这样的英雄人物赋予了"革命战士"与"江湖豪侠"的双重属性。相比于后来的朱老忠、卢嘉川等接受革命思想启蒙，并且基本按照马克思主义理论指导行为的"新英雄"，少剑波无疑更能激发读者内心的热情，从而起到动员人民群众参与革命的召唤作用。后者正是二十世纪五十至七十年代长篇小说最为重要的现实使命，我们不妨在此引用一段蔡翔的论述：

> 革命的目的是动员人民挺身而出反抗周围的环境，因此，它必然需要那些"英雄"式的人物，并通过对他们的叙述，而形成一种"榜样"的力量；但是，这一革命并不是少数人的事业，而必须有群众的广泛性的参与，因此，"英雄"不仅不能成为革命的垄断性人物，相反，他们还必须起到"人人皆可为英雄"的参与可能。在这一意义上，所谓的"群众英雄"恰恰缓解了中国革命的这一现代性的焦虑。[①]

笔者认为，蔡翔关于"革命通俗小说"乃至二十世纪五十至七十年代长篇小说英雄形象生成机制的探索非常透彻，他反复强调的"群众性（人民性）"或"集体的英雄"本质上符合历史唯物主义人民史观的内在要求。历史唯物主义认为，在历史的发展过程中，人民群众起着决定性的作用，他们才是历史的创造者。马克思和恩格斯阐述历史唯物主义时指出"市民社会是全部历史的真正发

[①] 蔡翔：《革命／叙述：中国社会主义文学—文化想象（1949—1966）》，北京：北京大学出版社，2018年，第179页。

源地和舞台"①，这从根本上否定了英雄史观的存在价值。毛泽东在《对英雄模范须勤加教育》里提出的"凡当选的英雄模范，须勤加教育，力戒骄傲，方能培养成为永久的模范人物"②是政治要求，同样也是政治施加给文学的要求。于是，这一时期的英雄形象必须同人民保持密切的联系，必须极力彰显人民的力量，必须最大限度地体现人民的意志。《林海雪原》《新儿女英雄传》《铁道游击队》等"革命通俗小说"无疑很好地完成了这项政治任务，它们的作者对于革命思想的理解虽然不及后来者深刻，但是这些作品本身却更有可读性，更容易对读者产生影响。

带着以上背景性知识再去审视梁晓声的小说创作，特别是那些早期的知青小说，我们会发现，作家在一定程度上沿用了"革命通俗小说"塑造英雄人物的模式，这理应是曹铁强等知青英雄的身上为何会存在"神性"的重要原因。由此，笔者得出了一个推测性的结论：梁晓声笔下的英雄之所以给人带来"不真实"的感觉，更多是缘于其青少年时期的阅读影响，并非是他刻意为之。从创作思想上来看，梁晓声从来没有尝试塑造孤立的个人英雄形象，毕竟，他在《今夜有暴风雪》的补白里明确表达过：

> 他们身上，既有那个特定的历史时期内鲜明的、可悲的时代烙印，也具有闪光的、可贵的、应充分予以肯定的一面。仅仅用同情的眼光将付出了青春和热情及至生命的整整一代人视为可悲的一代，这才是最大的可悲，也是极不公正的。我写《这是一片神奇的土地》《白桦林作证》《今夜有暴风雪》，正是为了歌颂一场"荒谬的运动"中的

---

① 中共中央马克思恩格斯列宁斯大林著作编译局：《马克思恩格斯选集》(第一卷)，北京：人民出版社，2012年，第167页。
② 毛泽东：《对英雄模范须勤加教育》，《毛泽东文集》(第三卷)，北京：人民出版社，1996年，第246页。

一批值得赞颂和讴歌的知青。①

因此,梁晓声的初衷可以概括为以小说"重构"被现实误解,并且被历史忽视的知青群体。只不过作品最终所呈现的艺术效果与作者的主观意愿存在一定的错位。随着小说关注的焦点扩散,不再局限于自身所属的知青群体,之前的错位便逐渐被修复了。梁晓声对此有着清醒的认识,所以才会在《雪城》出版之后以激烈的态度断言"知青经验"没有延续的可能,也可以视为他暂时告别"知青文学"的宣言:

> 故我以十二分的虔诚和坦率和衷心告诫我的当年的北大荒知青们:记住自己当年曾是一个北大荒知青,记住几乎整整一代人当年都曾是各地的知青——仅仅记住这一点就够了。因为这表明你永远记住自己是谁。那一经历毕竟是我们每个人经历的一次洗礼。但是不要寻找它——"北大荒知青"在今天在城市的群体形式。即使它存在着,也不要相信它。不要将你希望自己成为一个怎样的人和可能成为一个怎样的人之实践与它联系起来。更不要将它视为你的生活内容和生活意义的一部分。
>
> ……
>
> 当年的知青朋友们,不要再陷入"知青情结"的怪状纠缠不清。②

---

① 梁晓声:《梁晓声文学回忆录》,广州:广东人民出版社,2021年,第229页。
② 梁晓声:《龙年1988》,《梁晓声文集·散文1》,青岛:青岛出版社,2018年,第262—263页。

二、关注民生问题，塑造平民英雄

步入八十年代中期之后的梁晓声不仅在思想上做出了改变，也在很短的时间里调整了自己的创作手法，作品褪去了青涩的痕迹。在《今夜有暴风雪》发表之后不过两年，从中篇小说《沿江屯志话》（1985）就能看出，梁晓声的写作技巧日益纯熟，建构的人物形象也愈加丰满。

《沿江屯志话》的故事离开了北大荒，发生在二十世纪五十至七十年代的农村。主人公李占元起初以"革命英雄"的身份出现，他在抗美援朝的战场上英勇负伤，战争胜利之后又被分配到县委工作，沿江屯的百姓无不仰慕。然而李占元并没有沉醉于英雄的荣耀中，他始终将民众的利益看得高于一切。看到无辜的婉姐儿被政治运动迫害到家破人亡的地步，他毅然决然站出来为她正名，全然不顾此举有可能毁掉他的英雄名誉和个人政治前途。更加难能可贵的是，李占元对抗被极端"左"倾思想洗脑的同志时所用的思想武器主要是那段尚未参加革命，在务农之余跟着婉姐儿父亲读书的历史。那是他在人民中间的历史，也是这段历史让他始终在狂热的政治运动中保持着理智。可以说，他的英雄气质除了来自革命精神的启蒙，也同样源于人民群众的本色。当昔日的战友化身戕害百姓的刽子手时，李占元依旧能在狂热的政治运动中保持清醒，坚守正义。梁晓声显然是想要借此表现人民的力量，以及英雄来自人民，又扎根于人民的事实。李占元的行为和意识是极富象征性的，隐喻着特殊年代那批"历史的反思者"，同样延续着鲜明的"人民性"。

进入九十年代之后，宣布暂时告别"知青情结"的梁晓声更为广泛地关注中国社会的民生问题，他小说里的主人公来自社会各个阶层，属于不同的身份群体。《秋之殇》《荒弃的家园》《红磨坊》《证书》深入中国偏远地区的农村，塑造了或愚昧或纯朴的农民形象;《表弟》《贵人》《学者之死》《婉的大学》《选修课》讲述校园故事,反映当代学者与大学生的精神面貌;《老师》《白发卡》回溯作家更为遥远的童年记忆,试图以宗教式的人文关怀救赎历史苦难;长篇小说《年轮》的主体部分,以及中篇小说《激杀》《疲惫的人》《钳工王》表现了身处时代转型阵痛之中的工人群体。《司马敦》还为当代文坛留下了一位恪尽职守又充满智慧的警察形象。可以说,在中国社会元素日益多样,社会阶层划分越来越细致的时期,梁晓声坚持以小说塑造人民的"群像",进而勾勒出社会的基本面貌,无不彰显着人民群众构成了历史的主体。

在讲述中国社会历史的同时,梁晓声依旧塑造着英雄,只不过他们不再从血雨腥风里走来,而是扎根于人间烟火之中。像《年轮》里极具担当精神的吴振庆、韩德宝,《钳工王》(1997)里以个人牺牲唤起群众觉醒的老工人姚师傅,还有《顺嫂》(1999)中那位跨越五十年历史变迁,面对不同形式的社会动荡始终坚守初心的李慧芝。他们都是所属群体里再普通不过的一员,却拥有着不可忽视的英雄气质。

我们不妨以《顺嫂》为中心做个案分析。小说起始的叙事时间是 1947 年,当时的中国还处于解放战争时期,山东某革命根据地民兵队长兼村长李慧芝嫁给了战斗英雄刘顺根。李慧芝在人前是英姿飒爽的女干部和英雄家属,梁晓声通过旁人的眼光描写她的形象:

> 在村人们的心目中,他们的年轻的女村长仿佛是这样的一个特殊的女人——心中只有"革命"二字,只有对党的忠诚,只有红旗和解放全中国的大理想,只有为实现这大理想而时刻准备捐躯献身的英雄主义。[1]

---

[1] 梁晓声:《顺嫂》,《梁晓声文集·中篇小说 2》,青岛:青岛出版社,2017 年,第 101 页。

不过英雄主义只是她性格中的一部分，她独处时的状态全然不同，梁晓声在后者那里显然着墨更多。刘顺根参军之后，李慧芝常常思念丈夫，并担心他受伤甚至牺牲，有时陷入有关往日甜蜜的沉思，还会兀自害羞起来。相比起刘顺根"不胸戴英雄花，决不回村，决不踏入家门"①的极端英雄主义情结，李慧芝的担忧几乎是一种与之完全矛盾的心理，却更符合人之常情。小说里描写李慧芝对着丈夫那些革命号子风格的信件黯然神伤的情节，无疑展现了一个与英雄形象背道而驰的小妇人，也更加贴近人性，更为真实。

解放之后，顺嫂并没有过上太久安稳的日子，刘顺根二次入伍，牺牲在抗美援朝的战场上。经历了最初的崩溃之后，她从巨大的悲痛中走了出来。烈士家属的身份给她带来了一定程度的荣耀，刘顺根也在数不清的学习运动和回忆报告中被树立为越来越高大的英雄。面对与日俱增的光荣和敬意，顺嫂却始终能够保持清醒，常常拒绝作相关的报告。作为叙述者，梁晓声以旁白的形式给予了顺嫂高度的正面评价，这标志着梁晓声再一次将本能的情感置于"英雄情怀"之上：

> 她拒绝，乃因她不愿意；她不愿意，乃因她本能地需要一份完全属于自己一个人的对丈夫的回忆，乃因她觉得那样的一份回忆，意味着丈夫遗留给她的宝贵的私有财产。她怎么会愿将自己宝贵的私有财产公开于人呢？
>
> 那是崇拜英雄的年代。在那些热烈、真诚又人心亢奋火燥的日子里，她独自地、默默地、难能可贵地清醒着，以一位妻子对丈夫的深情怀念而清醒着。②

---

① 梁晓声：《顺嫂》，《梁晓声文集·中篇小说2》，青岛：青岛出版社，2017年，第96页。
② 梁晓声：《顺嫂》，《梁晓声文集·中篇小说2》，青岛：青岛出版社，2017年，第132页。

然而顺嫂身上的英雄特质并没有随着时间的打磨消散于本能反应之中。随着政治运动的进行，白部长被打倒，遭遇批斗。顺嫂本来没有遭受牵连，还可以通过"揭发"白部长来获取政治资源。但是她毅然决然地站在了正义的一侧，挺身保护白部长等人，面对红卫兵凶恶的神情和皮鞭，顺嫂以英雄的气魄呐喊："革命根本不需要你们这种革法！"[①] 呐喊的底气源于顺嫂昔日革命英雄的身份，更源自于她有关阶级斗争的理性反思。担任民兵队长期间，她曾率领民兵执行恶霸地主的死刑，却不曾动手殴打、报复过阶级敌人。出自于善良的本心，她认为人道主义的关怀应置于阶级斗争之上，这同样也是梁晓声的立场。

等到她经历的第二场"革命"终于结束，顺嫂再次回归了平凡的生活。小说的最后，顺嫂在早市和小贩讨价还价，闲暇时和女儿一起游玩北京城，还时常听着收音机陷入有关往事的回忆……与其说英雄再次回到了人民中间，还不如承认她原本就是人民的一员。梁晓声尊重英雄，但是反对牺牲，更反对极端的革命理想主义，力图将英雄还原为有血有肉有情感的普通人。在他的叙述里，顺嫂这样的"人民的英雄"不仅是新中国五十年历史发展的见证者，还深入参与了这段历史建构。

相比于二十世纪八十年代初期的知青小说，梁晓声坚持的"人民史观"始终未曾改变，但是在叙事风格和艺术手法上显然做出了诸多改进。这来源于他向传统现实主义的靠拢，以及对中国社会各阶层的历时性观察。然而，置身于世纪末的梁晓声似乎尚未找到将"英雄"与"人民"完全融合的方式，在他的笔下，"英雄性"与"人民性"虽然不是完全对立的存在，但至少也是一个人的两面。不过，在创作上从未停止前进步伐的梁晓声在下一个十年便基本解

---

① 梁晓声：《顺嫂》，《梁晓声文集·中篇小说2》，青岛：青岛出版社，2017年，第153页。

决了这个问题。

三、实现"英雄"与"人民"的统一

进入新世纪后,梁晓声起初将更多精力用于散文和杂文的创作,小说的"产量"与之前相比有明显下降,其间被纳入评论界视野的小说似乎只有《伊人,伊人》和《欲说》这两部带有实验性质的作品。而笔者认为,梁晓声创作于2008年的长篇小说《政协委员》是一部被忽视的佳作,它深入反映了国家各个层级政协委员的工作内容和精神品质。截至目前仍没有任何有关这部小说的学术评论,甚至连新闻性的报道也寥寥无几。这部近五十万字的长篇小说细致入微地讲述了李一泓成长为省政协委员的过程。仅从题目和大致内容来看,很容易让人将其与同时期层出不穷的"官场小说"画上等号。不过事实并非如此。虽然李一泓的确因为政绩突出而得到了升迁,但梁晓声显然不是为了书写一部庸俗成功主义的个人奋斗史,他更为重视表现"人在历史中成长"[1]的主题。

李一泓最初只是一位籍籍无名的文艺工作者,因为具有与人为善且工作勤勉的品格,经退休的老馆长推荐增补为政协委员。李一泓起初并不能透彻理解政协委员的工作性质,再加上他的性格原本就存在怯懦、犹疑的成分,不仅没有完成政协交给的任务,自己的生活也陷入了困境。然而人民群众的现实苦难刺痛了他,最重要的是引发了他记忆深处同质性的生命体验。在其他政协委员与相关工作人员的帮助之下,李一泓意识到了政协委员的使命和责任,担负着巨大压力和风险,在不违背原则的前提下,帮助底层百姓解决了一系列实际问题,还提出了不少有价值的议案。李一泓和其他的政

---

[1] [苏]巴赫金:《巴赫金全集》(第三卷),钱中文译,石家庄:河北教育出版社,1998年,第233页。

协委员甚至在实地调研过程中参与了一起跨省大案的调查，并起到了关键作用。这些情节无疑为李一泓的形象赋予了英雄气质，而这份英雄的荣耀同样是属于"政协委员"这个群体的。通过塑造这个来自于人民的群体，梁晓声小说历史叙事的主体初步完成了"人民的英雄"到"英雄的人民"的转变。

《政协委员》只是梁晓声统一"人民"与"英雄"的初步探索，使它们真正融合还要等到将近十年之后出版的《人世间》。这部史诗巨著塑造了集"人民性"与"英雄性"于一体的群像"六小君子"。周秉昆和他的朋友们浓缩了从历史中走来的当代中国人民，特别是城市居民的大多特征。其实，梁晓声早在《年轮》中就讲述了几位童年挚友贯穿一生的爱恨纠葛，但吴振庆等人物的身份始终未能摆脱"知青"这一历史的特殊群体，"人民性"的特征远不如"六小君子"集中。周秉昆们本来都是国营企业的工人，随着国家政策和社会形势的变化，吕川以烈士家属的身份被推荐上大学，毕业后进入机关工作，成长为国家干部；何向阳通过自身努力考上了大学，也接受了高等教育，成为工程师，应属知识分子阶层；曹德宝、孙赶超、肖国庆则继续做工人，直至下岗后一直从事体力劳动；周秉昆的人生则比较复杂，除了体力劳动之外，他还有过参与商业活动和文艺表演的经历，甚至两次入狱。可以说，"六小君子"的互动与矛盾折射出中国社会各阶层的思维方式与生存状态。能将如此复杂的社会生态纳入一个群体，"六小君子"反映的"人民性"在中国当代文学史上必将占有重要地位。

"六小君子"是平凡的，他们身上存在着比较明显的人性弱点，比如曹德宝为多得拆迁赔偿款诬告周秉义，已然丧失了做人的底线；何向阳被美色所惑，犯下大错，断送了自己的大好前程。但是我们并不能因此抹杀他们的"英雄性"。"天安门广场事件"爆发之后，"六小君子"和A市底层的百姓没有选择无动于衷，周秉昆冒着入狱的风险，将吕川从北京寄来的诗歌交给邵敬文，并发表在

《红齿轮》上。孙赶超受到影响,在周秉昆被捕后前往 A 市中心区摆放花圈,两次坦言道:

> 尽管咱们才真的是小小小小的老百姓,可那也得做多少有点儿正义感的老百姓吧?①
>
> ……
>
> 那我就想证明一下——我孙赶超,一个小老百姓,在自己的哥们儿出于正义而做了什么事,自己也遭到过不正义的对待后,我究竟敢不敢表现一下自己的不满。②

在这段情节里,作者对周秉昆和孙赶超的描写反映了相当数量的人民在那个时期的所思所想,正如上文所言,"六小君子"是底层民众的缩影,他们的言谈举止均非个例,而是具有普遍意味的。七十年代末期的中国是在政治运动里成长起来的,但是与"政治中国"对立的"民间中国"始终存在着,恐怖的政治运动并不能完全压制民众对自由的渴求,梁晓声通过《人世间》信心十足地表示,基于朴素人性的正义感一旦确立,荒谬的极端意识形态将无立足之地。"民间中国"积蓄着巨大的反抗力量,"英雄的人民"将自主争取一个得以保障主体基本自由权利的环境,为此,他们不惜牺牲个体的部分权益,就像以赛亚·伯林曾说过的:

> 为了防止太明显的不平等或到处扩展的不幸,我准备牺牲我的一些甚至全部自由:我有可能非常情愿地、自由地这样做;但是我失去的毕竟是自由——为了公正、平等或同胞之爱而失去自由。在某些条件下,如果我不准备这

---

① 梁晓声:《人世间》(上册),北京:中国青年出版社,2017 年,第 459 页。
② 梁晓声:《人世间》(中册),北京:中国青年出版社,2017 年,第 10 页。

样做，我会受到良知的拷打，也应该如此。[1]

当然，结束了政治浩劫的中国社会并没有给"六小君子"更多以英雄姿态登上历史舞台的机会，他们的生活很快就被琐碎的日常小事重新占据了。不过在弥漫着人间烟火的地方，民众的举动才彰显了道义和担当。《人世间》有这样一个情节，初到酱油厂时，周秉昆曾因曹德宝和吕川的挑衅而对他们动过杀心，多亏曾经的工友孙赶超和肖国庆在其间说和，让他们解除了误会，不然"酱油厂出渣车间便仍是一个暗伏杀机的可怕地方"，两位朋友出于本能的善举，不仅使得三位青年免于潜在的危险，还让他们收获了一生的挚友，"给予人世间一点儿及时的温暖和抚慰"[2]。与之相似的故事构成《人世间》情节的主要内容，同质的情怀也于梁晓声后来小说的人物中得到延续。

新近问世的《我和我的命》聚焦于"八〇后"创业者，方婉之和李娟成为了这个平凡而又庞大的群体的"代言人"。她们也曾走入迷茫，因为无知与任性伤害过身边最亲密的家人和朋友，但是时代的发展和命运的无常促使她们快速成长，而且始终没有丢弃坚忍、智慧、友爱等美好品质，还会在关键时刻勇敢地伸张正义，保护更弱小的他人。不论是方婉之主动挺身而出，为受欺负的女工充当"保护天使"的善意，还是李娟为昔日工友倩倩挡刀，不惜牺牲生命救人的义举，都说明英雄气质始终埋藏于人民的精神世界中。

四、结语

以历时的视角纵览梁晓声小说的人物谱系，我们可以发现，王

---

[1] [英]以赛亚·伯林：《两种自由概念》，《自由论》，胡传胜译，南京：译林出版社，2011年，第173—174页。

[2] 梁晓声：《人世间》（上册），北京：中国青年出版社，2017年，第121页。

志刚和曹铁强等北大荒知青的英雄主义与理想主义特质始终存在。但他们并非一成不变，而是经历了"从外放到内敛"和"从个别到一般"的两个转向。正是基于两个转向，梁晓声小说历史叙事的主体才由"人民的英雄"逐渐演变成"英雄的人民"。当"英雄的人民"失去了外界重大矛盾（特别是阶级斗争）的刺激，回归日常生活后，梁晓声为他们赋予了另一个群体性的称呼——好人。而"好人文化"正是梁晓声小说创作的持续追求，也是我们理解梁晓声小说的核心要义。

梁晓声小说与当代文学中的两种知青形象

◎ 席云舒　段　宁

　　近日，由梁晓声荣获第十届茅盾文学奖的长篇小说《人世间》改编的同名电视剧一经播出便引起了巨大反响，剧中北方某省会城市"光字片"平民区周家三代人的故事，感动了荧幕前的无数观众。当然，这部电视剧的成功，离不开对原著小说诸多优点的吸收和发扬。小说《人世间》真实再现了"五十年中国百姓生活史"，堪称一部现实主义的"平民史诗"。

　　梁晓声身上有一个鲜明的标签，那就是"知青作家"。从《这是一片神奇的土地》《今夜有暴风雪》《雪城》《年轮》到《知青》《返城年代》，他塑造了李晓燕、王志刚、曹铁强、裴晓芸、徐淑芳、王小嵩、赵天亮、林超然、何凝之等众多感人的知青形象，他们是理想主义的一代人，是热情奉献的一代人，这些光辉的知青形象也都通过电视荧屏走进了千家万户。小说《人世间》分为三部，共一百一十五万字，其中，上部也对周秉义、郝冬梅、周蓉等人物的知青生活进行了细致的描写。虽然这部小说的主人公并不是作为知青的哥哥周秉义和姐姐周蓉，而是留守在城里的弟弟周秉昆，但《人世间》中的知青周秉义、郝冬梅同样具有勤劳无私的品格，为开拓北大荒奉献过自己的青春。

　　在很多当代文学作品中，知青这个群体，都是被命运捉弄的一代人，他们响应号召从城市来到农村，"上山下乡"接受贫下中农再教育，他们在山沟里、在田间地头消磨了青春、蹉跎了岁月；即使多年以后他们重新返城，有些人在1977年恢复高考后还上了大学，但他们的爱情、婚姻，乃至整个人生，都已被那个时代改写。在王安忆笔下，"知识青年大都是颓唐的，而且故意地强化着他们的颓唐，表示着对命运的不满……女生略微好些，比较要面子，不肯落拓相，可那神情却是苦闷的"（王安忆《喜宴》）。韩少功《日夜书》中的知青小安子勤劳、能吃苦，但"下乡后的第一哭就是被茅坑吓坏了"。叶辛的《蹉跎岁月》里，"出身不好"的知青柯碧舟插队时受到集体户的冷眼、大队主任的迫害，情感受挫而黯然神伤，在悲观绝望之际甚至想到了死。老鬼《血色黄昏》里的林鹄，伴随着孤独、屈辱和人性的逐渐丧失，在草原消耗了八年的岁月，离开时只带走了心碎与悔恨。在方含、食指和芒克的诗里，知青们"眼泪洒在了路上""青春消逝在路上"（方含《在路上》），他们只能在"灰烬的余烟叹息着贫困的悲哀"中"相信未来"（食指《相信未来》），或者想要"一口咬断／那套在它脖子上的／那牵在太阳手中的绳索"（芒克《阳光中的向日葵》）。

但在梁晓声的小说里，知青生活却是一种完全不同的景象，他们没有哀叹命运的不公，没有批判时代的荒谬，而是积极投身到劳动中去，用理想和汗水铸就青春的丰碑。在《这是一片神奇的土地》里，副指导员李晓燕和她的战友王志刚、梁姗姗三位知青，为了战胜"鬼沼"而献出了年轻的生命；《今夜有暴风雪》中，自卑而又倔强的上海知青裴晓芸，好不容易争取到第一次站岗的机会，在零下二十四度的暴风雪中她没有退缩，最后壮烈牺牲；《雪城》中的徐淑芳，返城后的生活尽管饱经磨难，经历了人生的大起大落，最终还是靠北大荒磨练出来的执着、坚忍、刚强的品格，取得了事业上的成功；北大荒异常艰苦的劳动生活也锻炼了《知青》中的赵天亮、周萍、齐勇、孙曼玲等青年的意志，他们以坚强不屈的奋斗精神谱写了知青一代的热血青春……

这两种迥然不同的知青形象，究竟哪一种更为真实？知青究竟是被命运捉弄的一代人,还是无私无悔地奉献的一代人?是王安忆、韩少功、叶辛、老鬼这些作家和方含、食指、芒克这些诗人错了,还是梁晓声错了?有些批评家曾经批评梁晓声"美化苦难",例如陶东风就认为,"梁晓声开创的、以道德理想主义和去政治化为基本特征的所谓'悲壮的青春叙事'或'英雄叙事',存在一种极具误导性,但又难以被察觉的政治误区和价值误区"。[《"悲壮的青春"与梁晓声的英雄叙事——知青文学回头看(之一)》]这种批评也得到了很多人的同情,不仅是那些当过知青的人,也包括从其他文学作品中了解知青生活的年轻读者。

其实,梁晓声和王安忆、韩少功、叶辛等作家都没有错,因为,很多读者并不了解,知青本来就存在着两个不同的群体:一是插队知青,一是兵团知青,他们所经历的生活是完全不同的。

所谓插队知青,就是城里的知识青年被分散到农村去插队,跟当地的农民同吃同住同劳动,"文革"时期的农村封闭落后,生活异常艰辛,大多数城里来的年轻人并不熟悉农活,会被农民视为娇生惯养。而对于插队知青来说,他们失去了城里优渥的生活,失去了年轻人本该进入大学继续深造的机会,或进入工厂与同龄人一起工作的机会,来到农村过一种完全不同的生活,有时连饭都吃不饱,产生了巨大的心理落差,不容易融入农民生活中去。插队知青是一个极为分散的群体,一个村寨通常只能安排一两位知青,他们在农村显然处于弱势地位,又很少有文化程度相当的同龄人诉说自己内心的苦闷。尤其是那些"出身不好"的知青,更是备受冷落与歧视。然而他们却无力改变现状,到了婚育的年龄,很多知青只能选择跟当地农民的子女结婚生子,等到若干年后返城时,才发现原来命运跟他们开了一个巨大的玩笑。王安忆、韩少功、叶辛笔下的知青,其原型大多是这些到农村插队的知青。

而梁晓声笔下的知青,主要是兵团知青。二十世纪五六十年代,国家在边疆地区建设了若干军垦农场,承担着屯垦戍边的职能,这些军垦农场实行一种准军事化管理,叫作生产建设兵团。在北大荒屯垦开荒的黑龙江生产建设兵团就是其中之一,此外还有新疆生产建设兵团、内蒙古生产建设兵团,等等。六十年代末"上山下乡"运动中,有不少知青就被安排到这些军垦农场,他们跟插队知青的处境完全不同。第一,这些兵团知青虽然来自全国各地,但大多文化水平相当,有共同语言,能够互相协作;第二,生产建设兵团实行准军事化管理,知青们在兵团感受到的是一种军队的氛围,更容易激发他们的理想主义情怀和热情奉献的精神;第三,兵团知青除非犯了错误受到处罚,否则绝不会有挨饿之虞,他们还有较高的工资,每年都能攒下一两百元钱补贴家用;第四,兵团的集体生活也使他们更容易找到心灵相契的生活伴侣和精神伴侣。虽然各地生产建设兵团的环境不尽相同,例如老鬼笔下的内蒙古生产建设兵团,主人公所处的政治环境就要比黑龙江生产建设兵团严酷得多,当然这种差别既可能是来自不同的现实环境,也可能是来自人物的特殊遭际,但北大荒的黑龙江生产建设兵团的知青们,可以说无论是在生活上还是精神上,都要比绝大部分插队知青优渥百倍。

1968年梁晓声高中毕业后,曾经在黑龙江生产建设兵团当过七年知青,他非常熟悉兵团的知青生活,因此笔下的知青也多是兵团知青,塑造的是理想主义的、充满激情和奉献精神的知青形象。如果不了解兵团知青与插队知青的差别,或将两类知青混为一谈,就容易产生梁晓声"美化苦难"的印象。但只要我们对两类知青之间的差别有所了解,就会明白梁晓声笔下的知青生活,完全是一种真实的兵团知青的生活,尽管兵团知青的生活中也会有苦难和牺牲,也会有自私和卑劣的人物,但理想主义和英雄主义精神仍是一种主流。

梁晓声的笔下也并非没有写过插队知青,在《知青》里,去陕北农村插队的赵曙光、冯晓兰、武红兵等知青就是另一种情形——"穷。严重缺水。知青也和农民一样,挣工分。一年到头挣不了多少工分。"插队知青每天辛勤劳作却得不到相应的报酬，在繁重、机械的劳动中消磨着青春。在《人世间》里，周秉昆的哥哥秉义被调到兵团机关，只需坐在办公室处理文件，每月就能拿三十二元工资；姐姐周蓉则为了爱情去贵州农村插队。后来父亲周志刚也随着建设"大三线"的队伍来到贵州，他听食堂的大师傅说：

>　　咱们食堂后边那大垃圾桶，哪天不被附近村里的孩子们翻个底朝上啊！如果翻到了新鲜骨头，你看他们那样儿，简直就如同发现了宝贝。拿起石头就砸，砸碎了就吸。可那是生的呀，有的骨头也没骨髓啊……

可见当地农村生活的艰苦，这种艰苦跟北大荒劳动的艰苦不同，这种艰苦是生活的底色，而北大荒劳动的艰苦则可以说是生活的诸多色彩之一。周志刚去看女儿周蓉，小说中描写他第一眼看见女儿的情形：

>　　上身穿件蓝色的帆布工作服，挽着袖子，应该印有工区番号的左上方却绣了只漂亮的蝴蝶；下穿一条洗得发白了的黄色单裤——全中国城乡男女起码有一半人穿那种黄色裤子，其中不少人裤子洗得白了薄了缝上了若干补丁，也还是舍不得扔。那年轻女子的裤腿也缝了两大块补丁，脚上穿的是一双新草鞋。

在《人世间》中，周蓉还是非常幸运的，她凭借父亲"大三线"老工人的身份得到了较为妥善的安置，在条件较好的金坝村当老师，所居住的山洞在当地也算是条件很好的地方，每月有十八元工资。但即便如此，她的知青生活也远远不能跟哥哥秉义相比。

梁晓声在《知青》中还多次拿兵团知青跟插队知青相比较：

"你们不是那些插队知青!他们一插队,不想当农民那也是农民了!你们叫兵团战士!是战士就得有点战士的样子!"在得知陕北的插队知青只能挣到少得可怜的工分时,兵团知青张靖严感叹道:

> 和插队知青比起来,我们兵团知青幸运啊!每月三十二元的工资,尤其我们这个团,再加上每月九元多的寒带补贴,将近四十二元了。这四十二元,使我们和那些去往贫困地区的农村插队的知青相比,简直可以说,一些在天上,一些在地上啊!

要知道,当时大学毕业生的工资才不过四十六元。

客观地说,梁晓声所塑造的兵团知青形象确实比插队知青更加丰富和丰满,因为他没有经历过插队生活。他自己也说过:"整个知青文学实际上是使我卸下了对这一代最下层的青年感到的道义上的那种责任。当然这不包括插队知青,因为我不了解他们的生活。"(梁晓声《文学与社会——答学子问》)梁晓声的知青小说是典型的现实主义小说,虽然小说创作不能不借助虚构和想象,但现实主义小说却必须在现实生活的基础上进行合理的虚构和想象,从这个角度看,我们没有理由去指责梁晓声为何不去表现插队知青的苦难生活,也没有理由批评他是"美化苦难",因为,就那个时代的整体情况而言,梁晓声所熟悉的北大荒兵团知青的生活,虽然劳动十分艰苦,生活却几乎谈不上什么苦难,甚至可以说,他们是一个不幸的时代里较为幸运的一个群体。强求一个作家放着他所熟悉的生活不写,而去虚构和想象一种他所不熟悉的生活,这是没有道理的。

当然,要说梁晓声小说中是否存在理想主义的叙事,答案显然是肯定的。梁晓声不止一次地在文章、演讲和访谈里说过,社会需要真、善、美,而文学应该去弘扬这种真、善、美,文学应该给人带来希望,而不是一味地让人去看人性的下限。揭露人性之恶的作品当然应该有,但你不能要求每一个作家都必须去描写无底线的人性之恶。我们读梁晓声的小说,看梁晓声小说改编的电视剧,我们从中看到的是普通百姓生活的历史,我们感受到作品中人物的苦乐和悲欢,更重要的是它能给我们带来一种生活的信心和力量。这个意义上的理想主义,跟所谓的"美化苦难"风马牛不相及,因此我们绝不能说梁晓声小说中的理想主义叙事是一种"极具误导性"的"价值误区"。

(原载《文艺报》2022 年 3 月 18 日)

理解梁晓声的三个关键词

——"现实主义：梁晓声与中国当代文学"研讨会侧记

◎ 沈雅婷　崔芃昊

"人到七十岁的时候，文学写作可以像街头街尾开包子铺的老店面一样，是值得信任的，食材安全、绿色环保，可以让读者看完之后有一些意义。所以要向下一代提出善的教育。"梁晓声说。即将与共和国一起迎来七十华诞的他，褪去了知青作家的光环和荣耀，身着一如他的语言那样亲切朴实的服装，静静地坐在会议室里，聊起自身的经历，他满眼温和，而一谈到文学写作在当下的责任与意义，语调便慷慨激昂起来。

2019 年 6 月 16—17 日，北京语言大学和中国当代文学研究会主办的"现实主义：梁晓声与中国当代文学研讨会"在北京语言大学召开，中国作家协会党组成员、书记处书记吴义勤，中国当代文学研究会会长、中国社会科学院文学研究所研究员白烨，中国当代文学研究会副会长、沈阳师范大学特聘教授贺绍俊，中国当代文学研究会副会长、首都师范大学教授张志忠，以及来自全国十几个省市的四十多位专家学者和二十余位博士、硕士研究生参加了此次盛会。会议采取主题发言、专家研讨、青年论坛等形式，与会学者在宽松的学术氛围中，围绕梁晓声的现实主义文学创作这一主题，多层面、多角度地对他的作品进行深入细致的探讨，重新评价了梁晓声作品的现实主义创作特点、"好人文化"观、理想主义精神等历久弥新的话题，回顾了作为一名时代良知者的"共和国作家"梁晓声四十余年来的精神守望，会议过程中，梁晓声还和与会代表进行了亲切的座谈。

无论是在与会学者的发言中,还是梁晓声自己的陈述中,"现实主义"、作家的"责任"与"担当"都成了最为高频的词语。

一、"史外之史":现实主义的温情书写

"一名杰出的作家,对于一所大学来说具有非凡的意义,每一个接受过或正在接受高等教育的人,无不是伴随着古今中外大量优秀文学作品成长起来的。而文学作品是作家的精神产品,一所大学如果有一位杰出的作家,那一定会成为这所大学的精神标杆。梁晓声老师 2002 年就来到北京语言大学工作,十七年来,梁晓声老师早已成为北京语言大学的一张名片、一座精神的高塔。"北京语言大学校长刘利教授在开幕式上的这番话,无不透露出北京语言大学拥有一位在中国当代文学史上具有里程碑意义的作家梁晓声的真切的自豪感。

梁晓声的作品,从《这是一片神奇的土地》《今夜有暴风雪》《雪城》《年轮》《知青》等一大批脍炙人口的作品,到 2017 年出版的三卷本长篇力作《人世间》,让专家学者和普通读者都能从中感受到他身上的责任担当意识,这种精神从日常生活中蔓延到写作中,贯穿了他的整个生命,也影响着他身边的人。梁晓声出生于哈尔滨的一个建筑工人家庭,童年时期全家租住在两间低矮潮湿、破旧不堪的廉租屋里。底层出身的他自觉为平民阶层代言,作品始终眷顾着返城知青、下岗工人、进城农民这些弱势群体的生存状况,体会他们人生的艰辛,也以善意的眼光,发掘普通人身上的人性美、人情美。这种平民立场在他的文学作品和学术著作中贯穿始终,在四十余年来的创作生涯中,梁晓声与时代同行,对社会问题进行着同步的关注和思考,并笔耕不辍地随着中国社会进程一同更

新自己的创作方向和角度。

梁晓声给自己的写作定位一直是"做时代忠诚的书记员",秉持文学应当担负"史外之史"的意义:"历史中的'底层'永远只是数字、名词、百姓……只有在文学作品中,'底层'才能化为有血有肉的具体的人,而且比现实中更加鲜活、更加有特点。"作为一名"书记员",梁晓声用温暖的笔触去触摸大历史之外的"小人物",将历史中抽象的"底层"绘制出生命的温度。所以,立足底层平民、聚焦大时代中小人物的日常生活,便成了梁晓声新时期以来文学作品的主要立场和创作方向。

二十世纪七十年代便通过《8$\frac{1}{2}$》《去年在马里昂巴德》《老姑娘》等影片接触到现代主义的梁晓声,并不是没有机会进行创作手法上的转向,但基于对底层人民的关切,他一直坚持着现实主义的创作方法。基于对中国社会的认识,他认为现实主义仍有其应该存在的价值,《静静的顿河》《战争与和平》《复活》《悲惨世界》等伟大现实主义作品中看似过于理想主义的昭示,如果能起到"取法乎上仅得乎中"的效果,也是现实主义的意义之所在。

梁晓声对现实主义的坚持得到了与会学者的正面回应。"我们中国二十世纪以来最不缺乏的就是现实主义,现实主义是主潮,甚至是我们评价文学的一个标准。但现在我们为什么还要继续提倡现实主义,实际上就是因为很多现实主义作品还是令我们感到不满意。"吴义勤的发言引发了与会代表的思考。当代文坛不断涌现各种文学思潮,但唯独现实主义的传统被忽略、被尘封,面对文坛的这种现状,梁晓声对现实主义写作的执着坚持,无疑带有启发意义。对此,吴义勤更为深入地指出:"梁晓声身上的思想者形象和知识分子情怀,是他现实主义的内核,并且形成了其现实主义的温暖底色,这种温暖的、朴实的现实主义为他的作品留下了普通人的生命情怀和民间温度。而这现实主义的根基,就是'五四'以来的启蒙主义传统。梁晓声的现实主义既关注到了国家民族现代性的追求的宏观层面，也贴近了对民间的底层关怀，是建立在对民众、大众关怀的基础上的国家民族现代性的追求，最大限度地贴近了现实主义传统。"吴义勤同时提醒作家要回到现实主义上来，不能因创新和探索而偏离现实的本源，只有回到原点，现实主义的生命力才有可能被解放。

白烨也指出现实主义是梁晓声创作中非常鲜明的特色，他认为梁晓声的现实主义既包含着平民视角，也包含了英雄主义，是用现实和理想共同熔铸成的一种融合的现实主义风格，而新作《人世间》则是其现实主义的集大成之作。白烨认为现实主义不仅是梁晓声的主动选择，也是时代的主动选择，这正是体现我们坚持文化自信的一个侧影。

二、"理想主义"：知青文学的再解读

知青文学在中国当代文坛上曾画出过浓墨重彩的一笔，但随着时间推移，许多知青作家都尝试进行创作转向，为什么梁晓声却在这条路上坚持了很久？对于这个问题，贺绍俊给出了他的答案："因为他珍惜，珍惜的是他在知青经历中铸造下的理想主义精神。"他将梁晓声视为一个"顽固不化"的理想主义者，不仅对以往的理想岁月充满眷恋，还试图让理想在今天这个时代得到延伸。

"理想主义"和"现实主义"这两个词，成了谈论梁晓声创作避不开的两个话题。而"理想主义"之于梁晓声，却从来没有少过争议。

前几年曾经有学者批评梁晓声知青作品中的"理想主义"和"英雄主义"叙事，认为他抽离了政治、历史的背景去歌颂抽象的英雄形象，并将"文革"温情化、他者化。针对这种批评，鲁东大学车红梅教授指出，在许多评论者眼中，知青文学都被当作一个整

体来看待，而实际上，农场知青、兵团知青和插队知青的情况各不相同。与插队知青的苦涩与艰辛相比，北大荒兵团知青身上所表现出来的更多是强烈的荣誉感和奉献精神。"军队编制、半军营化的集体生活及管理方式，以及老战士们的军人作风对知青的影响——诸种因素使得黑龙江生产建设兵团的知青与当年的插队知青、农场知青总体'气质'上大为不同。"梁晓声在多部知青小说的"自序"里也提到过："如果我不曾是黑龙江生产建设兵团的一名知青，断不会写那么多'知青小说'。"他笔下的"北大荒知青小说"写的就是黑龙江生产建设兵团的知青，当年被称为"兵团战士"。因此，对兵团知青身份和"北大荒经验"的了解，是理解梁晓声知青作品的重要前提。

"北大荒经验"是一种独特的知青经验，在梁晓声的笔下，它更是一种独特的文学经验，黑龙江大学林超然教授用"寒地黑土"来描述这种经验，他从文学地理学角度来分析这一特殊的自然环境、历史积淀对梁晓声复合型文化人格的造就和文学创作的影响。"黑土地从不辜负耕种它的人们"，这与黑龙江文学和梁晓声文学的品格具有深刻的一致性。"那片黑土地是梁晓声写作的出发地，也必将是其写作的精神归宿。"北京师范大学谭五昌教授也认为，"北大荒经验"是梁晓声为中国当代文学提供的独特且更有价值的审美经验，与其他有知青经历的作家相比，梁晓声的知青题材文学书写更为充分、更为持久与自觉，由此形成了一种值得关注的书写知青记忆和理想情怀的文学现象。

除了兵团知青的身份，梁晓声的亲身经历也是对评论界批评其理想主义的最为有力的回应。"好多人真的在他们生活中碰到的都是坏人吗？还是仅仅碰到了几次不如意的情况就从此认为这社会人人都坏呢？"梁晓声的真诚发问震撼了听众，"我笔下的知青形象中很多是有责任的，因为我作为班长，粮食歉收自己要少吃半个馒头，工作最危险、排哑炮的时候自己要在前面，当时所有班长都是这样做的。"同时,梁晓声也感受到连队知青对他的照顾:"我在木材厂,抬木班的知青在搭木头的时候让我坐下休息,休息的时候我给他们讲故事,第一次有了上大学的机会,他们全部推荐了我。"连队知青给了梁晓声沉甸甸的温情,他所能做的就是将这一切写下来,让大家看到自己亲历的知青时代。

梁晓声创作了那么多具有丰厚内涵的知青作品,但背后的原因,却在大家意料之外。"1984年,返城知青积压在城市里,分配不了工作。"说到这里,能从梁晓声的语气里听到抑制不住的焦急,"所以我要写知青,而且要把他们尽量写得可爱一些。"原本梁晓声并未有意去写知青小说,但知青返城后面临的实际问题引起了梁晓声的担忧,他主动去担负了这份责任。"我要让城市同情他们的长子长女,了解他们这十年来不为人知的改变,要给他们机会,知道他们中很多都是好人。"这样,才有了《今夜有暴风雪》《雪城》等脍炙人口的知青作品。谈到这些作品对解决返城知青工作的实际效果时,一向温和谦逊的梁晓声也难以掩饰内心的骄傲:"对于社会还是有些作用的,当时至少是在哈尔滨,许多单位就说,只要是黑龙江兵团的知青,来多少要多少。我那时候回去,他们就当面告诉我,都是因为看了你的小说、电视剧。"梁晓声认为自己能用作品为同代人做些有益的事,无论评论界怎么说,他都不在意。

知青文学对于梁晓声而言,"就是使我卸下了肩上对于这一代最下层青年的道义上的责任"。

三、"好人文化":新作《人世间》的多重阐释

张志忠用"可持续性写作"来评价梁晓声的创作,着实贴切。梁晓声因"知青文学"成名,却并未止步于"知青文学",他一直追随这个时代,反馈这个时代,同时也在沉淀自我、更新自我,作

品也同时代一起成长、一起变化。近几年来，从《知青》《返城年代》到一百一十五万字的长篇小说《人世间》，可窥作者"可持续性写作"之一斑。《人世间》从1972年一直写到改革开放后的今天，"多角度、多方位、多层次地描写了中国社会的巨大变迁和百姓生活的跌宕起伏，堪称一部'五十年中国百姓生活史'"，这部小说被评论界称为"梁晓声目前为止最重要的一部小说""一部和时代相匹配的书""一部平民化的史诗性的长篇小说""具有史诗品格的优秀长篇小说"，既有历史回响，又有现实关怀，既有总括性，又代表了一个新的创作高度。

梁晓声著作等身，这位写了两千多万文字作品的当代作家，也是如今为数不多的还用钢笔写作的作家，他每一部作品的初稿，都是用钢笔工工整整地手写在方格纸上的。2018年，中国青年出版社的编审李钊平获得了一个"从业二十年来最为有分量的'忍辱负重奖'"，这个奖是梁晓声个人给他颁发的，他从一线编辑的角度，道出了梁晓声写作《人世间》背后的故事："《人世间》这部作品最后出版一百一十五万字，而初稿字数超过一百二十万字，都是梁晓声亲笔写在北京语言大学四百字的方格稿纸上，上部是标准的行楷字，非常工整漂亮，但到了中下部的时候，字体就变得'拳打脚踢'了，梁晓声本人也表示在写完全部作品后，自己已经拿不动钢笔在方格纸上写稿子了，开始用上了铅笔和A4的大白纸。"可见梁晓声创作时的严肃、认真、呕心沥血是《人世间》成书必不可少的条件。

在研讨会上，许多学者就这部匠心独运的民间史诗进行了多层次的解读与分析。《人世间》的责任编辑之一、中国青年出版社副总编辑李师东认为，《人世间》可以看作梁晓声对自己创作和思考的一个阶段性总结，与他以往的创作既有精神上的关联，也有格局上的拓展。《人世间》提供了一个全新的写作视野。在作品中，梁晓声对现实生活的表现，不再指向某个单一的社会阶层和某一特定的人群，而是面向普天之下的芸芸众生，重在展现五十年来的社会生活情形，开启了真正意义上的年代写作。可以说，《人世间》这部作品，是梁晓声对自己的生活积累、社会阅历和人生经验的一次全方位的调动。

梁晓声仍然不忘用自己的笔关照底层人民的生活，他用主人公身边的温暖故事，为五十年来的沉重历史构建出轻盈的存在。"我不仅要写社会是怎样的，还要写社会应该是怎样的。"梁晓声书写"社会应该怎样"文学创作观是对时代责任的主动承担，也是他践行"好人文化"的深刻命题的体现。

"好人文化"是梁晓声为当代中国提出的重要课题，本次会议中，许多参会学者就注意到《人世间》中"好人文化"和向善书写的主题。"好人文化"指的是什么呢？河北大学刘起林教授将其定义为"人们在坎坷的人世间人性所能达到的正直、正义和善的高度"。这种对人性理想的追寻，与中国民间社会的道义观念、"文学是人学"的观念和十九世纪欧美文学的人道主义价值观念相一致。刘起林还特别提醒，这种"好人文化"在当前盛行批判意识的时代具有很鲜明的针对性，"好人文化"和"德性文化"的重要性更应凸显出来。

北京师范大学车凤研究员的"在生活泥泞中开出的莲花"这一比喻无疑就凸显了"好人文化"和"德性文化"在坎坷人世间所构建出的温暖维度。周姓人家在艰难困苦中的守望和互相支撑，极端历史环境下不被泯灭的善良，人性中的风骨和正义，对弱者发自内心的同情，自我牺牲和敢于承担的勇气等，既体现了人世的悲欢和苦难，也传递出了对于人性和良知不灭的信心。梁晓声作为作家的社会良知让我们相信，在这悲欣交集的人世间，有德性的生活才是值得过的。

"《人世间》这部作品的意义还在于其给了我们当下的文艺环境一种新的创作提示，现实主义的文艺作品虽然直指人心，但是文艺作品中依然需要理想主义,太多揭露现实阴暗面与人性丑陋的作品只能使得人心更坏,唯有重拾理想主义的情怀与信念,才能拯救异化了的人性,重构人世之间的正义与担当。"北京语言大学博士研究生苏文韬提示我们注意这部小说的理想主义特质,但贺绍俊在将《人世间》看作梁晓声对于理想主义的全面表白的同时,也注意到其对理想主义追求进行的全面反省。他认为梁晓声虽在道德上美化书中的小人物,但同时也意识到底层是一个复杂的社会存在,周秉昆的一句"贪官污吏和刁民哪一种人对国家危害更大",让作品闪耀出"五四"启蒙精神的光辉,作品回到"五四"启蒙精神,又是回到梁晓声对社会的洞察与对作家责任的担当,让我们在感受"好人文化"的同时,一直保持着思想者的姿态与社会对话。

四、"性别观念":情爱叙事中的分歧与共识

知青作家们通过知青文学中独特的叙事方式和独特的话语体系,一方面改写了"十七年文学"与"文革文学"中爱情叙事的战歌模式,另一方面又远离了九十年代商业化背景下爱情叙事的情欲模式,梁晓声小说在爱情叙事中建构了一种理想与情爱互映的悲歌模式,在当代文学史上具有十分重要的意义和价值。《中国当代文学研究》副主编崔庆蕾认为,梁晓声的作品能够被称为"温暖的现实主义",其中最主要的原因就是其爱情观的温暖。情爱叙事是梁晓声作品的一个重要主题,而"讨论作品中的情爱是进入梁晓声文学世界的一把钥匙"。

梁晓声的作品中,情爱叙事所呈现出的现实诉求、价值立场、理想形态、精神走向,与中国改革开放四十年的社会心态发展史形成内在的对接和呼应。北京语言大学于小植教授就《人世间》中的情爱叙事与梁晓声的"世俗化"转向进行了深入的探讨。她认为,

在小说中，周氏三兄妹的爱情叙述已经超出了爱情话语指涉的范畴，有着明显的隐喻特征，更为重要的是，《人世间》在处理爱情叙事时，强调爱情的稳定性，爱情被套嵌在婚姻内进行讲述。在一般意义上，爱情只发生在独立个体之间，不掺杂其他的社会因素，具有相对的独立性和封闭性；而婚姻是建立在契约基础上的爱情转向和延伸，具有多元性和敞开性，特定时代和特定历史阶段的各种社会要素的变动都会掺杂在现实婚姻选择中。因此，与单纯的男女恋爱不同，在考量婚姻的过程中，需要解析的因素更加多元，众多人物之间的关系更错综复杂，因此也就更有研究的价值。

梁晓声爱情叙述中所彰显的性别意识也特别受到青年论坛代表的关注。北京语言大学硕士研究生高心悦从小说中刻画的多组情爱关系入手，分析作者对爱情与欲望的叙述所呈现的特质。她指出作者在日常生活中由"欲望"出发构建出各异的情爱关系，但最终将其指向一种包含健康情欲与理想承担的理想爱情。这种情爱关系的主体不再是才子佳人，而是由健康的情欲、日常的一饭一蔬、生活风浪中的风雨同舟构成的普通平民百姓的稳固关系。高心悦还关注到男性立场下的情爱叙事中，存在着性别本质化和忽视女性主体性的缺憾。北京语言大学硕士研究生濮钰晴以《这是一片神奇的土地》《今夜有暴风雪》及《浮城》中的女性形象为研究对象，探讨梁晓声对"真善美"合一的理想女性形象的建构，以及在两性关系中对美好的女性气质的突显。通过对商品化社会中人的存在状态和人与人间关系的考察，作品揭示出单纯、美好的女性气质常常只能在满足男性对女性的期待中获得正面价值，而即便如此，作家依然将这样的女性气质视为理想，并在两性关系中展现出女性的性别之美。

这些不同观点的碰撞将讨论推向了高潮，并引发了对于梁晓声作品中女性形象和性别意识的追问。作为回应，梁晓声首先对自己"心目中到底有没有一个想象的女性偶像存在"的问题给予了回答。

他风趣地谈道："肯定是有的，在少年时期就有的，就是白娘子，第一她是美的，第二她是善的，第三她的爱是超越世俗的，第四是她为爱的那种战斗性精神，明知敌不过，还要去战斗。"少年时期的梁晓声将白娘子奉为中国的爱神；后来他受到俄罗斯文学的影响，他心目中的优秀女性，更多是像"十二月党人"的妻子那样的老俄罗斯时期的女性，她们都是贵族，但她们心甘情愿地追随被流放的丈夫们去寒冷的西伯利亚，在她们的身上，闪现着崇高、善良和美德，以及勇敢地对时代责任担当的精神。梁晓声认为他的笔下并没有所谓"天使"和"妖女"形象，他说，人性中与生俱来的缺点都是可以原谅的，"应该正视我们与生俱来的人格和人性上的不完美性，以较为宽大的胸怀去看待他人身上的缺陷。作为评论者，无论评论虚构的人物还是看待现实中的人物，胸怀要宽厚一些，再宽厚一些"。

尾声：文学应担负起人道主义的教育

梁晓声的作品类型多样，主题丰富，但对时代的责任和担当是其文学作品永恒的主题。他不为稿费、名利、得奖而写作，坚持文学中对善的理想坚持的人道主义表达，认为应该通过文化、文学加强对下一代人的人道主义教育。他本人虽有着明确的文学价值指向，但对有着不同价值选择的青年作家也是很宽厚的，他打趣地说道："我已经七十岁了，不同于年轻人想要赚钱买房买车、吸引异性的目光，我们不能这样，我们即使想要这样也晚了。"而对于年轻人来说，"商业写作的机会如果降临到你们身上，你们要有能力去抓住它，去完成它，把那笔钱挣下来，把生活安顿好，把自己的小宝宝的未来的生活也安顿好。但在最终，还是要回归到作家对社会责任的担负上来"。

最后，梁晓声还语重心长地对青年批评家们提出了建议：比较的方法可以不单单运用到文本之间，还可以"把文本和生活比较，把读的文本放到生活里来提出问题，这才是最有意义的"，比如《今夜有暴风雪》这篇小说，"至少可以提出一个问题，裴晓云式的悲剧和人物今天是不是少了呢？我认为少了，这样的悲剧已经不再发生了。可以看到，这是社会进步的一方面。但是郑亚茹式的人物是不是少了呢？我觉得并没见得少。总是在左顾右盼，审时度势，找准机会、谋略，像泥鳅一样，怎么样从一个阶层爬到另一个阶层，这种郑亚茹式的人物没有少。我们只有放到生活中，然后提出这样的问题，她为什么没有少？这才是我们把文学和现实生活连起来的一个方式"。

（原载《中华读书报》2019年7月3日）

梁晓声亲情散文研究

◎ 吴思怡

前　言

　　梁晓声的亲情书写是其创作的重要组成部分，该领域的研究十分活跃，目前主要集中在其小说上，但梁晓声散文中的亲情书写鲜有学者做专门的研究。马梅在硕士论文《论梁晓声作品的温暖叙事——以情感系列作品为例》中从温暖的角度论述梁晓声作品的特质，主要通过三个方面展开论述：追溯梁晓声作品温暖特质的精神资源；从多个维度研究其构建的温暖世界；讨论这种温暖叙事的现实意义。[①] 于玲在《回归质朴与正义——论梁晓声散文中人性的价值追求》此篇硕士论文中，关注梁晓声情感系列作品热情执着地追求纯真质朴的人性，展现了亲情是成长道路上最朴素的人文情怀，师生情是极端年代最质朴的情义，爱情是含蓄外表下最纯粹的情爱。[②] 鉴于此，本文将着眼于梁晓声的亲情散文，从《父亲》《父亲的荣与辱》《母亲》《母亲养蜗牛》《父母是最朴素的人文》《普通人》《兄长》《兄长如同班长》《过小老百姓的生活——给妹妹的信》

---

① 马梅：《论梁晓声作品的温暖叙事——以情感系列作品为例》，北京语言大学硕士论文，2011年。
② 于玲：《回归质朴与正义——论梁晓声散文中人性的价值追求》，北京语言大学硕士论文，2016年。

《想想父亲——给三弟的信》《此情最可珍——给哥哥的信》《大小》《二小》等篇目展开研究。

许多哲学家认为："日常生活是非哲学的、平庸的、没有意义的，只有摆脱日常生活，才能更好地进行思考。"[①] 但梁晓声的亲情散文皆是从日常琐碎出发，以朴实的文字书写普通人的悲欢。他将普通人的生活作为审美对象，探索审美与人性的紧密联系。他坦诚地写作，直面人生，描写生活中普遍问题、普通事情，以真挚的思想叙述，不雕饰、不作伪，自然而然，表现了人具有生命活力的真实情况。

其中，本文根据对象展开书写，分别是父亲、母亲、兄弟姐妹以及胜似亲人的邻里。梁晓声描写的父亲形象丰富且有质感——严厉、权威、节俭、勤劳，他作为底层家庭的"顶梁柱"，有生活的志气，也有生存的艰辛，而父亲朴素的生命观念是支撑他为人处世的"脊梁"。然而，父亲的形象并不是高大全，他亦有无意的过失——姐姐的死和哥哥的疯，但作者并不怪罪父亲，而是批判愚昧落后的文化状况和社会环境。

母亲形象具有中国贫穷家庭主妇的特点——适应力、忍耐力、憧憬未来。在文中，作者没有批判中国传统贫困家庭的主妇，没有以现代眼光去否定这种形象的存在，还表示了对母亲的钦佩和尊敬。当母亲主内时，她关怀理解丈夫，没有压抑女性的主体意识，并以理性温和的教育滋养孩子。这种女性描写是合理自洽的，她身上具有爱的光辉，甚至有自然超脱的精神世界。

作者笔下的手足之情充满温情。在孩童时期，哥哥担当了亦父亦师的角色，照顾与教导包括作者在内的弟弟妹妹，而作者与弟弟妹妹则是玩伴关系，他常以儿童化的视角建构了散文的童心与童真；长大后，作者因其工作与社会地位逐渐成为家庭中的"长子"，

[①] 陈学明、吴松、远东编：《让日常生活成为艺术品——列菲伏尔、赫勒论日常生活》，昆明：云南人民出版社，1998年，前言第1页。

他承担起照顾家庭的责任，与兄弟姐妹的相处转换为扶持的模式。

在儿子出生时，作者没有做好当父亲的身心准备。实际上，作者的为父意识是随着孩子的成长而逐渐显现，这构成了独特的亲子风景。儿子是讨人喜欢的，他懂事善良，有着向善向美的人性追求。无奈的是，儿子身处于应试教育的困境中，埋头于沉重的学业苦海压力中。

此外，邻里之情也是梁晓声亲情散文中的重要成分。卢家的大小二小虽与作者无血缘关系，但胜似亲人。作者擅长在平实的事件中，表达他对像大小一样的劳工人品的赞扬，他们活得干干净净，是底层平民的"精神贵族"；亦会着重书写日常生活中的琐事，从小处着笔，站在人道主义的价值立场去同情、关怀、悲悯和二小一样的底层人的艰难。在散文中，作者会在情感激昂处表达自己的价值观点，无论是对社会的批判，还是对个人的反思，都展现了梁晓声的思考，增添了散文的独特性。

一、父亲：底层家庭的"顶梁柱"

父亲形象作为底层家庭的"顶梁柱"，有生活的志气，也有生存的艰辛。朴素的生命观念是支撑父亲为人处世的"脊梁"，他待人接物始终怀有善意，对待工作兢兢业业。然而，父亲的形象并不是高大全，他亦有无意的过失——姐姐的死和可可的疯，但作者不怪罪父亲，而是批判愚昧落后的文化状况和社会环境。

（一）朴素的生命观念

梁晓声的父亲是一位普通人，在艰难的生活中仍能有个人的坚持，支撑其人格存在的重要部分是其朴素的生命观念——崇尚力气、怀有善意、敬业工作，而这些事情都是在日常生活中体现，列菲伏尔表示："日常生活是一个'平面'，它同社会的其他'平面'相比，各有其自己的意义。在现在，日常生活的平面，要比生产场合那个平面更加突出，因为'人'正是在这里'被发现'和'被创造'的。"[1]

首先，父亲崇尚力气。作为国家第一代建筑工人，父亲所认为的"出息"，是要以后能有力气干活。叙述自我指出这是"独到的理解"，这和他所理解的"出息"不一样，但没有强调孰优孰劣。他认为体力劳动者分为两种，一种是自卑自贱，一种是盲目自尊，父亲属于前者，作者对这两种体力劳动者都是批判的。

这一方面体现在作者幼时，父亲会鼓励孩子多吃饭。一向严厉的父亲，会鼓励孩子多吃一些，从而流露出慈祥、喜悦、期望、欣慰、光彩和爱。作者对此是欣喜与雀跃的，甚至是心生感激的，因而哪怕吃撑，也会竭尽所能去吃。而这和弗罗姆认为的父爱是相似的："父亲的爱是有条件的，它的原则是：'我爱你，因为你满足了我的要求；我爱你，因为你尽到了你的职责；我爱你，因为你像我。'"[2]另一方面父亲不重视家庭的文字教育，甚至反对哥哥读大学。作者在文中猜测，父亲的愤怒点在于哥哥没有成为体力劳动者，叙述自我认为：不靠力气吃饭没有错。当父亲年迈时，他引以为傲的"力气"随着年龄的增长而逐渐不复存在。为了帮妹妹解决工作，父亲和作者去帮忙拉煤。当车轮卡在铁轨岔角里时，父亲想尝试一人拉动煤车，却差点被疾速的火车撞上。在那个瞬间，父亲的皱纹也变成了惊叹号，他的无力感显现出来，这暗示着生命的萎谢，字里行间隐藏着作者与父亲的痛惜和伤感。随着作者当上作家，父亲开始尊敬文字工作者，不再看不起他们是"吃轻巧饭"的。

---

[1] 陈学明、吴松、远东编：《让日常生活成为艺术品——列菲伏尔、赫勒论日常生活》，昆明：云南人民出版社，1998年，前言第1页。

[2] [美]埃·弗罗姆：《爱的艺术》，康革尔译，北京：华夏出版社，1987年，第38—39页。

其次，父亲待人接物始终保持着最大的善意。在回山东老家时，父亲本是想在饥饿的年代找到一条生路，实际上老家的境遇更是贫困，父亲将攒下的二百元全部救济给乡里人。在每次春节前回老家的客运火车上，父亲总是会发挥社会主义精神，展现作为工人阶级的责任和义务，主动给火车上的老人妇女让座，哪怕自己不舒服——双脚浮肿，他觉得只要帮到了人，心里就是愉悦的。当父亲在"文革"中被诬陷时，有位山东老乡证明这是谣言，省吃俭用的父亲为表示感激，不惜用大部分工资给他购买茶叶。梁晓声的亲情散文富含直抒胸臆的自我表现，笔墨细腻，有浓郁的抒情色彩，从个人独特的生活体验出发，注重理解家人与自我解剖，写出人性求真、向善、爱美的应有情形，尽可能展现人性可能的限度。

此外，父亲是敬业的，无论是在做建筑工人，还是年老时在电影厂里做群演，他都会保持认真细致的态度，这是作者赞赏和钦佩的，他认为这也正是现在很多年轻人所缺少的品质。在做水泥工人时，家里正好需要一些水泥抹房子，父亲从不会将工地的水泥带回家。在做群演时，父亲总会反复练习他所需要做的事情，哪怕只有一句台词。虽然经验自我会抱着不以为然的态度，总觉得父亲并没有干多大的事情，但叙述自我是欣赏父亲较真的态度的。实际上父亲享受其中，他因为有事可做而感到愉悦，因为受到重视而感到自豪，这是父亲心底里真实的感受。

（二）"吃"父亲：艰难的生存困境

父亲是中国第一代建筑工人，同时也是五个孩子的父亲，他身上承担着照顾家庭的重任，家里几乎所有开支都依靠父亲一人的工作，这是父亲的生存困境。作者甚至会对父亲产生怜悯的情感，在物质条件匮乏的年代，儿子能深切感受到父亲的艰难。

作者对父亲的描写，既有威严固执，又有温柔敦厚，这是复杂有质感的父亲。作者在儿时被大孩子欺负时，新衣服划了两道口子，父亲因此扇了孩子耳光，他没有照顾孩子委屈的情绪，只看到了结果，而经验自我也迫于父亲的威严没有表示说明过这一起因结果。他的一耳光让孩子陷入委屈但不敢哭的境地，作者也因此变得异常——不说话。尽管如此，叙述自我认为父亲的"命"是不幸的，希望父亲能够唉声叹气，因为这样父亲就会少发脾气，但要强的父亲常常是寡言的。

梁晓声在文中形容全家人都在"吃"父亲，这说明父亲身上的责任很重。"吃"一词显示出全家人对父亲的依赖，也是对父亲的伤害。父亲很节俭，为了能省下一些钱，父亲一块腐乳吃三天，几分钱的炒菜都舍不得买；因为远在大西南工作，为省下车票钱，父亲三年才回家一次；每次回家还会将自己捡到的劳保鞋、毛线背心缝补好，带给家人。有时经验自我会"忘记"父亲身上的压力，他儿时想要崭新的吸水笔，长大后想要拿着父亲好不容易攒下的钱去为了自己上大学的前途"贿赂"人心。

成年后，一家仍在"吃"父亲。作者与三弟指责父亲没有拿三千块给三弟盖房，两个儿子的不满和不理解，让父亲深受打击和伤害。事实是父亲已拿出全部积蓄，所谓三千块是母亲编造的"安心丸"。作者的反驳瓦解了父亲的威严，这种表露有着强烈的不冷静、愤懑的情绪、明确是非的力量感，压抑了多年的不愿表达的情绪终于爆发，没有自我控制，沉浸到自我的情绪中，叙述自我对此感到悲情。

父亲一直都在为家庭奔波操劳，梁晓声肯定像父亲一样的底层普通人的价值，因而他的散文注重日常生活，构建了独特的生命价值体系，这点在他与文艺女青年的对话中尤为突出。她认为生活中大多数人浑浑噩噩、麻木不仁，在她看来，只有摆脱日常生活的琐碎，如房子、待业之类的现实且真实的问题，才能抵达所谓诗意与浪漫的生活。作者理解这些普通的日常生活，清楚贫困家庭中的困难,因而批判文艺女青年对待生活的态度。作为中产阶级,文艺女青年与世界是冲突且不和谐的,总秉持着超越、闲散的生活态度,她的深情、真诚、热烈都投入到理想世界中,而这也是文艺性与日常性的对抗。

(三)无意的过失:姐姐的死与哥哥的疯

父亲的形象并不是高大全。关于姐姐的死和哥哥的疯这两件事,在一定程度上是父亲无意的过失。作者没有通过二元对立进行批判,而是意识到生命的艰难,展现对普通人与世俗生活的包容。这是人生体验积淀形成的人生态度,也存在着某一特定阶段对人生、社会的看法。梁晓声的文学有反映现实、书写自我的功能,对现实有持续性影响。

在文中,叙述自我对姐姐死亡的概括是"冤"。因为父亲对西方事物抱有鄙夷的偏见,导致姐姐死亡的这场悲剧。他不允许母亲带姐姐去西医院看病,还认为姐姐是被两片西药药死的,而母亲面对这种情境只有无奈和说不清的苦楚。这显示出父亲的古板、愚昧、固执己见。难道父亲没有真正站在姐姐的立场考虑吗?面对姐姐的死去,父亲的发愣与肃穆都含着他心底里的苦涩。这表面上是东方与西方的冲突,实际上是两种善的冲突,作者以艺术的方式审视道德和传统进行表现。叙述自我不认可父亲的做法,但理解父亲的心情和立场,他没有苛刻指责,也没有肯定,这二者是共生的情绪。因而没有追究父亲的责任,这是自洽的逻辑。在文中的叙述自我的个性是比较理性的,但没有隐匿作为主体的个人,适当时会表露自己的道德判断,流露出审视的眼睛,在"姐姐的死"这些事中就有作为旁观者的"我"的存在。

而哥哥的疯亦和父亲有关系,父亲坚决反对哥哥上大学。但最主要的原因是父亲已年迈,独自一人撑起家庭多年,想要哥哥帮忙分担自己肩上沉重且无形的重任。然而,父亲的态度并不是一味威严反对，他也会展现他的脆弱，在车站他哀哀恳求哥哥体谅自己的难处，他的落泪，解构了以往严厉、权威的形象。此时，经验自我以旁观者的角度进行叙述，并不批判父亲的做法，而是通过父亲的"发声"将父亲的难处讲出来。父亲和哥哥都身处贫穷带来的困境，经验自我同时为父亲和哥哥难过。尽管实际情况是，即使哥哥上大学也不会导致家中有人饿死。在哥哥上大学时，父亲所写的一封满满感叹号的指责信，将哥哥钉在"有罪"的铁架上。哥哥无法摆脱父亲的谴责，因而陷入自我内疚和折磨的困境，在第一个假期就因精神病被送回家，他的大学生涯、人生从此转向悲剧式。

客观来说，姐姐的死和哥哥的疯并不是父亲的故意伤害，姐姐的死是因为父亲愚昧，哥哥的疯是因为父亲没有文化，这都导致了悲剧的形成。在与文艺女青年的谈话中，叙述自我和经验自我否定当时父亲的做法，更多指责愚昧和没有文化的落后大环境，诘问历史的罪过。这番控诉具有猛烈的批判性，但并不指责愚昧和没有文化的人，相反，作者是同情和理解这些人，而且也尊敬他们——靠力气为国家和社会做贡献。作者是站在人道主义的价值立场去同情和包容这些底层人，作者通达物理人情，揭破、拒斥虚妄。这看似是对父亲的控诉，实际上是为父亲辩护。

二、母亲：传统女性的自主选择

母亲形象具有中国贫穷家庭主妇的特点——适应力、忍耐力、憧憬未来，还有理性温和的教育方式。当母亲主内时，她关怀理解丈夫，没有压抑女性的主体意识，并以理性温和的教育滋养孩子。这种女性描写是合理自洽的，她身上具有爱的光辉，甚至有自然超脱的精神世界。·

（一）理性温和的教育

母亲用爱滋润和教化孩子，渲染积极乐观的情绪和热情，用自身的坚持体现了人性和启蒙的良知。梁晓声懂得发掘母亲的人性美，她以理解与包容的姿态度过生活中的苦难，而真正的文学正是与人性紧密相连。周作人曾说："既是文学作品，自然应有艺术的美，只须以真为主，美即在其中。"[①]

首先，母亲重视孩子的知识教育。尽管家中拮据，母亲依旧支持孩子读书，她认为书会教人向善向美的的道理。其一是体现在母亲愿意拿出一天的工资给作者买书，哪怕身边的工友会阻拦，母亲认为这是值得的；其二是母亲一直支持哥哥考大学，哪怕父亲竭力反对；其三是在作者下乡后，母亲忠实地为作者保守书籍，哪怕是要冒风险，她依然坚持这么做。在作者平实语言的叙述中，流淌着母亲对孩子深切的人文关怀。

其次，母亲具有诚实的品质，她不仅是让孩子活着，而且教孩子要有尊严地活着，就算生活的压力让人走投无路，也要有原则和底线。当作者因馋嘴去偷豆饼时，母亲会在外人面前主动教育儿子，而不是包庇。面对如此真诚的母亲，最后豆饼老板选择了原谅和包容，甚至将豆饼送给母亲。此时，母亲和豆饼老板都迸发出生命的光彩，在人性深度掩藏下的世界多义性显现出来，而人性高贵强化了人情之美，产生了绵长的吸引力。作者是一个性情温润的文人，他用巧妙的笔致展示人物内心每一处细腻的波澜，恰如其分地写出体贴之心、恻隐之心，这与中国传统文学的温柔敦厚的人的文学极其相似。

此外，母亲面对外在冲突，她的处世之道是"忍"，她会先从自己的身上找问题，甚至有些"克己复礼"。在饥困年代，当作者

[①] 周作人：《平民文学》，胡适编选《中国新文学大系·建设理论集》影印本，上海：上海文艺出版社，2003年，第211页。

因为榆钱儿（一种食物）和其他小孩起冲突时，母亲是从他们的角度出发去思考问题，她的性格中也有着怜悯他人的大爱。一向以"忍"为准则的母亲也会硬气，她不会忍受让自己的孩子受不合理的委屈，当作者的小人书被警察收走后，她会极力维护孩子的权益，捍卫着孩子视如珍宝的小人书，这也让警察妥协，并且在一定程度上赢得了他的尊重。

（二）自洽的女性意识

母亲是个善良体贴的人，她身上具有中国传统女性的优良品质，是内心强大、照顾他人的角色。她关爱丈夫，愿意主动照顾孩子，是家庭的主心骨。作者没有批判这种中国传统贫困家庭的主妇，没有以现代女性的眼光去否定这种形象的存在。

母亲的女性意识，不是批判男性，而是处处为父亲考虑，关怀和理解男性。在饥荒年代，父亲提出回山东老家寻找出路，母亲内心是不同意的，但她不会去阻止；当父亲身无分文地回来，她并不会责骂和怪罪，而是表示关怀和理解。面对父亲的呵斥，母亲没有反抗，她内心清楚父亲在外工作的艰难，并不想父亲增加难处，她是站在父亲的立场上替他着想，其实父亲也能理解家中的困难，只是面对贫困的家庭，内心有很多苦涩和无奈。

同时，母亲具有生命的硬度，也有生命的热度。当她谈起自己身世的苦痛时——家中本有八个孩子，因为天花只剩下三个，她只是平淡地叙述，眼泪落下来也不去擦，仍然保持理智继续自己手中的针线活，这是她体验世界的甘苦后具有的理性。母亲含辛茹苦地干着很多活，每早迎风冒雨、翻山越岭去上班，晚上又在昏暗的灯光下帮孩子缝补衣服。工厂的工作环境恶劣——光线阴暗、声音嘈杂、炎热酷暑里不能开窗。她身上似乎有一股累不垮的力量，这也表示了作者对母亲这个形象的理解和同情，展现出母亲隐忍、坚韧不屈的性格。

在逢年过节时，母亲会将家里收拾干净，让孩子穿得干净、体面，而这是因为母亲对待生活有着乐观的态度、对未来充满希望，不去抱怨和沮丧，尽管生活很艰难，她仍然尽她努力维持美好。母亲是一个有生活情趣的人，懂得苦中作乐。这展现出母亲面对人生一种淡定而又极为坚实的态度，在此，作者既写出了日常生活洋溢着活力的蓬勃的生命光彩，也道出了真实的生命之流的底色，在艺术方面是自足的。

（三）超脱自然的精神世界

梁晓声对母亲是中国理想女性的描绘，她是爱与美的理想象征，特别是在母亲年迈时，母亲的形象常伴随着自然化的物象出现。

作者在北京定居后，亦把父母接到北京安享晚年。为了排遣寂寞、消解无聊，母亲会养小鸟、听《水浒》、做剪贴画，其中，养蜗牛则是因为身边没有可以聊天的伙伴。母亲悉心照料蜗牛，就像是对待儿女一样，她身上的母性又被激发出来，这微小的生命在母亲的照顾下茁壮成长。而且这小生命和母亲具有相似的品格，都甘于寂寞，与世无争、与同类无争。作者将这些蜗牛比喻成天生的"居士"、专执一念打算成仙得道之人，早已将红尘看破，排除一切凡间滋扰，这也是七十多岁的母亲的生活状态，她对待生命有一种淡然与超脱。在放生蜗牛后，母亲仍然会去看望它们，她与蜗牛的交流是令人震撼的，她的心灵有着女性的风景的内在通透、澄澈、庄严和灿烂。

一切景语皆情语，作者常把母亲比作一棵树，能够熬过最为艰难的冬天，哪怕全身都是枯叶，也要等到春天新叶长出才落下，这是母亲生命的韧性。随着时间的流逝，母亲年老的身体已如枯朽的树根，没有了年轻的活力，衰老漠然地活着。作者还会将母亲比作"老猫"，慵懒淡漠，对世事都不在意，失去了往昔的生命力。

母亲去世后，作者在怀念时写下的《母亲》一文，开头出现绵延不断的淫雨,象征作者哀怨的心情。此处的景色渲染出悲伤的情境,枯瘦的树叶在雨水中飘摇瑟缩,窗前杨树上面的斑驳像母亲的眼睛,一直注视着自己,这牵扯出作者思念母亲的情绪。结尾与开头的景色描写相呼应,持续的阴雨天气停歇了,阴沉的心情也在逐渐消失,日子虽是孤单的,因为杨树的"眼睛"一直注视着自己,仿佛母亲始终在身边。

三、手足之情:相互照顾的责任

作者笔下的手足之情充满温情。在孩童时期,哥哥担当了亦父亦师的角色,照顾与教导包括作者在内的弟弟妹妹,而作者与弟弟妹妹则是玩伴关系,他常以儿童化的视角建构了散文的童心与童真;长大后,命运多舛的哥哥在大学时患上了精神病,作者因其工作与社会地位逐渐成为家庭中的"长子",承担起照顾家庭的责任,与兄弟姐妹的相处转换为扶持的模式。

(一)诗意的童年生活

在梁晓声回忆的童年生活里,行文之中洋溢着童趣,自叙使得文章的亲切感自在其中,而回忆的视角让少年情怀的诗意与生俱来。王一川曾言:"艺术的生命之源是'回忆',艺术的本体是'回忆'。"[①]

孩童时期,由于饥饿,作者和兄弟姐妹只想着让母亲上工厂里的树摘榆钱儿,明明知道母亲害怕榆树上的杨剌子这类毛虫,还是抱着私心想让母亲上去摘,这是孩童稚嫩而又天真无邪的想法。对于作者来说,这是一段美好的回忆,字里行间也洋溢着吃上榆钱儿的幸福和愉悦。后来榆树被严加看管,作者用了三段"别了"连成

---

① 王一川:《意义的瞬间生成:西方体验美学的超越性结构》,济南:山东文艺出版社,1988年,第3页。

排比与榆树告别,将榆树拟人化,写出孩童的依恋和不舍,这也道出了作者孩童时期的心灵是不受羁绊的,有天真、突破束缚、超越一切现实束缚的味道。

后来,一条波兰奶牛似的漂亮小狗出现,它虽笨拙,但眼里流露着无限的人性。作者与弟弟妹妹都主张将这条流浪狗收留在家,母亲一开始因生活条件的贫穷不同意,出于对孩子的爱和理解,最终还是将小狗收留下来。小狗陪伴孩子成长,与孩子在雪地里玩耍,让灰暗的生活调子里不时闪现亮丽的风采,让人感觉温暖。此时的创作沉浸在富有灵性的地方,具有清新朴茂的生命力,酝酿出诗一般空灵通透的氛围和格调。当小狗面临生命危险时,母亲也会很认真、郑重地送走小狗,尽量不让小狗受到伤害。特别是在小狗被杀害的时候,母亲捂住孩子的眼睛来保护他们。母亲细致入微的教育,让作者终其一生都保持对渺小、细微、纤弱的生命认知。冰心说:"提起童年,总使人有些向往。不论童年生活是快乐,是悲哀,人们总觉得都是生命中最深刻的一段有许多印象,许多习惯,深固地刻画在他的人格及气质上,而影响他的一生。"

总的来说,作者在描写童年生活时淡化外部情节,侧重于展示心境,风格真挚童趣,富有青春、浪漫与抒情气息。

(二)命运多舛的兄长

父亲的常年缺席,哥哥常在家中担任"父"的角色,由于哥哥的成绩优异,他亦是弟弟妹妹的榜样,是学习上和生活上的老师。在作者三四岁高烧时闹着要吃蛋糕,哥哥会在夜里冒着雷雨去买,哪怕跑了三家铺子才买到。特别是当作者逃学,哥哥亦会训斥与谴责他,尽管作者是为了照顾家中的弟弟妹妹。

然而,哥哥的命运随着考入大学发生悲剧式的转变,他在第一个假期就被送进精神病院。而这是因为上大学这件事对他来说是折磨——母亲支持,父亲坚决反对。哥哥理解父亲的不容易,所以才会陷入父亲的谴责和自我内疚的双重高压困境中。为了得到父亲的原谅与宽恕,他伪造出自己在学校过得很好的假象。尽管如此,叙述自我理性地指出,哥哥的心理是脆弱的,抵抗风险的能力不够强,但是在贫困的家庭中,人很难摆脱命运的魔爪。

在哥哥患了精神病后,他再也不是"如父"的长子。哥哥给家里人带来了强烈的精神折磨——颠倒白天黑夜,终日喃喃自语。后来,哥哥的精神恢复正常,能去学校教书,亦能在家辅导弟弟妹妹的功课,甚至重返大学。"文革"的开始让哥哥又发病,他甚至会伤害家人。在这期间,作者对哥哥多次产生过恨意,有时希望他能死去。

哥哥曾表明,自己的一生中有两个童话:其一是在年少时考入大学,满足母亲的心愿,改变家里贫困的生活状况。其二是离开精神病院,和作者共度晚年,去过一个正常人的生活。虽然哥哥在一定程度上成为社会的边缘人,但精神并没有死寂冷却,在隐隐的惆怅中,仍有着普通人对美好未来的希冀。

(三)"长子"的担当

在儿时,父亲作为建筑工人,常年在祖国大西南工作;母亲为补贴家中生活,在平日里也需要去干临时工;年长自己六岁的哥哥,因为读书,除了过节和星期日,都不在家中。作为二哥的作者,在儿时便承担起照顾弟弟妹妹的责任,甚至会逃学做起家中所有家务。

自从哥哥成为精神病人,作者就彻底成为家中所谓的"长子"。当作者知道上山下乡有四十元的工资可领时,他毫不犹豫地就去了。随着作者成为作家,他承担起照顾家中所有人的责任:赡养父母,将他们接到北京来生活;支付哥哥在精神病院的所有费用,甚至在北京郊区为他买了一套房;解决弟弟妹妹的工作和生活问题,以积极的态度鼓励他们生活,让他们理解工人下岗是国家改革的阵痛,最终是会朝着更好的方向发展。偶然一次,作者在与哥哥的交流中，哥哥曾坦言，自己绝不会在弟弟妹妹成家立业前结婚，而作者也曾有这样的想法。在某种程度上，作者是哥哥的化身。

梁晓声特别注重亲情，他并不认为"上有老、下有小"是一种沉重的负担，反倒认为这是福分，是父子母子同在的天伦之乐，他享受其中的义务和责任。尽管身为大学教授和作家，他也仅是靠着工资和稿费支撑自己和家人的生活。

四、成为父亲：独特的亲子风景

作者为父的意识是随着孩子的成长而逐渐显现的，这构成了独特的亲子风景。在儿子出生时，作者没有做好当父亲的身心准备。儿子是讨人喜欢的，他懂事善良，有着向善向美的人性追求。无奈的是，儿子身处于应试教育的困境中，埋头于沉重的学业苦海压力中。

（一）为父的意识

在梁晓声的童年里，父亲常是缺席的，他认为自己是缺少父爱的，在自己即将有孩子之时，作者表现出抗拒，坚决让妻子打掉第一个孩子，这一方面是由于作者没做好准备，另一方面是认为孩子的出世会打乱自己写作的计划。以身体写作彰显自我意识，从个人自传的成长叙事，从私人化的领域，自我身体经验的书写。

为此，梁晓声做过一番自我检讨，自己如上帝般任意摆布婴幼儿的生存权利是不合适的，既会让妻子受到伤害，也会让胎腹中的幼儿失去生的机会。随着第二个孩子的到来，作者已然无这么大权利。在孩子出世的一两年间，作者始终因工作缘故，未能亲自照顾到孩子，尽到自己当父亲的责任。

此后，作者一步步参与到孩子成长的过程中：辅导孩子写字，在孩子自卑不愿在幼儿园做早操时，主动提出在幼儿园院外陪伴孩子做操。作者内心的感性世界丰富且惹人遐思，他能够把握人的局限性、内心欲望的洞察、人物心理和情绪的瞬间变化。

在儿子为完成作业给父亲做采访时，父亲会惊讶于儿子对自己的一无所知。身为作家的儿子，他似乎不会主动去翻阅父亲的书。在和同学的交流中，儿子不会主动和同学夸耀自己的父亲，反而会有过度的自谦，他认为古今中外有许多经典的书籍都来不及看，又怎么来得及看父亲的作品，对此，父亲是难过的。

现代社会主张父子关系像朋友之间相处，然而植根于心中的父子高低关系仍然存在。梁晓声能够深入生活本相，描绘父子生活的原生态，充满着激情和理想，以更加沉厚的面貌，构成了独特的父子风景。

（二）应试教育的困境

小升初之际，在作者朋友热心的帮助下，本要去上全市似乎最差中学的儿子去了重点中学。儿子在此之后性情大变，陷入忙碌的状态，更别谈建立友谊，作者为此感到惋惜，亦深觉中国当代中学生的辛劳。

自从上了重点中学以后，儿子每天的学习任务都很紧张，常常伏案学习，早出晚睡。无形之中，儿子身上的学业压力愈来愈大，瘦弱的生命形式承载着社会环境施予的压力。作者想要辅导孩子写作业，事实却是会耽误孩子写作业的进度，如今题目的难度早已更新迭代。作者以儿子童年生活的经历和经验为基础，以写实的创作手法，写出普通中学生的生存困境与精神困境，描述应试教育背景下青少年的成长和痛苦。

然而，作者没有像很多父母一样，要求儿子获得多么好的成绩，而是简单地希望孩子能够健康成长，只要努力过就可以。作者用简洁朴素的方式，展现对人生理性的思考，将生命的本能从社会历史文化背景里比较完整地抽离出来，呈现出生机勃勃的生命景观，成为中国经验的传达者。

（三）向善向美的追求

儿子在小学的时候多次拿过三好学生，备受同学喜爱，这不是因为成绩好，而是因为儿子的热心肠与接人待物的真诚。在儿子要写《最尊敬的人》这篇作文时，父亲会主动循循善诱，暗示儿子身边最令人尊敬的是赵大爷，每日辛勤劳作，毫无怨言，尽职尽责做着自己的事情。在别人领着较高工资时，他不会起嫉妒之心。在面对生活的窘急时，赵大爷不会怨天尤人，吐露一个脏字，只是本分地做着自己的工作。赵大爷的衣服上面有很多补丁，作者曾给过赵大爷很多衣服，赵大爷却没穿过，作者猜测他寄回农村的家里。

儿子在写作文时写出了温暖的人情和人性，同时获得了身体和心灵的双重成长。在赵大爷离开世界后，儿子会陷入悲伤的情绪中，他认为这么好的人不应这么快离开世界。此后，儿子主动为赵大爷写了一篇文章，令身为父亲的自己备受感动。

赵大爷是与世界、人间处出了正当感情的老人，虽然儿子和赵大爷有着不同的家庭背景和文化背景，却在人这一层面真正实现了沟通，也许只有本着人之所以为人的价值尺度，才可以大同文化的隔阂壁垒，实现真正取得人心的沟通、理解和心灵的升华，展现出对向善向美的人性的追求。散文借助赵大爷的形象，把人世和人生的苦难写到了极致，来表现底层小人物生存的坚忍与顽强，并且思考"活着"这个日常化的生存本相的意义。

五、邻里之谊：胜似亲人的情感

邻里之情也是梁晓声亲情散义中的重要成分。卢家的大小二小虽与作者无血缘关系，但胜似亲人。作者擅长在平实的事件中，表达他对像大小一样的劳工人品的赞扬，他们活得干干净净，是底层平民的"精神贵族"；亦会着重书写日常生活中的琐事，从小处着笔，站在人道主义的价值立场去同情、关怀、悲悯和二小一样的底层人的艰难。

（一）邻居大小：底层平民的"精神贵族"

梁晓声的亲情散文中，有一类特别存在的人——卢家的大小和二小，是作者儿时的玩伴，他们唤作者为"二哥"，关系亲如手足。随着时间的推移，儿时亲如兄弟的邻居，因社会地位和职业的变化而疏远，梁晓声成为作家，大小和二小在经济和政治上仍是社会底层人，他们之间产生了疏离感和隔阂造成的别扭。尽管如此，大小、二小有一种对生存执拗、百折不挠的精神，他们虽然在政治、经济、文化资源上都处于贫瘠的状态，但正是有了这样一种精神，他们活出了自己的尊严，是底层平民的"精神贵族"。

大小是卢家的大儿子，生活的困顿给他带来身份的卑微，让他在时隔多年与作者见面时十分拘谨。大小会因为害怕打扰到作者休息，而站在门口一上午，本是亲如兄弟的关系，却在长大后因身份地位隔阂疏远了，两人之间有一道无形的墙。经验自我和叙述自我都是希望这种亲密的关系没有发生变化，他不希望因为这些外在的名与利，而去破坏这纯粹的亲情。作者很珍视这份纯感情，他将亲情比作核桃——坚固且不易变质的事物，这也是作者对待亲情的底气。在散文中，作者能敏锐捕捉到散文中人物对情感的认知，表现他对人际关系变化的复杂感受，并以之作为反思现实的镜子，这使他有别于那些一味渲染苦难的作家。

当大小多年后出现在作者面前时，脸部干净整洁，虽然已有皱纹，但是仍有青春痕迹，毫无颓丧感。他安分守己，热爱工作与家庭，过着小生活。而且大小的容貌是不错的，他因为经济条件而有所自卑,就想找个踏实的妻子,朴实的爱情观念让大小这个人物在优美中带有淡淡的哀伤,明明是朴素、正直、厚道,不自觉又受到命运的播弄,有着生命悲哀的意味。他所希冀的也很简单,希望能让女儿过上好日子,日后凭借自己的努力生活,这是他作为父母的心血与期待。面对生活的挫折与困苦时,面对大大小小的天灾人祸,他会有沮丧,仍然选择坚持与隐忍,不沾烟酒也不爱玩,不会迷失堕落,寻找所谓"精神寄托点",这是难能可贵的。作者敬佩他对待生活的态度,以具体写抽象,通过细腻的细节描写发掘小人物蕴藏的人性之美,烘托对道德的理解,这些倾诉都是后天的人类社会规范所塑造乃至建构起来的。在字里行间的描述中有一种理想主义色彩,不自禁地拔高大小的形象。

大小重视亲情,他曾向作者表明,希望自己身上能长出每片值数万元的玉鳞,这样就可以完成自己对姐姐、弟弟妹妹的亲情责任。他可以为了弟弟谋出路,花掉五六个月的生活费,千里迢迢到北京送贵重的飞龙(补品)给作者。这种送礼的礼仪是生活范式,是人之所以为人的存在形式,不能用价值判断来加以评判,作者只是如其所示将其展示出来,表现其中的世态人情。作者出于照顾,询问大小是否在家过夜,实际上他想优先做自己的事情,他的问答是掺伪的。尽管如此,作者在写作时直面内心的矛盾,这是作家的诚实与自我检讨,显示个体在各种矛盾中的不同心境。梁晓声不仅关注当下社会底层人的生存状况,也关注自己陷于其中的为难的精神状态。

同时,大小是将作者看作自己的精神支柱,这是底层人的真诚,也是一种孤注一掷。而作者理解且明白这份情感,但苦恼于自己很有可能帮不上忙。在大小看来,二哥成了作家,似乎就可以是一个无所不能的人,但二哥只是一个普通人。在为二小写推荐信的时候,作者觉得自己是在做着一件无用且滑稽的事情,但是他仍然为了亲情在努力地做这件事。甚至,作者想要直接出钱救济,作为贫民出身的他，同情和悲悯底层人的境遇。

（二）邻居二小：社会悬置的"野草根"

在散文中，梁晓声指出中国社会存在着一类名为"野草根"的弱势群体，揭示出社会问题与社会悬置着的"野草根"的生存困境。他们看似漂浮不定，却具有野性且顽强的生命力，他们的根是斩不断的，而作者笔下的二小就是"野草根"阶层中的一员。

二小是卢家的二儿子，曾去黑龙江生产建设兵团下乡做知青，本应有更好的未来，却因为家庭变故返城，回家后没有正式单位接收，尽管踏实肯干，是个不错的瓦匠和木工，但依旧没有好的出路，甚至为了生存卖过血。作者书写了他在现实生活中的黯淡与挣扎，愈发凸显了作者对人间的关切与忧虑。面对如此艰难的生存境况，作者庆幸他依旧坚守正道，没有做违法之事。在看不到光的日子，他们依旧努力寻找微渺的希望，在"溺水"时凭借对命运的不甘不让自己"沉没"，这些感性的碎片化的哲思显示出作者对人性的深思。

因而，二小在一种悬空的境地存活。他在三四十岁的时候找不到出路，没有婚姻，没有身心保障，常常居无定所，轮番住在哥哥、姐姐、妹妹家，无法解决最基本的生存住宿问题。这不仅仅是二小的苦，也是很多社会底层面临的问题：只有小学文凭的他们，原本是靠力气吃饭，却因为社会发展和家庭变故失去工作，此后难以寻到安身立命的工作。他们生活在夹缝中，既想摆脱困境，又找不到方向，陷入了尴尬的境地，这是当时底层人的症候。散文注重描绘人生存的外部压力、环境因素，作者在书写时重视时代、强化环境。其中作者对底层文学的理解，可以用李云雷的总结概括："在内容上，它主要描写底层生活中的人与事；在形式上，它以现实主义为主，但并不排斥艺术上的创新与探索；在写作态度上，它是一种严肃认真的艺术创作，对现实持一种反思、批判的态度，对底层有着同情与悲悯之心，但背后可以有不同的思想资源。"

后来，作者让二小去照顾在北京的哥哥。这一方面解决了二小的工作，也让哥哥有了身心的陪伴和依靠，这体现在二小因肺结核回哈尔滨时，哥哥一直惦记着二小，为了想要二小尽快回来，甚至表示自己不怕被肺结核传染。在二小陪伴哥哥的这段时间，作者开的七百元工资比以往二小所获得的都高。但他花钱大手大脚，无论是对自己还是对哥哥，他甚至会花八十块钱给自己染头发。由此可看出二小是一个丰富多面的人物，既存在着人生本质的困境，内心又有对精神自由、物质享受的向往，这和现实的挤压和灰色的生活有关。尽管许多旁人都与作者说二小的不足，作者依旧理解二小，基于人道主义，主张人能享受自由真实的幸福生活和保持健康的生存，而不是做悲天悯人的慈善家。

（三）互谅互恕的邻里关系

作者幼时，卢叔和卢婶是自己的隔壁邻居。在底层物质生活匮乏的年代，卢婶达观乐盈，面对穷日子并不发愁。在卢叔卢婶的教育下，卢家的儿女都很老实，从不惹是生非，而且都极具善良和正义感。两家的关系是亲近的，卢家孩子和梁家孩子的互相称呼是不带姓氏的。甚至在卢婶卢叔相继去世后，大小会主动希望梁家父亲是自己的父亲。

但亲如一家人的卢家和梁家也会起冲突：大小因为要结婚所以多接了一间房了，而母亲则是因为这间房子会挡住自己家的煤棚，两家因此闹了很久的别扭。这件事情双方都有不得已的苦衷，谁让步了谁的权益都会受损，最后大家都选择理解对方。作者也在文中两次重复，中国底层百姓的互谅互恕非常可贵，能有真诚的、打心底里为对方考虑的互谅互恕确实很不容易，作者善于在矛盾中发掘小人物蕴藏的人性之美。

在《一个红卫兵的自白》中，作者用了卢叔的真姓，却在人物身上增加了虚构成分,这是不合适的,因为具有虚构成分的人物不应写出其真实之姓。有人撺掇大小借此去起诉作者,从而获得名誉补偿金,但大小并没有这么做。在此书再版时,作者认真修改文中不合时宜的部分。以上种种显示,在梁晓声邻里之情的散文中,他赞扬互谅互恕的邻里关系,肯定其中超越利益关系的人性之美。

结 语

梁晓声的亲情散文从日常生活出发,通过沉静舒缓的书写方式,表现家庭生活的图景:吃苦耐劳的父亲,既有着朴素的生命观念,又会因无意的过失导致家庭的悲哀;坚忍乐观的母亲,既有着自洽的女性意识,又有着超脱的精神世界;温情脉脉的手足,既有着诗意的童年生活,又有相互扶持的责任与担当;懂事乖巧的儿子,既有接人待物的真诚,又有着向善向美的追求;胜似亲人的邻里,既有着"贵族的精神",又有着互谅互恕的理解。然而,梁晓声的亲情散文中的人物形象存在过度美化的情况,底层人民身上固有其美好的品质,但其身上也有局限性,如邻居二小就会过度依赖作者生存,缺少独立存活的坚持。总的来说,梁晓声的亲情散文主张是为人的文学,他了解人性、洞悉人性,在失落的困境和严酷的现实人生面前,他会拥抱外部世界的苦难,重新发现个人的情感空间,以本色且自觉的使命展现人的个性和尊严。

"现实主义：梁晓声与中国当代文学"研讨会综述

◎ 杨烨菲　席云舒

2019年6月16—17日，"现实主义：梁晓声与中国当代文学"学术研讨会在北京语言大学召开。会议为期两天，由北京语言大学和中国当代文学研究会联合主办，来自全国各地的四十多位著名学者和三十多位博士、硕士研究生出席，与会代表对梁晓声四十余年的文学创作进行了热烈探讨。

梁晓声是当代著名作家、北京语言大学教授，也是共和国同龄人，他从事文学创作四十余年，始终坚持现实主义的创作风格，为读者贡献了《这是一片神奇的土地》《今夜有暴风雪》《雪城》《知青》《年轮》等一大批脍炙人口的作品，近年来又出版了三卷本长篇力作《人世间》，《梁晓声文集》（四十八卷）也已由青岛出版社出版，他的作品影响了几代中国读者。2019年，梁晓声即将与共和国一起迎来七十华诞，并将光荣退休，本次会议也是对梁晓声文学创作生涯的一次很好的总结。

北京语言大学校长刘利教授指出：一名杰出的作家，对于一所大学来说具有非凡的意义，鲁迅、周作人、朱自清、老舍、沈从文等著名作家都曾在大学里传道授业，而北京语言大学也因拥有梁晓声这样一位在中国当代文学史上具有里程碑意义的重要作家而感到特别自豪；梁晓声的创作，既在知青命运的悲情书写中批判了"文革"的"左"倾错误，又在"青春无悔"的激情书写中张扬了理想主义精神，两者熔铸成一种直面历史勇于反思、身处逆境勇于担当的崇高精神,他的"北大荒文学"之所以成为当代中国文学不可或缺的宝贵财富,并不仅仅是因为他写了知青题材,更是因为他在知青题材的写作中熔铸了深邃的历史理性,张扬了人类永不放弃理想的精神追求。

中国当代文学研究会会长白烨研究员认为,梁晓声的创作包括小说创作和散文创作,不仅数量多,而且质量高,这些作品都打上了梁晓声的艺术标签和精神符号,梁晓声的创作最为突出的是一种他所特有的人文精神,无论在生活中,还是在创作中,梁晓声都秉持良心、守护良知、播撒良善,习近平总书记讲的"为历史存正气、为世人弘美德、为自身留清名"在梁晓声的文学创作中得到了最好的体现。梁晓声一直都坚持现实主义的创作风格,中国作家里面很多人都可以打上现实主义的标记,但有两个作家非常特别,一个是陕西的路遥,另一个就是梁晓声。梁晓声的现实主义始终坚持一种平民视角,而平民视角里面又包含了一种英雄主义,他不仅在现实中坚持理想,还要在现实中实现理想,他把很多元素结合起来,构成了融合的现实主义风格,他的现实主义集大成之作就是2017年出版的长篇小说《人世间》;梁晓声的现实主义非常典型、非常具有代表性,在很多作家都去追求各种新的表现手法的时候,梁晓声对现实主义的坚持,其实是在默默地体现着文化自信。

北京语言大学中华文化研究院院长韩经太教授指出,当代理论批评对什么是现实主义还没有给出定论,在思考这个问题的过程中,我们肯定要使我们的思考建立在鲜活的、丰厚的文学经验之上,梁晓声的创作为这样一种思考提供了坚实的经验基础,这是一个作家伟大的标志之一。我们这个时代建筑一种精神高度的时候,离不开他的这种鲜活的经验。梁晓声的人格和文学创作可以概括为"温厚而古秀",他不是那种尖刻的鞭挞或只是冷峻的批判,而是永远带着一种关怀的温柔敦厚,他的批判是一种善意的批判,他的揭示也是一种善意的揭示。

中国当代文学研究会副会长、沈阳师范大学贺绍俊教授认为，梁晓声的《今夜有暴风雨》《这是一片神奇的土地》早已成为知青文学的经典作品，而他还在知青文学这条路上继续走下去，这是因为他珍惜他在知青经历中铸造的理想主义精神。梁晓声是一个理想主义者，他不仅对以往的理想岁月充满眷恋，而且还希望这种理想能够在今天这个时代得到延伸。在《雪城》中，梁晓声将平民精神引入到理想之中，《雪城》中的理想是平民的理想；而去年他写出了更加厚重的作品《人世间》，这部作品可以说是他理想主义的全面表白，也是他对自己的理想主义追求的全面反省，反省首先从平民化的理想开始，他认为把理想完全寄托在平民身上也是不靠谱的。梁晓声通过《人世间》又回到"五四"启蒙精神，回到启蒙精神又是回到文学，因为"五四"先驱就是通过文学来进行启蒙的，因此在《人世间》中梁晓声格外强调文学的力量，他对文学充满自信，哪怕现实一时拒绝了理想，梁晓声也会把理想收藏在自己的文学世界里，这也是梁晓声对理想精神如此"顽固不化"的重要原因。

中国当代文学研究会副会长、首都师范大学张志忠教授说自己从二十世纪七十年代末就一直追踪梁晓声的创作。八十年代初的《这是一片神奇的土地》《今夜有暴风雪》张扬的是一种高调的理想主义。随着八十年代知青返城，纯粹的理想主义在现实面前遭遇挑战，于是有了《雪城》。九十年代市场化大潮初起的时候，梁晓声也有过沉思、犹豫和迷茫，但过了这一时期，人们终于认识到即使是市场化的时代，现实主义、理想主义精神仍然不能放弃，而且需要加强。当理想和现实的撞击、矛盾、冲突进入到一个新高度的时候，文学仍然需要理想主义，但此时理想主义的内涵更为丰富了，而且变得不再那么飞扬跋扈，变得比较低调，可以说是从单纯的理想主义变成了复杂低调的理想主义。这在《人世间》中得到了很好的表现，作品的主人公周秉昆一生没有大作为，但也执守了善良的信念，不遗余力地帮助别人，在帮助别人的过程中自己也得到了成长。不管是梁晓声还是同时代作家,从他们四十余年的创作中,我们可以看到他们的思想、精神历程,是从比较稚嫩、比较单纯,到入世渐深,体会到生活的千姿百态与苦乐悲欣,在这样与时俱进的过程当中,他们对于生活的认识逐渐变得开阔厚重。这也是一种可持续性的写作。

北京语言大学人文学院路文彬教授风趣地指出,梁晓声有个健忘的毛病,如果有人找他帮忙,他一定会记得帮助对方,可是帮完之后他就彻底忘了,从此不会再想起来。路文彬认为这种矛盾性体现在梁晓声身上恰恰是高度的一致性,因为在梁晓声的词典里,"健忘"的反义词并不是"牢记",而是"关切",梁晓声是一个对他人、对社会充满关切的作家,因为关切,所以写作中充满了真诚的情怀。在梁晓声看来,"真诚"的反义词也不是"虚伪",而是"刻意",所以梁晓声的写作从不刻意,无论是选题、结构布局、情节设置,还是语言风格,都能体现出一种不刻意的真诚感。其次,梁晓声对于真相的记忆办法是思考,他的小说想要揭示一种真相,而"真相"的反义词也不是"假象",他很少批判假象、揭露假象,他理解的"真相"的反义词是"遗忘",梁晓声通过写作证实了思想能够产生记忆、创造记忆,甚至激活记忆。路文彬教授表示,梁晓声的写作慈悲善良,却容易受到冷落忽视,这个真相绝不能被我们遗忘。

中国作家协会党组成员、书记处书记吴义勤在主题发言时说,梁晓声确实是中国当代文学史上一个非常重要的、重量级的存在,中国当代文学史里面梁晓声这一章非常重要。我们今天都在谈现实主义、提倡现实主义,大家可能会觉得很奇怪,我们这个最不缺少现实主义的国度,现在最提倡的却是现实主义,为什么呢?实际上是因为很多现实主义作品并不能让我们感到满意,这可能是我们反复提倡现实主义的一个原因。从这个角度看,梁晓声的现实主义创作对于我们今天具有非常重要的启示意义。第一,梁晓声是一个优秀的、具有人文情怀的知识分子,这是他的现实主义的底色,他承担了一个知识分子的使命和担当,他与时代同步,对于社会问题的思考很深刻、很有力度,作为一个思想者,他给我们提供了一个精神维度;第二,他的现实主义是一种温暖的、朴实的现实主义,具有基层的、民间的温度,具有普通人的生命情怀,同时他又具有理想主义情怀,他的现实主义的根基就是"五四"以来的启蒙主义传统——鲁迅所开辟的"五四"的启蒙的批判现实主义的传统。他的现实主义既有国家民族的宏大叙事,又有底层关怀,他不脱离大众,而是建立在对民众、大众关怀的基础上的对于国家民族现代性的追求。现实主义文学是一种有力量的文学,它的力量就来自对国家民族现代性的关注,对普通人的人性、国民性、平民的生存现状的思考和关注。梁晓声的现实主义又是一种非常朴实的现实主义,他的作品都是趋于传统的白描,注重白描,注重细节的描写,注重故事情节的推进,注重对人物情感的表现,以人物命运打动人,同时他还注重对人物性格的社会历史根源的挖掘,这都显示了现实主义的力量。梁晓声的创作给我们的启发,并不是说我们的作家创新不够,而是很多作家都背离了现实主义的传统,我们应该回到现实主义的传统,现实主义当然也要创新,但不能背离它的本源,只有回到现实主义的本源,现实主义的生命力才有可能获得解放。

黑龙江大学教授、《文艺评论》主编林超然先生认为,特殊的自然环境与历史积淀能造就复合型的文化人格,黑龙江寒地黑土文化基因在梁晓声的文学作品中有丰富的体现,寒地黑土是他的出发之地,也必将是他的精神归宿。林教授指出,文学不需要太多热闹,梁晓声作为黑龙江文学的一面旗帜,也是中国当代文坛的一面旗帜,从二十世纪八十年代到新世纪,他的创作中有一直不变的坚持,他的文学是一种大文学。黑土地从来不欺骗认真耕种它的人,这是黑龙江文学的品格,也是梁晓声文学作品的品格。而隐忍坚强、厚重大气、乐观爽直、勇敢侠义等精神不仅表现在人物形象之中,也真实地展现在梁晓声本人身上。

与会专家还就梁晓声的知青文学、家庭伦理与性别观、"好人文化"观,以及他各个时期的代表作品展开了广泛的讨论。太原师范学院傅书华教授认为,从价值形态来说,今日中国文学的版图主要由三个创作群体构成,其中二十世纪五十年代出生的作家群无疑是目前最具实力、最有发展前途的作家群,而梁晓声是这一作家群中具有代表性的一位。在别的作家都在表现人性的复杂甚至阴暗的一面的时候,梁晓声写爱、写善,走在了时代的前面。中国青年出版社副总编辑、《人世间》的责任编辑之一李师东编审提出,《人世间》与梁晓声以往的创作既有精神上的关联,又有格局上的扩展,它提供了一个全新的写作视野,并开启了真正意义上的"年代写作",这得益于作家多年来对社会、生活和人生的深入思考。河北大学刘起林教授谈《人世间》与梁晓声的"好人文化"建构,认为其"好人文化"观念不仅是一种社会日常话语性质的概括,更传递出了强烈的时代针对性和文化责任感,包含着深刻有力的文本审美建构,成为了梁晓声思想观念成熟期的核心价值理念。《人世间》是全面体现梁晓声"好人文化"的集大成式作品,对于当今时代的社会现实、文学发展都具有不可低估的意义。《人世间》的责任编辑之一、中国青年出版社李钊平编审评价《人世间》是正直善良、勤劳坚忍的城市平民生活的文字表达,标志着梁晓声现实主义小说创作的新高度。北京师范大学车凤研究员认为,《人世间》表现了极端历史环境下不被泯灭的善良、人性的正义、对弱者的同情与敢于承担的勇气。北京语言大学于小植教授认为,《人世间》叙写普通人在面对现实苦难时的顽强与乐观,是梁晓声"转向"的标志性文本,使其摆脱了"知青作家"的标签,并在情爱叙事角度展现出了新高度。北京语言大学王向晖副教授认为,"善"在《人世间》中已不是单纯的善意、善行,它是好人的价值标准,是好社会的道德基础。这种"善的哲学"是梁晓声现实主义文学创作的精神标杆。北京语言大学刘军茹副教授提出,现实主义来源于现实,《人世间》第一章对A市的介绍正好对应了作家对于家乡的情感与思索，梁晓声为城市平民代言，对自我与他人的关系进行了重新建构与理性思考，《人世间》是梁晓声的倾情之作，也是对其现实主义创作的概括与升华。

针对有些学者对梁晓声知青小说的温情书写和理想主义精神的批评，鲁东大学车红梅教授指出，知青分为兵团知青和插队知青两种情况，插队知青是知识青年到农村去、到农民中去，他们遭遇的矛盾更加尖锐突出，处境也更为复杂，而北大荒军垦农场的兵团知青则大不相同，他们正如梁晓声所描写的，是"极其热忱的一代，真诚的一代，富有牺牲精神、开创精神和责任感的一代"，若不了解兵团知青和插队知青的区别，就很难理解梁晓声笔下的知青生活、他们的理想和奉献精神。北京师范大学谭五昌教授则指出，梁晓声为中国当代文学提供了独特的审美经验——"北大荒经验"，相较于许多知青作家笔下展现的生活经验，"北大荒经验"具有更高的审美价值，并且形成了一种值得关注的"知青记忆"书写的文学现象，梁晓声的创作呈现出现实主义与浪漫主义相混合、相提升的独特美学形态，带给人们有益的启示。武汉大学韩晗研究员认为，梁晓声的"知青小说"系列是"寻根小说"的重要组成部分，学界对梁晓声的研究还远远不够，尤其是对于长篇小说《年轮》的关注显然不足，而《年轮》预示着"寻根文学"逻辑上的终结。同样关注《年轮》的还有广西师范大学蒋永国副教授，他指出，《年轮》较为深入地展现了知青在中国历史进程中向现代人转变的困境，为深入反思中国社会的现代进程提供了启示。北京语言大学李东芳副教授概括梁晓声推崇的精神价值包括：崇高的理想主义、悲壮的英雄主义、人性之美的人道主义，以及强烈的社会责任感与承担精神。牡丹江师范学院施新佳副教授谈到梁晓声知青小说中的生态意识，认为梁晓声的知青小说推动了生态意识的强化，显示出作家对人和自然是生命共同体的认识深度。

在会议的座谈环节,梁晓声回顾了自己的人生经历与创作历程,在他少年时代,因哥哥生病,家庭陷入困顿,支撑他坚持下去的只有文学。1968 年,他忽然有了一个去兵团当知青的机会,不仅可使自己的生活得到保障,还可以把省下来的钱寄回家,他感到非常幸运。他后来的知青生活中遇到过很多好人,给予他无私的帮助,他也帮助过很多人,因此才有了被推荐上大学的机会。这些经历使他感受到好人的力量、善的力量,这种善的力量正是推动社会进化的力量。梁晓声谈到,他最初写作时并没有意愿接触知青文学,但是他写完《这是一片神奇的土地》之后,面对返城知青的艰难处境,他才有意识地书写知青,他愿意肩负起责任,为知青这一代人做些事情,为他们代言。有些评论家批评他作品里含有理想主义的成分,但梁晓声表示,他塑造的是兵团知青形象,而且在当年的现实生活中,确实有很多好心人在默默地行善事。在讲到文学的意义时,梁晓声强调,文学具有"史外之史"的意义,史书中的底层百姓都只是一些抽象的数字,只有在文学作品中他们才会成为活生生的人;其次,每个人都是通过阅读文学书籍开启读书旅程的,一个人的心灵和思想发育史也会与其阅读史发生关联。我们需要包容教育与人道主义教育,而文学就是要承担引导人向善的责任,现实主义文学作品能够对人生起到指引作用。

梁晓声还对学者们的一些观点做出了回应。首先,关于他笔下是否有女神形象或"天使"和"妖女"形象。他并没有赋予笔下任何一位女性以神性色彩,也未有意塑造"天使"和"妖女"形象。他心目中优秀的女性,更多是老俄罗斯时期"十二月党人"的妻子那样的女性,他认为那些文化人代表着一种时代进步的状态。而性格上有缺点的女性也不能说是"妖女",因为我们每个人与生俱来的人格和人性上的不完美都是可以被原谅的,无论是评论虚构的人物,还是看待现实生活中的人,都应该胸怀宽厚。其次,小说中描写的底层人对于物欲的愿望是正常的,不应该受到批判,这是他们对于生活的最起码的要求。再次，除了横向的比较，评论者还可以把文本放到生活中去，将文学与现实生活联系起来，提出问题，比如《今夜有暴风雪》发表以后，像裴晓芸那样的人物是不是少了？而郑亚茹那样的人物为什么却没有减少？这才是研究作品的意义所在。最后，现实主义包含了批判和肯定两个方面，不一定书写人性恶才算深刻，生活中的真善美更值得我们去挖掘。人类的进化是不会停止的，引领我们的必将是文化，而向善的文化能够带领我们走向更远，梁晓声愿意担负这样的责任。

最后，北京语言大学李玲教授做了会议学术总结，她认为，为期两天的学术研讨是一场高质量的研讨，与会专家主要围绕三个方面对梁晓声的创作展开了讨论：一是梁晓声创作的现实主义品格，梁晓声的现实主义创作是学界的共识，而本次会议通过对梁晓声与同时代的其他现实主义作家的比较、对梁晓声与经典现实主义作家的比较、对梁晓声与新写实主义作家的比较，进一步探讨了梁晓声现实主义创作的独特性；二是梁晓声创作的理想主义特质，本次会议有力地回应了前几年学界对梁晓声理想主义创作的争论问题，梁晓声对理想的坚守，跟他的历史反思以及他对扭曲时代的批判之间是保有张力的，他并没有消解对历史的批判精神，同时他也坚持"五四"的启蒙精神，梁晓声的理想、情怀不是单一的，而是具有丰富内涵的；三是梁晓声作品中的家庭伦理、情爱叙事和女性观念，不少年轻的学者讨论了梁晓声作品中塑造女性形象的性别意识，而且展开了对话与争论，其中争论最为激烈的就是梁晓声塑造女性形象当中是否有男性中心意识，各人也表达了不同的观点。本次会议还有学者提出了梁晓声创作中的生态主义等观点，都非常有意义。与会专家也一致认为，本次会议必将使学界对梁晓声与现实主义创作的研究迈上新的台阶，走向一个更高的高度。

（原载《关东学刊》2019年第4期）

第四辑

经验·阅读·文学：对话新时代的文化守望者——梁晓声

◎ 沈雅婷

2019年9月22日是作家梁晓声的七十岁生日，而生日的前几天，他仍是在忙碌的工作中度过。18日这天，从中午十一点到夜晚，梁晓声几乎没有休息，但即使在日程表已经排满的情况下，他还是撑着疲惫的身体，为他的学生读者们耐心地解答困惑、讲述经验。

温暖是梁晓声作品的底色，也是他带给身边的人的最深的印象。梁晓声在作品中一直着意去塑造温暖的人性，将国民性中"善"的人格展现在读者面前，用自己的作品去为大家展示"人在现实生活中应该是怎样的"。对生活本真的感悟和自身的阅读史，影响了梁晓声文学观的形成，塑造了梁晓声独特的文学风格。

一、再谈知青经验

1968年，年仅十九岁的梁晓声成为黑龙江生产建设兵团一师二团七连的一名兵团战士，从此，他的生活便有了和知青割舍不断的联系。"知青文学"也因为有了梁晓声的北大荒兵团知青小说这一厚重的部分，才被绘成更加完整的面貌。在梁晓声的知青文学作品中，明快的语言、激昂的情绪和理想主义精神构成了其区别于其他知青作品的独特性，也成为了评论者最为关注的一面。

（一）知青生活的温度

沈雅婷：我们在阅读《失落的一代——中国的上山下乡运动1968—1980》等史料时，多会看到上山下乡运动被称为一次"政治化乌托邦实验"，并评价那是"整整一代人的才智资源都被荒废了"的时代，等等诸如此类的表述，而您的知青文学作品中的人物多呈现出昂扬的青春和温暖的人性，即使是返城多年的知青，仍然保留着对那段回忆的留恋和向往。请问您小说中所呈现的经验和宏观历史出现巨大裂痕的原因是什么？

梁晓声：任何一部知青作品所承载的都不是对知青运动本身来做一个评判，这就是文学作品和运动史研究的史性书籍的不同。

因此从这点上看，不管史学家们怎样谈美国的南北战争，怎样谈一战、二战，那是史学家们的结论，但文学家所考察的，都是这背景下的人性。我们看《战马》这部作品，它讲述了一战背景下为了一匹马而展现出的人性，至于一战的发生、一战对世界的破坏性以及其他方面，那是史学价值，所以文学价值和史学价值这个一定是要区别开来，这是不同的两类。

另外还有一点是，我写的毕竟是兵团知青，兵团知青和插队知青的状况是不同的。我们兵团中的人是老战士，他们是真正的军人，是朝鲜战场上转业下来的（1963年转业下来）。那些老战士中有相当多人本身是城市居民，严格说他们也是有军人身份的支边青年、城市青年，其中也有一些是很有才情的高中生，是当时部队宣传队的骨干。所以兵团知青和这些各方面都十分优秀的人接触，同插队知青和农民接触的生活场景是不一样的。

并且兵团知青每月有三十二元工资，即使再艰苦再劳累也可以养活自己。在粮食多的情况下还可以吃到营养的精白面粉，各连队又有豆腐坊、菜班，还养着猪。这就很不同于插队知青的生活状况。尤其我所在地区还有十元钱的寒带补贴，这样加起来就是四十二元，四十二元的工资在当年可以养活四口之家。下乡的知青能够往家里寄二十元的话，就会觉得自己作用很大，能够提高家里的生活水平。所以虽然同是知青，兵团知青和插队知青是有一定区别的。

不同于有些人所想的，在"文革"这样的背景下，无法谈人性的温度，我恰恰认为，正是这样的特殊背景下，人性的温度会显得弥足珍贵。而且在我生活过的兵团中，这些温暖就是客观存在的，所以我要将这样的事情在我的知青文学作品中加以记录，记下这些兵团知青人格上的美与力量、正义和同情心。

你所提到的他们返城之后的留恋和向往，其实并不是怀念、留恋那个时代，而正是怀念那个特殊年代里特有的一种人和人之间的温度。比如在《返城年代》里边的知青林超然，虽然他是营长，但他永远会怀念当时救过自己一命的罗一民。罗一民也一样，他会怀念营长林超然对他的好，当自己快被打成反革命的时候，营长因为他腿受伤了，让他提前返城。说到底我们也仅记住了那些温度。在那个年代哪怕别人以同情的眼光看了你一眼，你都会记住那种温暖。包括像我的作品背景是北大荒，在这种冰天雪地的环境下，我就更希望突出作品中的人性的温暖。我想强调的是这一点，人都要看到人性好的一面，这一部分十分重要，不能因为表现不好的人的存在就完全否定了另一部分人的善良。更不应表现出一种结论，即，时代是如此的，因此我怎样做都是被赦免的。

（二）"想让城市重新认识知青，这才是最重要的意义所在"

正因为有着如此温暖的知青经历，又看到知青返城后身上同时存在的"怨、悲、豪、义"，梁晓声在写作时始终带有一种使命感，就是讲述真实的知青群体，让城市重新认识知青。

沈雅婷：您在《年轮》中说过"有人想忘记，为的是重新开始；有人却拼命回忆，为的是要种究竟"。您所说的这一代人他们要的这种"究竟"是指什么？

梁晓声：知青这一代人在相当长的时间中都背负着"如何被评价"的负累，因为知青的前身是红卫兵，这一代人总要为"我们究竟是怎样的一代"找到一个说法，最后只能证明原来我们是最悲苦的、最不幸的一代人。知青们始终处于要一种说法的焦虑状态下，这种焦虑伴随了他们一生。

其实我写到后来的时候，尤其是写到《年轮》时，实际上就是想让城市接受、重新认识知青，不要歧视他们，给他们分配工作，而且当时在哈尔滨、在东三省这确实起到非常大的作用，有些单位会说"黑龙江兵团的来多少要多少"。曾经有山西知青，抬着很大的匾，送到中央电视台去、送到出版社去，可以见得作品对他们的影响。在文艺作品产生这样力量之下，评奖结果如何、后来的人如何去评价，就显得不那么重要了。

（三）商业时代将温暖变得冰冷

虽然心守着温暖，但梁晓声仍坦诚地诉说着现实，面对商业时代的冲击，他也不惮于揭露。

沈雅婷：在《雪城》中，一个女孩冒充原营教导员姚玉慧知青战友的女儿小俊，来城市中享受姚玉慧对她的招待，扰乱了姚玉慧的生活同时也打破了她对北大荒的美好记忆。您为什么设置这样的情节呢？

梁晓声：知道是自己知青战友的女儿，那返城知青一定会对这个女孩儿很好，然后突然发现事实和自己记忆中的不再一样了，可见时代的变化。因为八十年代我们已经进入了一个商业的时代，商业时代是非常有力量的，可以把人世间的温暖都变成冷冰冰的那种关系。比如说我们刚返城的时候坐出租车，和司机聊起来原来同是知青，下车的时候司机都说："哥们，票都免了。"但是在商业时代来临的时候，他就会说："哥们能报销吗？能报销的话给我们多开一点条。"

二、在阅读中涤荡独立的人格

梁晓声非常珍视阅读的机会，因为儿时的家庭状况，加之北大荒知青岁月精神食粮的匮乏，使得每一本书和每一段阅读的时光都来之不易。他也十分感激阅读给自己带来的影响，在梁晓声看来，一个人的阅读史会深深地在他的心灵成长、精神成长、思想成长中烙下印记。阅读会让人思考，引人向善，并树立独立的人格。

（一）"阅读让人不再成为被裹挟的大多数"

沈雅婷：正如您在作品中提到的，知青一代"出生后挨饿，该上学的时候革命，该工作的时候下乡，该成家的时候返城，返城了又没工作"，整个少年和青年时代都经历着共和国初建的颠簸，主人公的个体成长与国家、时代成长合二为一，他们成长的个人时间和身处社会变革的历史时间密不可分地融合在一起，知青在不同时期（比如运动前、运动期间、返城后、恢复高考）经历了多种身份角色上的变化。那么您认为是什么在知青的成长中起了重要作用呢？在当时的背景下，"社会中的自我"和"内在的自我"是怎样协调的呢？

梁晓声：我笔下多塑造的是人物心灵、精神和人格成长史。人的心灵成长、精神成长、思想成长始终和阅读史有一定的关系，但我们那时候大多数知青和书籍没有这种关系。因此我们又抛出了另一个命题——"书籍"是什么？父母是一本书，家庭是一本书，你所在的连队是一本书，老战士群体本身也是一本书，那个时代还是一本书，没有读过文学的书籍也可以通过周边的这些人去感受这些。

今天很多与我年龄相仿的人，他们绝大多数没有阅读史，除了上学的课本和读过的童书外，是没有读过什么书的。如今我们走在马路上，每天碰到五十个人里有四十几个是从来没和书籍发生关系的，但是他也不会觉得缺少什么，因为现在手机都填补了这个空白。但是如果我们没有通过书籍来达成人格的形成，我们就会永远处于随波逐流的状态中，永远会被时代同质的话语所裹挟，而最终的结果，我们将会在不断同化中丧失独立的人格。因此这就要强调文学的力量，能够通过书籍中的知识与文化来协调"社会中的自我"和"内在的自我"的关系。即使现实中没有一个好的朋友，但是书籍中有这样的朋友，也会拽着你往上走。

（二）阅读是（成长之路上）"本我"与"外我"的调和剂

沈雅婷：可以谈谈您对"成长"这一文学母题是怎样看待的吗？

梁晓声：实际上，人在哲学上是这样界定：一个是"自我"，又可以叫作"本我"，由你的欲望构成，在地球上没有一个人是绝对本我地活着的，国王都不可能，他一定要考虑很多；还有一个就是"外我"，社会化的"外我"，伴随着责任，普通人都伴随着家庭责任，没有人是没有外我的，就连母兽都会本能地去担负自己的责任。

成长实际上就是个调整本我与外我关系的过程。在小学四五年级以前，你的本我只占你的存在意识的三分之一，更多的是依赖家长，什么事都可以跟爸爸妈妈说，因此你的本我意识只是三分之一。

到中学、到高中的时期，本我占你的存在意识差不多到了二分之一，那时候你开始对爸爸妈妈、老师说的话不以为然了，开始觉得同学说的话和社会上名人怎么说的变得重要了，这时你实际上已经由本我向外我开始过渡，到大学时期，实际上，本我和外我的关系应该对半。这个过程你的本我由三分之一到了一半，看起来是在增长的，你的外我看起来是缩小的，由三分之二到一半，但并不意味着你的本我增长了你就生活得更自由、更惬意、更愉快，因为一切都变得要自己做决定，你有两个责任，一个是外我对你的要求，另外一个是自己对自己的责任，自己对自己的责任又连着对父母的责任，对一切的责任，对将来择偶、对下一代等等你都会考虑，所有的焦虑都会在这两者难以平衡之间，去发生矛盾。

因此我们就要在看书时，去看看别人怎么做，中外的许多优秀的文学作品都在提示我们应该如何去做，长此以往，在文学精神的浸染下，在你的言行中就会形成一种无须提醒的自觉。就像我从北京大串联回到自己母校的时候，走廊里挂满了大字报，我看到我被剃了鬼头的老师，深深地鞠躬，特意地问好。老师多年以后在给我的信中说，这一举动对她来说很重要，这份温暖她一直记在心里。这就是因为看书，书中的道理告诉我，这个时候就应该如此去做。这种无须提醒的自觉会让别人感觉到你的与众不同，从而自己身边会有越来越多优秀的人。像我到黑龙江出版社实习的时候，比我大二十几岁的老先生，非常愿意来跟我谈心，我们那时候会谈到对"文革"的思考、那种批判，他对我的信任无须考验，简简单单几句话就能够交心。

因此不单是知识改变命运，知识、文化首先是改变我们的人格，才会由此而改变我们的命运。知识决定我们能把工作做到什么水平，文化和文学的精神，决定人在什么情况下不做什么和什么情况下我要做什么，这两者都是重要的，只有这两者结合才能改变命运。

三、文学是时代的记忆

不论是知青经历还是个人的阅读史，都在无形中塑造着梁晓声的价值观和文学观，文学是表达类的艺术，它的情感思想的表达同作者的价值观紧密相连。感念于阅读文学作品所带给他的改变，梁晓声一直笔耕不辍，在他的作品中，同样坚守善的信仰，传递温暖，关注底层，"铁肩担道义""不负案头书"。

（一）"善良是我的价值追求"

沈雅婷：请问您作品中的哪个人物更符合您的价值追求呢？

梁晓声：在《返城年代》这部作品中我通过一个精神不正常的知青杨一凡，表达出了"一个青年无论他多么有才华无论他多么聪明，如果不善良他就不是一个好青年"，这就是我的价值观。因为一切都基于此（善良），能力强又不善良的人有多可怕呢？说句实在话，包括今天国内的教育，所有的当了家长的都是重视孩子的智力如何，全部的金钱都花在提高智力上，但却忽略了孩子的心灵。国外教育的不同在于，我孩子的心灵如果在成长过程中出了问题，那是我做父母最大的失职。而国内家长就会想，孩子不聪明，我可怎么办啊？因此我在海事大学里边对他们新生致辞时也谈到过，在人际关系中，多一些容量，少一些较量。

沈雅婷：您刚才提到了杨一凡，这让我想到，在您的知青文学作品中，热爱绘画的人的结果都不是很尽如人意，就像《返城年代》中的杨一凡和《知青》中的沈力，他们都热爱美术，并且十分善良。这只是巧合，还是有什么象征的意义？

梁晓声：因为那个年代不是所有的人都会写作，擅长绘画的知青会更多一些，绘画和唱歌两件事是会招来是非的，因此在《这是一片神奇的土地中》，指导员李晓燕也是在四周无人的情况下，才会唱一下《九九艳阳天》这样的爱情歌曲，当时知青唱这个歌是不行的，那个时候留给我们唱的歌几乎没有。因此我就想到用绘画来带出时代特征，那是个哪怕画了一幅画都会招惹是非的时代。在这里实际上是批判这种特殊年代下的文艺和人的关系，本来越是特殊年代人们越需要文艺的安抚，但是文艺却又变成了危险的事。而且在那个年代，绘画的人还真的相对好一些、善良一些，喜欢诗的人还真就会不同，我们不能举出一个例子，当年喜欢诗的知青为了解馋，亲手把一条知青养大的狗给杀了吃肉，因此艺术本身会使人变得不同，无论是绘画、诗歌还是文学，专注艺术的心灵就会相对纯粹一点。如果说到象征意义，我让患上精神病的人说出人不善良是不可以的，这一点是有象征意味的，那种情境下倒是正常的人可能还会质疑这一点。

沈雅婷：有评论者认为您太过理想主义，不忍揭发现实中的丑恶，但是刚才听到您说"用绘画带出时代特征"，感觉您的作品中是有批判性存在的。

梁晓声：可能比起其他作家，我的作品当年被禁的和不准评奖的是最多的，现在也是这样，那都是因为它的批判性。《这是一片神奇的土地》《今夜有暴风雪》当时在电影局同时下马，为什么不能拍？《雪城》也不允许播，《年轮》也不允许评奖，《知青》和《返城年代》也同样不顺，就是因为触碰了不允许碰的，正是因为批判的锋芒，走在别人的前边了，所以就不被允许。

现在这些作品被当成知青文学中的典范、重要的作品，大家以为这一定是当局所鼓励和希望的，而作者领会到了这一点才这样去写。但实际不是这样的，而是由于所有的作品当时都是"不许"的，这"不许"不是由于我的作品是虚伪的作品，而是由于我尽量贴近现实主义精神。

（二）"现实主义有极强的生命力和价值，面对现实时更喜欢踏踏实实地运用现实主义"

沈雅婷：在您的作品中也有像《浮城》《尾巴》这样运用荒诞主义、现代主义的手法写成的，但在您的其他作品中，这些手法的运用并不多见。

梁晓声：《浮城》里用到了荒诞的手法，是因为它没有针对现实问题、社会问题，只是针对人性，所以采取那样的方法会得心应手。但真的写现实和时代靠荒诞主义和任何现代手法，都会弄巧成拙，这也就意味着，我们不能用任何非现实的方法写作现实和时代，不能那样写《美国往事》，不能那样写《战马》。我们现在看到凡是被留下的经典，每一篇都用的是极传统的现实主义手法，证明了现实主义的生命力和价值，所以面对现实的时候还是用老老实实的方法会更好一些。

到现在为止我心中的现实主义就是"人在现实中应该是怎样的"，这也是现实主义最主要的问题，这也就是为什么托尔斯泰要写《复活》，雨果要写《悲惨世界》，屠格涅夫要写《父与子》。

（三）"我的散文更加注重大主题"

梁晓声不仅在小说创作方面取得了卓著的成就，他的散文创作也十分丰富，饱含着深切的人文关怀和思想价值。

沈雅婷：您认为您的散文同其他作家相比有什么特点？

梁晓声：我的散文中写风花雪月的很少，完全审美意向上的内容很少。因为看着一棵树、看着月亮、看着山川，写一片景，甚至因为读小说、读诗而写了一篇读后感，这样的散文我几乎是没有的。如果写随笔，我可能更多的是写大主题的小说给我带来的震撼。比如一个关于围巾的故事，故事写出了一战中那种饥饿的情境，一个孩子是靠着嚼母亲的围巾角，来度过一个饥饿的成长时期。母亲在乞讨到半个面包的时候下意识自己吃了，快要吃完的时候才想到自己还有小孩子。

我写的散文基本上是有大主题。比如，《看自行车的女人》，写一个看自行车的外地打工母亲；《在西去的列车上》写一些要去做矿工的人，在车上讨论死去之后的二十万的性命赔偿；还有卖茶叶蛋的老妪等等，这可能是我和大多数作家的散文不同的地方。我也一般很少写成长中那些愉快的回忆，我与成长有关的散文基本上是像《橘皮的往事》，讲述怎么样在学校里剖几个橘皮给母亲治眼睛，《关于月饼的回忆》《关于罐头的回忆》等。

（四）"文学的意义是什么？"

"根植于内心的修养；无须提醒的自觉；以约束为前提的自由；为别人着想的善良。"梁晓声这四句对文化的定义影响了几代人，而他在访谈结束前又和同学们分享了自己所理解的文学的意义，梁晓声认为：文学是引导人成为"读书种子"的媒介。所有喜欢读书的人，都是通过读儿童读物、小说、散文最后变成的读书人，开始读历史、读哲学和一切他认为有价值的东西等等。这是文学很重要的一点。第二点是，文学使文化中那些最容易成为学问同时又有价值的营养，能够以形象的方式，与人心亲密接触。文学即人学，文学是文化二传手，文学化人心，但还需要加上巴尔扎克那句：小说是国家或民族的秘史。所谓国家的秘史，就是民间记忆，民间记忆在书本之外，成为胜利者的历史，所以小说要把民间记忆呈现出来。

（原载《名作欣赏》2019年第11期）

梁晓声：用作品传递现实温度

◎ 孙梦梦

梁晓声是中国当代文坛的常青树，四十多年来，他勤勤恳恳，笔耕不辍，创作了一篇又一篇脍炙人口的佳作。《这是一片神奇的土地》《今夜有暴风雪》《雪城》《知青》《返城年代》等作品以其独特的艺术魅力和别具一格的审美特质，受到了广大读者的喜爱；2019年8月，其长篇新作《人世间》荣获第十届茅盾文学奖。除此之外，他还创作了多部影视剧作品，风靡一时，产生了广泛的影响。

细读梁晓声的小说以及观其影视剧，我们可以发现，他的作品充满激情、催人奋进，着重表现在艰苦环境下人的正义担当和善良本性，使人感受到人性的温暖，而在这次采访中，梁晓声老师也直言道：希望用自己的作品来传递现实的温度。

谈新剧：将个人理念在各个层面进行再创造

孙梦梦：梁老师，您好！听说由您的作品《咱哥仨》改编成的儿童影片《桑丘的故事》，于2019年8月在石家庄市举行了开机仪式，请问除了《桑丘的故事》，您近期还有其他新的影视剧作品吗？您创作影视剧本的艺术理念是什么？

梁晓声：除了《桑丘的故事》，还有三部作品，其中有一部还在打印。我实际上是有意识地把我的一些理念在各个层面进行再创造，在图书和电影（儿童电影和青年电影）层面，尽量多做一些尝试。我认为，在如此商业化、娱乐化的文艺形态下，应该闪出一道为文艺电影存在的缝隙，这就需要作品来支撑，因此我写的大部分是现实题材的文艺作品，用来传达现实温度。我常常会去电影院专门看一些电影，着重关注以下这些问题，比如看电影的人群、电影的种类，以及看完电影出场之后的谈论。

除了《桑丘的故事》，还有一部叫《北方的森林》。这个剧马上就要开机了，是一部写到秋季和冬季风景的剧。另外一部叫《还乡》，《还乡》实际上写的是一名女大学教授回家乡的故事，她是一个硕导，在国外已经有自己的硕士研究生了，但她本质上还是个农家女儿，那么她带着一个国外留学生的"还乡"，是由外国女孩的眼睛跟她一起来"看"这多年没回去过的家乡。剧本主要表现的是民间心态和民间伦理问题，此外还有民间伦理在农村所起的作用（即它在人心里的尺度）。最初我是想把这部电影的背景放在西南省份，在我的构想中，她的村子得是有山有林子的。但最后我还是决定把它放在陕北，因为我需要找到大量的民歌与之配对。关于民歌，我认为南方民歌是偏阴柔的基调，无法达到我想要的那种张力，东北又找不到那么好的民歌，只有在陕北，它的民歌不但具有张力，而且可以很好地展现陕北农民的心路史，因此我最后还是决定把它放在陕北。

最后一部叫作《一对八〇后的情爱告白》，这个写得跟你们有点关系，是一对情侣的故事。女孩一定要考到北京，留在北京，但是男孩比较现实，他想要回到地级城市发展。因为在地级城市发展的话，一方面有家庭背景，哪怕仅仅是一个一般家庭的背景，到底还是有背景可以依托一下，比较容易找到工作；另一方面房价也不算太高。为此两个人分分合合。的确在北京打拼的话，还是太吃力了。我个人的感觉也是，一到地级城市，生活节奏就会一下子缓慢下来。

这里涉及我对农村的理解，何为幸福？幸福的一个极大元素就是它拥有的闲适时光和心态，如果没有这个作为支撑，我觉得人生意义就无法得以实现。我们所说的浮躁焦虑，更主要体现在北京，北上广深的另外三个城市都不像北京这样使人过于焦虑。那这就涉及一个话题，即占领北京还是逃离北京，当然我不能给这个话题下一个定论，他可能是在地级城市生活一段时间，养精蓄锐达到一定程度以后，对自己的能力有了把握，还是会突然产生出再去北京的想法，这是一个没有结论的故事。

孙梦梦：您的获奖作品《人世间》被媒体誉为"五十年中国百姓生活史"。听说腾讯影业将把它拍成电视剧。您认为，文学在影视改编时需要注意什么？

梁晓声：《人世间》按计划明年就要开拍了，但是它现在还在改剧本阶段，我没有参与。导演是执导《人民的名义》的李路，因为在拍摄过程中总会遇到各种未知的困难和挑战，毕竟明年就要开机了，导演的压力也挺大的，听说目前电视剧的拍摄已经进入状态了，对于这次的拍摄，我没有介入。不过拍成电视剧还是有一些难度的，毕竟文学的尺度与影视的尺度是不同的。

谈尺度：影视作品要注重时代感

孙梦梦：您是如何看待文学尺度和影视尺度的呢？

梁晓声：影视的尺度不会管这部作品是不是获奖作品，它只按影视尺度、按国家规定的尺度、按守门员所理解的尺度去做，我认为这样的尺度是具有收缩性的，也正因为这种收缩性才使得中国的现实题材很少，其他题材很多。

即使有现实题材，实际上这种现实题材也很受限，比如《金婚》还有其他的一些作品，给人的感觉是电视剧里的主人公们一起生活了半个世纪，好像中国什么事也没有发生过，这跟我写的不一样，我认为文学在向影视过渡、转化时，应该注重突出时代本身的特点，带出时代感的作品才是真正有意义的好作品。

如我的电影剧本《北方的森林》，它是讲二十世纪八十年代初，面对一些孩子们失学的问题，一个患晚期胃癌的林场劳改犯，同时又是一个知识分子的人，如何在那个背景下，利用自己的业余时间，教导孩子们正确的价值观，指出辍学对人生的危害的。由于他已经病入膏肓，所以他排除了一切顾虑，耐心教导孩子们如何读书。多年以后，等当年的孩子们长大成了教授学者的时候，故地重游，再想起当年这个老人对他们人生的积极影响，感动又感慨。它重点强调的是在那样一个时代，知识分子把"知识改变命运"这个观念带给底层孩子们所产生的力度。

孙梦梦：我们知道在影视改编的过程中，会因各种各样的原因，对原作品进行删减、增加、改编等再加工。在您的影视作品中，您更加注重的是忠于原文还是根据剧情的需要然后进行改编呢？

梁晓声：我没有改编过别人的剧本，因此和我的名字放在一起的电影电视剧，它都是我的原创，我的原创就没有我自己忠不忠于自己的问题。重要的一点是，有好多作品都是先有电视剧后有小说，这些小说实际上是电视剧本的一个再改编，比如说《知青》《年轮》《返城年代》都是先有电视剧后有小说。

但是我写的电视剧本——包括电影剧本——和别人不同，尤其是电影剧本。电影剧本实际上有两种模式，一种模式是苏联的剧本，苏联的剧本是文学剧本，它有场景描写，有心理刻画，读起来跟读小说的感觉很接近，甚至比小说更具形象化。另一种是日韩剧本，日韩剧本的依据是西方的剧本，西方的剧本就非常像分镜头剧本，里面有白天、傍晚、内景……接着就是对话了。因此这种剧本，只是给导演和演员看的剧本，读起来与小说不同。现在的电视剧大部分都是这样的剧本，但是在我写的电视剧里，像写墙是什么颜色的，女主人公穿什么颜色的衣服，我头脑中首先就有一个摄像机，提前就想象好特定画面的色彩搭配，把这写在作品中去，导演会很省劲。

谈区别：人性本应该是什么样的

孙梦梦：您刚刚提到您写的剧本和其他人不同，那您认为您的知青影视剧与其他作家的知青影视剧最大的区别在什么地方？

梁晓声：只能说其他有影响的知青电影和电视剧作品不是太多。像有的是写插队知青，但是我写的是兵团知青，二者差别很大。以前这种文学不叫知青文学，最早的时候是叫"北大荒文学"，是我们特定地域的兵团概念，只不过书里的这些人物是知青，它是后来被纳入到知青文学里面的，所以这两种形态是不同的。

插队知青和兵团知青差别很大，如果没有工资，工作一年可能也无法养活自己，还有可能欠债，但是有工资的话，就算再艰苦、再劳累，每个月三十二元，除去一般吃饭的十五元也还剩下十五元。另外关于吃饭，我是在兵团挨过饿的，但那是因为歉收了，其实本不必挨饿，各吃各团的，粮食也是足够的。吃团粮的意思是，我们也有双手，虽然歉收了，但是我们不能接受别的团队的援助，如果不接受就要挨饿，以前挨饿的时候，还会吃马料，如吃喂马的黄豆。

兵团总司令部发现这个情况之后，他们觉得这太没必要了，因为我们整个儿是大兵团，这个兵团歉收了，那个兵团粮食多，挨饿就很没有必要，所以这就是当年的情况。一般情况下我们吃的是细粮，也就是小麦粉，想吃粗粮是吃不到的，而且我们那时候还比较奢侈，那时候的面粉，也就是一般城市公民所谓的 90% 的出粉率，是一百斤麦子要磨出八十斤左右甚至九十斤左右的面粉，基本上有一部分麦壳已经进入面粉了，这样的面粉吃起来挺有营养的，对身体也有好处，但是口感会粗一点，我们把这种面粉叫作普通面粉，这种普通面粉一般供给城市居民。我们在兵团，有时可以吃到70%左右的面粉，那种面粉很精白，所谓精白的过程就是过筛子，在多加了两道细的筛子筛过之后，一点点把粗的麦壳筛去了，这样的面粉蒸出来的馒头又雪白又绵软，像面包，吃到那种面粉，我们有的时候会觉得很奢侈。

这种精白的面粉叫精粉，然后每个连队又有各自的豆腐坊、菜班，也养猪。这就和插队知青的情况不太一样。尤其是我所在的团是在寒带地区，还有十元钱的寒带地区补贴，这样加起来就是四十二元。四十二元的工资，在当年是一位父亲可以很好地养活四口之家的收入。你因为下乡了就有了这笔收入，如果不是家庭完全不需要你，那你往家里寄二十元的话，会帮家庭很大的忙。如果兄弟俩都下乡都在这样的地方，往家里寄四十元的话，家里的生活一下子可以提高很多倍，那太不一样了。所以即使同是知青，知青的待遇也是不同的。

我写到后来的时候，就注重在我的作品中刻意地带出那个年代的痕迹，原因是想通过这样的题材，把那个年代曾经发生过的事加以记录。但是，这种记录在我看来，恰恰是在那个年代的特殊情况下，人性的温度才会显得更加珍贵。那么可能在别人看来，在"文革"的特殊背景下，谈人性的温度会显得有些荒诞，我的现实感受却不是那样，尤其是我所在的兵团，人性的温度就是客观存在的。因此我作品中的兵团知青人物，他们身上是有那种美和力量的，比如说正义、富有同情心，那种正义可能表现在"外调"时，人们不会用谎言去做违心的配合。

我的知青小说中这一情节可能出现过很多次，因为我觉得这是做人最起码的正直感，但是这正直的高度又不是所有人都能达到的，因此在"文革"结束后，评判一个干部或者一个人的标准之一,就是当年在"外调"时的表现。大多数人,这个表现是不好的,起码有一半是表现不好的,但也确实有另一半就是表现很好的,你不能因为表现不好的人就完全否定了表现好的人的存在,而我恰恰认为,那一半表现好的人的存在,意义十分重要。因为在特殊的时代下,大多数人在那种情况下可能会做出不好的表现,而我们要强调的是居然有人可以表现得很好。我着重想强调这点,要传达这种学优点的精神,人会有样学样的,以后碰到类似的事情,人们都去学这种好的做法,而不是表现出消极的态度。

谈感受:知识、文化改变我们的人格,才会由此而改变我们的命运

孙梦梦:您刚才提到"人会有样学样的,以后碰到类似的事情,人们都去学这种好的做法",那您的作品更多的是想给人们树立一种"榜样"吗?

梁晓声:是的。如果有"一切恶都是时代造成的,我怎么做都是可以被赦免的"这样的想法,那文艺就没有意义了,古往今来,我们可以看到凡是经典的作品都不是这样的。我认为人的眼睛应该看到更加优秀的人,优秀的人就不会有这样的想法。他们尽管隔着师隔着团,但确实是作为一个优秀的群体而存在着。

物以类聚,人以群分。人以群分的意思就是说,你不能被同化,尤其是这种拽着人性和人格往下走的同化。因此文学的力量就是即使现实中没有优秀的朋友,但是书籍和影视中有这样的朋友,他要拽着你往上走。

我经常举一个例子,我的作品中有一个细节,排长因为参与追悼周总理的活动被公安方面带走,当警车行驶在路上的时候,大家都在劳动,有几个知青看到后就把警车拦下,他们要求和排长说

几句话。当然这个要求在现实生活中公安方面可能不允许，但也有可能允许，这时温度就产生了，我想要突出的，就是这种小小的温度。一般来说，十之七八只要连长说不许送了，大家就都不送了，我们看到这样的情景会得出一个结论：看，那个时代把人、人性压抑到什么程度了。我所强调的就是人在现实中，应该是怎样的。就是你本应该行善举，你为什么不行善举，就这么容易的、简单的一点温度。

从人性的原则出发，我们是应该行善举的，我所强调的现实主义也包含有不断地提示人应该是怎样的。我之所以这么做，是因为我发现我的前辈们以及中外文学的意义都在这里，告诉我们应该是这样做。因此如果你们读到或观看到的一些作品里表达人性不过如此，趋利避害是本能，长此以往你们接受这种价值观，可能在现实生活中也会变成"我首先赦免我自己"，还自我安慰人都只不过是那样。这样的话，你就和你周边所有的人全都一样。

再进一步说，我在回到母校的时候，看到我的老师会问他好，我一定要特意地鞠躬，特意地问好，那么多年之后他会记得。这是因为看优秀的作品，我知道好的作品中有一种道理告诉我，这个时候就应该这么做。就这么简单，你做了这件事，一种温度存在了，老师就记住了，这对老师很重要。文学和人的关系以及文学精神就是这样。由于你是这样的，你在言行中有一种力量，别人会感觉到你的与众不同。一些优秀的人感觉到这种力量就会出现在你身边。就像我到黑龙江出版社实习的时候，那时比我大二十几岁的老先生，我们之间彼此信任，相谈甚欢，这种信任不用考验，好像一下子就交心了。

因此不仅仅是知识改变命运，首先是知识、文化改变我们的人格，才会由此而改变我们的命运。知识决定我们能把什么工作做到什么水平；文化的和文学的精神，决定人在什么情况下不做什么和要做什么，那这两者都是重要的，也只有这两种结合才能改变命运。

"人应该这么做",这对别人来说可能是一个太高的人格要求了,而我认为这是最起码的。我们说的不是多高大上的君子要求,如果我们把这个作为高大上的君子要求的话,那对于我们中国人来说,什么是人性的基本准则呢?如果说人为了个人利益,出卖什么都可以并自我宽恕,那这样的社会就变得恐怖且失去意义了。

(原载《名作欣赏》2019年第12期)

后　记

新的时代，北京语言大学文学院承担着助力马克思主义同中华优秀传统文化相结合和深化文明交流互鉴、讲好中国故事的时代任务，肩负着培养德才兼备、博雅专精、堪当大任的中国语言文学一流人才的历史使命。

我们遵循学科定位，贯通教育管理与实践培养相结合；我们关注青年学生的成长成才，为他们提供成长和展示的平台。我们希望将文学院学子们在校期间的学术成果进行收集整理，供前人回忆，后人学习。

2019年，梁晓声老师的《人世间》获得了第十届茅盾文学奖；2022年3月，梁老师以在北语执教过程中的所见所闻为基础，推出了新作《中文桃李》。很多同学投身到评论梁老师作品的热潮中去。同年4月，梁老师特意在学院设立了奖学金，鼓励同学们创作评论；我们也成立了"梁晓声青年文学中心"，旨在激发青年学子的文学创作和研究热情，培育文学院创作和研究人才。

愿在梧桐大道走过的学子们，听梧叶声声，忆青葱时光，踔厉奋发，勇毅前行！

2023年5月
于北京语言大学文学院